Andrea Schacht
Tigers Wanderung

ANDREA SCHACHT lebt als freie Schriftstellerin in der Nähe von Bad Godesberg. Neben erfolgreichen historischen Romanen hat sie etliche Bücher veröffentlicht, in denen Katzen eine Hauptrolle spielen. Über den Kater Tiger hat sie bereits zwei Romane geschrieben: »Der Tag mit Tiger« und »Auf Tigers Spuren«.

Bei Rütten & Loening liegen von ihr vor: »Die himmlische Weihnachtskatze«, »Die Katze und der Weihnachtsengel«, »Das doppelte Weihnachtskätzchen«, »Die Katze mit den goldenen Augen« sowie »Weihnachten mit Plüsch und Plunder«. Im Aufbau Taschenbuch veröffentlichte sie »Die Katze, die im Christbaum saß«, »Fünf Katzen unterm Weihnachtbaum«, »Katzenweihnacht« sowie eine Geschichte in der Anthologie »Möhren zum Fest«.

Junior, der junge, übermütige Kater, ist in der Silvesternacht aus seinem warmen Heim aufgebrochen. Er hat ein Ziel, das sich ihm so nach und nach erschließt.

Der Kater Tiger hat die Goldenen Steppen des Katzenhimmels wieder verlassen, um ein neues irdisches Leben zu beginnen. Ihn soll Junior zu Anne, seiner geliebten Menschenfreundin, zurückführen, doch bis zu ihr ist es ein langer Weg voller Abenteuer und Gefahren. Währenddessen versucht Anne, die Streitigkeiten der Katzen vor ihrer Haustür zu schlichten, und ganz nebenbei muss sie einen Dieb fangen, eine Katze retten und ihrer Freundin Luzi zeigen, wie sie die große Liebe findet.

Andrea Schacht

Tigers Wanderung

Roman

aufbau taschenbuch

ISBN 978-3-7466-2566-9

Aufbau Taschenbuch ist eine Marke der Aufbau Verlag GmbH & Co. KG

2. Auflage 2010
© Aufbau Verlag GmbH & Co. KG, Berlin 2009
Umschlaggestaltung Mediabureau Di Stefano, Berlin unter Verwendung
einer Illustration von Frances Broomfield/The Bridgeman Art Library
Druck und Binden CPI Moravia Books, Pohořelice
Printed in Czech Republic

www.aufbau-verlag.de

Vorbemerkung

Thornton Wilder lässt seinen Roman »Die Brücke von San Luis Rey« mit den Worten enden: »Da ist ein Land der Lebenden und ein Land der Toten, und die Brücke zwischen ihnen ist die Liebe – das einzig Bleibende, der einzige Sinn.«

Nicht dass ich mich mit diesem großen Autor vergleichen will, aber die Idee der Brücke zwischen den Lebenden und Toten hat mich gefangen genommen.

Zwischen Menschen und Tieren kann eine unbeschreiblich tiefe Freundschaft entstehen, und die Vorstellung, dass sich unsere kätzischen Freunde, wenn sie uns verlassen müssen, auf den Goldenen Steppen versammeln, mag etwas Tröstliches haben.

Tröstlicher aber mag die Vorstellung sein, dass sie, wenn unsere Liebe zu ihnen groß genug war, auch sie die Brücke zu uns zurück finden.

Ich habe zwei Wiederkehrer in mein Haus aufgenommen, ich erlaube mir, daran zu glauben.

Und so soll auch Tiger wieder heimkehren, auch wenn er dabei ein paar garstige Hindernisse überwinden muss.

Begleiten Sie ihn und lauschen Sie Ninas Erzählung.

(Aber nennen Sie sie bloß nicht schlappohrig!)

Ihre
Andrea Schacht

Nina erzählt

Rücken Sie mal ein Stückchen, ich möchte mich mit auf das Sofa setzen. Ja, danke, so ist es nett. Sie wollen eine Geschichte hören, das sehe ich Ihnen an. Doch, doch, nur nicht so schüchtern, wir alle hören gerne Geschichten. Noch ein bisschen im Fell kraulen, ahhh ja, vielleicht noch hier, am Hals … Mmh …

Ah so, ja, die Geschichte. Beinahe hätte ich vergessen …

Gut, also! Es fing damit an, dass ich im Herbst letzten Jahres diesen Frechdachs unter meine Pfoten genommen habe. Aber ich bitte Sie, was soll man machen, wenn man als Katze mit latent mütterlicher Veranlagung so einen Wurm findet?

Ich schaffte es mit dieser Menschenfrau Anne zusammen, Junior über das Gröbste hinauszubringen, aber der Kleine entwickelte sich beinahe zu rasch zu einem abenteuerlustigen Racker. Na, man kann's ja nicht ändern, wenn es die Kinder aus dem Haus drängt? Man muss sie wohl oder übel ziehen lassen.

Aber wenn ich damals gewusst hätte, was ich heute weiß … Wahrscheinlich hätte ich ihn nicht ziehen lassen.

Ich rede und rede, dabei wollte ich doch eine spannende Geschichte erzählen. Sie handelt, wie Sie schon ahnen, von dem Jungkater Junior, meinen Menschen Anne und Christian und natürlich auch von mir. Mein Name ist Nina, mein Fell ist cremeweiß, mein Näschen braun, und meine Augen sind golden. Von meinen Ohren sprechen wir lieber nicht.

Doch bevor der erste Held die Bühne betritt, noch eine kleine, aber wesentliche Szene, die davon handelt, wie mein alter Weggefährte Tiger wieder in diese Welt zurückkehrt.

Tigers Geburt

Babsy schnurrte glücklich. Sie war mit ihrer Leistung zufrieden und lag gemütlich zusammengerollt auf Nadines buntem, weichem Kopfkissen. An ihren Bauch gedrückt lagen zwei kleine wohlgestaltete Katzenbabys, gerade zwei Stunden alt. Eines davon war weiß, das war sogar in diesem Stadium zu erkennen, das andere kam vermutlich nach ihr und würde braun-schwarz getigert sein. Vielleicht mit ein bisschen Weiß um Bauch und Pfoten. Die kleine Weiße würde später mal eine Schönheit werden, mutmaßte die stolze Mutter träge. Und der andere, tja, da war schon jetzt etwas Außerordentliches um ihn. Das konnte natürlich nur sie erkennen, nicht die Menschen, die gerade in die Wohnung polterten. Aber da war so was um seine Nase, so ein undefinierbares Etwas um die Ohren …

Vielleicht lag es daran, dass sie so unplanmäßig spät im Jahr noch mal rollig geworden war und dann dieser phantastische Kater zur Pfote war.

»O Papa, das war toll heute! Das war eine absolute Superidee.«

»Ja, und wie Mutti über dich drüber gefallen war, einfach klasse, die Show!«

Nadine, die dreizehnjährige Tochter von Ralf und Daniele Ferguson kicherte haltlos, als sie ihre dicken Winterstiefel auszog. Ihre Mutter trug den Spott mit Gelassenheit. Die Familie hatte den Nachmittag mit einem gemeinsamen Schlittschuhlaufen auf der Eisbahn im Park begonnen und sich dabei rosa Nasen und einen gewaltigen Hunger geholt. Nadine pellte sich aus dem knallroten Anorak, grünen Schal, rosa Handschuhen und türkisfarbenen Sweatshirt und schleppte ihre Garderobe in ihr Zimmer.

»O nein!«, hörte man sie kurz darauf quieken. »Mutti, Babsy hat ihre Babys bekommen.«

Sie stürzte in die Küche, wo ihre Mutter soeben anfing, Vorbereitungen zur Fütterung der wilden Meute zu treffen, zu der sich ihre Familie in der letzten halben Stunde entwickelt hatte.

»Das war doch zu erwarten, Nadine. Der Tierarzt hat uns gesagt, dass es um Neujahr so weit ist«, antwortete ihre Mutter lächelnd.

»Ja, aber sie hat sich dafür mein Kopfkissen ausgesucht!«, empörte Nadine sich.

»Na ja, wir wissen doch, dass sie ihren eigenen Kopf hat. Die Kiste ist natürlich lange nicht so bequem wie dein Bett. Pass auf, du lässt ihr das Kissen und holst dir aus dem Gästezimmer ein Ersatzkissen. Wie viele sind es denn?«

»Nur zwei diesmal, und sie sehen aus wie nackte Mäuse. Ich habe mir schon Namen ausgedacht.«

»Das besprechen wir gleich beim Kaffeetrinken. Gib mir mal die Eier aus dem Kühlschrank. Sahne könntest du auch schon mal schlagen.«

Kurze Zeit später zog der köstliche Duft von Vanille und Kaffee durch das Haus, und dann häuften sich heiße Waffeln, Preiselbeeren und Sahne auf den Tellern. Die Unterhaltung war in den ersten Minuten recht einsilbig und beschränkte sich auf so ursprüngliche Laute wie ein gutturales: »Mhh, guuut!«, »Mehr!«, »Super!«

Als der erste Hunger gestillt war, brachte Daniela das Gespräch auf den Familiennachwuchs.

»Unsere Babsy hat zwei Junge bekommen – auf Nadines Kopfkissen.«

»Dumme Katze«, beurteilte ihr Bruder Sven die Lage. »Nur gut, dass sie nicht auf mein Bett gegangen ist.«

»Die Gefahr war nicht groß. Wer will schon auf einem derart grässlichen Bettbezug Kinder bekommen? Die sind ja von Geburt an gestört.«

»Und von deinem Bettbezug kriegen sie gleich das Kotzen!«

»Sven, Nadine, hört auf damit!«

Ralf versuchte seine Kinder zu mäßigen.

»Ach, ist doch wahr, bei dem Großformat von Schmachtlappen und rosa Wölkchen …«

»Das ist nun mal ihr Geschmack, Sven. Ich muss allerdings

sagen, wenn ich in einem Bett wie deinem schlafen müsste, dann würden mich die Monster auf dem Bettbezug auch bis in die Träume verfolgen«, behauptete seine Mutter mit leisem Schauder in der Stimme.

»Ich bin schon froh, dass ich nicht mit einer kompletten Boygroup das Bett teilen muss«, kam Ralf seinem Sohn grinsend zur Hilfe.

»Siehste«, sagte Sven mit triumphierendem Blick zu seiner Schwester.

»Hört auf, ihr Zankhähne! Wir haben Nachwuchs bekommen. Diesmal bist du dran, die Namen zu finden, Nadine. Hast du schon einen Vorschlag?«

Es war in der Familie vereinbart worden, dass jeder abwechselnd die Kätzchen eines Wurfes benennen durfte. Streng hierarchisch, deshalb hatte Ralf den ersten und Daniela den zweiten Wurf getauft, der dritte war jetzt Nadines Aufgabe.

»Ich möchte sie Tiger und Leo nennen!«, antwortete sie wie aus der Pistole geschossen, denn sie hatte sich lange darauf vorbereitet.

»Uhh, du weißt doch gar nicht, ob das Kater sind«, warf ihr Bruder wenig hilfreich ein.

»Na und? Wenn sie weiblich sind, sollen sie Tina und Lea heißen. Aber bei dem Dunklen bin ich mir ganz sicher, dass er Tiger heißt.«

»Hast du mal wieder deine Anfälle von Hellsichtigkeit gehabt?«, neckte ihr Vater Nadine, der ihre gelegentlichen Anwandlungen von Aberglauben mit Fassung trug.

»Quatsch, das ist nur so ein Gefühl. Außerdem gefällt mir der Name.«

»Tiger und Lea sind auch in Ordnung. Wenn sie etwas älter sind, werden wir weiter sehen.«

Daniela strich ihrer Tochter liebevoll über die dunklen, glatten Haare und begann, den Tisch abzuräumen.

Am Neujahrsmorgen

So, und nun geht es richtig los. Hier darf ich Ihnen die Leute vorstellen, bei denen ich mein Heim aufgeschlagen habe. Sie hören bestimmt gerne etwas darüber, wie es bei andern im Schlafzimmer zugeht, oder? Menschen sind doch genauso neugierig wie Katzen, geben Sie es zu.

Am Neujahrsmorgen hatte ich verschlafen, einfach verschlafen. Ich wunderte mich, dass im Haus noch alles still war, und meine Futterschüssel war bis auf ein paar vertrocknete Krümel genauso leer wie mein Magen. Deshalb spazierte ich ins Schlafzimmer, um die Herrschaften an ihre Verpflichtungen mit einem zarten Miauen zu erinnern.

Anne wachte davon auf. Sie und Christian, mein Mensch, hatten Silvester nicht allzu lange gefeiert, und darum wirkte sie jetzt ausgeschlafen und tatendurstig. Leider richtete sich ihr Tatendrang nicht darauf, meine Bedürfnisse zu befriedigen, sondern sie drehte sich im Bett um und betrachtete den schlafenden Mann neben sich. Ich weiß, was sie sah! Christians blonde Haare, die sich an der Stirn schon ein wenig zurückzogen, waren zerwühlt, die ersten feinen Linien um die Augen, die dort manchmal zu sehen waren, wenn er müde oder gestresst war, waren fast ganz verschwunden. Er sah jung und entspannt aus. Eine Andeutung eines leichten Lächelns lag um seine Mundwinkel, und goldene Bartstoppeln zierten sein kräftiges Kinn. Anne strich leicht über die kratzigen Wangen und fragte flüsternd ganz nah an seinem Ohr: »Worüber grinst du so genüsslich?«
»Mhhh?«

Schon recht, schon recht, auch Menschen brauchen Schmusestunden. Ich bin ja tolerant – bis zu einem bestimmten Grad. Denn etwa eine Stunde später war ich der Meinung, dass die beiden allmählich aus ihrem Kuschellager kommen und mir wenigstens eine Dose Schleckerkatz zum Frühstück aufmachen sollten. Ich maunzte laut und vernehmlich an der Schlafzimmertür.

Nichts tat sich.

Ich ging näher und maunzte noch mal am Fußende des Bettes.

Keine Reaktion.

Das hieß, zu deutlicheren Maßnahmen greifen. Ich sprang hoch, arbeitete mich zum Kopfende vor und stellte fest, dass da viel Haut war.

»Mauuuuuuu!«, forderte ich.

»Sei still«, murrte Christian.

»Mahauuuu«, widersprach ich.

»Geh weg«, antwortete er wenig zuvorkommend.

Zögernd setzte ich meine Pfote auf die nackte Haut. Ich weiß, dass ich bei Menschen da ein bisschen vorsichtig sein muss. Die dünne Haut, die sie umgibt, zerreißt so leicht. Also trampelte ich mit vorsichtigen Samtpfötchen auf Christians Brustkasten herum. Jetzt sah er mich endlich an.

»Du willst uns nicht in Ruhe lassen?«

Die Frage konnte als rhetorisch abgehakt werden.

»Ich glaube, Nina möchte ihr Frühstück«, mischte sich Anne ein und wand sich aus Bettdecke und Christian.

»Na und, bin ich der Sklave meiner Katze?«

»Mau«, bestätigte ich.

»Da hörst du's.«

»Na gut, dann gib ihr was und mach auch dem Kleinen ein Häppchen zurecht, sonst kommt dieser kleine Kannibale von Junior auch noch ins Bett.«

»Oh«, sagte Anne beim Aufstehen. »Da war doch was …?«

Sie verschwand nachdenklich in der Küche.

In der Tat, da war noch was. Aber weil mein Teller reich gefüllt wurde, vergaß ich das für eine Weile.

Gegen Mittag setzten sich Anne und Christian zu einem späten Frühstück zusammen. Ich hatte einen kurzen Blick auf die verschneite Terrasse geworfen und dann pfotenschüttelnd entschieden, dass heute kein Tag für einen Spaziergang war. Stattdessen hatte ich mich, nicht ohne eine kleine Portion Räucherlachs erbettelt zu haben, wieder in meinen Korb zurückgezogen und bot der Welt das friedliche Bild einer selig verdauenden Katze.

Das Gespräch am Kaffeetisch drehte sich um dies und das. Christian stellte Spekulationen über das Wetter an, Anne versuchte sich in der kreativen Gestaltung des späteren Nachmittags.

»Wenn es nicht anfängt, matschig zu werden, wäre vielleicht ein kleiner Neujahrsspaziergang durch den Schnee ganz hübsch, was meinst du?«

»Sieht noch ziemlich kalt aus. Ich denke, das ist eine gute Idee. Ich muss ein bisschen auslüften.«

»Danach überlegen wir, wo wir heute essen gehen wollen.«

»Schon wieder essen …! Bald kannst du mich rollen.«

Anne zwickte Christian spielerisch in die schmalen Hüften und bemerkte, dass ihm eine kleine Prinzenrolle ganz gut zustattenkäme.

»Jetzt, wo du den neuen Job hast, musst du doch etwas gewichtiger auftreten.«

»Wenn du meinst! Ich wusste gar nicht, dass du seit neuem eine Vorliebe für Pummelchen hast. Oder fehlt dir deine Freundin Bärbel schon?«

»Nein, aber jetzt, wo du mich daran erinnerst, fehlt mir eine Katze.«

»Richtig, der kleine Irrwisch ist noch gar nicht aufgetaucht.«

Anne wurde nachdenklich und sah schweigend aus dem Fenster. Nach einer Weile fragte Christian, warum sie so still war.

»Christian, manchmal glaube ich, ich spinne ein bisschen. Aber ich habe ein ganz eigenartiges Erlebnis oder einen Traum heute Nacht gehabt.«

»Na, dann erzähl ihn doch mal.«

»Also, ich bin irgendwann so um drei herum wach geworden – oder eben auch nicht – und hatte das Gefühl, dass Junior etwas von mir wollte. Dann bin ich ins Wohnzimmer gegangen und habe mich mit dem kleinen Kater unterhalten. Ich könnte schwören, dass er mit mir gesprochen hat. Er hat sich für den Aufenthalt hier bedankt und sich verabschiedet, weil er jetzt Abenteuer erleben will. Ich habe ihn rausgelassen, und er ist im Dunkeln verschwunden.« Anne schüttelte – noch immer verständnislos – den Kopf. »Katzen können nicht sprechen. Das weiß ich doch. Aber …«

»Mh, vielleicht war das eine Mischung von Traum und Wirklichkeit. Ich glaube, du bist wirklich aufgestanden. Ich habe das im Halbschlaf gemerkt. Ganz sicher ist Junior nicht mehr in der Wohnung, also hast du ihn wohl auch rausgelassen. Da du das Ganze schlafwandelnd gemacht hast, hast du dabei geträumt, dass er mit dir gesprochen hat. Du hast ja schon immer ein sehr persönliches Verhältnis zu deinen Katzen. Hast du nicht gesagt, als Tiger gestorben ist, hast du auch so einen intensiven Traum gehabt?«

»Das wird wohl die Erklärung sein.«

Anne nickte, doch ich merkte, dass sie nicht ganz zufrieden mit der Erklärung war. Dann stand sie auf.

»Wenn er wirklich auf Wanderschaft gegangen ist, werden wir es merken. So, ich ziehe mich jetzt zum Spaziergang um.«

Sie ahnte es, und ich wusste es: Um Mitternacht hatte der kleine Quirlewisch von Junior sich von uns verabschiedet, Anne hatte das nicht geträumt. Sie ist eine Frau mit großen Gaben, obwohl sie selbst daran oft zweifelt. Aber sie hat eindeutig etwas Kätzisches in ihrem Charakter.

Jedenfalls hatte für Junior das Abenteuer begonnen.

Aufbruch

Junior hatte also das Haus, sein Heim verlassen, das er mit Nina und Anne eine Weile geteilt hatte. Das einsetzende Schneegestöber vor seiner Nase störte ihn wenig, denn sein warmes

Unterfell schützte ihn vor der beißenden Kälte. Noch befand er sich auf bekanntem Territorium. Er war auf den gewohnten Pfaden seines Reviers schnell vorangekommen, aber sein Entschluss, auf Wanderschaft zu gehen, ließ ihn schon bald diese Wege verlassen.

Es war etwa drei Uhr morgens in der Neujahrsnacht. Aus einigen Häusern drang noch das Lärmen ausgelassener Feiern. Sogar vereinzelte Kracher zerrissen hin und wieder die kalte Stille der Winternacht. Bald näherte sich Junior der Ortsmitte und lief auf den Parkplatz des Bürgerhauses zu. Hier hatte ein Silvesterball stattgefunden, aber das Fest fand nun so allmählich seinen Abschluss, und nach und nach kamen Damen und Herren in festlicher Kleidung, viele in dicke Pelze gehüllt, aus dem Eingang. Sie begaben sich zu ihren schneebestäubten Fahrzeugen, einige leise schimpfend, weil sie erst die Scheiben freikratzen mussten, bevor sie vorsichtig losrollen konnten.

Junior, in der Hoffnung, eine bequeme Beförderungsmöglichkeit ins Abenteuer zu finden, setzte sich dicht an die stachelige Hecke am Parkplatz und beobachtete die einzelnen Grüppchen. Die Menschen hingegen bemerkten den kleinen grau-schwarz getigerten Kater mit den weißen Pfoten nicht.

Ein elegant gekleidetes Ehepaar ging dicht an ihm vorbei, und er folgte den beiden Menschen mit den Augen. Die Frau roch gut. Das war schon mal ein Vorteil. Dann blieben die beiden an einem großen dunklen Auto stehen, und der Mann schloss die Tür auf. Mit einem leichten Kopfschütteln strich sich die Frau ein paar Schneesterne aus dem silbriggrauen Haar und setzte sich auf den Beifahrersitz. Der Mann öffnete auch die hintere Tür, er holte unter dem Sitz einen Eiskratzer hervor und ging um den Wagen, um die Frontscheibe freizumachen.

Das war die Gelegenheit, auf die Junior gewartet hatte. Er huschte ungesehen zu der offenen Tür, und mit einem kleinen Hopser landete er im hinteren Bereich des Autos. Weil er eine Entdeckung vermeiden wollte, rollte er sich im dunklen Fußraum zusammen. Das Glück war mit ihm. Ohne dass er bemerkt wurde, setzte sich das Fahrzeug in Bewegung, und der erste Abschnitt seiner Wanderung hatte begonnen.

Junior dachte kurz an das Heim, das er verlassen hatte. Es war nett gewesen, sicher. Anne hatte sich um seine Grundbedürfnisse gekümmert – Futter und einen warmen Schlafplatz – und Nina um seine Erziehung. Dabei hatte er sehr viel gelernt und wider Erwarten eine starke Zuneigung zu Anne gefasst, von der er nicht ganz sicher war, ob sie diese erwiderte. Anne war eine seltsame Frau, von der er das unangenehme Gefühl hatte, dass sie tief in seine Seele blicken konnte. Manchmal war das ein bisschen unheimlich gewesen.

Doch der Drang nach weiteren Abenteuern war immer mächtiger geworden. So hatte er sich von allen – auch von Anne – verabschiedet und war nun dabei, eine Wanderschaft anzutreten. Da er das Autofahren in seinem kurzen Leben bislang als überaus genussvoll kennengelernt hatte, lag es für ihn natürlich nahe, die Reise als Anhalter zu beginnen.

Der Mann am Lenkrad fuhr vorsichtig und langsam über die schneebedeckten Straßen. Beide Insassen waren schweigsam, und allmählich wurde es warm im Innenraum des Autos.

Bald hatten sie die freie Autobahn erreicht und fuhren mit höherer Geschwindigkeit, was Junior an dem angenehm schnurrenden Geräusch des Motors erkannte.

Obwohl er gerne aus dem Fenster gesehen hätte, blieb er lieber unten in seinem Versteck, denn bei seiner letzten Schwarzfahrt hatte er feststellen müssen, dass Menschen im Auto auch nach hinten sehen konnten. Zwar war ihm dabei die Funktion des Rückspiegels nicht gänzlich klar geworden, aber er war sehr lernfähig. So genoss er den warmen Luftstrom, der aus der Autoheizung vorbeiwehte und sein feuchtes Fell trocknete. Auch die weißen Pfoten wurden dadurch wieder schön warm. Er putzte ein paar feuchte Spritzerchen weg und döste dann, dem halblauten Gespräch müßig folgend, vor sich hin. Später schwiegen seine Mitfahrer wieder, denn sie hatten die Autobahn verlassen und schienen sich auf kurvenreichen Nebenstraßen ihrem Ziel zu nähern. Junior registrierte das Schaukeln und schließlich das vorsichtige Bremsen, Dann stellte der Fahrer den Motor ab.

»Ich lasse den Wagen hier vorne in der Auffahrt stehen, es ist mir jetzt zu mühsam, in die Garage zu fahren«, meinte der Mann beim Aussteigen.

Junior war, als beim Öffnen der Türen ein kalter Luftzug hereinkam, wieder hellwach geworden. Jetzt galt es, unbemerkt aus dem Auto zu entkommen. Aufmerksam beobachtete er die beiden Menschen. Die Dame brauchte eine gewisse Zeit, um auszusteigen. Sie hatte während der Fahrt die Schuhe ausgezogen und angelte jetzt danach. Dann musste das lange Abendkleid gerafft werden, damit der Saum nicht im Schnee feucht wurde, die Handtasche gesucht und unter den Arm geklemmt und der weite Mantel zusammengehalten werden. Endlich hatte sie die Beine hinausgeschwungen und stieg mit der Hilfe ihres Mannes aus. In dem Moment, in dem sie mit den Stoffmassen ihres Gewandes hantierte, schlüpfte Junior hinaus. Ganz ungesehen gelang ihm das jedoch nicht.

»Huch, was war das denn?«, rief die Frau leise, als er an ihren Beinen vorbeihuschte. Doch wie ein grauer Schatten glitt Junior schnell unter die schützenden Büsche des Gartens.

»Das sind doch Katzenspuren«, hörte er die Frau sagen. »Hans-Peter, wir hatten offensichtlich einen blinden Passagier!«

Junior warf einen Blick zurück auf den frischgefallenen Schnee und musste feststellen, dass sie recht hatte. Mist, hoffentlich versuchte sie jetzt nicht, ihn einzufangen. Aber sie starrte nur die Tapsen im Schnee an.

»Na, hoffen wir, dass die Katze nicht zurückkehrt und der Bürgermeisterin von deinen kleinen Gehässigkeiten erzählt«, neckte ihr Mann sie.

Seine Frau meinte jedoch mit mitleidiger Stimme: »Vielleicht vermisst jemand die Katze. Sie ist jetzt vermutlich ziemlich weit von zu Hause entfernt.«

»Was willst du denn machen? Sie ist ja jetzt schon verschwunden.«

»Du hast ja recht. Aber trotzdem – sie tut mir leid. Jetzt hier so in der Kälte und im Schnee herumzuirren …«

Mit einem bedauernden Schulterzucken bewegte die Frau sich vorsichtig über den glatten Weg auf die Haustür zu.

Junior fand ein schneefreies Plätzchen unter einem immergrünen Busch, wo er die verbleibenden Nachtstunden in relativer Sicherheit verschlief.

Als an diesem Neujahrsmorgen die Sonne aufging, hatte der nächtliche Schneefall aufgehört, und die Welt glitzerte und flimmerte in millionenfachen Kristallprismen. Der Schnee lag fast zehn Zentimeter hoch und war locker und pulverig. Junior blinzelte in das grelle Licht des weißen Morgens. »Hell« war sein erster Eindruck, »Hunger« sein zweiter. Er streckte sich und dehnte sich, er machte einen Buckel und schlug die Krallen in den Boden. Dann beschloss er, auf Futtersuche zu gehen.

Er stellte fest, dass das Wohngebiet, in dem er gelandet war, dem Dorf ähnelte, das er in der letzten Nacht verlassen hatte. Große Gärten umgaben einzelne freistehende Häuser, Hecken und Zäune begrenzten die Grundstücke, Autos parkten am Straßenrand, und feiertägliche Stille lag über dem ganzen Ort.

Als Junior sich durch den für seine Beine ziemlich hohen Schnee bis zur Straße vorgekämpft hatte, orientierte er sich neu. Hier stand das Auto, mit dem er hergekommen war. Zu den Häusern weiter oben führten festgefahrene Fährten im Schnee. Auf denen würde es sich besser laufen lassen. Er hopste also in die Reifenspuren und kam müheloser voran. Die beiden Pfade führten geradewegs zu dem großen Haus am Ende der Straße. In dieser Gegend war der Schnee sogar noch festgetretener, und die Überreste heftiger pyrotechnischer Aktivitäten lagen überall verstreut. Neugierig beschnüffelte er die bunten Fetzchen, doch der verbrannte Geruch und die Chemikalienreste begeisterten ihn nicht. Also folgte er den Reifenspuren weiter. Hin und wieder blieb er stehen, um in der Luft zu schnuppern, ob er in ein bewachtes Territorium eingedrungen war und – viel wichtiger – ob es irgendwo etwas zu futtern gab.

Es gab! Animiert trabte er in die Richtung der köstlichen Geruchsquelle. Auf der Terrasse eines Hauses entdeckte er, dass die Bewohner die Reste ihrer Silvesterparty zum Kühlstellen nach draußen gebracht hatten. Da waren Schüsseln mit Salaten (uninteressant), Töpfe mit Saucen (langweilig), Gläser mit Gurken (igitt) und wunderbarerweise eine Platte mit aufgeschnittenem Fleisch. Alles war mit Klarsichtfolie abgedeckt, doch für eine geübte Katzenkralle nebst hungrigem Besitzer war das nur ein winziges Hindernis. Genussvoll schmatzend schlug Junior sich das Bäuchlein voll. Rohes Fleisch war zwar besser, aber so arg verdorben war das hier auch nicht. Das Roastbeef war sogar noch rosig. Mmh!

Er war so vertieft, dass er beinahe nicht gemerkt hätte, dass sich hinter der Glastür etwas bewegte. Mit einem Ratsch wurde die Gardine aufgezogen, und eine empörte Frauenstimme rief: »Sabine, da ist eine Katze an der Fleischplatte!«

Die Tür wurde aufgerissen, und lautes Händeklatschen verschreckte Junior so sehr, dass er Hals über Kopf die Flucht ergriff. Er blieb erst wieder stehen, als er sich unter einem Auto in Sicherheit gebracht hatte. Vor allem dieser Hundegeruch, der da aus der Wohnung gedrungen war! Aber gelohnt hatte es sich. Er war jetzt rundum satt, und hier unter dem Auto war es sogar noch ein bisschen warm, denn es war eben erst abgestellt worden. Zufrieden setzte er sich mit gekreuzten Vorderpfoten nieder und gab sich der Verdauung hin.

Der friedliche Vormittag ging allmählich in den Mittag über, und die Straße wurde lebendig. Juniors Tatendrang erwachte wieder. Mit seiner ersten Etappe war er nicht besonders zufrieden. Das war alles so behäbig hier und so wenig abenteuerlich. Er beschloss, eine Mitfahrgelegenheit zu einem anderen Ort zu suchen.

Kurze Zeit später sah er auf der anderen Straßenseite, dass sich eine Familie mit zwei Kindern daranmachte, ihr Auto zu beladen. Da sollte es wohl in den Winterurlaub gehen.

Junior lief noch ein paar Meter die Straße hinauf, um dann ungesehen zur anderen Seite zu gelangen, als ihn ein tiefes, brummendes Geräusch aufschreckte. Fluchtbereit blieb er stehen. Da näherte es sich auch schon. Ein hässliches gelbes Ungetüm kam schnaubend und spuckend die Straße entlang gekrochen. Zu beiden Seiten seines gefräßigen Maules wurden weiße Schneefontänen ausgestoßen. Mit einem erschrockenen Maunzen verkroch Junior sich hinter einem Gartenmäuerchen. Erst als das Geräusch verklungen war, traute er sich wieder hervor, um sein Vorhaben fortzuführen.

Doch da gab es plötzlich eine neue Schwierigkeit. Das Räumfahrzeug hatte Schneewälle an den Straßenrändern aufgehäuft, die für eine kleine Katze riesig wirkten. Ratlos musterte Junior die schmutzigweiße Wand. Ob man darüberklettern konnte? Er setzte vorsichtig eine Pfote auf den Berg – und sackte ein.

So ging das nicht!

Wieder sprang er auf das Mäuerchen und sah ratlos die Straße entlang, ob sich nicht irgendwo eine Lücke auftat. Aber der Schneepflug hatte ganze Arbeit geleistet. Mit Bedauern musste er sogar bemerken, dass die Familie auf der anderen Seite mit dem Einräumen der Koffer fertig war und sich für den Aufbruch bereitmachte. Doch auch sie behinderte der Schneewall, der die Ausfahrt zu Straße blockierte. Eines der Kinder wurde angewiesen, den Weg wieder freizuschaufeln.

Eile war geboten. Junior ruckelte sich zurecht, spannte die Muskeln und katapultierte sich durch die Luft. Der Sprung war gut, allerdings ein bisschen zu kurz, denn er landete auf der Straßenseite im Schnee. Bis zum Bauch stand er im Kalten. Angeekelt zog er die Pfoten heraus und schüttelte das feuchte Zeug energisch ab. Dann überquerte er die Straße und wartete auf eine günstige Gelegenheit zuzusteigen. Es gelang ihm in einem Augenblick, in dem noch eine letzte Tasche verstaut werden musste, und er machte sich wiederum im Fußraum hinter den Rücksitzen ganz klein.

Diesmal fand er die Fahrt jedoch alles andere als angenehm.

Mit zwei Erwachsenen, den beiden lauten Kindern und den zahlreichen Gepäckstücken war es ziemlich eng, und er wurde unter dem Sitz hin und her geschüttelt. Doch ohne bemerkt zu werden, konnte er die Stellung nicht wechseln. Es wurde auch immer grässlicher! Die Kinder zankten sich, die Mutter griff regelnd ein, und er bekam zu allem Überfluss auch noch einen Fußtritt ab. Dann wurde das Gebläse angestellt, um die beschlagenen Scheiben freizuhalten, und trockener Staub wirbelte um seine Nase. Sein Niesen ging jedoch im allgemeinen Geplapper unter. Bislang war er noch vor Entdeckung sicher.

Die nächste halbe Stunde machte er sich so klein wie möglich und rührte sich nicht. Dem Gefühl nach hatten sie jetzt mit guter Geschwindigkeit eine ganze Strecke zurückgelegt, aber dann verlangsamte sich die Fahrt wieder. Zu gerne hätte Junior jetzt hinausgesehen, um zu prüfen, wo sie sich jetzt befanden. Vermutlich in einem Ort, denn das Auto hielt, fuhr wieder an, hielt wieder, fuhr um Ecken. Es war sehr unangenehm. Dann kam die Aufforderung von dem Fahrer, ihm doch mal das Tuch zum Scheibenwischen nach vorne zu reichen. Es sollte hinten unter dem Beifahrersitz liegen. Eine Kinderhand näherte sich und griff herzhaft in sein Fell. Junior quiekte.

»Mutti, wir haben eine Katze hier im Auto!«

Unbarmherzig wurde Junior aus seinem Versteck gezerrt.

»Das Tier muss sofort raus«, befahl die Mutter. »Eduard, halt doch mal an. Du liebe Zeit, wie kann denn solches Viehzeug hier reingekommen sein? Hoffentlich hat er nicht schon auf die Polster gemacht!«

»Die ist aber niedlich, Mutti, können wir die nicht mitnehmen?«

»Das ist eine fremde Katze, wer weiß, was die alles hat. Fasst die bloß nicht an!«

Das Auto hielt am Straßenrand, und die Türen wurden aufgerissen. Junior saß geduckt und sprungbereit auf dem Boden und wollte ins Freie schlüpfen, als ihn eine kräftige Kinderhand noch mal schmerzhaft am Schwanz zog. Er gab ein empörtes

Kreischen von sich und konnte sich nur unter Zurücklassen einer Handvoll Haare befreien.

Bevor die Autotüren wieder zugeschlagen wurden, hatte er dann noch gehört, wie sich die Mutter über die Katzenhaare im Auto beschwerte.

Auf diese Weise war Junior in seinem neuen Revier gelandet!

Jakobs Krankheit

Entschuldigen Sie, Sie haben sich da so ein entsetzlich leckeres Käsebrot gemacht. Das ist eigentlich viel zu dick belegt. Da fällt doch bestimmt ein Stückchen für eine hungrige Erzählerin ab?

Mh, köstlich, danke. Nein, ich schmiere nicht damit herum, ich putze nur sorgfältig die Pfote ab, mit der ich es vom Brot gekrallt habe. Was, das fanden Sie nicht nett? Geklaut, nennen Sie es? Na, da überlege ich mir aber noch mal, ob ich Ihnen die Geschichte weitererzählen soll.

....

Schnurr? Schnurrr!
Überredet!

Der Januar war kühl und stürmisch. Schnee fiel zwar nicht mehr, aber morgendlicher Frost machte den Menschen das Leben schwer. Die Tage waren weiterhin kurz und dunkel, und nach der kleinen sonnigen Periode zum Jahreswechsel blieb der Himmel wolkenverhangen und trüb. Nach den Feiertagen ging daher alle Welt recht schnell wieder in den alltäglichen Trott über. Anne übernahm einen neuen Auftrag in der Werbeagentur, der sie, wie sie meinte, mit so aufregenden Dingen wie Kopierern und Druckmaschinen beschäftigte. Christian versuchte, sich in seine neue Funktion als Entwicklungsleiter hineinzufinden und mit Diplomatie und Geschick den Übergang von seinem Vorgänger zu ihm zu vollziehen. Beide hatten damit viel zu tun und waren selten zu Hause. Da Anne und Christian sich erst nach seiner Rückkehr von einer langen Dienstreise richtig nähergekommen waren, wohnte noch jeder in seiner eigenen Wohnung. Die Häuser lagen jedoch nur wenige Schritte voneinander entfernt, so dass sie sich jederzeit sehen konnten.

Ich hatte zwar die Zeit während Christians dreimonatigem Aufenthalt in China bei Anne zugebracht, war aber nach der Rückkehr meines Menschen kurz vor Weihnachten wieder zu ihm gezogen. Doch immer wenn er zu Anne hinüberging, begleitete ich ihn. Tagsüber blieb ich allerdings im Haus, draußen mochte ich mir nicht die Pfoten schmutzig machen. Aber hin und wieder brauchte ich doch etwas Gesellschaft und machte einen kleinen Rundgang durch mein Revier.

Seit mein Schützling Junior nicht mehr da war, langweilte ich mich gelegentlich, denn auch eine Katze braucht etwas mehr Unterhaltung als nur die Fellpflege, nicht wahr? Das teilte ich meiner Freundin Diti mit, als sie sich verwundert dazu äußerte, dass ich wieder auf der Runde war.

»Waß der Kleine jetßt wohl macht? Hoffentlich hat er ein ßßönes Plätßchen gefunden und kommt nicht unter die Räder.«

Diti, aus der Familie der Siamesen, hat einen kleinen, aber charmanten Sprachfehler, den sie mit Gelassenheit trägt.

Wir beiden Kätzinnen saßen auf einem umgefallenen Baumstamm – Opfer der letzten Winterstürme – und ließen unsere Schwänze baumeln.

»Er ist sehr reif für sein Alter, vielleicht schafft er es«, mutmaßte ich und putzte hastig über das Brustfell.

»Haßt du die Neue schon geßehen? Die Kleine, die ßo ähnlich außßieht wie Fleuri?«

»Nein, ich war doch die ganze Zeit in den Wohnungen. Aber jetzt, wo du es erwähnst, ist mir neulich auf dem Weg von Christian zu Anne aufgefallen, dass ein neuer Geruch durch das Revier wehte. Noch klein, ein bisschen schüchtern, wohnt bei Menschen?«

»ßoweit ganz richtig. Ihre Menßßhen ßind eine Frau mit

einem kleinen ßohn, ßiemlich tuttelig. ßie ßind ßeit ßwei Wochen im Revier. Die Neue heißt Pinky, na ja.«

»Da kann sie wohl nichts für. Wenn ich sie treffe, werde ich sie mal in Augenschein nehmen.«

Ich reckte mich ein bisschen, spreizte die Krallen der rechten Pfote und putzte ein Tannennädelchen fort.

»ßieh mal, dahinten kommt Henry!«

Ein behäbiger und durch das dicke, graue Winterfell rundlicher Kater kam gesetzten Schrittes den gepflasterten Weg empor.

»Hallo, ihr Hübschen«, begrüßte er uns. »Wisst ihr schon das Neueste?«

»Oh, Henry, wir wissen viel!«

Ich reagierte vielleicht ein bisschen hochnäsig auf diese Anrede. Ich kenne doch meine verkorksten Ohren! Diti hingegen war konzilianter und meinte: »Laßß hören, waß du weißt!«

Henry hat zum Glück einen ausnehmend gutmütigen Charakter, er schreckte vor meiner kühlen Begrüßung nicht zurück, sondern setzte sich zu uns auf den Baumstamm. Als er sich gemütlich zurechtgerückt, alle Pfoten sortiert und den Schwanz ordentlich um sich herumgewickelt hatte, teilte er mit, dass es Jakob nicht besonders gutgehe.

»Waß hat unßer Revier-Chef denn?«

»Ich glaube, es ist allgemeine Altersschwäche, Rheuma, ein Nierenleiden und eine Erkältung. Er ist doch schon achtzehn Jahre alt.«

»Er ist auch schon lange nicht mehr bei uns hier draußen gewesen. Woher weißt du das denn?«

»Ich war bei ihm am Fenster. Sein Mensch Emil hat ihn in seinem Körbchen auf die Blumenbank gestellt. Wir haben uns etwas unterhalten.«

»Wird er gut verßorgt?«, wollte Diti wissen, obwohl sie sich die Antwort denken konnte.

»Selbstredend. Es ist lustig, die ganze Zeit hat er immer über Emil gemurrt, das wisst ihr ja. Nie war er ihm schnell genug und hörte nicht richtig, machte dies nicht richtig und jenes nicht, aber jetzt, so auf seine letzten Tage wird Jakob plötzlich ganz verträglich. Er hat richtiggehend animiert geplaudert und sich lobend über die Fürsorge geäußert, mit der er umgeben wird.«

»Wir sollten auch mal bei ihm vorbeigehen und ein paar Worte mit ihm wechseln.«

»Gute Idee, Nina.«

»Ja, tut das, es gehört sich eben so«, pflichtete Henry bei und schloss dann, zum Zeichen, dass die Unterhaltung für ihn beendet war, die orangefarbenen Augen.

Diti und ich hüpften vom Baumstamm, schlenderten Richtung Straße, überquerten sie und strichen an den Hecken und Gartenzäunen vorbei bis zu Emils Haus.

Emil Mahlberg war ein alleinlebender rüstiger Rentner in den späten Sechzigern, der als einzige Gesellschaft nach dem Tod seiner Frau den weiß-braun gescheckten Kater Jakob hatte. Jakob selbst war schon jahrelang im Revier und hatte auf Grund seines Alters und seiner Erfahrung die höchste Position in unserem lose zusammenlebenden Gemeinwesen der Dorfkatzen inne. Mich beeindruckten insbesondere seine spirituellen Fähigkeiten. Sie waren beachtlich, und manch junger Heißsporn, der glaubte, mit seiner Muskelkraft den alten Kater von seiner Position vertreiben zu können, war auf die eine oder andere Weise eines Besseren belehrt worden. Doch die kalten Tage und das hohe Alter forderten jetzt auch von Jakob ihren Tribut.

Er trug es mit Würde. Als wir auf die äußere Fensterbank sprangen, sahen wir ihn schlummernd in seinem weichgepolsterten Korb liegen. Eine Decke war liebevoll um ihn herumgesteckt, und eine Rotlichtlampe spendete zusätzliche Wärme. Ein Schälchen Wasser und ein wenig weiche Fleischnahrung standen in leicht erreichbarer Nähe. Der Standort ermöglichte ihm einen weiten Ausblick über das Geschehen auf der Straße.

Unser Besuch weckte Jakob aus seinem leichten Dösen. Lange sahen wir drei uns an, und auf kätzische Art und Weise teilten wir uns alles Nötige mit. Erst als es dunkel wurde und

Emil die Lichter in der Wohnung einschaltete, verabschiedeten wir uns voneinander.

Diti und ich wanderten gemeinsam, noch immer schweigend, in Richtung unserer Wohnungen. An der Ecke, wo sich unser Weg trennte, schloss ich meine Gedanken mit den Worten ab: »Es wird nicht mehr lange dauern – die Goldenen Steppen erwarten ihn.«

»Mir tut ßein Mensch leid. Emil hängt ßo ßehr an ihm, nicht?«

»Ja, da sollten wir drauf achten. Vergiss nicht, deinem Bruder Bescheid zu sagen.«

Diti hat einen Bruder, der gemeinsam mit ihr bei der alleinstehenden Eliza wohnte und gemeinhin auf dem Namen Hommi hörte, obwohl er Homer getauft wurde. Diesem Namen fühlte er sich verpflichtet.

Mit einer Verabredung für den nächsten Tag verabschiedeten wir uns voneinander, um bei unseren Menschen Nahrung und Unterhaltung anzufordern.

Juniors Fahrt in die Stadt

Junior war sauer. Die Räder hatten ihn beim Anfahren noch mit einem ordentlichen Schwall schmutzigkalten Wassers bespritzt. Nein, das war keine besonders schöne Autofahrt gewesen. Das nächste Mal würde er sich seine Fahrgemeinschaft vorher genauer ansehen.

Nichtsdestotrotz, es war vorüber, und jetzt galt es, sich erst einmal zu orientieren. Er schärfte seine Sinne. Unter seinen Pfoten fühlte er rauen, nassen Asphalt. Es roch nach Abgasen, nach feuchtem Beton, Hundekot, gebratenem Fleisch und der typischen Duftmischung ungeleerter Mülltonnen. Interessiert richtete er seinen Blick auf die Quelle dieses Geruches. Zwischen den hohen Häuserwänden führte ein Durchgang in einen Hof. Dort mussten die verlockenden Mülltonnen stehen. Gerade wollte er sich in diese Richtung aufmachen, als er spürte, dass sich eine andere Katze näherte.

Mager, struppig, mit einer langen Narbe über der Nase tänzelte eine rot-weiß gefleckte Katze auf ihn zu. Sofort nahm Junior eine wachsame Haltung an. Die Ohren hoch aufgerichtet, sah er ihr alarmiert entgegen.

»Na, Kurzer, neu hier, wa?«

Die zerzauste Katze setzte sich gelassen auf einen Kanaldeckel und begutachtete Juniors jugendliche Gestalt kühl und abschätzend.

»Sie ham dir ausm Auto jeworfen, und nu weeßte nich, wo de bist, wa? Immer det Jleiche mit die Menschens! Wennse in Urlaub fahren, biste überflüssig.«

Gänzlich unfreundlich schien diese ungepflegte Katze nicht zu sein. Junior gab seine Abwehrpose auf, blieb jedoch wachsam.

»Hallo, du! Das waren zum Glück nicht meine Menschen. Ich wollte nur mitfahren. Da haben sie mich entdeckt und rausgeworfen«, schilderte er kurz sein Erscheinen.

»Mitjefahren? Du spinnst, Kurzer. Det macht keene vanünftiche Katze nich! Nich in den jefährlichen Dingern.«

»Ooooch, ich fahre gerne Auto. Das ist nicht gefährlich.«

Junior entspannte sich bei der Unterhaltung so weit, dass er immer mal ein wenig von dem Schmutzwasser aus dem Fell putzte und dabei lediglich die andere Katze im Auge behielt.

»Und wat haste nu davon?«

»Tja, weiß ich noch nicht. Ich will mich mal ein bisschen hier umsehen.«

»Viel Vajnüjen, Süßer!«

Die Katze grinste ihn hämisch an, erhob sich und verschwand tänzelnd durch den Torbogen.

Junior sah sich noch mal um. Er stellte fest, dass er an einer belebten, sehr breiten Straße saß, an deren Rand Auto an Auto parkte. Dann drehte er sich um und musterte die Häuser. Sie erschienen ihm sehr viel höher als alles, was er bisher gesehen hatte. Aber da er bislang nur in einem kleinen Dorf gelebt hatte, war das auch nicht erstaunlich. Er wunderte sich etwas darüber, dass diese Häuser so verschlossen aussahen. Da gab es keine Fenster in vernünftiger Sprunghöhe, geschweige denn welche, die bis zum Boden reichten und ein einfaches Eintreten ermöglicht hätten. Sogar die Haustüren sahen verschlossener aus, als er es bisher kannte.

Er lief zu einem Eingang hinüber und musterte die von einem Metallgitter geschützte Glastür. Als er mit der Pfote dagegenstubste, tat sich überhaupt nichts. Er schnupperte an den mit hässlich grünen, zersprungenen Fliesen verkleideten Eingangsbereich und registrierte, dass eine Katermarkierung vorhanden war. Der Rest war Hund. Und anderes, vielleicht Mensch. Es war ihm neu, dass Menschen ihr Revier auch markierten. Aber er hatte sich ja aufgemacht, die Welt kennenzulernen.

Nach ein paar weiteren Schnüfflern gab er die Untersuchung des Eingangs auf und trabte an der Hauswand entlang Richtung Torbogen. Die grünen Fliesen hörten auf, und grauer Verputz bröckelte von der Betonmauer. Eine rote Blechdose, ein paar Fetzen buntbedrucktes Papier und ein alter Turnschuh erregten sein Interesse, erwiesen sich aber nicht als ergiebig. Schließlich hatte er die Tordurchfahrt erreicht und lief Richtung Hof. Mit geschärfter Aufmerksamkeit allerdings. Die diversen Markierungen hatten ihm zu verstehen gegeben, dass er sich in einem fremden Revier befand. Doch der Besitzer dieses Reviers war augenblicklich nicht anwesend.

Der Hof wirkte vielversprechend. An zwei Seiten, vorne und links, ragten hohe Häuser auf, an der gegenüberliegenden Seite standen Garagen, und rechts begrenzte eine altersschwache Mauer den Hof. Hinter ihr schien sich ein Garten zu verbergen, denn die kahlen Äste von Büschen und Bäumen hingen feucht und kümmerlich über den Rand. Obwohl der Hinterhof ein trostloses und tristes Aussehen hatte, war er für Junior eine Offenbarung. Drei große Müllcontainer standen dort an der Hauswand, drumherum ein Berg von Plastikbeutel mit Müll.

Da Junior schon in frühester Kindheit ausnehmend positive Erfahrungen mit deren Inhalt gemacht hatte (und leider manchmal für seine Leidenschaft gerügt worden war), entzückte ihn die Aussicht, hier seiner Neigung nachgehen zu können. In seiner Begeisterung vergaß er jede Vorsicht und näherte sich erwartungsvoll dem ersten Beutel. Doch gerade als er die Kralle in die dünne Folie schlagen wollte, wurde er mit einem derben Schlag aufs Ohr daran gehindert.

»Det ha ick mir jedacht. Det du deine Pfoten von nüscht wechhalten kannst.«

Verdattert sah Junior zu der rot-weißen Katze hinauf, die jetzt oben auf dem Müllcontainer saß und ihn missbilligend anschaute.

»Und? Sind das etwa deine Tüten?«, fragte er herausfordernd.

»Nee, det ha ick nich nötich. Aber da jibts noch een andern hier, dem jehört det Revier. Un der achtet drauf!«

»Aber der ist jetzt nicht hier. Bist du seine Revierwache? Schick, so ein Job als Hausmeister!«, fauchte Junior die struppige Katze erbost an.

Wider Erwarten kicherte die.

»Du bist zwar nochn ziemliches Baby, aber aufs Maul biste nich jefallen, wa! Mich is es ja eins, ob de dich mit unserm Morris anlejen willst. Aber der führt ne scharfe Kralle.«

»Vielleicht lässt er ja mit sich reden, und wir können uns den Rundgang teilen?« Junior war schon wieder besänftigt.

»Jroßer Kater, woher kommst du denn? Finsterste Provinz, wa? Jungchen, hier jilt leben und sterben lassen.«

»Na prima, und wo soll ich mein Futter herkriegen? Na?«

»Hat dir wer einjeladen zu kommen? Na?«

»Hast du mir vielleicht was zu sagen, du ungewaschener Putzlappen?«

»Ick bin vielleicht nich schön, aber immahin eene Dame, du Provinzschnösel. Wennste weiterhin en jeflechtes Aussehen haben willst, dann suchste dich besser wieder ne Freifahrt nach deinen Vorort.«

»Kannst du mich jetzt eventuell in Ruhe lassen, damit ich mir etwas zu futtern suchen kann?«, forderte Junior bissig. Aber die andere Katze beobachtete ihn nur weiter aufmerksam.

»Ick bin Misty. Mir ham se vor drei Jahren hier abjeladen. Ick hatte et vorher ooch mal besser. Mir will nich einleuchten, det du freiwillig herjekommen bist, Kurzer. Aber vielleicht haste dein Schicksal diesmal so zu erfüllen. Wie nennste dir?«

»Junior.«

»Wie passend«, kicherte Misty. »Wenn de willst, kannste mit mich kommen, ick weiß ne schöne Futterstelle. Is aber en bisschen jefährlich.«

»Komm schon allein zurecht«, murrte Junior, noch immer den Störrischen spielend. Er blieb aber sitzen und putzte sich sorgfältig den Bauch.

»Zier dir nich, ick hab hier ooch mal janz kleen anjefangen. Da kannste froh sein, wenn dir jemand zeicht, wo's langjeht.«

»In Ordnung, Misty. Nett von dir.«

Mit einem Satz sprang Misty zu ihm hinunter und tatzte ihn kumpelig zwischen die Augen.

»Haste schon mal Kebap jefressen?«

»Nein.«

»Na, denn komm mal mit; det wird dir jefallen.«

Zusammen stromerten sie durch den Toreingang und entlang der Häuserzeile bis zur nächsten Ecke. Als sie um die Ecke bogen, standen sie vor einem kleinen Laden, aus dem der verlockende Duft von gebratenem Fleisch quoll.

»Wir müssen aufpassen, det die uns nich jleich sehen. Aber wenn nich so viele Menschen da sin, döst der Junge da immer vor sich hin. Da hinten drin ham se ne Schüssel mit den Fleischresten.«

»Und wie kommen wir da rein?«

»Warten, bis eener die Tür aufmacht. Siehste, da hinten kommen schon welche. Lass mir man zuerst rin. Ick warte dann auf dir drinnen! Du kommst rin, wenn se rausjehn.«

Richtig, es kamen zwei Männer, die in den Laden traten. Gekonnt huschte Misty mit hinein. Junior versuchte sich so unscheinbar wie möglich zu machen, und als kurze Zeit später die Kunden mit ihren eingewickelten Fleischportionen wieder hinauskamen, nutzte er die Gelegenheit, ebenfalls ins Warme zu schlüpfen. Ein leises, raues Maunzen zeigte ihm an, dass Misty unter der Theke kauerte. Lautlos schlich er zu ihr. Seine Augen funkelten vor Abenteuerlust, und seine Begleiterin stellte mit leisem Spott fest, dass er die Situation wohl reichlich zu genießen schien.

»Aber wenn de so drei Jahre lang lebst, valiert sich der Reiz een bisschen«, bemerkte sie, um seinen Übermut zu dämpfen. »Jetzt warten wir mal, bis wieda Ruhe is, denn können wir unsere Portion holen.«

Die Nachmittagsstunden waren von wenig Betriebsamkeit geprägt, und schon bald döste der junge Mann, der den langsam rotierenden Fleischspieß beaufsichtigte, in der Wärme auf seinem Stuhl ein. Auch Junior war ein wenig weggedämmert und musste von Misty erst mit einem kräftigen Schubs geweckt werden. Dann schlichen sich die beiden zu der Schüssel, in der die Fleischreste lagen, die beim Abschneiden von dem Drehspieß heruntergefallen waren. Nach kätzischem Ermessen war das Fleisch zwar durch das Braten ein wenig verdorben, aber noch immer genießbar. Einträchtig schlugen sie sich die Bäuche voll.

Sie hatten Glück. Erst als sie schon ziemlich satt waren, schreckte der Junge aus seinem Schlaf auf, weil die Tür wieder geöffnet wurde. Geschwind duckten sich die beiden Katzen hinter den großen Kühlschrank. Die leergeputzte Schüssel konnte hingegen nicht unbemerkt bleiben, und als die Kunden bedient waren, überprüfte der Mann sofort den Raum. Als er die beiden Katzen entdeckte, scheuchte er sie nicht unfreundlich, aber bestimmt hinaus.

»Der kennt mir schon. Det war nich zum ersten Mal. Wenn der Alte von ihm da is, kriech ich sogar manchmal eene Extra-Portion. Die wolln nur nich, det sich det rumspricht.«

Der allzu kurze Wintertag war inzwischen zu Ende gegangen, es war dunkel geworden. Weil sie sich gesättigt fühlten und die Straßen noch feiertäglich ruhig waren, schlenderten die beiden Katzen gemeinsam zum Hof zurück.

»Wo wohnst du eigentlich, Misty? Wie ist denn dein Mensch?«

»Mensch? Ick will mit Menschen nix mehr zu tun ham. Ick leb alleen, da in dem Jarten. Für een paar Tage kannste mal mitkommen. Aber dann suchste dich deine eigene Bleibe.«

Behände sprang sie auf die halbzerfallene Mauer und dann auf das kleine Stückchen Wiese. Der Schnee, der am Morgen gefallen war, war hier in der Stadt schon lange wieder weggetaut oder hatte nur noch kleine krustige, graue Flecken gebildet. Der Garten war alt, wenig gepflegt, und von den Büschen geschützt lag trockenes Laub am Boden. Dorthin verzogen sich die beiden und rollten sich wärmend zusammen.

»Was hast du denn gegen die Menschen?«, fragte Junior, der neugierig war und das Gespräch wieder in Gang bringen wollte.

»Wat du nich allens wissen willst, wa? Na jut, mir hört ja sonst keener zu …«

Misty legte sich noch mal richtig zurecht und berichtete nüchtern und ohne Selbstmitleid ihre klägliche Geschichte.

Geboren und aufgewachsen als freie Katze in einem gepflegten Vorort einer Großstadt, war sie bei einer Säuberungsaktion eingefangen und in ein Tierheim gebracht worden. Dort hatte man sie sterilisiert und anschließend unter unschönen Bedingungen einige Wochen festgehalten. Dann hatte sie sich eine Frau ausgesucht, die ihr sympathisch erschien und die sie mit zu ihrer Familie nahm. Das war am Anfang eine nette Zeit, erinnerte Misty sich, aber nach vier Jahren mussten die Leute dort wegziehen, und es hieß, sie könnten die Katze nicht mitnehmen.

»Denen ham se jesacht, ne Katze jewöhnt sich nich an een anderet Revier. Son Quatsch!«

Also wurde Misty an Bekannte weitergegeben, bei denen sie ein halbes Jahr blieb, recht und schlecht gepflegt.

»Dann war Urlaub anjesacht, un se sin los mit mir. Ham mich in son Korb jesetzt un nich rausjelassen. Stundenlang. Ick hab jemaunzt un jefaucht, jejammert un krakeelt, aber se ham nich jehört, nur jeschimpft. Na, war mich ja auch peinlich, aber ick hab nich mehr an mich halten können und in den Korb jemacht. Da is die Mutter hysterisch jeworden, weil et ihr jestunken hat un hat mir rausjesetzt. Det war hier. Hier hab ick Jlück jehabt un jleich diesen Jarten jefunden. Hat mich een paar Kämpfchen jekostet, aber nu is er mein Revier. Lässt sich janz jut leben. Un wenns nich mehr jeht, jibts hier imma noch die Straße.«

Sie schwieg, schloss die Augen und wollte nichts mehr sagen.

Junior hatte erschüttert dieser Schicksalsschilderung zugehört und schwieg ebenfalls. Dazu gab es sehr wenig zu sagen. Nur eine Sache beschäftigte ihn weiter, und er wagte nach einer Weile dennoch zu fragen: »Was heißt ›die Straße‹?«

»Det wirste schneller erfahren, als dir lieb is. Un nu lass mir schlafen.«

Misty rollte sich zusammen und versank in einen tiefen, genussvollen Katzenschlaf. Junior hingegen, der sich einigermaßen sicher und geborgen in ihrer Gegenwart fühlte, ließ die letzten vierundzwanzig Stunden passieren. Viel war geschehen, seit er in der vergangenen Nacht aufgebrochen war, um Abenteuer zu erleben. Jetzt ging es wohl richtig los, denn bislang war ja noch alles harmlos gewesen. Weitgehend jedenfalls.

Luzi räumt auf

Sie merken schon, ich vertraue Ihnen tiefste kätzische Geheimnisse an. Plaudern Sie sie bitte nicht aus! Ich für meinen Teil halte ja auch mein Schnäuzchen, wenn ich die Menschen bei ihrem geheimnisvollen Tun beobachte. So, wie das, was ich am diesem Januartag erlebt hatte.

Dieser Tag zeichnete sich dadurch aus, dass die örtliche Müllabfuhr zum Sperrmüll aufgerufen hatte und die Freiwillige Feuerwehr sich der Beseitigung der Weihnachtsbäume annehmen wollte. Ich fand ja, dass das zu ausgesprochener Unordnung im Revier führte. Überall lagen harzig riechende Tannen mit mehr oder weniger Flimmerkram darin herum. Nichts davon roch gut, geschweige denn schmeckte nach irgendwas. Ich zog die frei wachsenden Bäume bei weitem vor. Ja, und der Rest … Daran hätte allenfalls Junior seine Freude gehabt. Jeden Straßenrand zierten zerbrochene Möbel, durchgelegene Matratzen, alte Sessel, rostiges Gartengerät, Eimer mit Farbresten aus einer Renovierungsorgie, abgetretene Teppichbodenstücke, Geschirrteile, Töpfe und große Plastikbeutel mit geheimnisvollem Inhalt.

Nach einem Rundgang und einem kurzen Treffen mit Diti, die mir mitteilte, dass Jakob heute noch nicht auf seinem Fensterplatz lag, beschloss ich, auf Luzi zu warten, um wieder ins Warme zu kommen. Während ich also geduldig und zusammengerollt auf der Gartenmauer saß, beobachtete ich eine ältere Dame, die mit einer umfangreichen Einkaufstasche langsam an den aufgestapelten Sachen vorbeiging und scharfäugig nach irgendwelchen brauchbaren Dingen Ausschau hielt. Hin und wieder hielt sie an und prüfte einen besonders verlockenden Stapel. Wenn sie sich unbeobachtet fühlte, verschwand das eine oder andere handliche Stück in ihrem Beutel.

Und nun zu Luzi! Luzi ist ein weiterer Mensch meiner näheren Bekanntschaft. Ein Jungmensch, sozusagen, und manchmal benimmt sie sich ein wenig wie Junior. Trotzdem – oder vielleicht deshalb – mag ich sie. Anne hat sie vor zwei Wochen angesprochen, ob sie ihr Taschengeld mit Putzen bei ihr und Christian aufbessern wollte. So wie es aussah, war das für dieses Menschenkind ein verlockendes Angebot.

Ich brauchte auch nicht lange auf sie zu warten. Pünktlich um halb zwei kam sie, fröhlich ihre Tasche schwingend, die Straße entlang. Es erstaunt mich immer wieder, was sie mit dem Fell auf ihrem Kopf alles anrichten kann. Diesmal hatte sie die lockigen roten Haare zu einem staubwedelartigen Busch oben auf dem Kopf zusammengeschnürt, hatte den Knopf einer Musikmaschine ins Ohr gedrückt und machte beim Gehen häufig kleine Hopser. Ihre Kleidung konnte nur als farbenprächtig bezeichnet werden, aber ihren jugendlichen siebzehn Jahren stand das gut. Sie war auch aufmerksam. Als sie meiner ansichtig wurde, blieb sie stehen und beugte sich zu mir herunter.

»Na, Nina, du willst wohl mit in die Wohnung kommen?«

Das Antwortmaunzen las sie mir wahrscheinlich von den Lippen ab, denn die Schallwellen in den Ohrstöpseln brachten ihre Trommelfelle so zum Dröhnen, dass kein anderer Laut ihre Sinne erreichte. Ich konnte die Musik bis zu mir hin hören. Mit allen möglichen und unmöglichen Körperteilen rhythmisch zuckend, tanzte sie in die Richtung von Christians Wohnung.

In schicklichem Abstand folgte ich ihr.

Luzi hieß eigentlich Louise Langemann, aber wer sie sah, kam niemals auf die Idee, sie Louise zu nennen. Soweit ich Anne verstanden hatte, ging sie noch zur Schule, wollte sich aber ein paar Euro verdienen, weil sie auf einen Motorroller sparte. Sie hatte Schlüssel zu beiden Wohnungen und konnte sich ihre Zeit frei einteilen. Ihr machte es Spaß. Mit ungebremster Einsatzfreude fegte und wischte, entstaubte und bügelte, spülte und räumte sie in den beiden Haushalten auf.

Heute war zuerst Christians Wohnung dran. Luzi schloss auf, wartete, bis ich eingetreten war, und wickelte sich aus ihrem roten Parka. Dabei musste sie auch die Musik abstellen und den Knopf aus dem Ohr nehmen. Damit erhöhnten sich meine Chancen beträchtlich, von ihr wahrgenommen zu werden. Weshalb sie meinem fordernden Maunzen auch Folge leistete und mir in die Küche nachkam.

Das Mädchen schien mich zu mögen, sie sagte aber einmal zu Christian, dass sie die nach vorne geknickten Ohren lustig finde und furchtbar gerne mal sanft daran gezogen hätte. Zum Glück tat sie es nicht. Ich bin empfindlich, was meine Ohren angeht! Sie hat aber auch gesagt, sie würde gerne mal in meinem flauschigen Fell wühlen. Aber ich merkte schon nach kurzer Zeit, dass sie so gar keine Erfahrung mit Tieren hatte. Und vor Katzen verspürte sie sogar ein bisschen Angst, vermutlich wegen unserer schönen scharfen Krallen.

Die Küche verband ich naturgemäß immer mit Futter – wenigstens ein Anstandshäppchen, ja? –, strich darum verlangend um Luzis grün getupfte Beine. Luzi wusste offensichtlich nicht recht, was sie mit meiner Reaktion anfangen sollte, denn es war das erste Mal, dass sie mit mir alleine in der Wohnung war. Sie beugte sich zu mir hinunter und streckte vorsichtig die Hand nach mir aus. Ich, neugierig, was mir denn da geboten würde, kam näher und wollte an den Fingern schnuppern. Luzi fürchtete vielleicht, dass sie mich beißen wollte, und zog die Hand ruckartig zurück. Ich schickte ihr meinen schönsten goldenen Augenaufschlag, um sie zu beruhigen.

»Entschuldige, ich weiß doch nicht, was du willst«, murmelte das Mädchen und versuchte es noch einmal. Nun durfte ich sie mit meinem Näschen anstupsen. Weil da aber nichts zu knabbern war, verstärkte ich meine Forderung, indem ich meinen Kopf heftig an ihrem Knie rieb. Luzi nahm allen Mut zusammen. Sie umfasste mich mit beiden Armen und hob mich hoch. Dummerweise hatte sie mich dabei nur um den Oberkörper gefasst und nicht meine Kehrseite abgestützt. Das war sehr unbehaglich, denn dadurch hing ich halb in der Luft und wedelte mit den Hinterbeinen, andererseits drückten die Arme mir den Brustkorb zusammen. Ich zappelte heftig und verlangte, wieder auf den Boden gesetzt zu werden.

Luzi, die kleine Dummnase, konnte mich deshalb kaum noch halten, ich rutschte nach unten und krallte mich dabei an dem Ärmel des geringelten T-Shirts fest. Der Stoff war ziemlich dünn, und der Kratzer tat ihr weh. Sie ließ mich recht grob fallen, rieb sich den Arm und schimpfte ungehalten mit mir.

Das musste ich mir nicht bieten lassen! Ich wandte ihr hoheitsvoll das Hinterteil zu, bügelte das zerzauste Fell glatt und ignorierte sie.

In der so erlangten Waffenruhe begann Luzi mit dem Abwasch. Nach einer halben Stunde war sie mit der Küche fertig und wollte mit dem Wohnzimmer beginnen. Ich fand, ich hatte genug geschmollt, und umkreiste noch einmal auffordernd schnurrend um ihre Beine.

»Ob du was futtern darfst?«

Luzi schaute die Schachtel mit dem Trockenfutter unschlüssig an. Sie überlegte wahrscheinlich, wie das schmeckte. Mein Schnurren wurde heftiger, um sie in ihrer Entscheidung zu unterstützen. Endlich ergriff sie die Packung, und das Rascheln des Futters war zu hören.

»Wird dir schon nicht schaden.«

Sie schüttete eine kleine Portion Knusperpfötchen in ihre Hand und legte sie in eines meiner Schälchen. Ich schenkte ihr einen dankbaren Blick für diese Tat, und knusprend und knackend knabberte ich die Leckerbissen auf.

Luzi wagte einen neuen Vorstoß. Vorsichtig und mit spitzen Fingern strich sie mir beim Futtern über den Nacken. Dann ging sie ins Wohnzimmer, um mit vehementer Gründlichkeit für Ordnung und Sauberkeit zu sorgen. Dieser Arbeitseifer störte meine Vorstellung von einem gemütlichen Heim, darum zog ich mich angewidert in mein Körbchen in Christians Arbeits- und Schlafzimmer zurück. Dort im Korb mit der schottisch karierten Wolldecke – der Mann hatte damit wirklich Taktgefühl bewiesen – rollte ich mich zusammen, legte die Pfoten über die Ohren und versuchte, die Laute der hektischen Betriebsamkeit aus dem Nachbarzimmer zu ignorieren. Nicht nur, dass der Staubsauger brummte und schnaufte und das Radio dröhnte, nein, dieses Mädchen musste auch noch wie ein Derwisch dazu heulen. Das war ja fast wie Dudelsackmusik! An Schlummer war nicht zu denken! Jetzt klirrte und schepperte es, gab dumpfe Schläge auf Kissen und Polster, und sie johlte dazu. Mit lautem Gejaule trat dieses Wildweib jetzt auch noch ins Schlafzimmer. Entsetzt fuhr ich in die Höhe. Luzi verstummte.

»Oh, hab ich dich gestört, Kätzchen?«

Ich war milde gereizt, aber Luzi fuhr mir noch mal versuchsweise sanft über den Rücken. Diese Berührung war unbefriedigend und sollte aufhören! Ich legte warnend die Ohren an. Luzi merkte wirklich nichts. Sie verstärkte sogar ihre Bemühungen und strich mir den Rücken bis zum Schwanz hinunter. Das ging ja nun gar nicht an! Blitzschnell schnappte ich nach der störenden Hand. Natürlich biss ich nicht richtig zu. Es sollte ja nur eine Warnung sein, aber Luzi war so entsetzt, dass sie mit einem Quietschen zurücksprang.

»Was seid ihr Katzen nur für unberechenbare Wesen! Die ganze Zeit bemühe ich mich, nett zu dir zu sein, und du kratzt mich und beißt nach mir. Pffff!«

Mit Effizienz und Sorgfalt räumte sie das Zimmer auf und hielt dabei wohltuend den Mund. Ich sah ihr nachdenklich zu. Böse meinte es dieses Menschenkind sicher nicht. Man sollte ihr noch eine Chance geben. Immerhin hatten Christian und Anne beschlossen, dass sie mit zum Haushalt gehören sollte. Und dass sie jetzt den Staubsauger hier mit hineinbrachte, gehörte sicher auch nur zu ihren Pflichten.

Zuletzt wischte Luzi noch einmal vorsichtig auf dem papierübersäten Schreibtisch Staub, dann verschwand sie im Badezimmer, und lediglich leises Plätschern und Schrubben begleitete ihre Tätigkeit. Danach war sie für diesen Tag fertig. Nur noch die Spülmaschine war in der Küche auszuräumen. Ich folgte ihr auf leisen Sohlen, knabberte noch ein paar Häppchen und beobachtete das Mädchen. Während Luzi die Gläser abtrocknete, fand ich es an der Zeit, ihr die zweite Chance zu geben. Als sie die vier Weingläser zum Wohnzimmerschrank brachte, lief ich ihr nach und legte mich zu ihren Füßen auf den dicken Berberteppich.

Sie verstand!

»Ich versuch's noch mal, Nina.«

Sie kniete sich nieder und strich mir jetzt schon etwas professioneller über Kopf und Nacken.

»Wenn ich nicht wüsste, dass es das nicht gibt, dann würde ich fast meinen, du lachst mich an, Süße.«

Aha, langsam bekam sie es mit!

Bestärkt durch ihren Erfolg, legte Luzi sich zu mir auf den Boden und streichelte weiter. Ich bot ihr das Kinn, dann wurde der Hals ganz lang gemacht, dann – ein Zeichen größten Vertrauens, der empfindliche Bauch zugedreht. Mit beiden Vorderpfoten umfasste ich die streichelnde Hand und hielt sie sanft fest. Das Schnurren vibrierte durch meinen ganzen Körper. Auf Luzis sommersprossigem Gesicht lag ein verzückter Ausdruck. Sie vergaß für eine halbe Stunde die Zeit und alle ihre Verpflichtungen und schmuste hingebungsvoll mit mir herum.

Eine neue Freundschaft hatte begonnen.

Revierkampf

Irgendwann in der Nacht wachte Junior auf und stellte fest, dass seine neue Freundin Misty verschwunden war. Da er als ehemalige Hauskatze daran gewöhnt war, nachts zu schlafen, drehte er sich noch einmal um sich selbst und schlummerte ohne Probleme wieder ein. Erst in der Morgendämmerung störten ihn die ungewohnten Laute der Stadt so sehr, dass er endgültig munter wurde. Gleichzeitig plagte ihn auch ein nagender Hunger. Er erhob sich also, dehnte und streckte sich ausgiebig, putzte ein paar Schmutzflecken aus dem Fell und überlegte dann, wie er dieses hässliche Gefühl eines leeren Magens loswerden konnte.

Nachdem er auf die Mauer zum Hof gesprungen war, blickte er sich vorsichtig um. Von einer anderen Katze war nichts zu sehen. Verlockend roch ein frischer Müllbeutel. Die Menschen, die hier wohnten, hatten offensichtlich üppig Silvester gefeiert und reichlich Reste in den Abfall befördert. Junior schnüffelte noch einmal prüfend die kühle Winterluft. Keine Katzenspur! Geschmeidig sprang er auf das Pflaster und pirschte sich an den ersten Beutel heran. Ein Ratsch, und der Inhalt lag ausgebreitet vor ihm.

Ein Treffer! Gleich der erste Beutel war ein Treffer. Wirklich! Der Geschmack der Fischköpfe erinnerte ihn flüchtig an

Nina, seine Adoptivmutter. Die hatte Fisch ja so gerne. Ihm war es gleich. Hauptsache, der Magen wurde gefüllt. Einige Happen Käserinde, ein Wurstzipfel und ein Joghurtrest folgten. Doch dann nahm er plötzlich mit seinen feinen Sinnen wahr, dass sich ein Artgenosse näherte. Aber am frühen Morgen war Junior noch nicht auf Konflikte aus, also zog er sich vorsichtig und langsam wieder in den Garten zurück und beobachtete den Ankommenden interessiert.

Es war ein fast ganz schwarzer Kater in den besten Jahren, kräftig, mit ein paar weißen Flecken im glänzenden Fell und einem selbstbewusstem Blick in den gelben Augen. Einige Kampfesnarben zeigten, dass er das raue Leben nicht scheute, aber sein Auftreten verhieß, dass er es gemeistert hatte. Das musste Morris sein, schloss Junior aus dem besitzergreifenden Verhalten, mit dem sich der Kater auf dem Müllcontainer niederließ. Junior blieb ruhig sitzen, bis er annehmen konnte, dass der andere in einen geruhsamen, tiefen Schlaf gesunken war. Dann machte er sich auf, den Hof zu durchqueren und durch die Toreinfahrt wieder zur Straße zu kommen, um weitere Erkundigungen über die Gegend einzuziehen.

Er beobachtete das geschäftige Treiben in seiner neuen Heimat. An der Straßenecke zeigte eine Ampel ihr buntes Lichterspiel, und Autoschlangen quälten sich stoßweise über die Kreuzung. Auf der anderen Straßenseite standen keine Häuser, sondern es bot ein kleiner Park den Stadtbewohnern aller Art die Illusion eines Stückchens Natur. Junior überlegte, ob er sich auf die andere Seite wagen sollte, aber das unvorhersehbare Verhalten der Fahrzeuge gemahnte ihn zur Vorsicht. So viele Autos auf einmal hatte er bislang noch nicht gesehen. Und sie verhielten sich so unsinnig. Manchmal blieb so eine Autoschlange ohne sichtlichen Grund stehen, obwohl die Fahrbahn frei war. Dann wieder fuhren alle wie die Verrückten auf einmal los und hüllten seine beleidigte Nase in Wolken von Abgasen. Nein, da blieb er doch lieber auf dieser Häuserseite und schaute sich genauer um.

Den ganzen Vormittag verbrachte er so damit, die Geräusche

und Gerüche seiner neuen Umgebung aufzunehmen und sich ein Bild davon zu machen, ob ihm die Stadt nun gefiel oder nicht. Er war sich nicht ganz klar darüber. Es gab natürlich Möglichkeiten, neue Möglichkeiten, nicht vergleichbar mit dem geruhsamen Leben auf dem Lande. Andererseits musste man wohl auch ständig auf der Hut sein. Die vielen Menschen, die Autos, die hässlichen Gerüche, der kalte, harte Asphalt, der Schmutz, der sich ständig im Fell fing. Misty hatte wohl recht, dass ein gepflegtes Aussehen mit dem Leben hier nicht vereinbar war.

Junior schlenderte wieder in Richtung Hinterhof und wollte sich ein wenig dösend zurückziehen. Es hatte angefangen zu nieseln, und bei Temperaturen um den Gefrierpunkt wurde es auch einem pelzigen Kater ungemütlich. Ein warmes Plätzchen wäre nun wünschenswert. Die Erfahrung hatte ihn gelehrt, dass frisch geparkte Autos meistens einen wärmenden Unterschlupf boten, und so hielt er danach Ausschau.

Hervorragend! Direkt an der Hofeinfahrt fuhr eben ein schönes großes Auto in eine Parklücke. Junior wartete, bis die Insassen es verlassen hatten, dann sprintete er los und tauchte zwischen den Vorderreifen unter den Wagen. Der erwartete Effekt trat ein. Es stank zwar nach Öl, Benzin und Gummi, aber die Motorwärme hüllte ihn wohlig ein. Gerade wollte er sich dem erholsamen Dösen hingeben, als eine herrische Stimme ihn aufforderte: »Zisch ab, Bruder!«

Als Junior die Augen aufschlug, sah er sich Morris gegenüber, der ihn drohend anblitzte.

»Ist das dein Platz hier? Dann hättest du ihn kennzeichnen sollen. Ich bleibe!«

Herausfordernd reckte Junior sein Näschen.

Und bekam eins drauf.

Vor Schmerz fauchte er und wich dem nächsten Tatzenhieb nach hinten zurückhopsend aus. Damit hatte er den Platz aufgegeben, und Morris ließ sich gemütlich in der Wärme nieder.

»Warum nicht gleich so, Freundchen!«, schnurrte der Ältere und schloss genießerisch die Augen.

Junior stand wieder im Regen. Ein Blutstropfen quoll aus dem Kratzer, und gedemütigt zog er sich unter einen erkalteten Kleinwagen zurück. Ein Hauch Selbstmitleid überkam ihn. Mit einem leisen Jammerlaut leckte er sich über die misshandelte Nase. Dann versuchte er die Kälte zu ignorieren und ein wenig zu schlummern.

Doch nicht für lange. Er wurde durch Kreischen und Fauchen aus seiner mühsam errungenen Ruhe gerissen. Heftiger Kampfeslärm zeigte an, dass auch andere den warmen Platz begehrten. Zwei stämmige, übel aussehende Katzen lieferten sich mit Morris ein Scharmützel um das Auto herum. Morris hielt sich gut gegen seine zwei Angreifer. Büschel von Fell flogen in alle Richtungen, und üble Beschimpfungen wurden lautstark ausgetauscht. Fast sah es so aus, als ob Morris den warmen Platz für sich behalten konnte, doch ein unerwarteter Tatzenhieb traf ihn am Auge. Wie zuvor Junior sprang er instinktiv zurück. Ein Kotflügel streifte ihn. Er wurde emporgeschleudert und landete mitten auf der Fahrbahn.

Als die Autoschlange wieder wartend an der Ampel anhielt, lag nur noch ein lebloses Bündel schwarzen Fells am Straßenrand, aus dem blutigrote Gedärme hingen.

Junior hatte den Vorgang mit Entsetzen verfolgt. Alles war so schnell gegangen, dass er es noch gar nicht fassen konnte. Die beiden Angreifer hingegen schien der Ausgang des Kampfes nicht besonders zu beeindrucken; sie hatten es sich bereits auf dem eroberten Platz gemütlich gemacht.

Vorsichtig, um ja nicht von ihnen bemerkt zu werden, zog Junior sich zurück und schlich einige geparkte Autos weiter. Bevor er sich unter einem Lieferwagen zurechtlegte, sah er sich noch mal nach den sterblichen Resten von Morris um. Das Grauen sträubte ihm die Nackenhaare.

»Das siehst du zum ersten Mal, was, Fremder?«

Die heisere Stimme veranlasste ihn, erschrocken herumzufahren. Ein abgerissen aussehender alter Kater musterte ihn mitleidig mit einem Auge. Das andere Auge hatte er wohl bei einem

Kampf eingebüßt, es war milchig und verschorft. Weil ein feindlicher Angriff nicht unmittelbar von ihm zu erwarten war, beruhigte sich Junior wieder und antwortete ihm: »Nein, ich bin gestern erst hier angekommen. Da, wo ich herkomme, sind die Autos nicht so gefährlich.«

»Dann solltest du wieder dahin zurückkehren.«

»Das kann ich nicht.«

»Man kann alles, was man will. Aber egal. Ein Jammer um Morris. Er hatte sich ein gutes Leben hier eingerichtet. Sein Revier war erstklassig. Bin gespannt, wer das jetzt übernimmt.«

Junior sah ihn interessiert an.

»Sein Revier war der Hof mit den Müllcontainern, nicht?«

»Ja, aber bilde dir bloß nicht ein, dass du kleiner Frischling das übernehmen kannst! Dieses harte Pärchen dahinten wird schon seine Besitzansprüche anmelden. Und wie ich die kenne, auch darüber hinaus. Misty kann einem jetzt schon leid tun, bei der neuen Nachbarschaft.«

»Wer sind denn die beiden?«

»Ein Kater hiesiger Rasse und eine zugewanderte Kätzin. Die haben sich irgendwann zusammengetan. Und wen er nicht unter die Kralle kriegt, den macht sie fertig. Zwei, die sich an sonst niemanden anschließen. Gefährlich und ohne Mitleid. Also, wenn du die Hoffnung hegen solltest, das Revier zu übernehmen, dann sieh dich vor.«

»Mhrrrrrr …« Junior schnurrte nachdenklich. Das Hinterhofrevier hatte es ihm angetan. Vielleicht gab es ja doch eine Möglichkeit. Die Autos waren hier anders, und die Katzen hatten einen gesunden Respekt vor ihnen. Aber er hatte auch schon gute Erfahrungen mit den Fahrzeugen gemacht und hatte daher den anderen etwas voraus. Vorsichtig linste er zu den beiden Katzen hinüber und musterte dann noch mal die Umgebung.

Es war inzwischen Abend geworden, der Feierabendverkehr erreichte seinen Höhepunkt. Ständig kamen Menschen, um mit ihren Fahrzeugen wegzufahren, andere füllten umgehend die entstandenen Lücken wieder auf. Autotüren wurden geöffnet,

Taschen und Körbe eingeladen oder herausgeholt. Wie gähnende Mäuler sperrten große und kleine Wagen ihre Heckklappen auf, um allerlei Gütern den Weg hinein und hinaus zu ermöglichen.

Der Einäugige war verschwunden. Junior sah sich noch mal suchend nach ihm um, konnte ihn aber nicht finden. Vorsichtig schlich er aus seinem Versteck und warf einen Blick auf die Toreinfahrt. Wenn es ihm gelingen würde, die Mauern rechts und links zu markieren, hätte er zumindest seinen Besitzanspruch angemeldet. Danach würde man weitersehen. Er war noch ein sehr junger Kater, der gerade erst die Fähigkeit entwickelt hatte, seine Duftmarke zu hinterlassen, und es reizte ihn, damit seine Volljährigkeit zu demonstrieren.

Ein Kombi bog von der Straße in die Hofeinfahrt ein und blieb auf dem Bürgersteig zwischen den geparkten Autos stehen. Zwei Frauen stiegen aus und ließen die Türen offen stehen, um ein unhandliches Paket aus dem Inneren zu wuchten.

Das war die Gelegenheit, auf die Junior gehofft hatte. Provozierenden Schrittes schlenderte er also in Richtung Lieferwagen und behielt dabei die beiden in der Restwärme dösenden Katzen im Auge. Sie schienen sich des Reviers schon ziemlich sicher zu sein, denn sie hatten keine Eile, es zu besetzen.

Jetzt wurden die beiden Katzen aufmerksam. Der Kater bemerkte Junior zuerst. Gemächlich, aber unverkennbar drohend, kam er unter dem Lieferwagen hervor und bewegte sich auf Junior zu. Der blieb stehen, plusterte sein Schwänzchen auf, legte die Ohren an und brummte. Der andere fand diese Drohgebärden überflüssig und ging direkt zum Angriff über. Behände wich Junior den Krallen aus. Er fauchte. Der andere kreischte und setzte ihm nach.

Inzwischen war die Kätzin auch dazugekommen und näherte sich Junior von der anderen Seite. Ihre Augen funkelten böse. Sie setzte zu einem Hieb an, aber Junior konnte wieder ausweichen. Er saß nun neben der Beifahrertür des Kombis und sang einen herausfordernden Kampfgesang. Der Kater griff wieder an. Diesmal war es knapp. Fast hätte er Junior das Ohr aufgeschlitzt, doch ein Satz zur Seite kostete ihn nur ein Büschel Haare. Der zweite Hieb der Kätzin riss eine Wunde in seine Flanke, und er fand es jetzt an der Zeit, Ernst zu machen. Mit einem Satz war er im Innern des Autos, genau in dem Moment, in dem die Besitzerin von außen die Beifahrertür schloss und um den Kombi zur Fahrerseite ging. Dort stieg sie ein und schloss die Fahrertür hinter sich. Sie startete, und das Auto rollte wieder auf die Straße.

Verblüfft sahen sich die beiden streitbaren Katzen an. Sie wären nie in ihrem wilden Leben auf die Idee gekommen, in ein Auto zu springen – schon gar nicht, wenn sich Menschen darin aufhielten. In ihrem Erstaunen entging ihnen, dass ihr Opfer inzwischen in aller Ruhe die beiden Hausecken an der Hofeinfahrt markiert hatte und sich daraufhin anschickte, nach hinten in sein Revier zu verschwinden. Junior war nämlich nicht im Auto geblieben, sondern auf der anderen Seite wieder hinausgesprungen.

Er blieb jedoch nicht lange unbemerkt. Die Kätzin sah ihn, jaulte auf und sprintete hinter ihm her. Er schoss vorwärts, dann blieb er in der Mitte des Hofes stehen und stellte sich ihr zum Kampf. Hoch richtete sie sich auf den Hinterbeinen auf und kreischte. Sie war deutlich größer als Junior und sehr schnell. Pelzstückchen flogen, als sie aufeinander trafen. Dann kam auch noch der Kater dazu und stimmte in den mörderischen Gesang mit ein. Junior konnte ein, zwei schmerzhafte Treffer landen, doch er selbst hatte Mühe, den Krallen auszuweichen. Plötzlich ließ die Kätzin von ihm ab und sauste fauchend zur Gartenmauer. Dort hatte Misty gesessen und einige erlesene Beleidigungen gegen sie losgelassen. Die Verfolgungsjagd der beiden Kätzinnen tobte laut und vernehmlich durch den winterdürren Garten.

Der angreifende Kater war für Momente von dieser neuen Konstellation verwirrt. Das hatte offensichtlich noch nie jemand gewagt! Seine Verwirrung brachte ihm einen weiteren Kratzer ein, doch sofort konzentrierte er sich wieder auf seinen Gegner. Der Kampf ging in unverminderter Härte weiter.

Junior war schon ziemlich angeschlagen und fast bereit, das listig erschlichene Revier wieder aufzugeben, als ihm der Zufall in Form zweier kleiner Jungen half. Die beiden etwa Zehnjährigen hatten von der Silvesternacht noch einige Knaller übrig und wollten sie im Hof zünden, denn der Widerhall von den Wänden ergab besonders volltönende Detonationsgeräusche. Sie sahen natürlich auch die kämpfenden Katzen und machten sich ein Vergnügen daraus, die Feuerwerkskörper zwischen die beiden Tiere zu werfen. Das Krachen grollte schrecklich durch den Hof. Junior sprang in Panik hinter einen Müllcontainer. Der andere Kater hatte weniger Glück. Der Kracher hatte Funken versprüht, und einer davon hatte sich in seinem Fell festgesetzt. Mit qualmendem Schwanz raste er vom Hof.

Der Kampf war vorüber und – gewonnen! Nachdem die letzten Kracher verhallt waren, traute sich Junior aus seinem schützenden Versteck wieder hervor. Auf der Gartenmauer saß Misty und leckte sich eine Pfote.

»Hey, ist die weg?«, fragte Junior sie leise.

»Abjezischt wie son Kracher. Ihrm heißschwänzijen Kumpel nach.«

Misty sprang zu Junior runter und tupfte ihn vorsichtig auf das zerschrammte Näschen.

»Willkommen, Nachbar! Für son Kurzen wie dir war det ne janz brauchbare Leistung, wa. Muss schon sagen, du bist ma lieber als Reviernachbar als die beeden.«

»Es hat mir von Anfang an gefallen hier«, bemerkte Junior, den Hof mit stolzer Besitzermiene überblickend.

»Mach ma 'n bisschen Schönheitspfleje, dann lade ick dir noch mal zum Essen ein. Heute is der Alte da, da jibts immer wat Extraes.«

Die Vorstellung, einen großen Teller Fleisch verputzen zu können, regte Juniors Phantasie auf das Erfreulichste an. Wenig später sah man den jungen, noch leicht zerrauften Helden mit der schäbigen, aber nicht herzlosen Misty in Richtung Kebap-Laden wandern.

Anne und Luzi

Ich muss Ihnen meine Menschenfreundin Anne etwas näher vorstellen, denn sie ist eine wirklich interessante Person. Sie denkt auch viel nach, vor allem über Katzen.

Sie wollen wissen, woher ich das weiß? Oh, ich habe da so meine Methoden. Gut, wir Katzen haben ein ausgezeichnet funktionierendes Kommunikationssystem, und bei den Menschen haben wir alle eine gute Beobachtungsgabe. Aber ein bisschen mehr ist auch noch dran. Sehen Sie, wir Katzen, wir finden es nicht so sehr schwer, die Gedanken niederer Wesen zu lesen.

Pardon, Wesen anderer Art meine ich natürlich, wie zum Beispiel Menschen.

Ich hab mich entschuldigt, sehen Sie mich nicht so an!

Ich weigere mich, Ihre Gedanken jetzt zu lesen!

Gut, das Stück Hühnerbrust akzeptiere ich. Dann erzähle ich Ihnen, was Anne so denkt und fühlt.

Luzi hatte sich in Annes Wohnung vergnügt und mir erlaubt, mit hineinzukommen. Ich kenne mich bei Anne ja gut aus. Weil das Mädchen so lange mit mir rumgeschmust hatte, wie sie es inzwischen jedes Mal machte, wenn sie mit ihrer Arbeit fertig war, traf sie Anne noch an, die an diesem Tag früher aus dem Büro gekommen war.

»Ihr zwei habt euch ja schon sehr intensiv angefreundet, stelle ich fest. Das ist eine kleine Schmusebacke, unsere Nina, nicht wahr?«

»O ja, Frau Breitling. Erst wusste ich nicht so richtig, was sie wollte, aber sie ist ganz schön schlau.«

»Wenn es um Futter, Sahne, Tür auf, Tür zu und Streicheln geht, kann sie sich sehr deutlich verständlich machen.«

Luzi kicherte und stand auf. »Ich glaube, ich hätte auch gerne eine Katze.«

»Sag so was nicht zu laut, Luzi. Solche Wünsche erfüllen sich schneller, als man denkt.«

»Hört die ein höheres Katzenwesen und schickt dann eine zu einem?«

»Ich glaube, so ungefähr funktioniert das. Zumindest war es bei Junior so.«

»Junior?«

»Ein Jungkater, den Nina mir angeschleppt hat, nachdem mein alter Tiger gestorben war. Leider ist er seit einigen Tagen auf Reisen.«

»Ja, aber …«

»Ich hoffe, dass er, wenn er genug von der Welt gesehen hat, wieder zu mir zurückkommt.«

Anne klang ein bisschen wehmütig, als sie von dem kleinen Gesellen sprach, und ich drückte mich an ihr Bein, während sie Luzi weiter erklärte: »Komisch, beide Katzen sind von sich aus zu mir gekommen. Mein Tiger war auch so ein Zugelaufener. Seit der Zeit weiß ich eigentlich erst, wie nett das ist, so ein Tier in der Nähe zu haben. Und wie tröstlich. Jetzt habe ich nur noch Nina. Sie kommt ja wirklich gerne zu mir, aber eigentlich ist sie ja doch Christians Katze. Den kleinen Unterschied merkt man schon. Um ihn kümmert sie sich irgendwie liebevoller.«

»Ob Katzen das wohl spüren, wenn man sie so gerne hat?«, fragte Luzi und lümmelte sich auf das Sofa, auf dem Junior gerne gelegen hatte.

Anne schien in Plauderlaune zu sein und schob ihr den Teller mit Keksen hin. Ich hopste zu Luzi auf das Sofa und machte es mir auf meiner dunkelblauen Decke gemütlich. Auf Dunkelblau hob sich mein Fell so attraktiv ab, wollte ich nur mal erwähnen. Dann hörte ich der Unterhaltung zu, die sich um meinen alten Freund Tiger drehte.

»Als Tiger kam, hatte ich gerade meinen damaligen Freund rausgeworfen. Der Kater hat sich nach und nach eingeschlichen. Natürlich habe ich irgendwie meine überschüssigen Gefühle auf ihn übertragen. Ach nein, Luzi, das ist eine fürchterlich verkopfte Erklärung. Ich habe den Kater einfach um seiner selbst geliebt.«

»Was ist mit ihm passiert, Frau Breitling?«

»Er starb letzten Sommer. Wurde von einem Auto angefahren.«

»Oh, wie traurig.«

»Das war es, Luzi. Ich werde ihn nie vergessen.« Anne langte zu dem Beistelltischchen und reichte Luzi das Bild von Tiger.

»Der sieht aber würdevoll aus!«

»Er konnte auch sehr würdevoll sein, und auf seine Würde legte er auch sehr großen Wert. Aber so dann und wann war er auch bereit, sich auf meinem Schoß zusammenzurollen, oder er saß auf der Sofalehne und betrachtete mich mit seinen abgründigen, weisen Augen. Aber oft ging er seine eigenen Wege und reagierte nicht auf Verlockungen – außer auf Futter natürlich. Aber dann, wenn ich es gar nicht erwartet hatte, kam er und legte seinen Kopf in meine Hand. Oder rollte sich schnurrend an meiner Seite zusammen. Er brauchte mich nicht. Gerade deshalb waren seine seltenen Zeichen der Zuneigung so besonders kostbar für mich.«

»Wollen Sie nicht wieder eine neue Katze zu sich nehmen? Ich meine, Nina wird doch nichts dagegen haben.«

Hätte ich es gekonnt, würde ich jetzt meine Ohren dramatisch spitzen, aber diese schlappen Dinger wollen ja nicht so, wie es notwendig ist. Nichtsdestotrotz hörte ich genau zu. *Wollte* Anne eine neue Katze?

»Ich weiß nicht, Luzi. Ich hätte das Angebot von Kollege Ferguson annehmen können. Er besitzt eine zauberhafte Maine-Coon, Babsy, die gerade eben Nachwuchs bekommen hat. Er hat mir Bilder von ihr gezeigt, ein graues Wuschelknäuel mit prächtiger Halskrause. Diese Maine-Coon sehen wirklich bezaubernd aus. Ferguson hat mir schon früher mal angeboten, dass ich eine Katze aus dem nächsten Wurf bekommen könnte. Aber viel lieber hätte ich es, wenn mir wieder so eine Durchschnittskatze zulaufen würde. Am liebsten wirklich so eine ehrliche Dorfkatze, die mir auch mal eine Maus mitbringt und tagsüber oder nachts draußen herumstromert. Vor allem, weil das Revier bei uns so herrlich katzengerecht ist.«

»Ja, das stimmt wohl, Frau Breitling.« Luzi bekam ganz schmale Augen, und ich spürte, dass sie sich Mühe gab, sich in eine Katze zu versetzen. Sie hatte Phantasie, die kleine Menschin. Denn sie erkannte ganz genau, worum es uns ging. »Dieses kleine Stück Naturschutzgebiet hier mitten im Dorf mit den Büschen und Gräsern, dem Bächlein und den schmalen Spazierwegen, das muss klasse sein, wenn man Katze ist. Ein Jagdgebiet, Verstecke, Sonnenplätze – da möchte man selbst mal mitgehen. Ich kann mir das gerade richtig lebhaft vorstellen.«

Anne lachte leise in sich hinein. »Und ich stelle mir gerade vor, wie du auf allen vieren durch das Gestrüpp schleichst und dich den Abenteuern der Natur stellst.«

»Würde ich machen! Überhaupt gibt es viele Katzen in diesem Dorf. Seit ich Nina kenne, achte ich ein bisschen drauf.«

»O ja, ich kenne sie auch, und viel von ihnen sogar schon mit Namen. Der dicke, graue Henry ist der, der immer so aussieht, als ob er döst. Die beiden hochnäsigen Siamkatzen, die immer zu zweit umherziehen, hören auf die Namen Diti von Aphrodite und Hommi von Homer.«

»Ihre Besitzer haben eine klassische Bildung genossen?«

»Bildungsreisende Damen. Emil Mahlberg pflegt seinen mürrischen Jakob, Fleuri ist die mit dem Glöckchen, und Rasputin, der immer so gewichtig auf dem Briefkasten sitzt, dem gehört die Post. Die anderen kenne ich vom Sehen, aber nicht mit Namen. Aber sie alle haben überhaupt keine Scheu vor mir. Wenn ich sie grüße, dann kommen sie näher und lassen sich streicheln. Außer Pinky, aber die ist ja auch noch sehr neu im Revier.«

»Wer ist Pinky?«

»Sie gehört zu Martina und ihrem Sohn Berti, die kürzlich zugezogen sind. Lustigerweise habe ich Martina vor rund acht Jahren kennengelernt. Sie hat damals bei uns im Büro gejobbt, aber dann habe ich sie aus den Augen verloren. Ich muss sie mal zum Kaffee einladen und mit ihr ein bisschen über die vergangenen Jahre schwatzen. Sie ist vielleicht nicht die Klügste, aber sie ist lieb und herzlich, und außerdem mag sie Katzen.«

»Ach, jetzt weiß ich, wen Sie meinen. Der Junge ist niedlich.«

Ich bin auch niedlich und verlangte endlich meinen gebührenden Anteil an Zuwendung. Ich krabbelte zu Luzi hin und stupste sie mit dem Kopf an den Arm.

Sie hatte dazugelernt.

Sie kraulte mich.

Tiger wächst

Sehen Sie, so einfach ist das, sich mit unsereins anzufreunden. Sie könnte auch noch mal …

Ja, schon gut, ich komme ja wieder zur Sache. Ja, ich weiß, Sie wollen die Abenteuergeschichte hören. Kommt gleich wieder. Nur ein kleiner Abstecher noch zu meinem alten Freund Tiger, ja?

Tiger hatte inzwischen bereits die Augen geöffnet, den Korb verlassen und die ersten Ausflüge in die Umgebung mit neugierigem Interesse vorgenommen. Noch war Babsy da und sorgte für sein körperliches Wohlergehen. Zufrieden kuschelte er sich mit seinem weißen Schwesterchen Lea an Mutters langhaarigen Bauch oder vertrieb sich die Zeit mit turbulenten kleinen Spielchen.

Lea war ein schlaues kleines Ding, anschmiegsam und von gutem Charakter, aber in manchen Dingen doch sehr unbedarft. Sie schien eindeutig Babsys Liebling zu sein, wurde viel mehr gehätschelt und geputzt, während er sich selbständig machte. Nur wenn sie manchmal in stillen Stunden ihre Gedanken austauschten, dann wusste Tiger, dass Babsy ihn mehr respektierte.

In wenigen Wochen würden sie getrennt werden. Nadine hatte ihm ihre Freundin Angela schon vorgestellt, und er hatte sie für akzeptabel befunden. Jetzt, beschloss er, musste er erst mal in Ruhe wachsen und seine kätzischen Fähigkeiten entwickeln.

Juniors Stadtleben

Der Januar war noch kühl und feucht gewesen, doch im Februar setzte dann eine richtige Kältewelle ein. Es wurde eisig und trocken.

Die ersten Tage in seinem neu eroberten Revier hatte Junior dazu benutzt, sich mit den städtischen Gegebenheiten vertraut zu machen. Misty und der einäugige Kater, der sich jetzt als Ali vorgestellt hatte, trafen oft mit ihm zusammen und wiesen ihn auf die verschiedenen Gefahren hin. Immerhin waren diese nicht so groß, dass ein Überleben nicht möglich gewesen wäre. Die Verpflegung aus dem Abfall war reichhaltig, durch die anfänglich heftigen Regenfälle hatte er zwar ständig ein feuchtes Fell, aber die Pfützen waren mit frischem Regenwasser gefüllt. Auch wenn es nicht so gut schmeckte wie das Wasser aus dem Bächlein, das er aus dem Dorf kannte. Ölschlieren, Ruß und Staub hinterließen oft einen bitteren Nachgeschmack, und das eine oder andere Mal hatte er sich daraufhin auch schon erbrochen. Dennoch, es war ein gutes Revier. Vor allem zeigten sich seine Vorzüge deutlich, als es dann plötzlich kälter wurde. Durch die Luftschächte, die aus den Kellerräumen in den Hof führten, drang immer warme Luft nach oben. Eine besonders nette Stelle war an dem Austritt des Dunstabzugs des Kebap-Ladens. Dort, über dem Garagendach, pustete der Ventilator ständig warme, nach Fett, Fleisch und Gewürzen duftende Luft hinaus. Junior war oft auf dem Garagendach zu finden, das er mit Leichtigkeit über die Müllcontainer springend erreichte. Das Fell roch zwar danach nicht kätzisch sauber, aber er sah ja sowieso nicht mehr so besonders gepflegt aus. Junior hatte Misty recht geben müssen: Stadtleben machte struppig!

An einem klaren, klirrend kalten Februartag lag Junior wieder an seiner warmen Lieblingsstelle und döste ein wenig in der matten Wintersonne, als er plötzlich heftig aus seinen Träumen gerissen wurde. Ein Fenster in einem der oberen Stockwerke wurde aufgerissen, und lauter Streit tönte durch die Luft. Die schrille Stimme einer Frau und das Gebrüll zweier Männer hallten im Hof wider, und mit einem Scheppern schlug ein Kochtopf neben ihm auf. Der heiße Inhalt spritzte in weitem Bogen um ihn herum, und wenn er sich nicht mit einem gewaltigen Satz in Sicherheit gebracht hätte, wäre er vermutlich verbrüht worden.

»Hat wieder mal Zoff jejeben da oben, wa?«

Misty kam, von dem Getöse ebenfalls geweckt, vorbei und guckte interessiert hoch.

»Die Menschen hier sind schon reichlich komisch«, meinte Junior, sich ein Tröpfchen Kartoffelsuppe vom Pelz leckend. »Aber es schmeckt wirklich nicht gut!«

»Wat willste ooch schon erwarten, det Schlampenvolk hält sich zwee Hunde und enen Kanalljenvogel.«

»Gibt's eigentlich hier überhaupt keine Katzen, die einen Menschen haben? Bislang hab ich hier nur euren frei lebenden Clan getroffen.«

»Det jibt et natürlich. Aber die Kollejen musste mal sehn! Det sin die armen Viecher. Denen ham se die Haare lang und die Nasen einjedrückt jezüchtet. Die sin total abhängich von ihrn Menschen. Oder solche Missjeburten, die keen Fell mehr ham oder deren Ohren total schlapp nach vorne hängen. Jrauenvoll!«

»Sag das nicht, das mit den Ohren. Das andere ist schlimm, da gebe ich dir recht. Aber meine Adoptivmutter hat solche Schlappohren, und die ist ganz schön auf Draht!«

»Ach wat, du hatst ne Adoptivmutter?«

»Hatte ich.«

Junior wollte nicht viel dazu sagen, auch zu Misty nicht, denn sonst hätte er sich selbst und seiner Freundin gegenüber zugeben müssen, dass er sich manchmal nach seinem ersten Zuhause sehnte. Die schöne, saubere, warme Wohnung bei Anne, das naturbelassene Revier, die freundlichen Dorfkatzen und die Streicheleinheiten – neben all dem schmackhaften Futter –, die Anne ihm dann und wann aufgedrängt hatte ... Nein, er war jetzt eine Katze auf dem Weg durch die harte Welt, und er durfte sich nicht nach dem Schoßkatzendasein zurücksehnen. Also wechselte er das Thema.

»Bist du eigentlich schon mal in dem Haus gewesen, Misty?«, wollte er wissen, als die Kätzin sich neben ihm unter den warmen Luftstrahl gelegt hatte.

»Een paar Male. Aber et war nüscht Besonderet. Det Treppenhaus stinkt nach alter Pisse un verjammeltem Zeuch, ständich musste aufpassen, det se dir nich treten, un wennste Pech hast, schmeißt dir eener die Stufen runter. Nee, da bleib ick lieber von wech.«

Sie schielte zu ihm rüber und setzte hinzu: »Du siehst aber aus, als könnste det nich lassen. Dann musste deine Erfahrung ebent selber machen. Aber nimm dir in Acht, det se dir nich in ne Wohnung mit reinlocken. Da schneiden se dir als Erstet die Krallen ab und dann noch andere wichtije Dinge, wa?«

»Echt?«

»Echt!«

»Okay, ich werde mich vorsehen. Aber interessieren tut es mich schon.«

Junior, der einen Entschluss gefasst hatte, war nicht mehr zu bremsen. Er hüpfte über die Mülltonnen auf das Hofpflaster, stolzierte dann selbstbewusst quer durch sein Revier zur Toreinfahrt hinaus und bog nach links um die Hausecke. Nach ein paar Schritten kam die Haustür. Probehalber schnüffelte er nach Katzenspuren, aber es war offensichtlich kein fremder Revieranspruch vorhanden. Die Haustür aus Metall und Glas sah schmutzig und zerkratzt aus, von den Briefkästen hingen rote, bedruckte Papiere wie herausgestreckte Zungen herunter. Eine leere Bierflasche stand verwaist in einer Ecke, und Junior trat in einen frischen Kaugummi. Angeekelt entfernte er das klebrige Ding von seinem rechten Ballen. Dabei hätte er fast den Augenblick verpasst, in dem der Eingang geöffnet wurde und ein ledergewandetes Pärchen heraustrat. Bevor die Tür wieder zufallen konnte, huschte er hinein. Dabei wäre sein Schwanz fast eingeklemmt worden, nur durch einen schier übernatürlichen

Instinkt zuckte er noch rechtzeitig zurück. Dann stand er im Treppenhaus. Misty hatte recht, was die Gerüche anbelangte. Toll war das nicht. Auch aussehen tat es hier wirklich nicht besonders. Die gelblichbraune Ölfarbe an den Wänden blätterte in großen Placken dort ab, wo wohl häufig die Fahrräder angelehnt wurden. Die Kunststeintreppen waren kalt und weitgehend ungeputzt, und an dem dreckigen Fußabstreifer blieb er mit einer Kralle hängen. Es dauerte eine Weile, bis er wieder losgekommen war, und so lernte er den ersten Hausbewohner kennen. Eine Frau in Jeans und dicker Jacke kam aus dem Aufzug, sah ihn auf der Matte sitzen und kreischte ihn an: »Raus hier, du Mistvieh! Wir brauchen nicht auch noch Katzendreck hier drin.«

Ihren Worten verlieh sie mit einem Fußtritt Nachdruck, und Junior befand sich wieder auf dem Bürgersteig. Er schüttelte sich. Der Tritt war nicht besonders fest gewesen, aber trotzdem taten seine Rippen weh. Darüber war er sauer. Schon einmal hatte er eine derart brutale Erfahrung mit einem Menschen gemacht, und langsam glaubte er, eine Abneigung gegen diese Spezies entwickeln zu müssen. Wenn da nicht Anne gewesen wäre …

Die Tür wurde wieder geöffnet, diesmal, weil eine Mutter mit einem Kinderwagen hineinwollte. Durch dieses Manöver hatte Junior genügend lange Zeit, um in Ruhe einzutreten. Er beobachtete jetzt, wie diese Frau im Aufzug verschwand. Die Tür schloss sich hinter. Doch schon wenige Minuten später ging die Tür wieder auf, und die Frau war weg. Das war interessant! Verschluckte der kleine Raum dahinter die Menschen? Nein, denn jetzt schloss er sich wieder, und gleich danach kam ein frischer Mensch heraus. Seltsam!

Den klugen Rat missachtend, dass Neugier der Katze Tod sein könnte, schlich er sich näher. Die Tür war wieder offen, der viereckige Raum dahinter leer. Vorsichtig tastend trat er über die kleine Schwelle, die sich davor gebildet hatte. Er sah sich um. Die Wände waren aus kaltem Metall, wie er mit der Nase feststellen konnte. In einer Ecke lag eine schmierige Tüte mit den Überresten von Pommes frites und Ketchup und ein alter Hausschuh. Er schnüffelte ein wenig am Boden herum und setzte vorsichtshalber eine Markierung in einen Winkel.

Plötzlich, bevor er sich nach draußen retten konnte, schloss sich mit einem leisen Surren die Tür. In Panik schrie er auf und drückte sich in eine Ecke. Jetzt rüttelte und bewegte sich der ganze Raum, und Junior fühlte sich an den Boden gedrückt. Starr vor Schrecken blieb er so liegen, auch als die Tür sich wieder öffnete. Zwei Männer, ins Gespräch vertieft und Zigaretten rauchend, traten ein, drückten an den Knöpfen, und schon fing das Gerüttel wieder an. Zwei Stockwerke höher verließen die beiden den Aufzug jedoch wieder, ohne die verängstigte kleine Katze gesehen zu haben. Nur der Geruch der langsam verglimmenden Zigarette, die achtlos auf den Boden geworfen worden war, hing noch in der Luft. »Pfui!«, stellte Junior fest, als er daran roch. Dabei hätte er sich fast die Schnurrhaare angesengt.

Als niemand einstieg, schlossen sich die Türen wieder, und der Aufzug fuhr in seine Ausgangsposition im Erdgeschoss hinunter.

Allmählich entspannte Junior sich. Das Auf und Ab schien so etwas Ähnliches wie Autofahren zu sein, nur dass man nicht herausgucken konnte. Als er unten angekommen war, huschte er zwischen den Beinen der eintretenden Menschen wieder in den Eingangsbereich.

Für heute war das Erlebnis Abenteuer genug, und er trat, da die Haustür auch gerade offen stand, aus dem Haus.

In den nächsten Tagen besuchte er das Innere des Hauses häufiger, zumal er entdeckt hatte, dass es dunkle Verstecke gab, in denen man in den allzu kalten Nächten ein bisschen Wärme finden konnte. Lange wollte er aber sein Revier nicht unbeaufsichtigt lassen, darum hielt er sich immer nur einige Stunden dort drinnen auf. Aber Aufzugfahren, das musste er jedes Mal!

Hier nun machte er auch endlich eine angenehme Bekanntschaft. Eines Abends trat eine Frau in den Aufzug, die ihn ganz vage an Anne erinnerte. Sie roch so schön, und sie hatte so dünne, glatte Strümpfe an den Beinen. Nur die Schuhe sahen gefährlich aus – knallrot und mit ganz hohen, spitzen Absätzen.

Ob er es wagen sollte? Er zögerte. Wenn die zutrat, war alles zu Ende! Also lieber Vorsicht! Aber als er sich wieder unsichtbar machen wollte, hatte sie ihn schon bemerkt.

»Hallo, wen haben wir denn da? Na, Katze, ist dir zu kalt draußen?«

Eine Hand mit langen roten Fingernägeln kam näher und berührte Junior leicht am Kopf. Er hielt ganz still und genoss die sanfte Berührung. So ganz nahe hatte die Frau keine Ähnlichkeit mehr mit Anne, aber es war ja so nett, mal wieder gestreichelt zu werden. Schade, dass der Aufzug jetzt hielt und sie nach draußen stakste.

Als sie am nächsten Abend zu etwa der gleichen Zeit wieder das Haus verließ, wartete er schon auf sie und strich ihr im Aufzug einmal vorsichtig um die Beine. Er wurde mit ein paar liebevoll gemurmelten Worten und einem kurzen Streicheln belohnt.

Von diesen Ereignissen erzählte er jedoch seinen Freunden nichts. Die würden das vermutlich nicht verstehen. Aber er hielt es die folgenden Tage so, dass er immer, wenn die Frau kam oder ging, in der Nähe war. Wenn sie dann alleine war, bekam er seine Streicheleinheiten. Nur wenn sie einen Mann dabei hatte, dann galt ihre ganze Aufmerksamkeit diesem Begleiter, und sie gurrte und schmuste dann mit diesem Menschen herum, ohne Junior zu beachten.

Der kalte, trockene Februar brachte ein neues Problem mit sich. Als Erstes machte ihn Misty darauf aufmerksam.

»Sieh zu, det de jenuch zu trinken finst, Junior. Oder fang dir wenichstens mal een Vogel.«

In der Tat, die Pfützen waren ausgetrocknet, und andere Wasserquellen gab es in seinem Revier nicht. Zwar brauchten die Katzen nicht viel Flüssigkeit, aber gerade die Ernährung aus dem Abfall hatte nicht genug davon. Frische Mäuse gab es im Hof auch nicht, und daher war er Misty dankbar, dass er in ihrem Garten hin und wieder einen Vogel fangen durfte.

Ein schreckliches Erlebnis hatte Junior, als er von Durst getrieben, einmal aus einer zerbrochenen Flasche die restliche

Flüssigkeit geschleckt hatte. Sie hatte zwar widerlich gerochen, aber er war eben sehr durstig gewesen. Kurz darauf hatte er völlig die Orientierung verloren. Sein Gleichgewichtssinn war gestört, und zitternd hatte er alles wieder herausgewürgt. Der Wein war ihm überhaupt nicht bekommen. Halb besinnungslos hatte er einen ganzen Tag hinter den Mülleimern gelegen. Zum Glück entdeckte ihn in der Zeit niemand, weder Mensch noch Tier. Anschließend hatte er sich so schlapp gefühlt, dass er kaum noch die Kraft gehabt hatte, sich zu der Garage zu schleppen, wo ein nachlässiger Bewohner den Wasserhahn für den Schlauchanschluss nicht richtig zugedreht hatte und ein beständiges Tröpfeln eine kleine, langsam gefrierende Pfütze bildete. Mit großer Anstrengung schaffte er es bis dort hin und schlabberte, soviel er konnte, von dem kalten Nass. Die Menge Wasser, die er dort zu sich nehmen konnte, rettete ihm vermutlich das Leben.

Einladung zum Tanz

Mitzubekommen, was vor sich geht, ist natürlich leichter, wenn man einfach dabei ist und lauschen kann. Ich bekomme eine ganze Menge mit, auch wenn meine Menschen meinen, ich würde tief und fest schlafen.

Nein, entschuldigen Sie, ich finde nicht, dass es ungehörig ist zu lauschen! Könnte ich sonst eine so schöne Geschichte erzählen?

Nein, sehen Sie!

Ich lauschte schon eine Weile auf die Schritte, dann hörte ich sie endlich kommen. Es war schon nach sechs Uhr, als Anne nach Hause zurückkehrte. Bestimmt hörte sie auch schon auf der Treppe das Getöse von Luzis lauter Musik, denn ich sah sie nachsichtig lächelnd die Tür öffnen, zielstrebig ins Wohnzimmer gehen und die Anlage ausmachen.

»Oh, Sie sind's?« Luzi steckte ihre Nase aus dem Badezimmer. »Ich bin gleich fertig!«

»Schön.«

Anne folgte ihr, schob den Duschvorhang zur Seite und zupfte am T-Shirt.

»Ach, Luzi, könntest du dir eventuell vorstellen, dass meine Vermieter, mh, diese Form der Gesangsdarbietung vielleicht nicht bevorzugen? Also wenigstens nicht in einer solchen Lautstärke.«

»War das zu laut?« Erstaunt drehte Luzi sich, einen triefenden Schwamm in der Hand, um. »Gut, ich mach's das nächste Mal leiser. Aber Sie haben doch nichts dagegen, wenn ich mir Ihre CDs anhöre? Sie haben nämlich starke Sachen da!«

Bewunderung funkelte in Luzis Augen.

»Nein, natürlich nicht. Wenn du willst, kannst du dir auch ein paar Stücke kopieren. Ich zeige dir, wie das hier funktioniert.«

»Super, danke. Übrigens, erschrecken Sie nicht, Nina ist mitgekommen und liegt im Schlafzimmer. Ich habe sie nicht vom Bett runtergekriegt.«

»Mach dir nichts draus, das gelingt mir auch nie. Eher kann man Berge versetzen, bevor man diese Schlafmütze gegen ihren Willen irgendwohin bewegt.«

Beide kicherten über mich, weshalb ich natürlich sofort aufstand und ihre Aktivitäten aufmerksam verfolgte. Ich war doch keine Schlafmütze! Luzi erledigte die letzten Handgriffe und machte sich bereit, das Haus zu verlassen. Anne hatte sich inzwischen umgezogen und war jetzt – ähnlich wie ihre Haushaltshilfe – in bunten Leggins und einen weiten Pulli gekleidet. Anerkennend sah sie sich um.

»Du bist eine richtige Perle, Luzi.«

Das Mädchen freute sich über das Lob und grinste ein bisschen verlegen.

»Mir macht's Spaß.«

»Wann kommst du wieder?«

»Oh, übermorgen, denke ich.«

»Gut, dann gibt es auch Geld.«

»Super. So, jetzt muss ich los, Siggi kommt heute Abend noch zum Lernen.«

Als sie aus der Haustür stürmte, prallte sie fast mit Christian zusammen, der zu Anne wollte.

»Hallo, mein Putzteufelchen. So spät noch hier?«

»Guten Abend, Herr Braun. Entschuldigung, ich hatte ein bisschen mit Nina gespielt und dabei die Zeit vergessen. Ich komme übermorgen wieder. Nina ist bei Frau Breitner die Birne im Badezimmer ist kaputt Sie brauchen neue Staubsaugerbeutel. Ich muss jetzt los. Tschüs!«

Bums! Mit einem Türenknallen war sie davon.

»Hui, was für ein Wirbelwind.«

»Orkanstärke, wenn man die Musikuntermalung dazu mitbekommt. Du hast uns was zu essen mitgebracht, sehe ich?«

»Ein bisschen Salat, Brötchen und Wein. Ich brauche jetzt erst mal einen Schluck. Heute hat es Ärger gegeben.«

»Was du brauchst, ist erst mal ein Begrüßungskuss, dann etwas zu essen und zu trinken, und dann erzählst du mir, was passiert ist.«

Annes Vorschlag wurde angenommen und ausgeführt. Als beide im Wohnzimmer saßen und ich auf meiner Decke Platz genommen hatte, erzählte Christian von den Ereignissen des Tages.

Das war mein Stichwort. Ich sprang aus dem Bett und gesellte mich zu den beiden. Ich höre ihnen gerne zu, vor allem, weil entweder der eine oder der andere dabei seine Hand in meinem Fell hat. Diesmal war es Anne, denn Christian brauchte seine, um sich damit aufgebracht durch die Haare zu fahren.

»Einen geistigen Horizont von hier bis zum Tellerrand, kreativ wie die Regenwürmer und flexibel wie Dampfwalzen. Zwei Leute haben einigermaßen brauchbare Ideen entwickelt, die anderen sehen ihre Existenzberechtigung darin, ordentlich die Formblätter des Auftraggebers auszufüllen.«

»Gut, nun hast du so einen triefnasigen Haufen. Warum setzt du dich nicht hin und suchst selbst nach Möglichkeiten? Das kannst du mit Sicherheit besser. Und dann krempelst du einfach den ganzen Betrieb um.«

»Da hast du mich wieder. Ich wollte meine Mitarbeiter natürlich in den Wandel mit einbeziehen. Aber das heutige Ergebnis zeigt, dass du wahrscheinlich recht hast. Ach, Mist!«

»Was heißt, dass ich recht habe?«

»Dass ich mir nur weiteren Ärger einbrocke. So, und jetzt Schluss mit diesem Thema. Hast du Lust, mit mir am übernächsten Wochenende tanzen zu gehen?«

»Klar, sicher. Aber bitte nicht auf so einen blöden Karnevalsball.«

»Doch, gerade auf so einen!«

»Das meinst du nicht ernst?«

»Doch!« Christian lachte. »Samt Hütchen und roter Nase.«

»Dahinter steckt doch mehr?«

»Richtig. Ich habe vorhin Frau Mahler-Senckendorf getroffen. Sie hat für irgendeine Hilfsorganisation einen Wohltätigkeitsball organisiert und will das Ganze als Kostümfest aufziehen. Nur für geladene Gäste – kurz solche, bei denen sie auf reiche Beute hoffen kann.«

»Da musste sie ja gerade auf dich verfallen!«

»Wieso, du verdienst doch gut?«

»Bäh!«

»Wenn du nicht willst, brauchen wir auch nicht hingehen.«

»Ach doch, vielleicht wird es ganz lustig. Als was verkleidest du dich denn?«

»Ob ich dir das vorher verrate?«

Mir verrieten sie auch nicht, was ein Kostümfest war, aber ich bin ja geduldig.

Ein verhängnisvoller Fehler

Die Kältewelle ging mit dem Februar zu Ende, und in seinen letzten Tagen setzten milde Frühlingsregen ein. Damit tauchten auch wieder andere Katzen auf. Es gab einige Scharmützel bei den Müllbeuteln, eine Grenzauseinandersetzung um Mistys Revier. Zwei, drei Kater verlegten ihre Balgerei um eine rollige

Kätzin bis in den Hof und zogen sich durch ihr Geschrei die Missbilligung der Hausbewohner zu.

Junior war jetzt ein dreiviertel Jahr alt und so gut wie ausgewachsen. An den Raufereien hatte er hin und wieder seinen Spaß, auch wenn er dabei häufig den Kürzeren zog und sich anschließend zum Kratzerlecken einige Tage Ruhe gönnen musste. Er lernte auch, welchen Menschen er trauen konnte und welchen er besser aus dem Weg ging. So ganz menschenscheu wie Misty wollte er nicht werden. Die erlaubte nur dem alten Mann im Kebap-Laden in ihre Nähe zu kommen, bei allen anderen nahm sie Reißaus oder fauchte, kratzte und biss wild um sich.

Eines Tages fiel Junior auf, dass seine Freundin verschwunden und ihr Revier unbeaufsichtigt war. Er forschte ein wenig nach ihr, konnte aber ihre Fährte nicht weiter verfolgen. Auch Ali, der Einäugige, wusste nichts von ihr. Sie saßen gemeinsam auf der Gartenmauer und genossen einen Moment Sonnenschein.

»Vielleicht ist sie rüber in den Park? Da gibt's bestimmt mehr Mäuse als in diesem kleinen Garten«, vermutete Junior hoffnungsvoll.

»Du willst die Realität noch immer nicht sehen. Obwohl du jetzt schon so lange hier bist.«

Ali putzte sich ohne Erfolg den abgeknickten Schwanz.

»Du meinst, sie ist auf der Straße umgekommen? Das hätten wir doch mitgekriegt. Weit hat sie sich von hier nicht entfernt.«

»Manchmal fangen uns auch die Menschen ein. Sie hat dir doch vom Tierheim erzählt. Und da gibt es noch viel schlimmere Dinge …«

»Aber, Ali, sollten wir uns nicht um Misty kümmern?«

Mitleidig blinzelte der Angesprochene ihn mit seinem grünen Auge an.

»Sie war nett zu dir. Behalte sie in guter Erinnerung.«

»Mehr nicht?«

Ali sprang ohne weiteren Kommentar in den Garten.

»Pass auf, was für Nachbarn du bekommst«, rief er ihm von

unten noch zu, dann war er mit einem Rascheln im Gebüsch verschwunden.

Ein bisschen traurig sah Junior zu dem verwaisten Revier hinüber. Er hatte den rauen Charme der alten Kätzin gemocht. In dieser Welt, in der es beständig um den Überlebenskampf ging, war sie erstaunlich entgegenkommend gewesen. Jetzt würde es für ihn auch schwieriger werden, das Revier zu halten, da er nicht wusste, wer den Garten übernehmen würde. Zu deutlich waren ihm noch die beiden Katzen in Erinnerung, die er an seinem zweiten Tag überlistet hatte. Die beiden waren auch schon wieder in der Nähe gesehen worden.

Eine Wolke schob sich vor die Sonne, und ein Windstoß fuhr kühl durch sein aufgewärmtes Fell. Junior stand auf, streckte sich, machte einen Buckel und sprang dann mit einem kraftvollen Satz nach unten. Ein bisschen Wärme tat ja so gut. Er beobachtete, wie ein Auto in eine Garage gefahren wurde, und schlüpfte hinterher. Garagen rochen zwar nicht besonders gut, aber die Motorwärme hielt sich dort etwas länger. Unbemerkt von dem Fahrer kroch er unter das Fahrzeug und rollte sich zusammen.

Doch diesmal hatte er einen Fehler gemacht.

Das Garagentor wurde geschlossen, Dunkelheit umgab ihn. Zunächst störte ihn das nicht, und er döste genussvoll vor sich hin. Aber als er wieder aufwachte, war es kalt geworden, und die Tür war noch immer geschlossen. Sie blieb es auch die ganze Nacht und den folgenden Tag. Junior bekam es mit der Angst zu tun. Zwar fand er ein paar Tropfen übel schmeckendes Wasser, die vom Auto tropften, aber sein Hunger wurde allmählich bohrend. Er fing lediglich zwei jämmerlich kleine Mäuse, das war alles. Mehr konnte er nicht machen. Er saß gefangen in der engen, kalten Garage. Kein Klagen und Jammern würde nach außen dringen.

In der zweiten Nacht wurde er schwächer. Er leckte noch ein paar Feuchtigkeitsspuren vom Auto und döste die meiste Zeit. Das Wasser war aus der Scheibenwaschanlage getropft, und der Zusatz von Frostschutzmitteln tat Junior auch nicht besonders gut. Er fühlte sich zitterig und fiebrig, und als am dritten Tag das Garagentor wieder aufging, musste er sich erst wieder ganz langsam an die Helligkeit gewöhnen. Auf wackeligen Beinen wankte er auf den Hof und schlabberte erst einmal ein bisschen Wasser aus einer Pfütze. Dann wollte er sich in sein Versteck hinter den Mülltonnen zurückziehen, um mit Hilfe der frischen Luft und ein bisschen Sonnenwärme seine Gesundheit wieder zu stabilisieren. Aber das war ihm nicht vergönnt.

Der Kater und seine Kätzin hatten die drei Tage seiner Gefangenschaft genutzt, um das Revier zu besetzen. Junior sah sich plötzlich zwei entschlossenen, kampfbereiten Eindringlingen gegenüber, die ihn mit Tatzenhieben und Gekreisch vom Hof jagten. Geschwächt wie er war, fiel seine Abwehr nur gering aus, und er bekam einige hässliche blutende Kratzer ab. Heftig atmend und bebend blieb er unter einem geparkten Auto liegen, vertrieben von dem Bereich, der ihm Nahrung, Wärme und Schutz geboten hatte. Müde schloss er die Augen. Die Flucht hatte seine letzten Kraftreserven aufgebraucht. Die Stadt war ihm jetzt verhasst, und nur die Sehnsucht nach grünen Wiesen, wohlschmeckendem Futter und einer warmen Kuschelstelle auf einem weichen Sofa hielten seine Gedanken wach.

Er musste weg von hier. Und weg hieß, ein Auto finden.

Nachdem er eine Weile ausgeruht hatte und die Wunden notdürftig sauber geleckt hatte, hielt er Ausschau nach einer Mitfahrgelegenheit. Es war der morgendliche Berufsverkehr, und darum wurden jetzt viele der geparkten Fahrzeuge in Bewegung gesetzt. Junior entschied sich für einen größeren Pkw, in den ein Mann im Anzug einstieg. Weil er seine Jacke und seinen Mantel auf einem Bügel im hinteren Fahrgastraum aufhängte, gelang es dem kleinen Kater, unbemerkt zuzusteigen. Erschöpft rollte er sich unter dem Beifahrersitz zusammen und hoffte, möglichst weit mitgenommen zu werden.

Er hatte in diesem Fall gut gewählt. Der Autofahrer hatte wohl eine längere Reise vor, er verhielt sich ruhig und fuhr mit gleichmäßiger Geschwindigkeit. Das Auto war wunderbar gefedert und geräuschgedämpft, und die Heizung war auf eine angenehme Temperatur eingestellt. Erst nach einigen Stunden, als sich die Geschwindigkeit verringerte und sein empfindlicher Gleichgewichtssinn ihm sagte, dass der Wagen jetzt nach ein paar Wendungen zum Halten kam, erwachte Junior wieder. Richtig, die Tür wurde geöffnet, der Mann stieg aus. Er machte auch die hintere Tür auf, um Jacke und Mantel überzuziehen. Junior nutzte die Gelegenheit, schlüpfte heraus und fand sofort unter einem Busch Deckung. Der Fahrer hatte seinen blinden Passagier nicht bemerkt, er schloss das Auto ab und entfernte sich.

Junior sah sich um. Er war wieder auf dem Land, so schien es ihm. Kleine Bäume, an deren kahlen Ästen die ersten grünen Knospen erschienen, an einigen Büschen zeigten sich erste Blüten, und ein paar zaghafte blau-weiße Sternchen wilder Hyazinthen säumten die Straße, auf der er angekommen war. Wiesenstücke lagen zwischen Asphaltflächen, und hinter dem Zaun wuchsen sogar hohe Bäume. Seltsam war nur, dass so viele Autos hier standen. Keine Häuser, nur Autos. Und dieses Geräusch. Dieses Rauschen. Das kam nicht vom Wind in den Zweigen, das kam von der anderen Seite des Grundstücks, auf dem er sich befand.

Schwach, verwundet, hungrig, aber froh, den Gefahren der Stadt entkommen zu sein, beschloss Junior, sich weiter keine Gedanken zu machen. Er rollte sich unter seinem Busch zusammen und schlief ein.

Der Ball

Menschen haben schon komische Sitten! Doch. Ich würde nie auf die Idee kommen, mich als Hund oder als Maus zu verkleiden. Aber Ihr findet das ja amüsant. Darum also folgende, für mich leicht irritierende Szene.

Anne stand vor dem Spiegel und begutachtete ihr Werk. Wenn ich das richtig beobachtet hatte, brauchte sie einige Zeit, um sich zu entscheiden, was sie zu diesem Tanz anziehen wollte. Wir Katzen haben es ja erheblich einfacher. Wenn wir zu unseren kulturell hochstehenden Treffen mit Gesang gehen, müssen wir uns vorher nur ordentlich das Fell bürsten. Menschen brauchen da mehr. Diesmal sollte es sogar ums Verkleiden gehen. Anne hatte sich erst nach langem Zögern entschieden, wirklich ein Kostüm anzuziehen, doch dann hatte sie sich mit steigendem Enthusiasmus auf das Fest vorbereitet. Wie sie Luzi erklärt hatte, sollte es zwar ein Karnevalsball werden, doch die Veranstalter hatten mit verschiedenen Mitteln versucht, ein wenig Stil in die Angelegenheit zu bringen. Die Vorgabe, sich als eine erkennbare Figur aus der Kunst- oder Weltgeschichte zu verkleiden, würde der billigen Jeans-und-Pappnasen-Maskerade vorbeugen, hoffte sie.

Ich beobachtete Anne zunächst von meinem Platz im Bett aus. Sie war nicht ganz zufrieden mit dem Sitz des selbstgeschniderten Gewandes und zupfte hier und da an den flatternden Säumen. Über der silbrigen hautengen Hose und dem Body trug sie eine durchsichtige, seitlich geschlitzte Tunika aus blaugrün schillerndem Stoff. Das Oberteil war an den Schultern gerafft und wurde von funkelnden Strassbroschen zusammengehalten. Lange Stoffbahnen, an den Handgelenken zusammengefasst, bildeten die wehenden Ärmel. An allen möglichen Zipfeln hatte sie kleine Kristalltröpfchen genäht, so dass das Ganze bei jeder Bewegung glitzerte. Sah ganz nett aus, fand ich, und versuchte, nach den baumelnden Tröpfchen zu haschen. Das nahm Anne mir übel und verwies mich aus dem Badezimmer.

Aber als sie noch letzte Hand an das Make-up legen wollte, schlich ich mich wieder in den verbotenen Raum, um ihre endgültige Verwandlung in ein feenhaftes Wesen zu beaufsichtigen.

Anne hatte inzwischen auch das Problem des ungenügenden Sitzes der Tunika gelöst, indem sie einen breiten silbernen Gürtel um die Taille gewunden hatte. Der ihr eigene Ordnungssinn machte Entdeckungen notwendiger Requisiten an ungewöhnlichen Stellen möglich. Sie verteilte großzügig Flimmerpuder über Gesicht und Haare und schminkte sich dann große, dunkel umrandete Augen. Als sie sich parfümierte, zog ich angewidert die Nase kraus und schlüpfte hinter den Duschvorhang.

»Das gehört nun mal dazu, Süße. Wenn der Alkohol verflogen ist, riechst du das doch ganz gerne.«

»Brrrrr«, knurrte ich unwillig aus der Dusche und lugte vorsichtig um die Ecke. Lächelnd fuhr Anne sich noch mal mit von Gel feuchten Finger durch das kurze dunkle Haar, das jetzt zu silbrigen Stacheln hochstand, und versuchte dann, ein Kettchen mit kleinen Haarklemmen zu befestigen, so dass der glitzernde Halbmond zwischen ihren Brauen hing. Dann zog sie die schleierartige Kapuze bis in die Stirn und erklärte ihrem Spiegelbild, sie sei fertig.

Ich war wieder aus ihrem Versteck hervorgekommen und schlich ihr schnurrend um die Beine. Der glatte Stoff gefiel mir sehr.

»Du sollst auch eine kleine Fee werden, Nina«, meinte Anne und tupfte mir, ehe ich mich wehren konnte, winzige Flimmermale auf die abgeknickten cremeweißen Ohren.

Es klingelte, und wir beide – ich schneller als Anne – begaben uns zur Haustür. Christian hatte ihr versprochen, sie abzuholen. Jetzt stand er, im Anzug mit breiten Nadelstreifen und Schlapphut, im Eingang.

»Oh, Alt-Chicago, wie passend. Wo ist der Geigenkasten mit dem Maschinengewehr?«

»Ah, ich wusste doch, dass ich das Handgepäck vergessen habe. Hallo, Liebste. Du siehst verzaubernd aus. Ich werde dich jetzt vorsichtshalber nicht knuddeln, sonst zerstöre ich diesen kunstvollen Traum, und du verwandelst mich in ein quiekendes Schweinchen.«

»Mindestens. Was mich daran erinnert, dass ich meinen Zauberstab noch mitnehmen muss.«

Sie nahm einen durchsichtigen Stab mit einem blitzenden Stern am Ende von der Garderobe.

»Was ziehst du drüber?«, wollte Christian wissen. »Es ist nämlich sehr kalt.«

Sie deutete auf einen Umhang, und er half ihr hinein. Dann drückte er sich den Borsalino in die Stirn, schlug den Mantelkragen hoch, und sie machten sich zu Fuß auf den Weg zur Bürgerhalle, die für den Ball hergerichtet war.

Ich schloss mich ihnen ein paar Schritte weit an, dann folgte ich meinen eigenen Pfaden.

Da der Ball ein gesellschaftliches Ereignis im Dorf war, waren viele Menschen dort. Daher trieben sich auch meine Freunde, die Dorfkatzen, trotz Kälte und Frost im Revier herum. Ich traf auf Diti, Homer und Fleuri, Henry hatte Pinky getroffen und zum Mitkommen überredet. Sie schlossen sich uns an, und sogar Tim und Tammy hatten ihr übliches Terrain verlassen und sahen neugierig dem ungewohnten Treiben zu.

»Hey, Schlappohr, biste in Annes Puderdose gefallen?«

»In der Tat, Nina, eß ißt nicht ßu leugnen, daßß du einen gewißßen ßßimmer um die Ohren haßt.«

»Was sollte ich machen? Die Menschen scheinen heute alle etwas übermütig zu sein.«

»Putß eß ab.«

»Hab ich schon versucht. Dann glitzern die Pfoten, und es schmeckt grässlich.«

»Mißt.«

»Es sieht aber doch so hübsch aus«, wagte Pinky zaghaft einzuwerfen.

Belustigt drehte ich mich zu dem weißen Wuschel um. »Du bist die Neue, Pinky, nicht?«

»Ja, ja, ja. Ich hoffe, ich störe eure Revierordnung nicht.«

»Dann hättest du das schon gemerkt. Wir sind aber nicht sehr streng in der Hinsicht. Noch ist Platz für alle.«

»Danke, Nina. Du bist eine sehr nette Katze, auch wenn deine Ohren ein bisschen komisch sind.«

Diti, Henry und Fleuri, die die letzte Bemerkung mitbekommen hatten, sogen vernehmlich die Luft ein. Auf Bemerkungen zu meinen Ohren pflegte ich normalerweise sehr unangenehm zu reagieren. Sie sahen wahrscheinlich schon eine Kralle über Pinkys süßes Gesicht kratzen. Aber ich war an diesem Abend verträglich aufgelegt und hatte Mitleid mit dem naiven süßen Nichts von einem Kätzchen.

»Ist eure Eliza auch dabei?« Ich überging also die Bemerkung und deutete stattdessen mit der Nase in Richtung Bürgerhalle. Homer nahm es leider zum Anlass, mir zu antworten:

>»Sie hüllt sich in Laken, weiß wie von Schnee,
und gürtet die Taille mit Gold.
so steht sie jetzt da, ganz griechisch und hold,
die keusche Athene …«

»O je!«

»Eß ißt wieder ßo weit. Drei Wochen hat er ßich jetßt ßurückgehalten, aber Elißa als Griechin, dass war ßuviel für ihn«, nahm Diti ihren Bruder in Schutz.

Nach und nach trafen immer mehr Menschen ein, und Henry machte mich auf eine besonders niedliche Gestalt aufmerksam: »Sieh mal, dahinten ist Tornado-Luzi, als Kätzchen verkleidet.«

»Dann wird der schreckliche Ninja neben ihr wohl ihr Bruder Ingo sein«, vermutete Fleuri.

»Und der stämmige, in Pelze gehüllte Wikinger ihr Vater.« Tammy grinste. »Er riecht nach Öl.«

»Hat Elißas Heißung heute repariert.«

»Und was will die da sein?«

Eine rundliche Person in einem leuchtendroten Morgenmantel näherte sich dem Eingang mit Trippelschritten und lächelte schüchtern.

>»Die prunkende Schleife
Lass endlich mich lösen;
Weiss wie die Lilie
Erscheine die Braut … !«

»Hommi?«

»Madame Butterfly.«

»Ein Schmetterling? Ich weiß nicht. Sie sieht eher wie ein Öltönnchen aus«, meinte Fleuri. »Aber das ist Bertine, die alte

Lehrerin. Komische Gestalt. Die hat genau so eine Macke wie dein abwesender Schützling Junior, Nina. Die wühlt auch immer in Müllhaufen rum.«

»Ach was? Wegen Futter?«

»Nein, wegen Kleidern und so.«

Eine hochgewachsene Dame, die noch länger wirkte durch die spitze Haube mit Schleier auf ihrem Kopf, und deren langärmeliges, grünes Gewand um sie herumwallte, schloss sich der Frau Schmetterling an. Von ihr wusste Hommi ebenfalls, dass sie ihre Freundin Mahler-Senckendorf war.

Als sie im Bürgerhaus verschwunden war, begann die Musik im Innern, und wir beschlossen, die Menschen ihren seltsamen Lustbarkeiten zu überlassen und unsere eigenen Wege zu gehen.

Tiger wächst weiter

Ende Februar war es soweit. Tiger und Lea hatten alle wesentlichen Dinge von Babsy gelernt, die sie als Katzen wissen mussten. Milch brauchten sie nicht mehr, das hatte ihre Mama ihnen mit ein paar kräftigen Tatzern klargemacht. Aber ihre Zähne waren bereits stark genug, um mit diesem herrlich weichen Dosenfutter klarzukommen, und mit den Krallen konnte man schon prächtig in die Polster hauen. Lea war eine wunderschöne Katzenmaid geworden. Tiger gab das ohne Neid zu. Strahlendweiß war ihr flauschiges Fell, ohne einen Faden in anderer Farbe. Die Nase war rosig, die Augen waren grün, und der Schwanz versprach von wundervoll buschiger Fülle zu werden. Tiger selbst war ebenfalls ansehnlich. Er war in seinen üblichen braunschwarzen Pelz geschlüpft, hatte einen weißen Bauch, weiße Pfoten und Gesicht. Zufrieden leckte er sich das Brustfell, als Nadine mit ihrer Freundin ins Zimmer kam.

»Siehst du, Angela, hier sitzt der kleine Liebling.«

Sie beugte sich zu ihm herunter und hob ihn aus dem Körbchen.

»Er ist so niedlich, dass ich ihn kaum hergeben mag, was, mein Süßer?«

Sie hob den kleinen Kater bis an ihr Kinn hoch und gab ihm ein Küsschen zwischen die Ohren. Tiger wand sich vor Unbehagen.

»Er mag wohl keine Schmusereien?«, fragte Nadine ängstlich. »Dabei hätte ich doch so gern eine Schmusekatze.«

»Wenn er sich an dich gewöhnt hat, wird er wohl zutraulich werden. Hier, nimm ihn mal!«

Nadine reichte ihrer Freundin das Pelzknäuel hinüber. Unsicher hielt Angela es fest. Weil er sich vor dem Absturz fürchtete, fuhr Tiger seine Krallen aus und bohrte sie in Angelas Pullover.

»Autsch, der kratzt mich!«

»Stell dich nicht so an, Angela! Du musst ihn auch richtig festhalten. Wenn du ihm keine Sicherheit gibst, kommst du nie mit ihm zurecht.«

»Ich muss wohl noch viel lernen. Ich weiß eigentlich gar nicht, wie ich mit so einem Kätzchen umgehen muss.«

»Halb so schlimm. Ich erzähle dir am besten etwas darüber, den Rest bringt dir Tiger selber bei. Du musst ihn nur gut beobachten. Hör mal, jetzt schnurrt er schon.«

Und richtig, nachdem er ein sicheres Plätzchen an Angelas Schulter gefunden hatte, entspannte Tiger sich und gab leise Laute des Wohlbefindens von sich. Das Mädchen war in Ordnung. Sie würde schnell lernen, wie man mit Katzen umzugehen hatte und es auch an der nötigen Achtung nicht fehlen lassen. Die nächste Phase des Wachstums konnte beginnen.

Jakobs Tod

Auch bei uns war nicht alles eitel Sonnenschein. Auch wenn es Frühling wurde. Sie sind ein wenig empfindsam? Holen Sie schon mal ein Schnupftuch.

Danke, ich brauche keins. Nicht, weil es mir nicht zu Herzen ginge, von dem Scheiden eines großen Katers zu berichten, aber ich habe mein Taschentuch sozusagen an Bord.

Schlapp.

So, sehen Sie!

Das Dorf lag im Sonnenschein. Gelbe, weiße und blaue Krokusse blühten in den Gärten, und aus den unscheinbaren braunen Zwiebeln sprossen die grünen Blattlanzen der Narzissen und Tulpen durch den winterbraunen Boden. Die Forsythiensträucher trugen schon deutlich erkennbar gelbe Knospen, und in dem einen oder anderen Beet hatte eine eifrige Gärtnerin bunte Primeln gesetzt. Es wurde milder, wenn auch in den Nächten noch manchmal Frost zu spüren war. Vor allem aber wurden die Tage heller, und sogar die durch die Errungenschaften ihrer Zivilisation abgestumpften Menschen berührte im hintersten Winkel ihres Bewusstseins das Erwachen des Frühlings. Wir Katzen waren noch feinfühliger. Die Phasen des Dösens wurden kürzer, die ersten Büschel Unterwolle wurden in Erwartung wärmerer Tage herausgeputzt und bereiteten insbesondere dunkelbehosten Herren große Freunde. Auch ich musste mich ernsthaft von Christian rügen lassen, als ich mit meinem cremeweißen Fell an seinem dunkeln Anzug entlangstrich. Und Luzi hatte Mühe, die vielen feinen Härchen aus meiner schottenkarierten Wolldecke in meinem Lieblingskorb zu schütteln.

Die Dorfkatzen streiften häufiger draußen umher, denn die Mäuse wurden lebhafter und die Jagd machte wieder richtig Spaß. Nur Jakob kam nicht mehr ins Revier. Seine Krankheit hatte ihn soweit geschwächt, dass er nur noch träge am Fenster sitzen und die schrägen Strahlen der frühlingshaften Sonne genießen konnte.

Es war früher Abend. Ich verputzte ordentlich eine Maus. Dann machte ich meinen Besuch bei Jakob, in der Hoffnung, ihn im Fenster liegen zu sehen. Aber der Korb stand nicht mehr auf der breiten Fensterbank. Neugierig schaute ich ins Zimmer. Ja, da war Emil. Er saß in seinem Sessel und hielt den kranken, mageren Kater auf seinem Schoß. Leise wiegte der alte Mann das Tier in seinen Armen und streichelte ihn hin und wieder sanft über den Kopf. Jakob hatte die Augen geschlossen und hielt sich bewegungslos an Emils Pullover gekuschelt, die Pfoten auf dessen Bauch gelegt. Nur manchmal zuckte sein Schwanz. Beide schienen ganz versunken.

Diti tauchte auf, begleitet von ihrem Bruder. Schweigend setzten sich die beiden Siamesen neben mich auf die Fensterbank. Lange Zeit verharrten wir ohne einen Laut zusammen, und allmählich senkte sich die Dämmerung über das Land. Emil hatte die Stehlampe neben sich angemacht und saß nun so in dem gedämpften gelben Lichtschein still in seinem Sessel. Jakob hatte sich noch einmal umgedreht und lag jetzt zusammengerollt, den Kopf auf den Arm seines Menschen gebettet. Ganz ruhig saßen sie beisammen.

Dann war Fleuri gekommen und Rasputin der Dunkle. Henry schlich auf leisen Sohlen hinzu, gefolgt von der schüchternen Pinky. Tim und Tammy, ungewöhnlich zurückhaltend, trafen ein, und viele andere getigerte und gestromte, weiße und rote, schwarze und graue Katzen aller Art versammelten sich nach und nach lautlos im Garten um das Haus. Wir alle warteten.

Ich drückte meine Nase an das kalte Glas. Es war so ruhig. Goldenes Licht umflutete drinnen Mensch und Katze, wie sie da in stiller Einigkeit saßen. In langsamen Atemzügen hob und senkte sich Emils Brust, seine Hand lag sanft auf Jakobs Nacken. Er schien zu schlummern, nur manchmal bewegte er vorsichtig die Finger, um das zottige Fell ein wenig zu glätten.

Die Glocke des Kirchturms schlug einen klagenden Ton. Da hob der alte, sterbende Kater plötzlich den Kopf und drehte ihn zum Fenster. Ein eindringlicher grüner Blick traf meine Augen, und für einen Moment sahen wir uns an.

Was hier übermittelt wurde, geht jedoch niemanden etwas an.

Dann wandte sich Jakob ab. Er erhob sich mühsam auf die Vorderpfoten und schaute zu Emil auf. Dieser sagte wohl ganz leise etwas zu ihm und kraulte ihn liebevoll unter dem Kinn. Noch einmal leckte Jakob über Emils streichelnde Hand, dann lehnte er seinen Kopf an dessen Brust. Ein Zittern ging durch seinen Körper, und im goldenen Schein des warmen Lichtes verließ Jakob diese Welt.

Lautlos, so wie wir gekommen waren, zerstreuten wir Katzen uns wieder. Wir trafen uns kurz darauf am Waldrand. Dort, wo blühende Büsche und Sträucher ein kleines Wiesenrund umschlossen, ist unser Versammlungsplatz.

Erwartungsvoll sahen wir zu Homer hin, der auf dem umgefallenen Baumstamm in würdevoller Haltung Platz nahm. Als sich alle eingefunden hatten, sprach er:

»Jakob, der Kater, der Herr im Revier,
entschlummerte friedlich, er weilt nicht mehr hier.
Beweint ihn, o Katzen! Und gebt ihm Geleit
zu sonnigen Steppen, so golden und weit.«

Mit leisem Maunzen begleiteten wir Katzen die Seele unseres Revier-Ältesten auf seinem Weg zu den Goldenen Steppen. Kein Wehklagen, keine Trauer, nur Abschiednehmen und friedliches Gedenken waren der Inhalt unseres Liedes. Nicht Gewalt und vorzeitiges Ende hatte Jakob getroffen, sondern er war nach langem, ruhmreichem Aufenthalt heimgekehrt.

Auf dem Rückweg plauderte ich mit Diti.

»Meinßt du, du kannßt einen deiner Menschen überreden, nach Emil ßu sehen?«

Ich setzte mich an den Straßenrand und fuhr mir mit der Pfote über Nase und Ohren.

»Anne würde das schon verstehen. Aber sie ist heute Abend nicht da.«

»Und Chrißtian?«

»Der ist drei Tage weg. Was ist mit Eliza?«

»Vergißß eß. Die hat ßich mit dem armen alten Kracher wegen deß Gartenßäunchenß geßankt. Aber da ißt doch Licht bei Anne!«

»Seltsam! Ich sehe mal nach, vielleicht ist was zu machen.«

»Gut, biß ßpäter.«

Ich hüpfte in Richtung Terrasse davon und verlangte Einlass.

Anne war später als sonst nach Hause gekommen und suchte in Hektik ihre Trainingssachen zusammen. Deswegen reagierte sie auf mein Maunzen ungewöhnlich gereizt.

»Ich habe dir doch dein Futter hingestellt, du kleiner Jammerlappen. Merkst du denn nicht, dass ich es eilig habe?«

Das konnte ich nicht durchgehen lassen!

»Mirrrrrr!«, befahl ich ihr und sprang auf den Karateanzug, den Anne gerade auf dem Bett zusammenfaltete.

»Weg da, Süße, oder ich nehme dich darin eingewickelt mit.«

»Mirr, Mirrr, Brrrripp!«, beharrte ich, ohne sich zu rühren.

»Du willst nicht?«

Mit einem Ruck zog sie das Kleidungsstück unter mir weg, so dass ich einen Purzelbaum in den Kissen machte. Unverschämtheit!

»Mauauauau!«, protestierte ich also und sprang in die Trainingstasche, von wo ich Anne herausfordernd ansah. Anne stemmte die Fäuste in die Taille und musterte mich zweifelnd.

»So ein Theater hast du schon mal gemacht. Ist irgendwas los?«

Mit derartig eindringlichem Gebaren hatten ich und Junior sie einmal vor einer verhängnisvollen Joggingrunde warnen wollen. Sie war damals nicht darauf eingegangen und hatte sich dabei größter Gefahr ausgesetzt. Deshalb alarmierte sie diesmal mein seltsames Benehmen etwas mehr. Sie sah sich um, ob irgendwo eine Gefahrenquelle in der Wohnung war, doch sie konnte nichts entdecken.

Ich folgte ihr bei jedem Schritt und lotste sie dann sanft, aber bestimmt durch mein Streichen um die Beine zur Haustür.

»Ich soll wohl mit rauskommen. Na gut. Für mein Training ist es jetzt ohnehin zu spät. Unpünktlich mag ich nicht kommen.«

Sie zog Schuhe und Jacke an und öffnete die Tür. Ich schoss mit fliegenden Schlappohren an ihr vorbei und wartete dann an der Grundstücksgrenze, dass Anne mir nachkam. Immer wieder lief ich einige Meter voraus, drehte mich um, lief voraus und wartete, lief ein Stück und blieb vor Emils Haustür stehen.

»Bei Herrn Mahlberg willst du mir etwas zeigen! Willst du mir sagen, dass mit ihm etwas nicht in Ordnung ist, Nina?«

Anne streichelte unschlüssig über meinen pelzigen Rücken. Aber dann fiel ihr endlich etwas auf. Sie ist schon ganz gut auf Draht, wenn es um Katzen geht.

»Oh, ich habe Jakob schon lange nicht mehr gesehen. Ist es das?«

»Mau!«, bestätigte ich ihr, und Anne, die nicht gerne fremde Menschen in ihrer Privatsphäre störte, überwand sich und klingelte an der Tür.

Es dauerte einige Zeit, bis ihr geöffnet wurde. Aber dann stand ein müde aussehender Emil in der Tür und begrüßte sie.

»Guten Abend, Herr Mahlberg. Bitte entschuldigen Sie die Störung. Ich weiß gar nicht, wie ich Ihnen erklären soll, warum ich gekommen bin.«

Sie zuckte ein wenig hilflos mit den Schultern und sah den alten Mann an. Dann platzte sie heraus: »Ich meine, wie geht es Jakob?«

Fassungslos starrte Emil sie an. Dann räusperte er sich.

»Bitte, Frau Breitner, kommen Sie doch einen Moment herein.«

Anne folgte seiner Handbewegung und trat in den Flur. Ich schlich unbemerkt hinterher.

»Ich weiß nicht, was Sie dazu getrieben hat, gerade heute Abend vorbeizukommen, junge Frau, aber es ist sehr lieb von Ihnen. Wissen Sie, Jakob ist vorhin gestorben.«

Er holte ein großes, altmodisches Herrentaschentuch aus der Hose und wischte sich verlegen über die Augen.

»Fast achtzehn Jahre waren wir zusammen. Es ist ja nicht ungewöhnlich und war abzusehen. Aber wenn es dann passiert …«

»Ich weiß, Herr Mahlberg.«

»Ja, Sie haben ihren Tiger ja letztes Jahr auch verloren. Kommen Sie, wir wollen einen Tee zusammen trinken.«

Er führte Anne in sein warmes, gemütliches Wohnzimmer, und sie setzte sich an den Sofatisch. Auf dem Boden, bei dem Sessel unter der Lampe stand der Korb mit Jakobs sterblicher Hülle. Alleingelassen, weil Emil in der Küche mit dem Teekessel hantierte, beugte Anne sich hinunter und fuhr über das kühle Fell.

»Du warst ziemlich mürrisch, Alter. Aber auch sehr würdevoll.«

Mit all meiner geistigen Kraft gab ich Anne einen ganz flüchtigen Eindruck mit, so dass sie ihn so sehen konnte, wie wir anderen Katzen ihn gesehen hatten. Der geachtete Herr eines frei lebenden Clans, respektiert und angesehen.

»Ich bin sicher, sie haben für dich die Große Klage gesungen, alter Freund. Viel Glück auf deinem Weg«, flüsterte Anne bewegt.

Emil war hinzugetreten.

»Was sagten Sie? Entschuldigung, ich bin ein bisschen schwerhörig ohne mein Hörgerät.«

»O ja, was sagte ich eigentlich?« Anne schüttelte verwirrt den Kopf. »Ich habe mich von ihm verabschiedet. Er war wirklich eine Persönlichkeit.«

»Mehr, als Sie denken«, antwortete Emil, als er die Tassen auf den Tisch stellte.

Als Anne später am Abend nach Hause ging, hatte sie viel von ihrem Nachbarn erfahren. Leise murmelte sie mir zu, dass sie mir dankbar war, sie zu ihm gelockt zu haben. Sie war froh, dass sie sich die Zeit genommen hatte, denn der alte Herr war tieftraurig über den Tod seines Gefährten. Immerhin hatte er in dem Gespräch mit ihr endlich den Entschluss gefasst, jetzt doch das Angebot seines Sohnes anzunehmen und in eine kleine Wohnung in dessen Haus zu ziehen. Er hatte mit diesem Schritt immer gezögert, weil seine Schwiegertochter ebenfalls zwei Katzen hatte und er Jakob diese Veränderung auf seine alten Tage nicht zumuten wollte. Aber vor allem hatte er dankbar Annes Vorschlag angenommen, Jakob oben am Wald, auf der kleinen Lichtung beizusetzen, wo auch Tiger begraben lag. Es war ihm wie Anne eine entsetzliche Vorstellung, die tote Katze vom Tierheim abholen zulassen.

Ich lief zufrieden mit mir und den Schwanz hoch erhoben vor Anne her und erwartete sie schon vor der Haustür. Als sie aufschloss, trippelte ich neben ihr zur Wohnung hinein.

»Das hast du gut gemacht, meine liebe kleine Katze.«

Anne hob mich hoch und drückte mich zärtlich an ihre Brust. Mit einem donnernden Schnurren aus abgründigen Tiefen belohnte ich sie und stupste meine Nase dankbar an ihre Wange.

Junior wandert weiter

Dösend lag Junior in der Frühlingssonne. Es ging ihm schon wieder erheblich besser. Inzwischen hatte er auch festgestellt, wo er gelandet war. Es war vergleichsweise ein Paradies gegenüber seinem vorherigen Stadtrevier. Ein Autobahnrastplatz mit einer wundervollen Hamburger-Station war jetzt sein Reich. Er brauchte es gegen keinen anderen Rivalen zu verteidigen. Überhaupt gab es nur wenige Tiere hier, sondern hauptsächlich Autos. Hin und wieder wurde mal ein Hund ausgeführt. Aber die Menschen hielten diese Kläffer immer fest an der Leine. Ganz selten hatte er mal eine Katze gesehen, die in einem Auto saß. Aber die kamen überhaupt nicht heraus. Andererseits gab es ein paar wilde Tiere, denen er nachts bei seinen Streifzügen begegnete. Hasen, Kaninchen, etwas Rotwild – alles harmlose Grünzeugfresser. Nur einmal hatte er sich mit einem Fuchs um einen Hamburger streiten müssen. Da war er aber noch ziemlich schlapp gewesen und hatte nachgegeben. Nahrung war hier doch in Fülle vorhanden. Was nicht aus den Abfällen der Restaurantküche kam, fand sich in den Müllbeuteln auf den Parkplätzen. Ja, es war kein schlechter Platz. Genüsslich streckte Junior sich auf dem warmen Gras und spreizte die Krallen. Nicht schlecht, wirklich. Aber wohl nicht von Dauer. Denn jetzt wusste er, dass er ein Ziel hatte.

Das war eine seltsame Sache gewesen, vor ein paar Tagen, als er angeschlagen und dem Tode nahe hier eingetroffen war. Immer wieder rekapitulierte Junior dieses seltsame Zusammentreffen, um ja kein Wort von der denkwürdigen Unterhaltung zu vergessen. Es hatte damit begonnen, dass er fast verhungert und mit tiefen Wunden unter einem Busch lag und fieberte. Sein Geist wanderte nach hier und da. Erinnerungen an die Stadt tauchten auf, und wie kleine Fetzen erschienen dann Bilder aus dem Dorf. Annes Wohnung, Ninas Körbchen, der grausame Abend im Haus des Verrückten, die kuschelige, warme Decke, auf der er sich so oft zusammengerollt hatte, Annes unergründliche Augen, Ninas Goldaugen … Er war schon fast so weit, seinen geschundenen Körper hinter sich zu lassen und nicht mehr zurückzukehren. Und wie so sein Geist schwebte und suchte, da sah er plötzlich die Steppe vor sich. Es war zum Schnurren schön an diesem Ort. Goldgelbe Blütenglocken wiegten sich in samtigem, grünem Gras. Von blühenden Bäumen rieselten weiße Blättchen und flogen einer Wolke gleich am blauen Himmel entlang. Vögel zwitscherten und flatterten lockend vor seiner Nase hin und her. Ein weiches moosiges Kissen an einem klaren Wasserlauf lud zum Ausstrecken ein, und in den Sonnenstrahlen blitzten die hin- und herflitzenden Fische am Grunde auf. Tief sog Junior die milde Luft ein und ruhte sich aus.

Wie lange er diese wundervolle Ruhe genossen hatte, wusste er nicht. Doch plötzlich bemerkte er, halb im Traum, dass noch eine andere Katze bei ihm war. Müde hob er die Lider und blickte den anderen an. Er war eigentlich überhaupt nicht erstaunt, in dem weiß-braun gescheckten Kater den Revierchef Jakob zu erkennen. Einen jüngeren, kräftigeren Jakob, als er ihn in Erinnerung hatte. Und auch lange nicht so mürrisch. Ja, er schien sogar zu lächeln.

»Hallo, Jakob, wie kommst du denn hierher?«, fragte Junior, freundlich die Nase zu Gruß hebend.

»Das sollte wohl eher ich dich fragen, Junior. Es ist doch noch gar nicht deine Zeit.«

»Nicht meine Zeit?«

»Du weißt nicht, wo du dich befindest, nicht wahr?«

»Nein, aber es ist wunderschön hier.«

»Das soll es wohl sein. Du bist auf den Goldenen Steppen.«

»Oh, wirklich? Nina hat mir davon erzählt. Aber nicht, dass es so schön ist. Woher kannte sie das denn? Ich dachte, hierhin kommt man erst, wenn man seinen Körper verlassen hat?«

»Manche von uns erinnern sich an ihre früheren Leben. Und auch an die Zeit dazwischen, die wir auf den Goldenen Steppen verbringen. Du bist noch nicht oft genug hier gewesen, aber das nächste Mal wirst du dich erinnern.«

»An meine früheren Leben?«

»Und an die Steppen.«

»Und dann?«

»Du lebst eine lange Reihe von Leben – viel mehr als neun, wie uns die Menschen nachsagen. Hier, auf den Goldenen Steppen sind wir unter uns Katzen, hierhin kehren wir zurück, wenn unsere jeweilige Zeit in der anderen Welt abgelaufen ist. Das wiederholt sich seit Anbeginn des Seins. Wenn jemand wie du noch neu in dem Zyklus ist, dann erinnert er sich noch nicht. Aber mit jedem Mal mehr auf der Welt wirst du eine Stufe weiterkommen. Dann erinnerst du dich an immer mehr und wirst bald Zeit und Ort selbst bestimmen können, wann du nach unten gehst. Irgendwann bist du auch so weit, dass du die Gestalt bestimmen kannst, die du annehmen möchtest. Und noch später wirst du sogar selbst bestimmen können, in welcher Welt du leben willst. Das ist das Ende der Entwicklung, soweit ich sie kenne. Dann wirst du ein Wanderer werden. Einer, der hier wie dort lebt. Aber das haben bisher erst sehr wenige erreicht.«

»Können das andere Tiere auch?«

»Ja. Ich habe mir sagen lassen, dass sie ebenfalls ihre Goldenen Wälder, ihre Goldenen Täler oder ihre Goldenen Meere haben.«

»Und die Menschen?«

Jakob schüttelte nachsichtig den Kopf.

»Die können sich ja noch nicht mal an ihre Träume erinnern.«

Aber Junior gab nicht auf.

»Manche schon. Anne zum Beispiel.«

»Ja, manche schon. Sie erreichen jetzt erst ganz langsam die erste Stufe.«

»Warum eigentlich so langsam? Sie sind uns auf der Erde doch so weit überlegen. Ich meine mit Kühlschränken und Dosenöffnern und so.«

»Junior, vergiss nicht, wir sind die erheblich ältere Rasse. Abertausende von Jahren, bevor der erste Mensch erschien, waren wir Katzen da. Erst in vielen, vielen Jahren werden die Menschen vielleicht auch so weit sein.«

»Aber mit Anne war doch sicher mal was. Nina hat mir erzählt, sie war früher eine Katze. Als sie mich in einen Traum mitgenommen hat, habe ich sie als Bastet gesehen.«

Junior war ganz großäugig geworden, als er von diesen beeindruckenden Erlebnissen berichtete. Aber Jakob dämpfte seine Ehrfurcht.

»Anne ist ein ganz normaler Mensch. Zwar schon ziemlich nahe an der ersten Stufe, doch immer noch ein Mensch. Bastet ist sie nie gewesen. Ich glaube auch nicht, dass sie vor der Begegnung mit Tiger schon einmal Katze gewesen ist.«

»Warum hat er das eigentlich gemacht?«

»Wir Katzen können das mit den Menschen machen, von denen wir große Liebe erfahren haben.«

»Erinnern sie sich daran?«

»Meistens nicht. Aber wenn sie sich erinnern, haben sie das Wissen für immer.«

Jakob ließ eine Pfote in das klare Wasser baumeln und zog sie mit einem silbernen Fischchen wieder heraus. Junior sah versonnen über die sanften Hügel voller goldener Blumen und sich wiegender Gräser. Einträchtig schwiegen sie und hingen ihren Gedanken nach. Dann wandte sich Junior wieder an Jakob.

»Du magst mich ja für unverschämt halten, aber kann ich Anne nicht helfen, sich zu erinnern? Sie war soooo nett zu mir.«

Der weißbraune Kater sammelte sich wieder und richtete seine grünen leuchtenden Augen auf Junior.

»Ich habe darauf gewartet, dass du das fragst. Denn damit hast du deine Aufgabe erkannt, mein junger Freund. Wenn du ihre Liebe vergelten willst, dann geh in deinen jetzigen Körper zurück, finde Tiger und bringe ihn zu ihr. Wenn sie ihn wiedertrifft und ihn erkennt, wird sie sich auch erinnern.«

»Und wenn sie sich erinnert?«

»Dann wird sie ein glücklicher Mensch.«

»Wo finde ich Tiger?«

»Du bist auf dem Weg zu ihm. Vertraue deinem Gefühl.«

Junior sah ihn bittend an, aber Jakob schüttelte nur sein Haupt. Dann wurde er vor Juniors Augen blasser und blasser, wurde zu einer nebeligen Wolke, und nur die Augen und das Lächeln blieben noch eine Weile zu erkennen.

Dann war auch dieser Spuk verschwunden, und Junior fand sich im harten, braunen Gras des Grünstreifens wieder, auf den er sich mit letzter Kraft gerettet hatte. Doch etwas hatte sich geändert. Vor seiner Nase lag ein duftender, warmer Hamburger, kaum angebissen. Der Hunger, der in seinen Eingeweiden schmerzte, wurde ihm plötzlich mit Macht bewusst. Mühsam schleppte er sich die paar Zentimeter vor und begann, an dem weichen Hackfleisch zu nagen.

Seit diesem Zeitpunkt ging es wieder aufwärts mit ihm. Jetzt, zwei Wochen später, war er wieder richtig fit geworden. Er hatte vor, sich so bald wie möglich auf die Suche nach Tiger zu machen. Das Wie war ihm im Moment noch unklar, aber er konzentrierte sich auf das Problem und hoffte, in wenigen Tagen eine Lösung gefunden zu haben. Möglichkeiten gab es auf diesem Rastplatz viele.

Ein Schnupfen und Bertines Besuch

Mein Schälchen ist leer. Macht aber nichts, ich erzähle für heute noch einen Abschnitt zu Ende. Nur damit Sie sehen, dass auch ich meine Verantwortung für meine Menschen ernst nehme.

Aber bleiben Sie mir mit dem Majoran-Tee vom Leib, ich bitte Sie. Nur weil ich einmal geniest habe.

Tss.

Aber Baldriantropfen, ja, damit können Sie mich locken. Das ist auch ein ganz anderes Kraut!

Das Wochenende war für März erstaunlich warm gewesen. Am Montagmorgen hatte Anne zur Strafe für ihre leichtsinnige Frühlingskleidung eine laufende Nase und einen schmerzenden Hals. Alle unangenehmen Symptome einer beginnenden Erkältung hatten sich ihrer bemächtigt. Als ich sie um halb sieben besuchte, begrüßte sie mich und den strahlenden Morgen mit einem kräftigen »Hatschi!« und fügte dann ein von Herzen kommendes gekrächztes »Scheiße« hinzu. Ich strich ihr mitleidig um die Beine, als sie in den Badezimmerspiegel blickte und ihre verquollenen Augen rieb.

»Das wird heute nichts mit mir«, murmelte sie mit seltsam verstopfter Stimme.

Anne öffnete mir, blieb aber im Haus und fuhr nicht wie sonst mit ihrem Auto weg. Also maunzte ich nach einem kurzen Rundgang um Einlass, und sie öffnete. Sie trug jetzt einen dicken Flauschanzug und einen Schal um den Hals. Gerade noch ein Döschen machte sie mir auf, dann verzog sie sich wieder ins Bett und verdöste den Tag. Ich legte mich selbstverständlich zu ihr und beschnurrte sie sanft, damit ihre Fieberträume einen wohltuenden Inhalt bekamen.

Abends besuchte Christian sie und nannte sie mitleidig seine arme Schnupfnase. Über Nacht blieb aber nur ich bei ihr und wachte über ihren unruhigen Schlaf.

Doch schon nach zwei Tagen ging es Anne erheblich besser, und sie machte sich zu einem dringend notwendigen Einkaufsbummel durch das Dorf auf. Sie erstand Brot und Wurst, eine Menge Orangen und Bananen, Milch, neue Teebeutel und – ganz wichtig – etliche Döschen Schleckerkatz. Das erkannte ich sofort, als ich sie mir mit dem Einkaufskorb entgegenkommen sah.

Es war ein richtig sonniger Frühlingstag, und in den Gärten summten schon erste emsige Bienen über den farbenfrohen Kelchen der Krokusse. Die Sträucher, die in den letzten Tagen dicke Knospen entwickelt hatten, hatten zu blühen angefangen. Dennoch sah der Rest der Natur noch winterlich grau und trist aus. Altes braunes Laub deckte die unbebaute Wiese in der Dorfmitte, trockenbleiche Schilfstängel raschelten am Uferrand des Bächleins, und die Weiden peitschten mit unbelaubten Zweigen in einem Windstoß über den feuchten Boden. Aber die leuchtenden Flecken der Krokusse und Primeln in den Vorgärten weckten Frühlingsgefühle.

Anne und ich betrachteten die Blumen mit gemeinsamer Freude.

»Hübsch haben die Langemanns das angepflanzt«, sagte eine Stimme hinter uns. Als wir uns umdrehten, erkannten wir die alte Lehrerin.

»Oh, guten Tag, Frau Vogler. Ich habe Sie gar nicht kommen gehört.«

»Ich habe mich ja auch ganz leise angeschlichen, nicht wahr? Sie sind doch die gute Fee, stimmt's?«

»Im Moment eher eine verschnupfte Fee. Entschuldigen Sie.« Ein heftiger Hustenanfall hinderte Anne am Weitersprechen.

»Sie sollten einen Majoran-Tee mit Honig trinken. Das lindert den Husten.«

»Wenn Sie wüssten, wieviel Tee ich in den letzten Tagen schon in mich hineingegossen habe. Nein, nein, das muss die Natur jetzt langsam heilen.«

»Eine vernünftige Einstellung, meine Liebe. Übrigens, ich weiß gar nicht, wie Sie heißen. Sie sind ja hier neu im Dorf, nicht wahr?«

Anne stellte sich vor. »Aber ich wohne schon seit sechs Jahren hier. Sooo neu bin ich auch nicht mehr.«

»Da haben Sie natürlich recht. Verzeihen Sie einer alten Eingeborenen ihre Ignoranz. Ich lebe hier so vor mich hin und besuche auf meinem Nachmittagsspaziergang meine ehemaligen Schüler. Sie glauben gar nicht, wie nett das für eine pensionierte Lehrerin ist, dass sie überall so freundlich aufgenommen wird.«

Anne hatte sich wieder in Bewegung gesetzt, und auch ich sehnte mich nach der Wärme ihrer Küche. Aber Bertine Vogler begleitete uns, unablässig plappernd.

»Sehen Sie, ich mache ja diese Runde nicht nur zu meinem Vergnügen. Obwohl das Vergnügen dabei nicht zu kurz kommt. Ich sammele nämlich wieder für arme Kinder in den Überschwemmungsgebieten. Sie haben sicher auch davon gelesen oder gehört. Die haben doch alles verloren. Und wir hier haben so viel von allem. Na ja, da suche ich eben meine Schüler auf und frage sie, ob sie nicht etwas spenden können. Wissen Sie, die meisten von den Mädchen … Ach, was sag ich denn? Das sind ja jetzt alles verheiratete Frauen, die selber schon Kinder haben. Sie laden mich dann zum Kaffee ein, und wenn ich ihnen schildere, wie schlimm es diesen armen Menschen in Not geht, dann finden sie immer etwas, das sie mir geben können. Auch wenn es nur Lumpen sind. Ich mache dann immer noch etwas Brauchbares daraus. Ich bin nämlich auch Handarbeitslehrerin gewesen. Und zu meiner Zeit lernte man noch ordentlich Stopfen und Nähen. Nicht solchen Spielkram wie heute. Und wahrscheinlich war das auch sinnvoller, als den armen Dorfmädchen Fremdsprachen und Aquarellmalerei beizubringen. Obwohl ich nichts gegen meine Freundin Martha sagen will. Sie hat natürlich von Haus aus eine viel bessere Bildung genossen. Das habe ich damals schon gemerkt, als wir zusammen studiert haben.«

Die alte Lehrerin wartete kurz, bis Anne ihren neuerlichen Hustenanfall beendet hatte, und fuhr dann fort: »Wissen Sie, eigentlich habe ich ihr viel zu verdanken. Sie war es ja auch, die mir damals die Möglichkeit eröffnet hat, Lehrerin zu werden, und mir geholfen hat, meine Eltern zu überreden. Dafür werde ich ihr ewig dankbar bleiben. Die jungen Leute heute haben es da ja viel besser, nicht wahr.«

»Sie hat einen schönen Erfolg mit ihrem Ball gehabt. Ihre Tombola hat eine stattliche Summe eingebracht, habe ich gehört. Da müssen Sie doch stolz auf ihre Freundin sein«, flocht Anne in einem Moment ein, in dem ihre Begleiterin Luft holen musste.

»Aber sicher. Das hat sie ganz ausgezeichnet gemacht. Ich hoffe nur, dass von dem Geld auch wirklich was für die Armen übrigbleibt. Wissen Sie, die Feier kam nämlich letztendlich recht teuer. So mit der Kapelle und dem Saal und allem. Aber sie hat sehr eindrucksvoll ausgesehen, als sie da auf der Bühne stand. Man hat ihr das Alter gar nicht angesehen. Dabei ist sie zwei Jahre älter als ich. Sie liebt solche Auftritte. Das hat sie schon immer gemocht. Aber das liegt natürlich an ihrer vornehmen Erziehung. Sie musste ja schon als Kind immer mit ihrer Mutter zusammen bei solchen Veranstaltungen auftreten. Ich wirke ja lieber im Verborgenen. Wie dieses Veilchen hier.« Bertine Vogler kicherte ein bisschen verschämt und gestand dann: »Ich habe mich sogar schon mit ihr darüber gestritten. Obwohl sie eigentlich meine beste Freundin ist. Ist das nicht schlimm?«

»Das kommt immer wieder vor, das sollte man nicht so eng sehen«, erwiderte Anne leichthin, aber wenn sie damit beabsichtigte, Bertine in die Schranken zu weisen, dann hatte sie damit keinen Erfolg. Die alte Lehrerin fuhr nämlich in ihrem Geplapper ungehindert fort. Wie sehr sie ihre Freundin und deren Arbeit schätzte, welche bedeutenden Leute sie dadurch kannte und welche Hilfsaktionen sie schon alles in die Wege geleitet hatte.

Wir waren inzwischen schon fast vor unserer Haustür angelangt. Anne hatte außer einem weiteren Husten nichts Wesentliches mehr zur Unterhaltung beigetragen. Sie suchte demonstrativ aus ihrer Jackentasche den Schlüssel heraus und klimperte vielsagend damit.

»Frau Vogler, ich bin hier zu Hause. Bitte seien Sie mir nicht böse, wenn ich mich jetzt verabschiede, aber ich fühle mich noch ziemlich schlapp.«

»Das tut mir leid, liebe Frau Breitner. Ich hoffe, Sie erholen sich gut. Und probieren Sie doch mal Majoran-Tee. Er wird Ihnen bestimmt helfen.«

Anne ließ mich ein und wollte die Tür schließen, aber Bertine konnte noch immer kein Ende finden.

»Ach ja, wenn es Ihnen wieder besser geht, werde ich Sie auch mal besuchen. Vielleicht haben Sie ja auch eine Kleinigkeit für meine armen Kinder übrig. Es kann auch ruhig alt oder verschlissen sein. So, und jetzt hinein mit Ihnen.«

Mit einem kleinen, vernehmlichen Knall schloss Anne die Haustür hinter uns beiden zu. Wir waren erleichtert, dem Wortschwall endlich entkommen zu sein. Nachdenklich sah sie dann aber aus dem Fenster der verschwindenden Gestalt nach und meinte zu mir: »Arme alte Frau, schon über sechzig und noch immer neidisch auf ihre Freundin. Wenn sie so weitermacht, werden ihre ehemaligen Schüler sie auch nicht mehr zum Kaffeeklatsch einladen. Sie meint es ja gut, aber sie ist ein bisschen penetrant mit ihrer Bettelei.«

Anne legte ihre Einkäufe in den Vorratsraum und ging mit einer Orange zurück zu ihrem Krankenlager auf dem Sofa. Ich hopste hinterher, auch wenn ich Orangen nicht besonders mag. Der Geruch kitzelte in meiner Nase. Anne hob mich auf ihren Bauch und meinte: »Morgen gehe ich wieder arbeiten, das ist ja elend langweilig hier zu Hause.«

Das verstand ich zwar nicht, mir war es nie zu langweilig, aber sie ist nun mal ein Hibbel und braucht immer Unterhaltung. Wie die Menschen eben so sind!

Ich machte ihr vor, wie man genüsslich die Zeit mit Dösen verbringen konnte, und nach einer Weile räkelte sie sich wirklich auf dem Sofa und stopfte sich noch ein Kissen mehr in den Rücken. Die Apfelsine hatte sie inzwischen geschält und naschte sie jetzt in kleinen Happen auf. Ihr Appetit war noch nicht wiederhergestellt. Ich drehte meine Nase weg, denn ihre Finger rochen nach Apfelsinenschale. Danach kuschelte sie sich tiefer in die Kissen und glitt vom Dösen in einen tiefen, erholsamen Schlaf.

Später kam Christian wieder zu uns, und Anne erzählte ihm, was sie an Klatsch und Tratsch gehört hatte.

»Tornado-Luzi hat erzählt, dass bei ihren Nachbarn eingebrochen worden ist. Ihre Mutter hat die helle Panik bekommen und will jetzt das ganze Haus mit Alarmanlagen ausstatten.«

»Ein größerer Einbruch?«

»Ach nein. Gar keine Wertgegenstände, nur ein paar Pfannen, Töpfe und zwei Decken. Wahrscheinlich Landstreicher, die eine neue Ausstattung brauchten.«

»Manche Leute können sich auch selbst verrückt machen.«

»Natürlich. Ich meine, man sollte das weiter beobachten, ob sich hier vielleicht irgendwelche Unbekannte herumtreiben, aber deswegen das Haus zur Festung zu machen …«

Ich hatte ein kurzes Bedürfnis nach Bewegung, kletterte über Annes und Christians Beine und streckte mich an seiner Seite aus. Dann legte ich eine Pfote vertrauensvoll in seine Hand und lauschte entspannt der Unterhaltung.

»Reichst du mir mal mein Glas? Ich habe keine Hand mehr frei.«

Anne betrachtete sich unsere Idylle und wickelte sich aus seinem Arm.

»Hier hast du noch eine eigene Hand. Nur stör die Katze nicht.«

Christian nahm einen Schluck, stellte das Glas wieder ab und wandte sich mir zu. Ganz vorsichtig versuchte er seine Hand unter meiner Pfote wegzuziehen. Das fand ich nicht so gut. Als er sich bewegte, drückten sich meine Krallen in sein Fleisch. Nicht richtig tief, aber fest genug, um ihm klarzumachen, dass die Hand da zu bleiben hatte. Sanft streichelte er mich mit der anderen. Ich schnurrte.

»Nina, Süße, lässt du mich ein bisschen los?«

»Überflüssige Frage, Chris. Würde ich auch nicht machen.«

»Du hältst dich da raus!«

Ich öffnete meine Augen und sah die beiden Menschen tiefgründig an, die sich da über mich beugten. Dann zog ich die

Pfote zurück, stand auf, machte einen Buckel, dass die Polster bebten, und sprang zu Boden.

»Ich habe neulich darüber nachgedacht. Ich hätte auch furchtbar gerne wieder eine Katze. Die beiden, die mir zugelaufen sind, habe ich ja wieder verloren, Tiger und Junior.«

»Dafür bin ich dir jetzt zugelaufen. Reicht das nicht?«

»Doch … schon …«

»Okay, okay, nichts kommt einer Katze gleich. Aber du könntest doch mal ins Tierheim gehen und dir da so ein Kätzchen wie Junior suchen. Oder dich mal auf die Anzeigen in unserem Dorfblättchen melden. Über so etwas bin ich auch an Nina gekommen. Das ist vielleicht noch besser als das Tierheim. Da kriegst du eventuell sogar eine Rassekatze.«

»Ich hätte eine Maine-Coon kriegen können. Aber mir ist es lieber, eine Katze sucht mich aus.«

»Das glaubst du wirklich, nicht?«

»Ich habe mich entschlossen, mir diesen Glauben zu gönnen. Findest du das kindisch?«

»Aber Anne, das kannst du halten, wie du willst. Du bist sonst so realistisch in deinen Anschauungen, da ist es ganz hübsch, dass du so eine kleine Abweichung vom Üblichen zugibst. Ich finde den Gedanken nett, auch wenn ich selber die Sache etwas anders sehe. Ich hoffe, eine besonders charaktervolle Katze kommt irgendwann zu dir. Sie sollte sich nur mit Nina vertragen.«

»Ach, es war sowieso eine dumme Idee.«

Ich war inzwischen aufgestanden und zur Tür gegangen. Anne würde tatsächlich besser daran tun, zu warten, bis sich eine Katze zu ihr gesellte. Ich hatte da so ein komisches Jucken zwischen den Ohren.

»Nina will nach draußen.«

»Und ich zu Bett«, gähnte Anne.

Einige Tage war es sehr feucht gewesen. Junior hatte oft Unterschlupf unter den geparkten Autos suchen müssen, damit sein Fell nicht gänzlich durchweichte. Dabei hatte er festgestellt, dass die kleinen Autos viel ungünstiger waren als diese riesengroßen Gefährte, die am anderen Ende des Rastplatzes abgestellt wurden. Die kleinen hielten hier nämlich immer nur ganz kurze Zeit an, aber die großen blieben oft die ganze Nacht dort stehen. Manche sogar tagsüber. Und es war viel praktischer. Unter diesen Lkw konnte man aufrecht umherlaufen. Auch die Verpflegung war erstaunlich gut hier. Die Menschen, die diese Fahrzeuge fuhren, hatten einen gesunden Appetit, und es blieb trotzdem immer reichlich übrig. Darum beschloss Junior, auch an den Tagen, an denen die Sonne wieder herauskam, in diesem Teil seines Reviers zu bleiben.

In den Stunden, in denen er nicht mit Nahrungsaufnahme, tiefem Schlaf oder der Jagd beschäftigt war, dachte er weiterhin darüber nach, wie er Tiger finden könnte, und verbrachte lange Stunden damit, sich auf das Problem zu konzentrieren. Ein wenig mit Katzen vertrauter Beobachter hätte ihn wahrscheinlich für ziemlich verschlafen gehalten, aber hinter seiner schwarzgrauen Stirn brodelten die Gedanken.

So auch an diesem wunderschönen Märznachmittag. Er lag in der Sonne auf einem warmen Stein in der Nähe etlicher Tische und Bänke, die hungrige Fahrer dazu einluden, ihr Mahl im Freien zu sich zu nehmen. Er lag an dieser Stelle natürlich nicht nur, weil der warme Untergrund das Denken beschwingte, sondern weil auch die Aussicht auf ein appetitliches Häppchen hier sehr erfolgversprechend war.

Ein großer, stämmiger Mann näherte sich dem Tisch direkt neben Juniors Lagerplatz. Er hatte eine Papiertüte mit Esswaren dabei und eine Thermoskanne. Sein Bauch füllte das blaue T-Shirt ordentlich aus und hing auch ein wenig über den Rand der verwaschenen Jeans. Auf den wild abstehenden dunkellockigen Haaren trug er eine Baseball-Mütze, und sein Gesicht umgab ein ebenso dunkler struppiger Vollbart.

Er begann, die Tüte auszupacken. Junior blinzelte und hob dann neugierig den Kopf. Er schnüffelte. Das sollte wohl ein Festessen werden. Nicht das Brot und der Salat, aber diese kleinen, von Fett triefenden Bratwürstchen!

Vorsichtig schlich sich Junior von hinten an die Bank heran. Der Mann aß langsam und mit Genuss. Genügend Zeit also, um die Entwicklung zu beobachten. Jetzt wären die Würstchen sowieso noch zu heiß. Besser, man wartete noch. In seinem Heißhunger hatte Junior nämlich schon mal die eine oder andere schlechte Erfahrung gemacht. Der Mann las eine Zeitschrift beim Essen. Das war günstig, denn dabei war sein Blick auf die Buchstaben gesenkt. Zwischendrin griff er dabei nach einem frischen Happen.

Junior wagte es. Er sprang auf die Bank neben den Mann und prüfte die Lage auf dem Tisch. Ja, das war zu machen. Vorsichtig, ganz vorsichtig schob sich eine Pfote auf die Tischplatte. Sie tastete nach dem Rand des Aluschälchens, auf dem die Würstchen lagen. Krallen ausfahren, und – zupf – schon war sie etwas näher an die Kante gerutscht.

Der Mann langte gerade wieder zu seinen Bratwürstchen, und als er sie nicht an der gewohnten Stelle fand, grunzte er unwillig.

Junior hatte vor Schreck die Pfote blitzartig zurückgezogen und sich ganz klein gemacht. Dann blätterte der Mann wieder eine Seite um und versank kauend in seine Lektüre.

Junior wagte einen neuen Angriff auf die Schale. Diesmal kam sie noch näher, und das erste Würstchen lag in Reichweite. Er richtete sich auf. Mit einem kühnen Angelschlag der rechten Tatze hatte er eines gefangen. Zufrieden legte er es vor sich auf die Bank und biss mit schräg gelegtem Kopf den ersten, köstlichen Happen ab. Wundervoll der Geschmack! Doch dieses kleine Würstchen gaben kaum so viel her wie eine junge Maus. Da brauchte man noch mehr von. Ein neuerlicher Angriff auf den Vorrat auf dem Tisch war die Folge. Wieder kam die Pfote vor und schlug zu. Doch diesmal erwischte Junior nur eine halbe Wurst, die der Mann angebissen und dann abgelegt hatte, weil er einen Schluck aus seinem Becher nehmen wollte.

Junior kämpfte gerade mit dem Wurstzipfel und bemerkte daher nicht, wie er erst verblüfft, dann neugierig gemustert wurde. Darum war für ihn, als er sich wieder aufrichtete, um das nächste Opfer zu angeln, keine alarmierende Veränderung der Situation zu erkennen. Er merkte auch nicht, dass unter dem Schatten des Mützenschirmes die Menschenaugen interessiert seinem Manöver folgten. Erst als Junior zufrieden schmatzend die dritte Wurst zerkaute, erkannte er den dunklen Schatten, der über ihn fiel. Schon hatte sich eine schwere Hand in seinen Nacken gelegt.

Vor Schreck rülpste Junior und hätte fast den letzten Bissen wieder ausgespuckt. Eigentlich hatte er nämlich fauchen wollen.

»Na, du kleiner Dieb, hat dir mein Mittagessen geschmeckt?«

Die Stimme war ziemlich tief und dröhnend, und Junior bebte vor Angst.

Vor nackter Angst.

Sein Kopf wurde so gedreht, dass der Mann ihm in die Augen sehen musste. Furchtbar, dieser riesige Kopf. So zottig und wild – ein Mensch mit Fell im Gesicht. Und diese Augen …!

Diese Augen …?

Diese Augen sahen eigentlich ganz freundlich aus. Wenn man es recht besah, lachte der Mann ihn sogar an.

Etwas Angst schwand. Vielleicht gab es doch ein Entrinnen.

»Du musst wohl ziemlich hungrig gewesen sein, dass du dich so nahe herangetraut hast. Hat man dich hier ausgesetzt, du kleiner Strolch?«

Der feste Griff wurde lockerer und dann … Das gab's doch gar nicht – reichte der Mann ihm noch ein Würstchen.

»Da, Kleiner, ich bin sowieso schon satt.«

Die Hand gab ihn frei und fuhr im sogar noch mal sanft über den Kopf. Noch immer ein bisschen misstrauisch schaute Junior schief zu dem Mann hoch, sah aber nichts Unehrliches in dessen Zügen. Darum machte er sich also über das gereichte Futter her.

Noch zwei Mal wurde ihm etwas gereicht, dann war die Schale leer. Aber zum Abschluss stellte ihm dieser nette Mensch dann sogar noch so ein kleines Sahnedöschen vor die Nase.

Danach war Junior so satt, dass er kaum noch maunzen konnte. Zutraulich rollte er sich an dem Menschenbein zusammen und wollte schlummern. Aber da packte ihn noch mal die Hand und hob ihn hoch.

»Na, komm mal her, Junior! Ich hab das immer so schön gefunden, eine Katze auf dem Bauch zu haben, als ich noch zu Hause war. Den Gefallen kannst du mir jetzt auch mal tun. Genug Platz ist hier ja.«

Junior wurde auf der voluminösen Wölbung des T-Shirts abgesetzt. Er war so satt, dass es ihm völlig egal war, wo er sein Verdauungsschläferchen machen sollte. Außerdem war der Platz schön weich. Er wunderte sich auch nicht darüber, dass er mit seinem Namen angesprochen worden war, er wollte nur schlafen, schlafen, schlafen. Pflichtgemäß trampelte er noch zwei-, dreimal in die Unterlage, dann rollte er sich zusammen, und kurz darauf wiegten sich Mann und Kater im warmen Frühlingssonnenschein in erholsamem Schlummer.

Erst ein leises Lachen weckte Junior wieder, und schläfrig blinzelte er in den Sonnenschein. Der Mann hatte die Schirmmütze tief in die Stirn gezogen, so dass seine Augen vor dem hellen Licht geschützt waren. Satt und zufrieden döste er in der Wärme, die eine Hand leicht um den kätzischen Kringel auf seinem Bauch gelegt. Neben ihm standen jetzt zwei andere Fernfahrer, die ihn offensichtlich gut kannten. Es war ein junges Paar, Mann und Frau, und sie weckten ihn mit einem freundlichen Gruß.

»Hallo, Elmar, alter Bär. Haste einen neuen Beifahrer gefunden?«

Beide erwachten. Junior wollte vor Schreck aufspringen und weglaufen, aber der Mann hielt ihn fest. Elmar schob sich die

Mütze aus der Stirn, gähnte herzzerreißend und brummelte dann: »Na, ihr Zigeuner, wohin unterwegs?«

»Nach Prag, und du?«

»Dänemark.«

»Lass dir nicht wieder ne Fuhre vergammelte Fischköppe andrehen.«

Die beiden stießen sich in die Seite und lachten über einen gemeinsamen Scherz. Junior strampelte beunruhigt auf Elmars Bauch.

»Hey, bleib noch ein bisschen hier. Das sind gute Freunde.«

Elmar erklärte seinen Kollegen, wie Junior sich ihm zum Essen angeschlossen hatte.

»Willste ihn mitnehmen? Ich kannte mal einen Fahrer, der hatte seinen Hund dabei.«

»Ich glaube nicht, dass Katzen gerne fahren. Jedenfalls die, die ich früher hatte, sind immer ausgerissen, wenn ich sie mal mit in die Fahrerkabine nehmen wollte. Na ja, Leute, ich muss wohl weiter«, sagte er abschließend mit einem Blick auf die Uhr.

»Wir wollen sehen, dass wir was in den Bauch kriegen. Mach's gut, alter Bär. Man sieht sich!«

Die beiden schlenderten Richtung Rasthof. Elmar setzte Junior neben sich auf die Bank und streckte sich nach allen Regeln der Kunst. Junior tat es ihm gleich.

»So, Kleiner, jetzt trennen sich unsere Wege. War nett, dich kennengelernt zu haben.«

Er strich dem kleinen Kater noch mal liebevoll über Kopf und Rücken, stand dann auf und ging zu dem knallrot lackierten Lastzug hinüber, der auf der anderen Seite der Straße abgestellt war.

Junior folgte ihm mit den Augen und dachte nach. Ob das wohl eine Gelegenheit war, von hier fortzukommen? Es gefiel ihm ja auf dem Rastplatz, aber einerseits würde er mit dem Warten an immer der gleichen Stelle seinen Auftrag bestimmt nicht erfüllen. Zum anderen fand er es auch sehr schön, wieder mal mit einem netten Menschen zusammen zu sein. Das hatte er doch in den letzten Wochen ziemlich vermisst.

Jetzt stieg der Mann ein. Aber es sah nicht so aus, als ob er gleich losfahren wollte. Die Tür war noch offen, und er kramte und wühlte in der Kabine herum. Dann stieg er wieder aus und machte sich noch mal auf in Richtung Truckstation, zwei Thermoskannen in der Hand.

Junior traf seine Entscheidung. Er sprintete über den Asphalt, begab sich neben den riesigen Vorderreifen, markierte ihn sicherheitshalber mit ein paar Tröpfchen und setzte sich dann abwartend neben den Einstieg. Kurze Zeit später kam Elmar zurück, mit frischem Kaffee in den Kannen und einem beträchtlichen Vorrat an Verpflegung in einer Plastiktüte. Erstaunt sah er den kleinen Kater an seinem Truck sitzen.

»Na, du willst doch wohl nicht etwa noch etwas Futter haben?«

»Mauauau. Mau mau mau!«

Laut quakend sah Junior zu dem großen Menschen hoch.

»Tut mir leid, Junior, aber ich muss jetzt weiter.«

Elmar stieg zur Kabine auf und verstaute seine Vorräte in den Kästen und der kleinen Kühlbox. Junior bemühte sich ebenfalls hinaufzukommen. Die Einstiegsstufen waren nicht unbedingt katzengerecht. Er sprang hoch, erreichte auch die dritte Stufe, aber in dem Metall konnte er sich nicht festhalten und fiel mit einem Plumps unsanft auf sein Hinterteil. Er jaulte unwillig, wagte aber sofort einen neuen Versuch. Diesmal landete er sogar fast im Fahrerhaus und blieb eingekrallt am Türholm hängen. Kläglich maunzte er um Hilfe. Elmar drehte sich bei dem Geräusch um und starrte etwas fassungslos den aufdringlichen Gesellen an.

»Du willst wahrhaftig mitkommen. Aber, Junge, das geht wirklich nicht. Ich muss über die Grenze, da kann ich kein Tier mitnehmen.«

Einen Moment lang sah er Junior zweifelnd an, der sich mit seinen weißen Pfötchen verzweifelt in den Gummi krallte und jammerte.

»Himmel, ich habe schon verrücktere Sachen gemacht. Also los, komm an Bord.«

Er schnappte den zappelnden Junior im Nacken und hob ihn zu sich hinein.

»Da, setz dich auf den Beifahrersitz und verhalte dich ruhig.«

Er erntete ein »Jauauauuuuuuu!!!«, ein Gähnen und einen Blick, der deutlich sagte: Siehste, geht doch!

Dann setzte Junior sich zurecht und begann eine ausgedehnte Waschung von Gesicht, Pfoten, Bauch und intimeren Körperteilen.

Elmar grinste.

»Das kann vielleicht ganz lustig werden, mit dir kleinem Streuner unterwegs zu sein.« Er beobachtete, wie Junior sich noch ausgiebig kratzte, und pflaumte ihn gutmütig an: »Jetzt verteil deine Katzenflöhe nicht in dem ganzen Bereich. Das ist ein nagelneuer Truck, und ich habe keine Lust, mich schon auf der ersten Tour mit deinem Ungeziefer herumzuschlagen.«

So angesprochen hörte Junior pflichtschuldig auf, sich zu kratzen, und sah entschuldigend drein.

Dann startete Elmar sein Fahrzeug, und das Vibrieren des fünfhundert PS starken Motors erfüllte seinen Beifahrer mit grenzenlosem Wohlbehagen. Das war mal ein Schnurren! Er streckte sich lang aus und schnurrte mit.

»Das scheint dir wirklich zu gefallen. Du musst eine besondere Art von Katze sein, Junior. Weißt du was? Ich werde dich zu Jenny und ihrer Tochter mitnehmen. Das wird den beiden gefallen.«

»Mirr?«

Junior war von seinen Erlebnissen ziemlich ermattet und schlief ruhig und mit leisem Schnaufern. Er wachte erst wieder auf, als er Stimmen hörte. Mit wem sprach Elmar denn da? War hier etwa noch ein zweiter Mensch im Raum? Nein, es roch nur nach Elmar. Was erzählte er denn da? Aufmerksam spitzte er die Ohren.

»Jenny, das tut mir aber leid. Ich hatte mich auf ein Wochenende mit dir gefreut.«

Die andere, körperlose Stimme antwortete irgendwo aus der

Verkleidung vorne: »Ich weiß, Bärchen, aber meine Schwester hat mich gerade angerufen, dass unsere Mutter mit einem komplizierten Bruch des Oberschenkels im Krankenhaus liegt. Irgendjemand muss sich um sie und ihre Wohnung kümmern.«

»Verstehe ich ja. Das Dumme ist nur, dass ich das Wochenende darauf eine weite Tour habe. Also sehen wir uns erst wieder in drei Wochen.«

»Kannst du nicht zwischendurch mal vorbeikommen?«

»Nicht möglich. Das ist das Los jeder Fernfahrerbraut, mein Schatz.«

»Ich erzähle dir gleich was von Braut, Süßer.«

»Hey, Jenny, nicht sauer sein. Du weißt, wie ich das meine.«

»Ich mag es eben nicht, wenn du mich mit den Streckenbräuten gleichsetzt. Ich bin deine Frau, oder?«

»Meine einzige und liebste. So, und jetzt glätte dein Gefieder wieder. Hör zu, mir ist was Lustiges passiert. Ich habe einen neuen Beifahrer.«

»Seit wann?«

Die Stimme klang misstrauisch.

»Seit eben!«

»Du sollst doch keine Tramper mitnehmen.«

»Den hättest du auch mitgenommen. Ich beschreibe ihn dir mal.«

Elmar gab ihr eine detaillierte Schilderung von Juniors Aussehen und seinen Überredungskünsten und erntete dafür ein herzliches Lachen.

»Meine Kleine hat seit ein paar Tagen auch eine junge Katze. Du liebe Zeit, was die alles anstellt! Bring deinen Kumpel mal mit, wir werden dann ja sehen, ob die sich verstehen.«

»Wenn er dann noch bei mir ist, gerne. Wo lässt du deine Tochter denn, wenn du zu deiner Mutter fährst?«

»Oh, das ist kein Problem, sie ist bei der Familie ihrer Freundin gut aufgehoben.«

Jetzt drehte sich das Gespräch noch um weitere Haushaltsfragen, und Junior döste wieder ein.

Als er das nächste Mal wach wurde, war es bereits dunkel geworden. Er räkelte sich, stand auf und machte seine Katzengymnastik, dann stellte er fest, dass die Bedürfnisse seines Leibes seine Aufmerksamkeit verlangten. Als da waren Hunger und eine volle Blase.

»Mau! Mau!«, gab er zu verstehen.

»Na, Schlafmütze, fit und auf? Und hungrig?«

»Mau, mau!«

»Schon gut, ich auch. Wir suchen uns gleich einen Rastplatz, auf dem wir übernachten können. Morgen müssen wir dann nur noch einen halben Tag fahren. Dann gibt's neue Fracht.«

Eine Viertelstunde später bog der schwere Lkw auf einen Rastplatz ein, und wenig später stellte Elmar den Motor ab. Er streckte sich ebenso ausgiebig wie zuvor Junior und öffnete die Tür. Wie der Blitz war Junior an ihm vorbeigeschossen, unterschätzte die Höhe der Fahrerkabine und flog in die Büsche.

»Junge, du hattest aber ein dringendes Bedürfnis!«, kommentierte Elmar den Hochgeschwindigkeitsausstieg. Er kletterte etwas behäbiger nach unten. Junior hatte Dank seines Fallreflexes den Sprung gut überstanden, das Wichtigste erledigt und war schon wieder bereit, ihm um die Beine zu streifen.

»Was mach ich denn jetzt mit dir? Ich will da drinnen essen gehen. Da kannst du wohl kaum mitkommen. Hier draußen verläufst du dich vielleicht, oder?«

Junior gab keine Antwort, er musterte schon interessiert die überquellenden Mülltonnen und gönnte dem Menschen keine weitere Aufmerksamkeit.

»Na gut. Entweder bist du morgen früh wieder da, oder die Fahrt geht ohne dich weiter.«

Nur mit einem Auge beobachtete er anschließend, wie Elmar sich zum Restaurant wandte. Der Abfall barg ein reichhaltiges Angebot, aber da Junior an diesem Tag gut gespeist hatte, naschte er nur ein wenig halbflüssige Eiscreme aus einem Pappbecher, rümpfte über das durchgebratene Stück Fleisch jedoch die Nase und pulte gelangweilt an einem Hühnerknochen her-

um. Da die Umgebung auf ihn nicht sehr einladend wirkte –
hässliche Ölflecken auf dem Asphalt beleidigten seinen Ge-
ruchssinn, eine schwarze, stinkende Rußwolke aus dem Aus-
puff eines riesigen Gefährtes brachte ihn zum Husten –, schlenderte er zu seinem neuen mobilen Heim zurück und wartete
auf seinen Gefährten. Elmar kam auch bald angetrabt. Ein brei-
tes Grinsen teilte seinen dunklen Vollbart, als Junior seinen
Kopf an dem rechten Vorderreifen rieb.

»Na, willst du mit in die Koje?«

»Mau!«

Mit einem inzwischen geübteren Satz sprang Junior die Stufen hoch und brauchte nur noch eine leichte Stütze unter dem
Hinterteil, um ganz hinaufzukommen. Er streifte dann ein wenig im Fahrerhaus umher, beschnupperte Lenkrad und Gang-
schaltung, legte die Pfote interessehalber auf eine der bunt
leuchtenden Lämpchen, kratzte ein wenig an dem grauen Plas-
tik des Armaturenbrettes und beobachtete neugierig die Maßnahmen, die Elmar vornahm, um sich eine Schlafstelle hinter
den Sitzen zu richten. Als der dann endlich dort hineingekro-
chen war, hüpfte Junior auf den Fahrersitz und rollte sich ebenfalls zum Schlaf zusammen.

Irgendwann in der Nacht aber fühlte er sich einsam und kletterte zu dem sonor schnarchenden Elmar in die Koje. Dort richtete er sich eine Kuhle auf dem Kopfkissen und schnurrte Elmar dankbar ins Ohr. Er gab einen zufriedenen Grunzer von
sich und schlief etwas leiser weiter.

Sehr früh am Morgen erwachten sie beide und machten Toilette, Junior in den Büschen, Elmar im Rasthof. Er brachte ihm
auch von seinem rustikalen Frühstück Wurst und Milch mit und
wartete geduldig mit dem Fahrtantritt, bis Junior seine Portion
verputzt hatte. Dann machten sie sich beide wieder auf den Weg.

Die Fahrt war für Junior aufregend. Gestern war er zu erschöpft
gewesen und hatte die meiste Zeit gedöst. Heute war er ausgeschlafen und begierig, das Erlebnis Autofahren zu genießen.

Aufrecht saß er am Fenster und beobachtete die vorbeiziehende Landschaft. Es war faszinierend. Aber noch spannender war es, wenn Elmar einen von diesen lahmen, schmutzigen Schrottkisten überholte, die in keiner Weise mit dem schönen, roten Truck mithalten konnten. Junior wurde immer ganz kribbelig, und der eine oder andere kleine Maunzer entfuhr ihm. Dann musste Elmar immer lachen, aber was sollte er tun? Es war so atemberaubend toll.

»So, mein Kleiner, wir kommen jetzt gleich zur Grenze. Ich weiß ja nicht, ob du irgendwelche Papiere brauchst, um einzureisen, und selbst wenn du vorbildlich geimpft bist, kann man dir das ja nicht ansehen. Also muss ich dich wohl verstecken.«

Junior rieb vertrauensvoll seinen Kopf an Elmars jeansbehostem Bein.

»O je, da werde ich dein Vertrauen aber gleich missbrauchen!«

Als sie für die Zollabfertigung anhalten mussten, schnappte Elmar sich Junior, um ihn in einer der Kisten unter der Koje zu verstecken.

»Ist nicht für lange, Junior. Nur die Papiere abstempeln lassen.«

Das Geheul von Junior war durchdringend.

»Sei ruhig, du Heulboje, sonst muss ich dich hier alleine lassen!«

Ob es die rauen Worte waren oder die Erkenntnis, dass die Lage aussichtslos war, jedenfalls gab der Gefangene Ruhe. Die Abfertigung ging zum Glück schnell und reibungslos vonstatten. Kurz darauf waren sie wieder unterwegs. Auf dem ersten Rastplatz wurde Junior wieder befreit. Als die Kiste sich öffnete, entstieg Junior ihr zusammen mit einer kräftigen Duftwolke.

»Okay, Junior, den Anschiss habe ich verdient. Für nächste Mal habe ich einen Katzenkorb der Komfortklasse für dich! Versprochen!«

Junior schmollte etwa eine halbe Stunde lang und drehte seinem Peiniger den Rücken zu. Aber da er in dieser Haltung wenig vom Geschehen mitbekam, entschloss er sich dann doch, wieder Kontakt aufzunehmen. Er wollte endlich die andere Seite der Fahrbahn sehen. Aber dazu musste er auf Elmars Schoß klettern. Ob er das wohl durfte? Fragend guckte er zu Elmar hoch. Aber der hatte seine Aufmerksamkeit auf die Straße gerichtet. Vorsichtig hob Junior die Pfote und legte sie ihm auf das rechte Bein. Kein Widerstand. Er maunzte noch mal, dann hüpfte er ganz hoch. Das war vielleicht ein Ausblick von hier! So von oben auf alle diese kleinen Autos herabzugucken. Wie hatte er das nur mal als das Höchste empfinden können, mit einer dieser lausigen Kisten zu fahren. Hier oben, das war die Welt.

Dann linste er zu Elmar hoch. Der grinste vor sich hin und grummelte dann: »Ich kann's ja verstehen, Kleiner. Diese großen Wagen haben mich auch als kleinen Jungen schon fasziniert. Darum fahre ich sie ja nun auch schon seit fast zwanzig Jahren.« Dann erklärte er Junior, dass sie am Nachmittag ihren Bestimmungsort erreichen würden, die beiden Container abliefern und sich Instruktionen von seinem Spediteur geben lassen würden.

Das war dann auch bald so weit, und während Elmar eine neue Fuhre übernahm, wartete Junior geduldig im Führerhaus auf ihn. Es dauerte eine ganze Weile, aber wie er erfreut bemerkte, hatte sein neuer Kumpel auch noch Zeit gefunden, einige kätzische Utensilien zu seiner Bequemlichkeit zu beschaffen – einen Katzenkorb, eine Decke, zwei Näpfe, die in die Halterung in der Mittelkonsole passten, und ein paar Dosen Katzenfutter. Dadurch verlief der Grenzübergang auf dem Rückweg harmonischer.

Die letzte Fahrt war kurz, da das Wochenende anstand und der Schwerlastverkehr ruhen musste. Elmar hatte es so eingerichtet, dass er bei sich zu Hause am späten Freitagnachmittag eintraf und den Zug an seinem Stellplatz unterbrachte. Er packte Junior in seinen Korb, trug ihn zu seinem Auto und fuhr die wenigen Kilometer zu seinem Haus. Dort ließ er Junior aussteigen, und dieser folgte ihm willig, als er zum Eingang ging.

»Wir beide machen uns ein schönes Junggesellen-Wochenende, was, Kleiner?«

Das Haus, in dem Elmar und seine Familie wohnten, fand Junior klasse. Es war ähnlich wie bei Anne, nur dass es in einem Industriegebiet lag, wo außer dem Garten um das Gebäude kein Zipfel Grünzeug zu sehen war. Auch andere Tiere gab es hier nicht, obwohl vor ein paar Tagen eine Katze in den Zimmern gewesen sein musste. Ganz leicht hing deren Geruch noch in den Möbeln. Das war ihm jedoch egal, denn es gab ausreichend Futter und weiche Stellen. Und Elmar fütterte ihn so gut, dass er langsam ein rundliches Bäuchlein bekam. Auch sein Fell wurde wieder glänzend und voll. Er hatte ja auch genügend Muße, sich zu pflegen und in Sicherheit zu schlummern.

Abends saßen sie dann beide einträchtig vor dem Fernsehgerät. Elmar hatte das eine oder andere Sechserpack Bier und ein Sechserpack Sahne geholt, so dass für beide gut gesorgt war. Es war kein aufregendes Wochenende, aber es tat beiden gut.

Randy kommt

Jetzt also der Auftritt des nächsten Helden. Ahh, was für ein Held.

Was sagen Sie da? Ich bin selbstverständlich eine treue Katze. So treu, wie es eben nur eine Katze zu sein vermag. Und? Sie gucken doch auch manchmal bewundernd hinter einem anderen Menschen her, oder?

Vor allem im Frühjahr, wenn die jungen Triebe …

Na, Sie wissen schon.

Übrigens, ich billige in keiner Weise, wie Tim und Tammy über mich sprechen, aber um der Geschichte willen wiederhole ich die schmähliche Titulierung.

Auf der Weide trieben sich Tim und Tammy herum. Die Jagd war hervorragend. Die Mäuse vermehrten sich in Massen, und das Aufstöbern brachte fast jedes Mal eine Beute. Die beiden weißen Kater mit den schwarzen Flecken kümmerten sich wenig um das, was um sie herum geschah. Der Traktor, der das Feld nebenan bearbeitete, störte sie genauso wenig wie der Fahrzeuglärm auf der Straße, die an der Wiese vorbeiführte. Gerade sprang Tim im hohen Bogen auf sein Opfer zu und erlegte es mit kurzem Biss. Zum Spielen hatte er keine Muße. Er verzehrte die Maus auf der Stelle.

»Prima Revier hier, Tammy, was?«

»Kannste wohl sagen.«

Tammy hatte einen unvorsichtigen Maulwurf erwischt.

»Wollt ich gar nicht mit der Dorfwiese tauschen.«

»Nee, da sin wieso schon zu viele.«

»Haste eigentlich gehört, dass Henry jetzt Chef is?«

»Ach nee, woher weißte denn das?«

Interessiert legte Tammy die Reste des Maulwurfs auf den Boden und setzte sich auf.

»Ich dachte, die hätten unserer Schlappohrigen den Vorsitz angetragen.«

»Die hat aber abgelehnt. Weiß nich, was mit ihren Leuten wird. Darum hat Henry die Sache übernommen. Hab mit dem spinnerten Homer darüber gequatscht.«

»Hätten wir das nich mal machen können, wär doch mal ganz lustig, so Chef spielen.«

»Gottkater, Tammy, son Blödsinn fang ich gar nicht an. Ständig haste das Gemaule von den andern zu ertragen, um jeden neuen Katzenschwanz musste dich kümmern, und alle naselang musste dich auf die großen Dinge konzentrieren.«

»Haste recht. Wir bleiben hier draußen und ham unsere Ruhe.«

Zufrieden fuhr Tammy sich mit der Pfote über die Barthaare und blinzelte in die Frühlingssonne. Tim hockte sich neben ihm auf dem Bauch nieder und beobachtete die vorbeifahrenden Autos. So wurden sie beide Zeuge einer üblen Begebenheit.

Eine blaue Limousine tauchte über dem Hügel auf und bog in Richtung Dorf ab. Obwohl die Straße schnurgerade verlief und kein Hindernis zu sehen war, verlangsamte sie ihre Fahrt, bis sie nur noch rollte. Auf der Höhe von Tims und Tammys Sonnenplätzchen öffnete sich die Beifahrertür, und ein schwarzes Bündel flog im weiten Bogen durch die Luft. Die Tür wurde wieder zugeknallt. Mit aufheulendem Motor beschleunigte der Wagen und verschwand.

»Was war das denn?«

»Ham wohl wieder Müll weggeworfen. Auf unsern Acker, diese Mistböcke.«

»Gehn wir mal nachsehn?«

»Wennste meinst.«

Gemächlich näherten sich die beiden der Stelle, wo der vermeintliche Müllbeutel gelandet sein musste. Doch der Müll entpuppte sich als etwas ganz anderes. Ein rabenschwarzer Kater rappelte sich aus einer Bodenkuhle auf. Er war von dem Sturz sichtlich benommen und hatte sich die rechte Vorderpfote angeschlagen. Aber als er die beiden Katzen sich nähern sah, stieß er ein wildes Fauchen aus. Der rote Schlund, die weißen scharfen Zähne und das schwarze Fell wirkten trotz seiner Behinderungen ausnehmend respekterheischend. Nur von Respekt hielten Tim und Tammy ziemlich wenig.

»Hey, der will nen Schlag hinter die Ohren«, forderte Tammy seinen Bruder auf. Beide gingen in Position. Mit einem wüsten Kreischen fielen sie mit ihren Tatzen über den Schwarzen her.

Doch das Geplänkel war kurz. Trotz allen Kampfesmutes war der schwarze Kater zu angeschlagen, um sich erfolgreich wehren zu können. Die rechte Pfote hing nutzlos herab, er konnte weder damit zuschlagen, noch konnte er sich darauf abstützen. Humpelnd trat er den Rückzug an.

»Tammy, hör auf. Das geht nich. Wir können keinen verprügeln, der sich nich wehren kann. Das macht keinen Spaß.«

Tammy wollte nicht auf seinen Bruder hören und setzte dem anderen nach. Doch Tim stoppte ihn mit einem gezielten Patscher auf die Nase.

»Schluss jetzt!«

An den Schwarzen gewandt, meinte er: »Hey, du. Wir ham noch nie ne fliegende Katze gesehn. War ganz schön eindrucksvoll, wieste hier gelandet bist.«

Misstrauisch blieb der Kater stehen und beäugte seine beiden Angreifer aufmerksam. Aber es waren wohl keine weiteren aggressiven Handlungen mehr zu erwarten, und so setzte er sich auf die Hinterpfoten und hob vorsichtig die verletzte Pfote hoch, um die Wunde zu lecken. Tim und Tammy setzten sich auch und warteten geduldig, bis er damit fertig war. Dann sah der von seiner Beschäftigung auf und gönnte den beiden weißen Katern einen etwas hochmütigen Blick.

»Unser neuer Kumpel isn bisschen hochnäsig, findste nich auch, Tim?«

»Mhhh.«

»Also, Neuer. Bei uns is es Sitte, dass sich die Neueingeflogenen zuerst vorstellen. Kennste das anders?«

Der Schwarze senkte die Pfote und straffte den Rücken.

»Mein Name ist Randolph. Es tut mir leid, dass ich in eurem Revier gelandet bin. Aber wie ihr vielleicht bemerkt habt, konnte ich mein Schicksal in dem entscheidenden Moment nicht selbst bestimmen.«

»Hallo, Randy. Ich bin Tim, und der mit der schwarzen Schnauze hier is mein Bruder Tammy. Nix für ungut, das mit dem Revier. Da konnste wirklich nix für. Aber warum ham se dich denn hier rausgeschmissen?«

»Das ist eine lange Geschichte.«

»Wir ham Zeit. Und hören gerne Geschichten.«

»Aber ich habe keine und erzähle nicht gerne welche.«

»Katzendreck! Was haste denn hier für eilige Termine? Du weißt doch gar nich woste bist.«

»Jungs, nehmt mir's nicht übel, aber ich habe Hunger und muss mir eine Unterkunft suchen.«

»Du hast ne angeschlagene Pfote, damit kannste weder Mäuse fangen noch weit laufen.«

»Ich komme schon zurecht.«

»Großer Kater, kannst du eigensinnig sein.«

Tim sah ihn verwundert an.

»Tammy, fang unserem Gast mal ne Maus.«

Tammy murrte zwar leise, zog aber anstandslos ab.

»Ich bin auf eure Beute nicht angewiesen«, erklärte Randolph.

»Beim Ohrring der Bastet, gleich langt's mir aber. Kumpel, ich kann dich weichklopfen und dir die Maus anschließend in den Hintern schieben, so angeknackst, wie du bist.«

Beide funkelten sich einen Moment lang zornig an. Dann kam Tammy mit einer ausgesprochen fetten Maus zurück und legte sie Randolph vor die Nase. Mit der Beute vor Augen fiel es dem ausgehungerten Kater plötzlich sehr schwer, Würde zu bewahren.

»Friss schon!«, forderte Tim, und endlich gab Randy seinen Stolz auf. Mit zwei gewaltigen Bissen hatte er die Maus verschlungen.

»Danke, Jungs. Vielleicht könnt ihr mir jetzt noch sagen, ob es hier irgendwo eine Stelle gibt, wo ich mich gesundschlafen kann?«

Tim und Tammy sahen sich an.

»Eigentlich sollten wir ihn Henry melden«, schlug Tim vor. »Der ist für so was ja jetzt zuständig.«

Aber der echte Geistesblitz kam diesmal von dem eigentlich geistig etwas unbeweglicheren Tammy.

»Der isn Fall für Nina. Die Anne soll gesagt haben, sie will ne eigene Katze, hat die Schlappohrige gesagt.«

»Das is gut. Da bringen wir ihn hin. Das is auch nich so weit.«

Sie gingen auf Randolph zu, und Tim erklärte: »Wir ham da ne Kätzin hier im Revier, bei deren Mensch is noch ne Futterstelle frei. Etwa hundert Katzenlängen von hier. Schaffste das?«

»Mit Menschen will ich nichts zu tun haben. Entschuldigung.«

»Die Anne is aber tierisch in Ordnung.«

»Trotzdem.«

»Kumpel, stell dich nich schon wieder an.«

Sie musterten sich gegenseitig mit scharfen Blicken, dann schlug Randolph die Augen nieder und gab nach.

»Uhhh, ihr seid so überzeugend, und ich bin so müde. Gehen wir!«

So begaben sich die drei langsamen Schrittes Richtung Dorf. Tim und Tammy rechts und links von dem humpelnden Randolph. Sie hatten gerade den Gartenzaun erreicht, als ich das Haus verließ. Verwundert sah ich das ungewöhnliche Dreigestirn an und fragte irritiert nach.

»Hallo, wen bringt ihr denn hier mit? Der ist aber neu im Revier.«

»Das is unser Kumpel Randy, er is uns sozusagen zugeflogen.«

Darüber musste ich kichern.

»Flugkatzen sind heuer selten geworden. Fängt der auch Fledermäuse?«

Leider hatte der Neue keinen Sinn für Humor, sondern hatte mich mit blankem Entsetzen im Blick angestarrt. Ich schob es mal auf seine Müdigkeit und den Schock des Sturzes, denn ansonsten waren Katzenmanieren besser. Aber eben jetzt nicht.

»Was hat man denn mit deinen Ohren gemacht?«, entfuhr es ihm plötzlich.

Mein wunder Punkt!

»Das geht dich einen feuchten Katzendreck an, du schwarze Schmutzpfote.«

»Hey, Randy, lass solche Bemerkungen über Muttchen Schlabberrohr. Die hat uns deshalb schon mal ganz schön alle gemacht. Die und ihre Freundin Anne.«

»Ja, Nina, hau ihn nich, er is bei der Landung auf den Kopf gefallen, der kann nix dafür. Außerdem hat er sich die Pfote angeschlagen. Meinste nich, dass Anne ihn für ne Weile aufnimmt?«

Etwas besänftigt, weil ich den maladen Zustand von Randolph inzwischen auch erkannt hatte, lenkte ich ein.

»Sicher. Junior hat sie ja auch aufgenommen. Aber benehmen muss er sich.«

»Haste gehört, Randy. Geh mit, wir treffen uns dann in ein paar Tagen, dann können wir die Rauferei nachholen.«

»Danke, Jungs.«

Mühsam schleppte Randolph sich hinter mir her. Ich sah ihn mir verstohlen an. Ein Prachtexemplar, wenn er nicht so groggy gewesen wäre. Aber eine Woche ordentliches Futter, Schlaf und Putzen, und wir hätten da einen Kater, der das Naschen wert war. Im Augenblick jedoch war Mitleid mein überwiegendes Gefühl für ihn.

»Anne ist noch nicht zu Hause, aber sie hat einen Teller Futter für alle Fälle draußen stehen. Das kannst du schon mal haben. Und dann rollst du dich hier in dem Winkel zusammen und schläfst, bis ich dich wecke.«

»Und wenn die mich findet? Ich will nicht noch einen Tritt riskieren, meine Knochen fühlen sich sowieso schon total zerschlagen an.«

»Anne tritt keine Katzen.«

Mit dieser Versicherung zog ich mich unter einen Strauch zurück.

Erschöpft nahm Randolph einige Happen von dem Futter und rollte sich wie geheißen in dem sonnigen Eckchen zusammen. Trotz seines Misstrauens und der Schmerzen schlief er gleich ein und wurde auch nicht wach, als Anne nach Hause kam.

Anne hatte sich inzwischen von ihrer Erkältung erholt und war voller Tatendurst. Der Abend war noch hell, und ich sah ihr zu, wie sie die Gartenhandschuhe anzog. Sie hatte auf dem Heimweg rote und gelbe Primeln gekauft und sich von den verlockenden Bildern auf den Verpackungen verführen lassen und eine Unmenge dieser kleinen bunten Samentütchen gekauft. Mit Gummistiefeln und Schippe bewaffnet machte sie sich an das Vorbereiten des etwa zwei Quadratmeter großen Beetes. Zufrieden grub sie in der feuchten Erde herum, hob Pflanzlöcher aus, setzte die Primeln, glättete den Boden und säte Petersilie, Schnittlauch, Melisse, Minze und, als besonderen Leckerbissen für mich, etwas Baldrian. Sie bemerkte dabei den schlummernden Kater zunächst nicht. Erst als sie sich mit einem wohligen Strecken aus der gebeugte Haltung aufrichtete und ihr Werk betrachtete, entdeckte sie den ungewöhnlichen schwarzen Haufen in dem Winkel zwischen Hauswand und Terrassenmauer. Sie zwinkerte zweimal, dann zog sie ihre Handschuhe aus, näherte sich seiner Ecke und ging vor ihm in die Knie.

»Hallo, wer bist du denn?«, fragte sie leise den schlafenden Randy.

Er schreckte auf und war sofort in Abwehrhaltung. Leider war hinter ihm die Mauer und vor ihm die Anne. Flucht war nicht möglich. Er richtete sich auf, sträubte alle Haare und fauchte angsterregend.

»Ist ja schon gut, Alter. Ich tu dir doch gar nichts.«

Vorsichtig hielt Anne ihm die offene Hand hin – und empfing einen gewaltigen Kratzer.

»Aua!«

Sie sah sich die Schramme an. Sie zog sich über den ganzen Zeigefinger, war tief und begann heftig zu bluten. Leicht erzürnt sah sie den Kater an. Der war durch seine Aktion wieder aus dem Gleichgewicht geraten und auf seiner verletzten Pfote umgeknickt.

»Du siehst ziemlich angeschlagen aus, mein Freund. Ich lasse dich wohl besser in Ruhe und verbinde mir den Finger.«

Sie zog mit der anderen Hand ein Taschentuch aus der Hosentasche und wickelte es provisorisch um den Finger. Dann ging sie ins Haus, um die Wunde auszuwaschen. Ich schlüpfte hinter ihr hinein.

»Was hast du mir da denn für einen rauen Gesellen beigeschafft?«

»Mirrrr, Murrrrrr, Mauauauau!«

Mit einem heftigen Um-die-Beine-Streichen bat ich um Entschuldigung für das unbotmäßige Verhalten des Fremden. Anne musste lachen. Sie ist zum Glück nicht nachtragend.

»Ist das etwa wieder eines deiner Findelkinder? Dann soll ich ihn sicher durchfüttern, was?«

»Mau!«

»Na gut, wir haben ja genug im Haus.«

Anne richtete zwei Teller mit Katzenfutter an und stellte ebenfalls zwei Schälchen mit verdünnter Milch zurecht. Zuerst servierte sie selbstverständlich mir meine Mahlzeit an meinem üblichen Futterplatz, dann ging sie mit Teller und Schale nach draußen und sah sich nach dem Fremden um. Der lag immer noch in seiner Ecke und leckte sich jetzt das Fell.

Ich folgte ihr vorsichtshalber, um auf Randolphs Manieren zu achten.

»Du bist sicher hungrig. Fauch mich nicht gleich wieder an. Ich bringe dir nur etwas Schleckerkatz und Milch. Ruhig, Junge, ruhig. Niemand bedroht dich hier.«

Die sanften Worte beruhigten Randolph soweit, dass er nicht gleich wieder zum Angriff überging. Aber er hatte sich erhoben und beobachtete misstrauisch jede der langsamen Bewegungen, mit der sie sich näherte. Ohne sie aus den Augen zu lassen, hinkte er näher an den Teller.

»O je, du bist ja verletzt, Kater. Wenn du mich nur ein bisschen näher herankommen lassen würdest, könnte ich dir vielleicht helfen.«

Randolph sah sich prüfend nach allen Seiten um. Es schien, dass keine Gefahr drohte. Dann erlaubte er sich, mit Heißhunger über das gebotene Mahl herzufallen. Erst als Teller und Schälchen spurenlos sauber geleckt waren, zog er sich zu einem weiteren Genesungsschlaf in seine Ecke zurück.

Später in der Nacht wurde Randolph wieder wach. Ich hatte eine Weile auf einem Gartenstuhl gesessen, und er entdeckte mich jetzt.

»Na, bist du wach geworden?«

»Mhrrr.«

Randolph gähnte und streckte sich.

»Du hast dich vorhin nicht besonders nobel verhalten – das ist dir wohl klar?«

Ich musste noch einmal sehr streng mit ihm ins Gericht gehen.

»Was soll das heißen?«

»Du hast Anne gekratzt. Sie hat dir nichts getan.«

»Jeder Mensch tut einem was. Ich will mit denen nichts mehr zu tun haben.«

»Aber das Futter nimmst du trotzdem.«

»Nur solange ich nicht in der Lage bin, selbst zu jagen. Ich könnte auch hungern. Das macht mir gar nichts.«

»Du hast wohl eine ausgesprochen interessante Vergangenheit.«

»Die geht dich nichts an.«

So ging das nicht! Ich richtete mich auf und funkelte ihn von meinem Stuhl aus strafend an. Ich spürte, dass meine Schnurrhaare vor Ärger zitterten, und mein Schwanz peitschte in großen Schwüngen hin und her.

»Jetzt hör mir mal zu, du knallharter Superkater. Du tauchst hier von irgendwoher auf, beleidigst alle, die dir helfen wollen, spielst den Macker und frisst unser Futter. Wir sind hier normalerweise eine ziemlich gutmütige Gemeinschaft, die mit Menschen ganz gut zurechtkommt. Ich habe durchaus Verständnis dafür, wenn du schlechte Erfahrungen gemacht und daher ein gesundes Misstrauen entwickelt hast. Aber dein Verhalten grenzt an Dummheit. Du traust ja nicht einmal mehr deinesgleichen.«

Dergestalt zusammengestaucht wollte sich Randolph durch die Hecke verdrücken. Ich donnerte ihm ein herrisches »Halt, du bleibst!« hinterher. Erstaunt hielt er inne. Einen derartigen Kommandoton und eine solche Autorität hatte er einer schlappohrigen Kätzin wohl nicht zugetraut. Vermutlich hielt er mich für eine verweichlichte Hauskatze. Er drehte sich um, und ich starrte ihn an. Der Blick nahm ihn gefangen.

»Bleib hier und erzähl mir, was passiert ist.«

Zögernd blieb er stehen.

»Komm schon, allzu weit kannst du sowieso nicht hinken.« Randolph gab sich geschlagen. Er humpelte zurück und fiel schwerfällig in seine Ecke. Ich hopste von meinem hohen Posten und setzte mich zu ihm. Nach einer Weile einträchtigen Schweigens begann der schwarze Kater von seinem Erlebnis zu erzählen.

»Ich bin zwei Jahre alt, und mit meinen Verwandten draußen auf dem Land groß geworden. Menschen haben sich wenig um mich gekümmert. Aber letzten Sommer haben dann irgendwelche Leute da Urlaub gemacht. Die Kinder haben uns gescheucht und gejagt – spielen nannten sie das. Na ja, und als die dann abreisen mussten, haben die Eltern dem Gequengel ihres Jüngsten nachgegeben und die Leute gefragt, ob sie eine Katze mitnehmen dürften. Den Bauern waren wir sowieso ziemlich egal, also wurde ich – ausgerechnet ich! – in einen engen, harten Korb gesetzt und verschleppt. Du Große Katze, das war ein neues Heim: nur in der Wohnung, ein stinkendes Katzenklo, Trockenfutter. Ständig balgte außerdem dieses Gör mit mir herum. Nie eine ruhige Minute. Mieze haben sie mich genannt, diese Schwachköpfe. Mich, eine ausgewachsene Jagdkatze mit eigenem Revier. Und dann fingen sie an, mich zu bestrafen. Weil ich die Tapete zerkratzt, auf den Teppich gekotzt habe, aufs Sofa gesprungen bin. Geschlagen haben sie mich. Der Alte hat mich getreten, wenn ich ihm beim Fernsehen in die Quere kam. Und der Kurze hat sich eine Spaß daraus gemacht, mich mit Nadeln zu pieksen, um zu sehen, wann ich anfange zu kreischen. Da ist mir der Kragen geplatzt, und ich habe zugeschlagen. Er war ganz schön zerkratzt, als ich mit ihm fertig war. Aber das war mein Ende. Sie haben mich wieder in den Korb gepackt und aus dem fahrenden Auto geworfen. Den Rest kennst du.«

»Oh, das hört sich wirklich übel an. Weißt du, ich hatte auch mal als Mensch so eine schrille Schnepfe, aber zum Glück ist die dann gegangen. Jetzt habe ich es richtig gut getroffen. Weißt du was? Bleib ein bisschen bei uns hier im Dorf, bis du dich zurechtgefunden hast, und dann suchst du dir ein eigenes Revier oben in den Weiden. Mit Tim und Tammy wirst du dich einigen können. Das ist auch so die Art, wie du zu leben gewöhnt bist. Ich hatte mal eine Freundin da oben auf dem Hof. Aber die war schon alt und ist letztes Jahr gestorben.«

Ich dachte eine Weile still an Minka und vor allem an ihren Sohn Junior, den ich nach deren Tod in ihre Obhut genommen hatte.

»Warum soll ich mich nicht gleich um ein Revier in den Weiden kümmern?«

»Ich will ehrlich sein, ich habe einen Hintergedanken.«

Ich erzählte es ihm. Randolph war nicht begeistert, doch er willigte ein, eine Weile in Dorf zu leben.

Junior auf Tour

Junior war wieder unterwegs. Er war glücklich mit Elmar, so glücklich, dass er ganz vergessen hatte, warum er eigentlich vor ein paar Tagen in diesen wundervollen roten Truck eingestiegen war. Mit einer neuen, kuscheligen Decke, Futter, Knabberzeug, frischem Wasser, etwas Sahne und einer neuen Errungenschaft, die Elmar am Wochenende für ihn gebastelt hatte, machte das Reisen noch mehr Spaß. Diese neue Sache war überaus praktisch, wenn sie an einem Rastplatz halten mussten. Es war nämlich so etwas wie eine Hühnerleiter aus Holz, die er in das Seitenfenster einhängen konnte. So hatte er die Möglichkeit, nach Belieben ein- und auszugehen. Es gab da zwar ein paar Kollegen von Elmar, die ihn damit gehänselt hatten, aber im Großen und Ganzen waren sie alle sehr nett zu ihnen beiden.

Na, und dann während der Fahrt, das war natürlich besonders schön. Das Motorengeräusch unterstützte die kätzischen Schlafwellen ganz hervorragend, und in den aktiveren Wachphasen war die Aussicht immer wieder berauschend. Von dem Geschäft, das Elmar betrieb, verstand Junior wenig. Ihm schien es jedoch, dass er meistens lange Strecken auf diesen breiten Straßen zurücklegte, um an bestimmten Punkten zu halten, irgendwas mit Containern machte und dann weiterfuhr. Zwischendrin gab es immer wieder abwechslungsreiche Pausen, auf Rastplätzen, an Verladestellen, auf Fabrikgeländen und einmal sogar in einem Hafen. Dort wäre Junior fast verloren gegangen. Es war so interessant gewesen. Da war ein riesengroßes Wasser in der Nähe, und es roch so ganz anders, so salzig und fischig. Auf seinem Besichtigungsrundgang hatte er sich immer weiter entfernt, hatte dann auch noch eine andere, recht gesellige Katze getroffen.

Es war – wie er selbst – ein grau-schwarz getigerter Kater, dem allerdings die weißen Söckchen und das weiße Kinn fehlten. Er saß auf einem Poller und putzte sich mit Hingabe, als Junior vorbeikam. In gebührendem Abstand war er stehen geblieben, da er nicht recht wusste, ob er fremden Revieranspruch verletzte, aber der Kater unterbrach seine Reinigungsmaßnahme und redete den Ankömmling freundlich an.

»Moin, Moin. Neu in der S-tadt?«

»Auf der Durchreise«, gab Junior mit neuerworbenem Selbstbewusstsein zur Antwort und reckte das Näschen.

»Nu man nicht gleich so hochnäsig, Kleiner. Auch wir sind nur aufn S-prung hier. Von welchem der Pötte kommst du?«

»Pötte?«

»Au Mann, eine Landratte. Pötte, das sind die Schiffe da. Ich bin Nelson, der verantwortliche Schiffskater der ›S-tern von Holland‹. Aber diese Affen rufen mich Nelli«, stellte sich der Grautiger vor.

»Ich werde Junior gerufen und bin Beifahrer von Elmar, dem Trucker.«

»Ah so, du reist auf S-traßen. Auch nicht schlecht. Aber ich würde das Meer nicht missen wollen. Dieser Duft von fremden Ländern, die zierlichen Kätzchen in den südlichen Häfen, der Fisch in Marseille und in Rio und abends der Ausguck von den Aufbauten übers Wasser, wenn bei Capri die rote Sonne im

Meer versinkt. Aber du wirst schon wissen, warum du über die S-traßen reist.«

Junior hatte fasziniert gelauscht.

»Ferne Länder, das hört sich toll an. Bitte erzähl mir mehr davon, Nelson.«

Der Schiffskater war nur zu gerne bereit, aus seinem Erlebnisschatz zu plaudern, denn allzu oft hatte er offensichtlich nicht die Gelegenheit, vor einem interessierten Zuhörer sein Garn zu spinnen.

Erst als Junior das ihm inzwischen vertraute Tuten der Lkw-Hupe in der Ferne hörte, unterbrach er Nelson und machte ihn darauf aufmerksam, dass er zum Truck zurückmusste.

»Willst du wirklich zurück? Wenn du willst, kannst du eine S-telle auf dem Tanker da hinten haben. Josie, deren Schiffskatze, ist letzten Monat in S-panien bei einem heißen Kater geblieben. Es s-tinkt zwar immer ein bisschen nach Öl, ist aber gut ausges-tattet. Futter und so.«

Junior überlegte kurz. Es klang verlockend. Oder?

»Welches Schiff ist das?«

»Das da s-teuerbords.«

»Wo?«

»Rechts, du Landratte! Oh, entschuldige, ich meine Landkatze.«

Junior musterte das schmuddelige riesige Schiff und schnupperte in die angegebene Richtung. Widerstreitende Gefühle kamen auf. Sollte er? Oder sollte er nicht. Aber dann dachte er an Elmar und entschied: »Nein. Nein, danke für das Angebot, aber ich glaube, ich lasse es noch. Außerdem wird mir von Diesel immer schlecht. Ich muss los, Nelson. Elmar hupt.«

»Denn man tau! War nett, dich kennenzulernen«

»Tschüs, Nelson. Ich fand es irrsinnig interessant, dir zuzuhören.«

Dann tutete es noch mal. Junior riss sich los und raste zurück zu dem roten Truck. Immerhin nahm er sich vor, sich das nächste Mal noch intensiver dort umzuschauen.

Jetzt waren sie wieder auf der Straße Richtung Süden. Es nieselte, und die Scheibenwischer gaben ein eintöniges Schwisch-schwasch von sich. Elmar hatte Musik eingeschaltet, brummte vergnügt einen der Country-Songs mit und strich Junior, der neben ihm lag, hin und wieder über das Fell.

»Dieses Wochenende lernst du Jenny kennen, Junior. Das wird sich für dich bestimmt lohnen. Jenny ist eine prima Frau. Und meine kleine Tochter ist sehr lieb. Sie hatte bis jetzt aber noch keine Katze, glaube ich. Oder? Ach nein, Jenny hat ja neulich erzählt, dass sie auch eine bekommen hat. Na, hoffentlich verstehst du dich mit ihr.«

Junior hatte aufmerksam die Ohren gespitzt, als Elmar ihn ansprach. Das machte er immer, denn ihm gefiel die dunkle brummige Stimme, die so ganz tief aus dem mächtigen Bauch herauskam. Die Aussicht, bei einer Frau das Wochenende zu verbringen, fand er auch nicht schlecht. Elmar hin, Truck her, Frauen rochen besser. Und eigentlich, gestand Junior sich ein, hatte er eine Katze als Gesellschaft schon etwas vermisst.

»Noch drei Tage, Junior, dann haben wir ein schönes langes Wochenende. Dafür fahre ich heute Nacht auch durch. Dann haben wir einen halben Tag gewonnen. Im Prinzip darf ich das ja nicht. Aber wer schert sich schon darum, wenn die Fracht pünktlich da ist? Es ist nicht das erste Mal, dass wir so etwas machen.«

Junior gab einige zustimmende Laute von sich und folgte dann seinem Bewegungstrieb. Er kletterte ein bisschen im Fahrerhaus herum, vermied aber strikt den Fußraum von Elmar, denn der hatte ihn einmal fürchterlich geschimpft, als er ihm zwischen die Pedale kam. Aber da gab es die Koje, in der man mit der an einem Band von der Decke hängenden Stoffmaus spielen konnte. Dann konnte man aus einem Beutel auf der oberen Ablagefläche einen Hemdsärmel herausziehen, der dabei immer länger wurde, bis schließlich der Beutel auf einen hinunterfiel. Und dann brauchte man zur Stärkung ein Häppchen.

Junior hüpfte nach vollbrachter Arbeit wieder auf den Beifahrersitz und stupste Elmar mit dem Kopf an den rechten Arm.

»Unnngrrrr!«

»Ach ja, jetzt genug getobt und dann hungrig geworden!«

Mit inzwischen geübtem Griff hatte Elmar ein Alu-Schälchen geöffnet und den Inhalt in das Schüsselchen auf der Mittelkonsole gefüllt. Junior hüpfte auf den Beifahrersitz und nahm das Fleisch in zierlichen Häppchen zu sich. Seit er nicht mehr nur zum Überleben futtern musste, war er ein genießerischer Esser geworden. Mit einem kleinen Rülpser legte er sich, nachdem er die Hälfte verzehrt hatte, gegen die Rückenlehne und schloss die Augen.

Als er wieder wach wurde, war es dunkel geworden. Ah, das war neu. Bislang waren sie noch nicht bei Nacht gefahren, oder besser, er hatte dabei immer geschlafen. Interessant, diese vielen roten Lichter, die da vorbeihuschten. Es regnete noch immer, und in den Wassertropfen auf der Scheibe brachen sich die Farben. Die Straße glänzte wie ein schwarzes Band vor ihnen, und die weißen Markierungsstreifen, die das Scheinwerferlicht reflektierten, wirkten in ihrem gleichförmigen Vorbeiziehen leicht hypnotisch auf Junior. Erst als sie an einer Ausfahrt die Fahrspur wechselten, wurde Junior wieder munter.

»Tanken.«

»Brrrrr.«

Junior knurrte, als er sah, dass sie an eine Tankstelle fuhren. Er konnte diesen Gestank von Diesel und Abgasen überhaupt nicht leiden und verkroch sich dann immer in der hintersten Ecke der Schlafkoje. Ein Schwall dieselgetränkter Luft traf trotzdem seine beleidigte Nase, als Elmar wieder zurückkam. Er startete, rollte aber nur ein paar Meter weiter auf einen Stellplatz und drehte sich zu seinem schmollenden Begleiter um.

»Junge, ich gehe mal einen frischen Kaffee trinken. Soll ich dir bei dem Mistwetter die Leiter raushängen?«

Aber Junior machte keine Anstalten, nach draußen zu gehen und sich die weißen Pfötchen schmutzig zu machen. Darum schloss Elmar die Tür und ging alleine zur Raststätte. Es dauerte jedoch nicht lange – Junior hatte nur kurz mit der bunten Wimpelkette gespielt, die am Frontfenster hing und an die er während der Fahrt nicht herandurfte –, da kam der Fahrer auch schon zurück. Er gähnte ausgiebig, als er einstieg, schnaufte noch mal tief die feuchte, kalte Nachtluft ein und sank in seinen Sitz.

»Weiter geht's, Junior! Bald haben wir es geschafft. Noch fünf Stunden. Dann abladen, schlafen und eine kleine Fuhre nach Hause. Ahhh!«

Sie nahmen Fahrt auf. Es war schon nach Mitternacht, und die Autobahn war fast leer. Der Regen war jetzt in ein leichtes Tröpfeln übergegangen, aber der Himmel war noch immer von tiefen, schwarzen Wolken verhangen. Junior wollte dösen, doch irgendwie war er nicht mehr so recht müde. Also sah er hinaus. Eine Kolonne von vier oder fünf anderen Lkws fuhr vor ihnen her. Elmar wechselte über sein Funkgerät ein paar Worte mit den Fahrern, dann setzte er auf einer freien Strecke zum Überholen an. Juniors Nase klebte am Beifahrerfenster. Dank seiner hervorragenden Nachtsicht konnte er jede einzelne Fahrerkabine eingehend mustern. Als Elmar seine Neugier bemerkte, verhielt er auf der Höhe der Zugmaschinen immer einen Moment die Geschwindigkeit. Auch manche der anderen Fahrer bemerkten den Katzenkopf an dem tief heruntergezogenen Seitenfenster.

»Jetzt werden sie mir einen neuen Spitznamen geben, Junior«, vermutete Elmar schmunzelnd, als sie den letzten Wagen hinter sich gelassen hatten. Dann lag nur noch die feucht schimmernde Piste vor ihnen. Rechts und links eilten die Leitplanken an einem fernen Horizont zusammen. Ohne Unterbrechung lief die weiße Randmarkierung an ihnen vorbei, und wieder begannen die Mittelstreifen ihren monotonen Rhythmus, den die Scheibenwischer in gleichmäßigen Intervallen teilten. Keine Lichter anderer Fahrzeuge durchbrachen die Dunkelheit, nur hin und wieder leuchtete ein blaues Hinweisschild am Autobahnrand auf. Aus dem Radio kam ruhige, sanfte Musik zum Träumen, und der starke Motor brummte eintönig vor sich hin. Große Ruhe machte sich im Fahrerraum breit. Elmar atmete ruhig und gleichmäßig, die Hände entspannt auf dem

Lenkrad. Junior blickte gedankenverloren nach vorne aus dem Fenster. Einen weißen Strich nach dem anderen fraßen die Räder weg. Still zog die dunkle Landschaft an ihnen vorbei.

Warum waren die weißen Striche plötzlich auf der anderen Seite? Junior schreckte aus seiner verträumten Stimmung auf und begann zu maunzen. Warum merkte Elmar das nicht? Sie kamen immer weiter zur anderen Seite.

Junior fauchte. Nichts geschah.

Dann schrie er. Es nützte nichts.

Endlich schlug er seine Krallen tief in Elmars Unterarm.

»Au! Verd …! O Gott …!«

Das schwere Fahrzeug schwankte heftig, als es herumgerissen wurde, und Junior fiel vom Sitz. Er jammerte empört auf und fauchte noch einmal.

Langsam rollte der Lkw auf dem Randstreifen aus, die Kontrolllämpchen der Warnblinkanlage zuckten am Armaturenbrett auf. Elmar beugte sich zu dem noch immer protestierenden Kater im Fußraum hinunter, hob ihn liebevoll hoch und meinte: »Mensch, Kleiner, das hätte schiefgehen können. Nun fauch mich doch nicht an, ich bin dir ja so dankbar.«

Langsam beruhigte Junior sich wieder und ließ sich streicheln. Elmars Unterarm wies vier stark blutende Kratzer auf, aber das schien ihn überhaupt nicht zu stören.

»Wir machen an der nächsten Stelle Halt, mein Katerchen, und ich hau mich ein paar Stunden aufs Ohr. Das war keine gute Entscheidung, die Nacht durchzufahren. Dann kommen wir eben erst am Freitagabend an.«

Er hielt Junior noch immer im Arm und sah ihm in die grün schimmernden Augen. Und fühlte ein tiefes Verständnis darin.

»Ich glaube, du verstehst mich ziemlich gut. Danke, Junior.«

Junior putzte mit seiner rauen Zunge über die Kratzer.

»Schon gut. Nur lass bitte diese Reibeisenbehandlung auf den Wunden. Besser wird das dadurch auch nicht.« Elmar lachte leise und setzte den Kater neben sich wieder auf den Sitz.

Am nächsten Morgen – sie hatten fünf Stunden tief und fest geschlafen – begrüßte sie ein strahlender Sonnenaufgang. Das Regengebiet war fortgezogen, und die frühlingshafte Welt sah frischgewaschen und poliert aus. Übermütig hopste Junior aus dem Truck und tollte durch das tropfnasse Gras des Seitenstreifens. Er musste sich dringend mal die Pfoten vertreten. Dann schoss er vor Elmar her, der zum Rasthof marschierte, und veranlasste ihn, sich in einen wuchtigen Galopp zu versetzen. Schnaufend erreichte der den Eingang und grinste: »Nur gut, dass uns hier keiner beobachtet.«

Da irrte Elmar sich aber. Junior bemerkte drei junge Türkinnen, die das Frühstücksbüffet richteten, sie standen kichernd und gnichelnd in einer Ecke, als sie das Schauspiel beobachteten, wie der umfangreiche Elmar hinter der kleinen Katze hertobte. Verschämt lächelnd drückte sich Elmar an der Theke entlang und wollte dann zu einem Seitentisch gehen. Aber eines der Mädchen hatte eine kleine Schüssel fertiggemacht und stellte sie ihm auf das Tablett mit den Worten: »Für Ihren Beifahrer!«

Junior wusste das rohe Hackfleisch zu würdigen.

Die beiden folgenden Tage waren schön, und die Fahrt verlief problemlos. Elmar hatte sein Kommen bei seiner Familie angekündigt und wurde am Freitag jeden Kilometer fröhlicher. Immer lauter sang oder pfiff er die Lieder mit, so dass Junior irgendwann durch ebenso lautes Mitsingen dem Geräusch Einhalt gebieten musste. Dann war die letzte Fracht abgeladen, und der Truck rollte ohne seine Auflieger zum Abstellplatz in der Spedition. Junior musste in den Korb und wurde zum Auto getragen. Die letzten paar Kilometer waren jedoch so schnell vorbei, dass sich Klagen gar nicht gelohnt hätten. Dann stand er mit Elmar vor der Haustür.

Eine schlanke, blonde Frau öffnete und begrüßte ihren Mann mit aufrichtiger Freude in der Stimme.

»Endlich, du alter Bär! Schön, dass du da bist.«

Junior bemühte sich, durch die Luftlöcher seines Korbs zu linsen, um die Lage einschätzen zu können.

Ein dünnes, ebenfalls blondes Mädchen von etwa dreizehn Jahren tauchte hinter ihr auf. Auch sie freute sich ganz augenscheinlich.

»Hallo, Jenny, hallo, Angela!«

»Hallo, Elmar. Schau mal, da ist mein Kätzchen Tiger. Ist der nicht niedlich?«

Angela zeigte auf die wuschelige Katze, die an ihrer Schulter klebte.

»Sehr niedlich, Angie, aber warte, bis du meinen Junior gesehen hast.«

Elmar bückte sich, machte den Korb auf und stellte Junior neben sich auf die Pfoten.

»Mein Lebensretter!«, stellte er vor.

»Wieso das?«

Alarmiert zog Jenny die Augenbrauen hoch.

»Das erzähle ich euch später. Jetzt möchte ich erst mal rein.«

Die Einbrüche

Sie erinnern sich sicher, dass mein Findelkind Junior eine große Aufgabe in seinem Leben hat. Mir war das ja schon immer klar, dass dem Kleinen ein außergewöhnliches Schicksal beschieden war. Aber bevor ich Ihnen verrate, ob er Tiger zur Rückkehr überreden kann, noch ein Bericht über die geheimnisvollen Vorgänge in Annes Revier.

Luzi war spät dran, aber sie schaffte in zwei Stunden mit gewohntem Einsatz Ordnung in Annes Haushalt. Sie hörte auch brav auf mein Maunzen, machte mir auf und gab mir ein Häppchen Trockenfutter. Wir spielten gerade mit einem Stück Geschenkband Haschen, als die Bewohnerin selbst zur Tür hineinkam.

»Hallo, Luzi. Heute gar nicht mein unsichtbarer Hausgeist?«

»Ach nein, Frau Breitner, ich hatte noch zu Hause zu tun,

darum ist es etwas später geworden. Und dann wollte Nina auch noch spielen.«

Anne hatte sich aus ihrer gelben Jacke geschält und stand in einem engen braunen Rock und gleichfarbiger Bluse in der Tür.

»Uii, Sie sehen aber schick aus«, entfuhr es Luzi.

»Man tut, was man kann, die Konkurrenz ist groß.«

Luzi kicherte. »Das ist gut, das muss ich mir merken.«

»Hast du noch ein bisschen Zeit, meine Perle? Ich habe von einer Kollegin Kuchen bekommen. Wir können noch gemütlich einen Kaffee trinken. Oder musst du nach Hause?«

»Nö, ich hab Zeit. Es ist ja erst halb sechs! Außerdem ist bei uns dicke Luft.«

»Was hast du angestellt?«, rief Anne aus der Küche, wo sie die Kaffeemaschine richtete und mit den Tellern klapperte. Luzi überließ mir das Band und folgte ihrer Gastgeberin. Ich ließ Band Band sein und schloss mich ihr an. Menschenunterhaltung war wichtiger als Spielen.

»Ich habe mich mit meinem Bruder über seinen Hund gestritten. Nicht, dass ich etwas gegen Hunde habe, aber dieses selten hässliche Vieh mit seinen kurzen krummen Beinen, dem zerknautschten Gesicht und den massigen Kiefern ekelt mich an. Dem guckt die Gemeinheit schon aus den Augen. Dumm und gemein ist der Köter.«

»Luzi, bei einem Hund sitzt das Problem immer am anderen Ende der Leine«, meinte Anne, wobei ich ihr nicht völlig zustimmte. Aber Luzi ergänzte: »Damit haben Sie allerdings recht. Das andere Ende ist Ingo, und der behauptet, der Köter sei gut trainiert. Und wir würden schon sehen, was der mit den Einbrechern anstellt, die hier das Dorf unsicher machen. Das sei ein richtiger Kampfhund.«

»Das hört sich aber ungemütlich an.«

»Der Hund ist ein hässlicher Killer, wenn Sie mich fragen. Aber Mutti ist total froh, dass wir den haben, so unsicher wie das jetzt hier ist.«

»Huch, das ist aber ein bisschen übertrieben. Wir leben doch nicht in einem sozialen Brennpunkt!«

»Eben, Ingo will sich mit dem Köter nur wichtig machen! Und dann hat er ihn auch noch Bruce genannt – nach seinem angebeteten Bruce Lee. Na, wenn Nomen Omen sind, dann ist dem Köter ja ein baldiges Ende beschieden. Der andere Bruce hat so viele Schläge auf den Kopf bekommen, dass er an seiner Dummheit eingegangen ist.«

»Ich nehme an, dein Bruder hat auf solche Bemerkungen nicht besonders freundlich reagiert.«

Luzi grinste.

Anne trug das Geschirr ins Wohnzimmer, und Luzi folgte ihr mit Kaffeekanne und Kuchenteller.

»Was ist denn an den Einbrüchen dran, vor denen deine Mutter so viel Angst hat? Ich bekomme ja kaum etwas davon mit, was sich hier im Dorf so abspielt.«

»Ach das …! Da ist nicht groß was passiert.«

Luzi biss mit gesundem Appetit in den Schokoladenkuchen und war eine Weile mundtot. Doch vor dem nächsten Bissen fuhr sie fort.

»Toll, der Kuchen, echt! Also, so viel wie ich gehört habe, ist wieder bei einigen Familien etwas geklaut worden. Ich hab Ihnen ja neulich schon mal erzählt, dass bei unseren Nachbarn eingebrochen worden ist. Jetzt hat es auch andere getroffen. Stellen Sie sich mal vor, bei Hagens Unterwäsche von der Leine gemopst, bei Anders einen Anzug, der zum Lüften draußen hing, und einem Freund von Ingo sind sogar zwei Paar schmutzige Joggingschuhe abhanden gekommen, die er vor der Tür stehengelassen hatte.«

»Nun, wenn du einen Landstreicher im Anzug und Joggingschuhen triffst, dann solltest du darauf achten, ob er ein Spitzenhemdchen darunter trägt. Dann haben wir den Bösewicht.«

Luzi hatte Mühe, sich zwischen Lachen und Schlucken zu entscheiden, und das Geräusch, das dabei entstand, reizte wiederum Anne so sehr zum Lachen, dass sie beide anschließend ziemlich heftig nach Luft schnappten.

Ich hatte eben noch mal das Band fertiggemacht, es lag in kleinen, unbrauchbaren Fetzchen im Wohnzimmer verteilt. Zufrieden mit meiner Leistung sprang ich zu Anne auf das Sofa und rollte mich neben ihr zusammen.

»Ich finde Katzen viel netter als Hunde. Hoffentlich macht dieser blöde Bruce keinen Scheiß.«

Draußen war es inzwischen dämmerig geworden, und Luzi sah aus dem Fenster.

»Frau Breitner, da draußen steht eine schwarze Katze. Haben Sie die schon mal gesehen? Das ist nicht der Rasputin von der Post. Der sieht irgendwie tiefergelegt aus.«

»Nein, das ist ein neuer Schützling von Nina. Er ist aber noch sehr, sehr scheu. Er hat mich neulich ganz schön gekratzt, als ich ihn streicheln wollte. Er ist vor kurzem verletzt und hungrig hier aufgetaucht.«

»Vielleicht hat den jemand verloren? Haben Sie mal in das Gemeindeblättchen geschaut, ob da wer seine Katze vermisst. So was steht doch da immer drin.«

»Ich glaube eher, dass man ihn ausgesetzt hat.«

»Meinen Sie wirklich?« Luzi sah Anne entsetzt an. »So was Gemeines. Solche Leute sollte man auch aussetzen, am besten, wo es nichts als Steine und Wüste gibt.«

»Tja, Luzi, es gibt nun mal ausgesprochen unfreundliche Menschen. Komm, wir räumen ab, geben Nina ihr Abendessen, und ich mache noch einen Teller für den Streuner da draußen zurecht.«

Ich hörte das Wort »Abendessen« und spitzte so gut ich eben konnte die Schlappohren. Mit einem Satz war ich hinter den beiden Frauen hinterher und strich in kunstvollen Schnörkeln um die vier vorhandenen Beine.

»Gib ihr das hier!«

Anne reichte Luzi einen Teller mit Schleckerkatz und füllte einen zweiten mit der gleichen Menge.

»Ähm, Frau Breitner…«

»Ja?«

Luzi druckste: »Ich muss was beichten.«

»Na, was denn?«

»Ich gebe Nina hin und wieder etwas Trockenfutter, wenn sie so hungrig guckt. Darf ich das?«

»Aber natürlich, Luzi. Ich weiß schon, was du meinst. Dieses Tier kann einen ansehen, als ob der Hunger der Welt in seinen Augen liegt. Wer da widerstehen kann, muss schon ziemlich hartherzig sein. Und das bist du bestimmt nicht. Aber gib ihr nicht so viel und stell ihr dann auch immer ein Schälchen Wasser hin. Sie zieht zwar Milch vor, aber manchmal müssen wir auf unsere Diät achten.«

Ich zog es vor, die letzte Äußerung zu überhören, und schlappte zufrieden die Soße von meinem Futter, verzichtete aber auf die trockenen Reste und folgte Luzi und Anne zur Terrassentür, wo ich verfolgte, wie sie versuchten, die schwarze Katze zum Näherkommen zu bewegen. Aber Randolph blieb stolz und in wachsamer Pose einen Meter entfernt sitzen.

»Na, dann nicht. Ich stelle dir dein Futter hier hin. Wenn du Hunger hast, musst du's dir schon holen.«

Anne schloss die Tür, und beide zogen sich ein wenig in den Raum zurück. Angelockt von dem Geruch, kam der Schwarze langsam näher. Aufmerksam sicherte er sich nach allen Seiten gegen unerwartete Übergriffe ab, dann schlang er hastig das Fleisch in großen Brocken hinunter.

»Haben Sie ihm schon einen Namen gegeben?«, erkundigte sich Luzi, während sie ihm zusahen.

»Nein. Aber wir können ja einen für ihn aussuchen.«

»O ja. Etwas Beeindruckendes.«

»In der Tat. Er sieht edel aus, so wie ein zu klein geratener Panther.«

»Vielleicht etwas Adeliges, Sir Archibald oder so«, schlug Luzi vor. Aber Anne meinte, dazu sei er nicht alt genug. Und zu schwarz. Das sei eher ein Name für einen grauen Kater.

»Woher wissen Sie überhaupt, dass er ein Kater ist, wenn er Sie doch nicht an sich heranlässt?«

»Nur Gefühl. Er hat so eine männliche Ausstrahlung.«

»Was halten Sie von Prinz?«

»Nichts, das ist ein Hundename.«

»Stimmt, war kein Beitrag.«

Anne und Luzi betrachteten den Kater und sannen schweigend über seinen Namen.

»Vielleicht nicht gerade Adel, ich glaube, dafür ist er nicht vornehm genug. Was wäre mit Gandalf, wie der Zauberer?«

»Das klingt schon fast gut, Luzi. Aber mich stört die Assoziation zu dieser Figur. Nannte man ihn nicht auch Gandalf, den Grauen? Oder stelle ich mir den nur immer grau vor?«

»Nee, nee, Sie haben recht. Finde ich toll, dass Sie das auch kennen.«

Voll Bewunderung sah Luzi zu Anne auf.

Ich war inzwischen auf die Sofalehne gesprungen und blickte ebenfalls nach draußen.

»Sie hätte bestimmt einen passenden Vorschlag«, deutete Luzi dann auf mich und knetete leicht meine Ohren, wie ich es liebe.

»Was hältst du von Rudolfo, wie Valentino«, fragte Anne. »Ja, aber … Moment, Moment. Noch nicht ganz. Gleich hab ich's! Ja, ja! Randolph, mit ph am Ende. Oder kurz Randy. Wie finden Sie das?«

»Genial, Luzi. Nina? Ist das Randolph?«

»Mau!«

Sehr sensibel, dieses Mädchen. Wirklich!!

»Sie scheint nichts dagegen zu haben. Aber sehen Sie mal, es ist schon nach sieben. Jetzt muss ich aber los, sonst gibt's noch mehr Ärger.«

»Du kommst aber übermorgen wieder?«

»Klar. Und danke für den Kuchen!«

In bewährter Wirbelsturmmanier brach Luzi in Richtung Heimat auf, und ich huschte hinter ihr ebenfalls hinaus.

Tiger und Junior erkennen sich

Angela hatte Tiger von der Schulter genommen und ihn neben Junior auf den Boden gestellt. Gespannt und ein bisschen ängstlich wartete sie darauf, was geschehen würde.

Die beiden Katzen sahen sich bewegungslos an. Obwohl Tiger jünger war als der zierliche Junior, wirkte er schon fast genauso groß.

»Was willst du kleiner Scheißer hier?«, lautete Tigers unfreundliche Begrüßung.

Verächtlich musterte Junior den jungen Maine-Coon-Kater. Bei Bastet, das sollte der vielgepriesene Tiger sein?

»Kumpel, ich hab's mir nicht ausgesucht!«, fauchte er, und prompt wurde Tiger von Angela hochgehoben und in Sicherheit gebracht. Von seiner erhöhten Position schmetterte der Jüngere noch ein paar Schmähworte hinterher.

»Sieh zu, dass du deinen ungepflegten Hintern vom Acker kriegst! Für zwei ist hier kein Platz.«

»Mach dir doch ins Fell, du Hätschelwelpe. Wenn du so viel erlebt hättest wie ich, dann würdest du das Maul nicht so weit aufreißen.«

»Was weißt du denn schon, du flohzerfressener Stinker!«

Angela, die das Brummen und Fauchen der beiden ratlos verfolgt hatte, mischte sich jetzt begütigend ein. Sie streichelte und tröstete Tiger, der sich aber unter ihrem Griff ungeduldig wand. Dann folgte sie Elmar und ihrer Mutter in die Küche und beachtete Junior im Flur nicht weiter. Der sah sich derweil im Flur um, schnüffelte in den Ecken und kratzte versuchsweise an einer geschlossenen Tür. Dabei hörte er den Stimmen in der Küche zu.

»Elmar, die vertragen sich nicht. Die giften sich an. Ich glaube, du solltest deine Katze lieber wegbringen.«

»Nein, Angela. Bestimmt nicht. Gib den beiden doch etwas Zeit. Junior ist neu hier und fühlt sich noch nicht wohl. Komm, wir wollen beiden etwas zu fressen geben.«

Jenny schlug Angela vor, die beiden Katzen das unter sich ausmachen zu lassen.

»Aber wenn der andere meinen Tiger kratzt oder beißt?«

»Na und, Angie? Ich hab als Kind auch immer Katzen gehabt. Die brauchen eine Eingewöhnungsphase. Je weniger du dich darum kümmerst, desto schneller geht das. Also lass Tiger jetzt runter, und wir stellen beiden einen Futternapf auf, in ausreichender Entfernung von einander.«

Der zarte, verlockende Futtergeruch traf Juniors neugierige Nase, und er wandte sich in Richtung Küchentür. Dort stellte eben Angela widerstrebend den zappelnden Tiger auf den Boden. Der sauste gleich zur Tür und blieb mit blitzenden Augen und schwingendem Schwanz stehen.

Junior plusterte sich auf.

Tiger ebenfalls. »Die haben Futter für uns hingestellt. Aber wenn's nach mir geht, bekommst du keinen Krümel, klar?«

Junior grinste ihn hochmütig an. Wenn der Kurze das so wollte, anpflaumen konnte er ihn auch. »Überfriss dich doch. Ich find schon was anderes. Und jetzt lass mich vorbei.«

»Das hättest du wohl gerne, du zerfranster Staubwedel. Zisch ab, oder ich knall dir eine!«

Tigers Augen funkelten angriffslustig aus seinem wuscheligen Gesicht, doch Junior blieb unbeeindruckt. Er hatte mit Morris gekämpft und mit den Stadtkatzen. Vor dem zwar ziemlich wild aussehenden, allerdings noch jüngeren Tiger hatte er keine Angst. Es machte ihm sogar Spaß, ihn weiter zu reizen.

»Nur zu, versuch doch, mich zu treffen. Ich sehe gerne Blut fließen. Dann kann dich dein kleiner Mensch auch gleich wieder trösten, du Weichei.«

Junior machte einen Schritt auf Tiger zu und sah ihm mit stechendem Blick an.

»Zurück, Scheißer.«

Irgendetwas in Tigers Blick bannte Junior. Was konnte der Kleine böse gucken! Besser, man gewährte ihm seinen Willen.

Er würde schon noch eine Möglichkeit finden, an vernünftiges Futter zu kommen.

Tiger hatte sich umgedreht und war in der Küche verschwunden, und Junior leckte sich sein rundes weißes Bäuchlein vor der Tür.

»Siehst du, sie tun sich gar nichts«, hörte er Jenny sagen, dann gingen alle drei an ihm vorbei in einen anderen Raum. Die Küchentür hatten sie offen gelassen, und Junior spähte jetzt um die Ecke. Tiger leckte gerade den zweiten Teller leer. Er wollte dem Eindringling wirklich nichts gönnen.

»Hoffentlich kotzt du das gleich wieder aus. Am besten an einer Stelle, wo's deinen Menschen gar nicht gefällt«, flüsterte er seinem Widersacher hämisch zu, als der ihn bemerkte.

»Pfff.«

Tiger schritt mit hochgestrecktem Hals wortlos an Junior vorbei zu seinen Korb in Angelas Zimmer. Er wollte es nicht zugeben, aber er war jetzt wirklich sehr satt und nicht in der Lage, längere Wort- oder gar andere Gefechte durchzustehen.

Junior sah sich in der blitzsauberen Küche um. Jenny war wohl schrecklich ordentlich, schlimmer noch als Anne. Die hatte wenigstens manchmal etwas stehen lassen, das der Untersuchung wert war. Aber hier? Kein Teller mit Essensresten, kein angefangener Joghurtbecher, keine Schachtel mit Trockenfutter, kein Müllbeutel. Oder? Er schnupperte. Irgendwo versteckten die Menschen doch immer so einen Beutel, man musste nur danach suchen. Vielleicht hier hinter dem Schrank? Nein, das waren nur alte Zeitungen. Aber da, dieser Eimer mit dem Deckel drauf, der roch richtig gut. Vorsichtig stupste Junior mit der Nase an den dunkelgrauen Plastikdeckel. Sieh da, er bewegte sich, und der wunderbare Müllgeruch wurde intensiver. Mhhh, Reste von Hühnchen. Er stupste den Deckel weiter nach hinten und legte dann eine Pfote auf den Rand des Eimers. Der wackelte ein bisschen. Kein Beutel diesmal, aber das war ja egal, wenn nur der Inhalt stimmte. Man müsste in den Eimer rein. Nein, der Inhalt musste raus. Und raus kam der wenn … Ja, wenn man sich am Rand einhing und nach hinten zog.

»Plopp!«, sagte der Plastikeimer, als er umkippte und sich der Inhalt zum großen Teil über den Fußboden verteilte. Stolz auf diese Leistung begann Junior mit der Durchsuchung. Er beknabberte ein Hühnerbein (viel dran), einen Wurstrest (Pelle ein bisschen glitschig, aber sonst gut), leckte aus einer Plastikfolie die Reste eines Schokoladenpuddings (köstlich), fand in einer Pappschachtel die zerlaufenen Reste eines Sahneeises (super) und spielte dann mit einem Einmachgummi, der sich im Eimer verfangen hatte.

So ganz selbstvergessen tollte er herum, dass er nicht merkte, dass die Menschen wieder zur Tür hereinkamen.

»O Gott, was für eine Sauerei! Elmar, was hast du da nur für eine unerzogene Katze mitgebracht!«

Jenny hörte sich richtig böse an. Elmar bückte sich, hob Junior auf seinen Arm und verteidigte ihn vehement.

»Er hat sich lange genug von solchen Sachen ernähren müssen. Das musst du dem kleinen Kerl nachsehen.«

»Aber wir haben ihm doch extra einen Teller hingestellt. Der ist ja auch leer.«

»Jung gelernt …«

»Mutti, hast du mal einen Lappen? Tiger hat sich auf meinen Bettvorleger erbrochen, dieses Ferkel!«

Auf diese Mitteilung hin fing Elmar laut an zu lachen.

Angela war ebenfalls in die Küche getreten, und als ihr Blick auf die verteilten Müllreste fiel, rümpfte sie die Nase.

»Was ist denn hier passiert?«

»Hier siehst du die Auswirkungen eines Zweikampfes auf höherer Ebene, Angela. Offensichtlich hat dein Tiger Junior das Futter weggefressen, davon ist ihm schlecht geworden, und der hungrige Junior hat sich selbst zu helfen gewusst.«

»Na, das kann ja ein heiteres Wochenende werden«, befürchtete Jenny und tupfte mit dem Zeigefinger auf Juniors rosa Näschen.

»Lass nur, ich räume das schon weg, schließlich war es mein Kater, der sich schlecht benommen hat.«

Er trug Junior ins Wohnzimmer, setzte ihn auf den Boden und ermahnte ihn: »Du bist jetzt nicht mehr unterwegs, also benimm dich ein bisschen zivilisierter, okay?«

»Mau, mhirrr, iiiips«, antwortete Junior mit leicht schlechtem Gewissen, denn Elmar war immer so nett zu ihm gewesen.

Während die Menschen in der Küche ihre Essensvorbereitungen trafen, blieb Junior nach kurzer Inspektion der Räumlichkeiten dösend auf dem Teppich liegen. Aber die Ruhe war ihm nicht lange vergönnt. Tiger kam hereinstolziert und musterte ihn mit Abscheu.

»Prolet!«

Junior konterte: »Kotzbrocken!«

»Müllschlucker!«

»Und? Solange ich mich nicht dran überfresse!«

»Zieh Leine!«

»Ach geh doch mit Frauchen schmusen, Plüschpfötchen.«

»Ich zeige dir gleich mein Plüschpfötchen, du ausgefranster Waschlappen.«

Tiger hob die rechte Vorderpfote und zeigte die Krallen.

»Beeindruckend. Maniküren sie die dir?«

»Willst du eine Probe?«

»Hört sofort auf, euch anzufauchen! Tiger, Junior – Schluss jetzt!«

Angela war dazugekommen und meinte, ein Machtwort sprechen zu müssen. Junior stutzte kurz, musterte Tiger mit schiefgelegtem Kopf und fragte: »Hat die uns was zu sagen?«

»Dir vielleicht – mir nicht.«

»Komm, Junior, wir gehen auf den Hof.«

Junior wurde hochgehoben, und Elmar trug ihn nach draußen.

Der Rest des Abends verlief in einigermaßen ruhiger Stimmung, da die beiden Kampfhähne getrennt worden waren. Tiger lag in Angelas Zimmer und schlummerte, Junior lag auf seinem Lieblingsplatz – auf Elmars Bauch – und sah fern. Und er dachte nach. In den letzten Wochen hatte er ganz vergessen, dass er ja eine Aufgabe zu erfüllen hatte. Nun hatte das Schicksal ihn ganz zufällig zu Tiger gebracht. Eigentlich hätte er ihm jetzt nur von Anne erzählen müssen und warten, ob Tiger sich an sie erinnerte. Aber die raubeinige Art, wie der langhaarige Knirps ihn behandelte, forderte Juniors Trotz heraus. Dem sturen Angeber würde er nicht den Weg zurück zeigen. Das hatte der gar nicht verdient. Das Wochenende würde vorbeigehen, und dann würde er wieder mit Elmar über die Straßen fahren. Jawohl. Und hierhin zurückkommen, nein! Dann lieber das nächste Mal so ein Angebot wie das von Nelson annehmen und per Schiff durch die Welt reisen.

Nur ganz leise fragte eine Stimme hinter seinen Ohren: »Und Anne?« Unwillig schob er den Gedanken beiseite und widmete sich wieder den bunten, sich bewegenden Bildern in diesem Kasten da vorne. Dann schlief er ein.

In den beiden nächsten Tagen gingen sich die beiden Katzen meistens aus dem Weg. Wenn sie sich jedoch zufällig trafen, sparte keiner von ihnen an Beleidigungen.

Als sich Elmar am Montag in der Frühe von Jenny und Angela verabschiedete, hatte er den Katzenkorb für Junior schon bereitgestellt.

»Macht's gut ihr beiden, nächsten Freitag bin ich wieder hier.«

»Pass gut auf dich auf, mein Bär. Und ruf mich an!«

»Tschüs, Elmar. Wenn du das nächste Mal Junior wieder mitbringst, dann lasse ich Tiger besser bei Nadine.«

Tiger war um die nackten Beine von Angela gestrichen, die unter ihrem Mickey-Mouse-Nachthemd hervorkamen. Er wollte sich Juniors Abgang nicht entgehen lassen.

Junior stand neben seinem Korb und wartete, dass die beiden Erwachsenen mit dem Schmusen aufhören würden, damit es endlich losginge.

»Gut, dass du endlich Land gewinnst, du Lausepelz. Die Luft wird besser sein, wenn du weg bist.«

»Bist ein echt freundliches Kerlchen, Tiger.«

Junior mache einen Satz in seinen Korb, streckte noch einmal die Nase über den Rand und ließ dann mit aller Verachtung, deren er fähig war die Bombe platzen: »Möcht mal wissen, was Anne an dir gefunden hat.«

Die Wirkung war frappant. Tiger, der Junior schon sein Hinterteil zugedreht hatte, machte einen Satz und sprang auf den Korb zu.

»Von wem hast du gesprochen? Anne, die Frau mit den grünen Augen? Kennst du sie?«

»Ja.«

Junior gab sich einsilbig.

»Wo hast du sie kennengelernt? Wann hast du sie gesehen? Geht es ihr gut?«

»Ach, auf einmal willst du was von mir wissen.«

Tiger war aufgeregt, aber Juniors abweisende Worte ernüchterten ihn. Er war sich plötzlich seines schlechten Benehmens bewusst, und da ihm nicht mehr viel Zeit blieb, versuchte er es auf die schnellstmögliche Art wieder gutzumachen. Er hielt Junior entschuldigend sein Näschen hin und sah ihn bittend an. Nett von Junior war es, dass er, ohne viel Worte zu machen, seine Nase dagegen drückte.

»Guck mal, Mutti, Elmar! Jetzt vertragen sie sich auf einmal.«

»Na, ob das anhält, werden wir dann ja das nächste Mal sehen. So, rein mit dir, Junior, wir gehen wieder auf Tour.«

Der Wettkampf

Sie möchten ein wenig die Beine hochlegen, ja, ist in Ordnung. Ich rücke ein Stück zur Seite. Sooo, das ist gemütlich!

Sehen Sie, Randy ist wirklich einer, mit dem das Leben nicht besonders freundlich umgesprungen ist. Darum sind seine Gefühle den Menschen gegenüber ganz andere als meine. Ich liebe die Menschen. Doch, wirklich. Vor allem, wenn sie mich bewundern.

Und mir AUFMERKSAM zuhören.

Muss ich mit der Kralle winken?

Gut, ich entschuldige das kleine Nickerchen. Passiert mir ja auch hin und wieder. Aber jetzt aufgepasst!

Randolph lag auf dem dicken Ast einer hochgewachsenen Buche und beobachtete das Geschehen. Eine kleine weiße Katze kam aus dem Fenster gehüpft und schlich sich an den Tisch eines Jungen heran. Ein Junge, genau in dem Alter wie dieser verdammte Quälgeist, bei dem er gelebt hatte. Er saß in einer geschützten, sonnigen Ecke im Garten und machte seine Schulaufgaben. Die kleine weiße Katze musste Pinky sein.

Die Ärmste, dachte Randolph. Gleich wird er ihr am Schwanz ziehen oder sie mit dem Bleistift pieksen. Na, vielleicht kann ich hier mal was dagegen tun. Zu verlieren habe ich ja so und so nichts mehr.

Mit diesen heldenhaften Gedanken setzte der schwarze Kater sich sprungbereit auf. Richtig, der Junge bemerkte die Katze und beugte sich zu ihr herab.

»Hallo, Pinky. Komm hoch, Wuschel.«

Pinky wurde hochgehoben und auf den Tisch gesetzt. Sie schnurrte zufrieden und kletterte sorgfältig zwischen den Schulbüchern und Heften umher.

»Willst du mir wieder helfen? Pass auf, dass du nicht in die Klämmerchen hier trittst.«

Vorsichtig zog der Junge ein geheftetes Papier unter ihren empfindlichen Pfoten weg und legte es in seine Mappe. Dann machte Pinky es sich auf einem aufgeschlagenen Buch bequem und betrachtete neugierig die Seiten des Heftes, die vom Wind umgeblättert wurden.

»So kann ich meine Rechenaufgaben bestimmt nicht machen, Wuschel. Na, macht nichts.«

Mit beiden Händen griff der Junge in das flauschige Katzenfell und knuddelte –sehr zum Vergnügen von Pinky – Rücken, Hals und Kinn.

Randoph entspannte sich wieder. Der Junge schien zumindest im Augenblick keine unangenehmen Dinge mit der Katze anstellen zu wollen. Pinky sah auch ganz zufrieden aus. Verblüffend, dass dieser Jungmensch sich so nett verhielt. Aber jetzt erschien die Mutter am Fenster. Gleich würde das Geschrei losgehen.

Martina stand am offenen Fenster und beobachtete ihren Sohn, wie er sich liebevoll murrend und schnurrend in der Katzensprache mit Pinky unterhielt.

»Berti, hat Pinky schon deine Rechenaufgaben gemacht?«

»Hallo, Mutti. Beinahe. Sie hat sich einfach auf das Buch gelegt.«

Seine Mutter verschwand kurz und kam dann ebenfalls heraus. Sie trug eine Schale mit Futter, das bis hin zu Randolphs hohem Aussichtsplatz verlockend duftete.

»Na, Pinky, meine Schlaue! Komm mal her! Wer so heftig arbeitet, verdient auch etwas zum Naschen.«

Mit aufgerichtetem Schwanz sprang Pinky den Tisch hinunter, strich einmal um Martinas Beine und widmete sich dann schmatzend der Extraportion.

»Katzen haben's gut. Die brauchen nur auf dem Buch zu liegen und so zu tun, als würden sie lernen. Jungs haben es da viel schwerer.« Herausfordernd grinste Berti seine Mutter an.

»Findest du? Dann guck mal auf dein Lesebuch.«

»Au, super.«

Mehr wurde nicht erwidert, denn mit riesigen Bissen verschwand der Negerkuss.

Randolph grübelte. So hatten sich seine Menschen nicht verhalten. Auch untereinander nicht. Die Mutter hatte ihren Sohn eigentlich immer nur angekeift, der Sohn hatte selten ruhig dagesessen und gelernt. Viel häufiger hatte er vor knatternden, gellenden und kreischenden Computerspielen gesessen. Vor allem hatte er Jagd- und Kampfspiele mit Randolph veranstaltet.

Gestreichelt hatte er ihn selten. Ob da vielleicht doch etwas dran war, was Nina sagte? Dass die Menschen wirklich nett sein konnten? Wenn man das glaubte und sich darauf einrichtete, dann verweichlichte man als Katze, wurde zutraulich, wehrlos und verletzlich. Nein, nichts für ihn, Randolph.

Ich schritt würdevoll, wie es so meine Art ist, nach draußen. Ich war stolz auf meine Menschen. Wie einfühlsam sie neulich Randolphs Namen herausgefunden hatten. Ich blickte mich suchend um, schnupperte aufmerksam nach der Fährte und entdeckte den schwarzen Kater unter den Büschen am Rande des Gartens.

»Na, Randolph. Bist du satt geworden?«

»Warum fragst du?«

»Weil ich höflich bin.«

»Schenk's dir.«

»Großer Kater, hast du wieder eine Laune. Ich wollte dich eigentlich nur fragen, ob du zu unserem Treffen mitkommen willst. Du bist jetzt lange genug hier und solltest dich der Gemeinschaft mal vorstellen.«

»Wenn du meinst.«

Randolph erhob sich. Seine verstauchte Pfote war inzwischen wieder verheilt, die Fellwunden waren verschorft. Nur ein paar kahle Stellen zeugten noch von der schlechten Behandlung, die ihm widerfahren war. Er war ein schöner Kater, fand ich, geschmeidig, schlank, voll Kraft und Anmut. Wenn er nur nicht so übertrieben unabhängig sein wollte. Nun ja, vielleicht gelang es ja der Gemeinschaft, ihn etwas zu beeinflussen. Henry war eigentlich ziemlich gut in solchen Dingen. Ich war ganz froh, dass er die Stelle des Revieroberhauptes übernommen hatte. Jakob war auf seine Art auch ein sehr guter Chef gewesen, aber manchmal doch etwas zu pedantisch. Henry war gemütlicher, nachsichtig und freundlich, doch wenn es darauf ankam, auch hart und gerecht. Vor allem glaubte ich von ihm, dass er ein heimliches Schlitzohr war. Hinter seiner behäbigen Samtpfotigkeit verbarg er eine schnelle Auffassungsgabe und einen reichen Vorrat an Listen. Aber das ahnte von allen Dorfkatzen vermutlich nur ich.

Zusammen mit Randolph schlenderte ich zu einem der dörflichen Versammlungsplätze an dem Bächlein. Dort unter den frühlingsjungen Zweigen der Weiden saß im frischen Gras schon ein gutes Dutzend Katzen. Sie putzten sich oder dösten, räkelten sich alleine oder schmiegten sich aneinander. Ich entbot Henry meinen Gruß und berührte leicht seine Nase.

»Hallo, Henry. Ich habe heute Abend Randolph mitgebracht. Du weißt, der ausgesetzte Kater, der Tim und Tammy ins Revier geflogen kam.«

Selbstbewusst näherte sich Randolph.

»Ich grüße dich, Henry. Mögen deine Barthaare nie ausfallen.«

Henry, der auf seinen gekreuzten Vorderpfoten dick und bequem im weichen Gras lag, musste zu dem großen Kater aufschauen, aber er erhob sich nicht.

»Nun, nun, ich habe von dir gehört«, brummte er zur Antwort. »Du bist Kostgänger bei Anne. Das ist hier bei uns eine gute Adresse.«

»Nicht mehr lange. Ich bin nicht gerne abhängig – und von Menschen schon gar nicht. Ich werde mir bald ein eigenes Revier suchen.«

»Bei uns möchtest du nicht bleiben?«

Randolph sah sich um und musterte die versammelten Katzen. »Eher nein.«

»Wie du willst.«

Henry schloss wieder die Augen und signalisierte so, dass das Gespräch beendet war. Einen Augenblick schaute Randolph ihn irritiert an, dann wandte er sich ab und setzte sich neben mich. Ich grinste mir heimlich eins. Genau so hatte ich mir das vorgestellt. Ich zeigte jedoch keine Regung und fragte nur beiläufig: »Warum nimmst du seine Einladung nicht an?«

»Warum interessiert dich das?«

»Nun, weil sie sehr freundlich gemeint war.«

Randolph setzte sich zurecht und reinigte sich gewissenhaft die Krallen der Vorderpfoten. Ich beobachtete ihn herausfordernd schweigend.

Endlich erklärte er: »Du gibst ja doch keine Ruhe, bevor ich dir geantwortet habe. Also, ich bin der Meinung, ihr seid ein ziemlich trüber Haufen. Verweichlicht, verzogen, unaufmerksam, naiv und ohne Biss. Keine Wache, keine Kämpfe, keine anständige Jagd. Jeder Hund kann euch anfallen, jeder Mensch vergiften. Abhängig von Dosenfutter und Milchschälchen, weichen Kissen und warmen Schlafstellen. Hier müsste ich schon Chef im Revier sein. Dann würde das anders aussehen.«

»So? Wir schätzen aber unsere Bequemlichkeit, unsere weichen und warmen Stellen und die Freundlichkeit unserer Menschen.«

»Okay, okay, die Geschmäcker sind verschieden. Aber hier im Außenrevier könnte etwas mehr Disziplin und Kampfbereitschaft herrschen.«

»Und die würdest du herstellen?«

»Mit Leichtigkeit. Bei einigen schlummern da schon Möglichkeiten. Sogar bei diesen beiden Schlawinern, die mich gefunden haben.«

»Dann tritt doch gegen Henry an.«

»Das meinst du doch nicht ernst. Der dicke, weiche Faulpelz hat doch gar keine Chance gegen mich.«

»Na also, dann hast du doch gar nichts zu befürchten.« Ich sah Randolph unschuldig an.

»Ich will aber gar nicht diesen Clan führen, ich will mein eigenes Revier, wo ich unabhängig bin.«

»Vielleicht hast du doch nur Angst, dass du das Maul zu voll genommen hast. Wahrscheinlich kannst du das Revier gar nicht umorganisieren.«

»Quatsch. Natürlich könnte ich das. Es würde nur einige Zeit dauern.«

»Dann mach es doch. Ich dachte auch schon hin und wieder, ein bisschen frischer Wind könnte uns nicht schaden.«

»So, dachtest du. Du mit deinen fürsorglichen Menschen und deiner behüteten Vergangenheit!«

Ich schmunzelte in mich hinein. Randolph konnte ja vieles nicht aus meiner Vergangenheit wissen. Ich piekste ihn noch ein bisschen weiter.

»Wenn du's mit Henry aufnehmen willst, stelle ich den Antrag. Traust du dir das zu, mit ihm um das Revier zu kämpfen?«

»Gegen den Wattebausch? Locker.«

Wie erwartet lag es nicht in Randolphs Natur, eine Herausforderung abzulehnen. Darum stand ich auf und gab den lauten Maunzer von mir, der eine Ankündigung einleitete. Man schenkte mir Aufmerksamkeit. Formgerecht stellte ich also in Randolphs Namen den Antrag, das Revier zu übernehmen.

Ich erntete wenig Überraschung. Vermutlich hatten die Katzen diese Entwicklung geahnt, seit der selbstbewusste Kater mit seiner starken Ausstrahlung von Macht und Herrscherwillen im Revier aufgetaucht war. Auch Henry schien diese Herausforderung vorhergesehen und sich seine Gedanken dazu gemacht zu haben. Schnell war eine Gruppe von drei Katzen gebildet, die die Ergebnisse des anstehenden Wettkampfes beurteilen sollten. Der Herausgeforderte hatte das Recht, vier Aufgaben zu stellen. Bei einem unentschiedenen Ergebnis sollte durch den Kampf zwischen den beiden Kandidaten entschieden werden.

Wir bildeten einen Kreis um Henry und Randolph. Henry kam schwerfällig auf die Pfoten und stand Auge in Auge mit seinem Gegner.

»Ich dachte mir schon, dass du dich mit einem untergeordneten Platz nicht zufriedengibst. Nun denn«, sagte er leise und schaute den hochmütigen Randolph nachsichtig an.

»Hört, Katzen, dies sind meine Aufgaben: Wir beginnen heute mit der Mäusejagd. Die Runde geht an den, der von uns beiden bis zur Mitternacht die meisten Mäuse hier niedergelegt hat.«

Beifälliges Gemurmel quittierte diesen Vorschlag, vor allem, weil nach guter Tradition diese Mäuse anschließend der Gemeinschaft zum Verzehr übergeben wurden.

Ich bemerkte, dass Randolph ein verächtliches Blitzen in den Augen versteckte, dann akzeptierte er die Aufgabe. Es waren noch zwei Stunden bis Mitternacht, und er hatte gute Hoffnung, ausgezeichnet abzuschneiden. Lange genug hatte er sich von der Jagd ernährt, und auf seine Fähigkeit, die kleinen Nager aufzuspüren, bildete er sich einiges ein.

Unauffällig beobachtete ich meinen Schützling. Er hatte einen guten Start. Schon bald lagen an seinem Platz fünf graue Pelze und bei Henry erst einer. Allerdings trat dann ein Problem auf. Die intensive Jagd hatte die Mäuse in der umliegenden Wiese alarmiert, und die Ausbeute stagnierte. Henry holte auf. Seine Revierkenntnis machte sich bezahlt, unermüdlich schleppte er Maus um Maus aus den Gärten herbei. Schon lagen zehn auf seinem Platz und erst sieben bei Randolph.

Randolph hielt einen Moment inne. Er war nicht dumm und hatte Henrys entscheidenden Vorteil erkannt. Wahrscheinlich hätte er mich gerne gefragt, ob er auf Annes Grundstück jagen durfte, aber das Sprechen mit den anderen Katzen war nun verboten. Als Henry mit seiner elften Maus angetrabt kam, beschloss er kurzerhand, das Risiko zu wagen und in dem ihm bekannten Garten zu jagen.

Die Entscheidung erwies sich als glücklich, als die Kirchturmuhr die Mitternacht ankündigte, hatte er aufgeholt, und mit dem letzten Glockenschlag legte er seine dreizehnte Maus nieder. Damit hatte er Henry mit einer Maus Vorsprung geschlagen.

Mit einem gewaltigen Gähnen nahm Henry die Wertung der Jury entgegen.

»Gut gemacht, Randolph. Morgen werden wir darum wetteifern, wer die meisten Katzengerüche auf seinem Fell sammeln kann. Du weißt ja, jeder Anführer trägt die Marken seiner Clan-Angehörigen im Pelz. Wir werden den ganzen Tag Zeit haben und uns um Mitternacht der Beurteilung stellen.«

»Gut, Henry«, willigte Randolph ein. Dann gab Henry das Zeichen zum Fressen.

Wieder verfolgte ich Randolphs Vorgehen bei seiner neuen Aufgabe. Abgesehen von einigen Schlafpausen durchwanderte er am nächsten Tag unablässig das Revier, um Katzen zu suchen, die bereit waren, sein Fell mit ihrem Duft zu versehen. Dabei musste er feststellen, dass seine Anhängerschaft nicht so groß war, wie er vermutet hatte. Zwar gab es einige, die begeistert zu ihm kamen, aber bei einer ganzen Reihe erhielt er eine höfliche Absage. Henry sah er den ganzen Tag nicht. Erst nachts trafen wir uns am Versammlungsplatz. Die drei Katzen, die die Bewertung vornehmen sollten, kamen herbei und begannen Henry und Randolph zu beschnüffeln. Kurz darauf waren sie sich einig, dass Henry einen knappen Vorsprung von zwei Marken hatte.

»Nun wollen wir singen«, ordnete Henry an, nachdem er Randolphs höflichen Glückwunsch entgegengenommen hatte.

Es war ein gewaltiges Singen, denn in Henrys dickem Bauch steckte eine wundervolle Stimme. Lang und anhaltend konnte er jaulen und brummen, jaunern und johlen. Aber auch sein Gegner war mit einem vollen Stimmvolumen gesegnet und hielt mühelos mit. Für die kätzischen Zuhörer war es ein Genuss, insbesondere, als es sich gegen Ende des Liedes zu einem Kreischen steigerte, das den ganzen Einsatz forderte. Menschliche Zuhörer hingegen schienen den volltönenden Gesang nicht zu schätzen und ein herzliches »Gebt Ruhe, ihr Mistviecher!« beendete die Vorführung.

Alle waren sich einig, dass hier nur ein Unentschieden gelten konnte, und unter Beifallmaunzen setzten sich die beiden Wettkämpfer zusammen.

»Du singst gut, Henry. Es ist lange her, dass ich so ein Duett gesungen habe.«

Die Jury trat zu den beiden in den Kreis, und einer fasste zusammen.

»Die erste Aufgabe hat Randolph für sich entschieden, die zweite Henry, die dritte endete unentschieden. Beide sind jetzt gleichgestellt. Henry, was ist die vierte und letzte Aufgabe?«

Henry, ein ganz klein wenig heiser, stand auf und verkündete:

»Die drei ersten Aufgaben waren ausgesprochen kätzischer Natur: Jagen, Gefolgskatzen sammeln, singen. Aber wir leben hier in unserem Revier auch friedlich mit den Menschen zusammen, darum muss das Oberhaupt auch mit ihnen zurechtkommen. Die vierte Aufgabe lautet also, bis morgen um Mitternacht so viele menschliche Gerüche wie möglich auf dem Fell zu sammeln.«

Ich sah zu Randolph hin. Wenn schwarze Katzen blass werden könnten, dann hätte er jetzt eine weiße Schnauze gehabt. Das schien er nicht erwartet zu haben. Aber sein Gefühl für Gerechtigkeit siegte, und mit ebenfalls ein klein wenig heiserer Stimme nahm er die Herausforderung an.

Ich wusste es, der nächste Tag war für ihn ein Alptraum. Seine tief verwurzelte Angst gegenüber den Menschen machte es ihm unmöglich, ihnen näher zu kommen. Er war so tief enttäuscht worden, so verletzt und gedemütigt, dass er sich außerstande sah, einem Menschen ums Bein zu streichen. Andererseits, wenn er jetzt aufgab, hatte er schmählich versagt. Inzwischen hielt er Henry wohl nicht mehr für einen verweichlichten Wattebausch. Er hatte in ihm einen durchaus ebenbürtigen Kater erkannt und räumte ihm auch in einem Zweikampf eine Chance zum Sieg ein. Mit diesem behäbigen Dickerchen war zu rechnen. Denn Henry hatte ihn auf ganz legale Weise ausgetrickst, in dem er seine Schwäche erkannt und in eine sinnfällige Aufgabe eingebaut hatte. Henry konnte bei dieser Aufgabe nur gewinnen. Vermutlich rang Randolph jetzt mit der Frage, wie er verlieren wollte. Da die Entscheidung gefallen war, brauchte er eigentlich gar nichts mehr zu tun. Aber wie ich ihn einschätzte, würde er doch noch kämpfen, denn mit dem Aufgeben gestand er auch den anderen gegenüber seine Schwäche ein. Eine Schwäche, von der er geglaubt hatte, dass es gar keine sei. Aber in dieser Gesellschaft kam es nun mal darauf an, auch mit Menschen Kontakt zu halten. Wenn er vor sich selbst und den anderen bestehen wollte, dann musste er mit Anstand verlieren, also möglichst knapp.

Unglücklich hatte er sich in der Ecke von Annes Terrasse zusammengerollt und schlief.

Er wachte erst gegen Abend auf, als ich ihn anstupste, weil ich gehört hatte, dass in der Wohnung Bewegung war. Musik dröhnte durch das Fenster, und dieses Mädchen sang lauthals – nicht ganz so schön wie Henry und er, doch es klang ziemlich ähnlich.

Sprechen durfte ich nicht mit ihm, aber auf die Gelegenheit aufmerksam machen konnte ich ihn schon. Denn eines war klar: Wenn er keinen Menschengeruch bekam, würde er nicht mehr zur Versammlung gehen. Er würde das Revier heimlich verlassen und nie mehr wiederkommen.

Auch Randolph mochte so gedacht haben, und vielleicht stimmte ihn dieser stolze Gedanke traurig. Er war ein harter Geselle, aber in den letzten Tagen hatte sich so etwas wie einen Riss in seiner rauen Schale gezeigt. Möglicherweise wollte er ja doch nicht mehr weggehen, sondern bleiben und Henry zum Freund haben, mit Tim und Tammy jagen und balgen und vielleicht mit der süßen Fleuri schmusen. Vielleicht wollte er sogar abends sein Futter an derselben Stelle vorfinden.

Als Anne den Weg hochkam, straffte er sich ein wenig. Wie üblich würde sie gleich seinen Teller herausstellen und mit ihm reden. Sie hatte eine hübsche Stimme – und so schöne, kühle Augen. Ich sah, wie es in Randolph arbeitete. Ob er wohl einen kleinen Streichler von ihr bekäme, wenn er etwas näher an sie heranginge? Aber er hatte sie so gekratzt und angefaucht. Sie würde es bestimmt nicht mehr wagen. Er ließ den Kopf hängen.

Die Terrassentür ging auf, und die beiden Frauen standen da.

»Hallo, Randolph, es gibt Futter. Hier, besonders schönes Wildragout.«

Er hob den Kopf. »Woher kennt die plötzlich meinen Namen?«, fragte er mich und stand auf. Ich schwieg, wie es befohlen war. Zögernd, Schritt für Schritt, näherte er sich Anne. Sie bückte sich und schob ihm den Teller entgegen.

»Na, Randy, heute ein bisschen zutraulicher?«

Er blieb stehen. Jetzt kniete sie auf der Fußmatte und sah ihm in die Augen.

»Mhirrrrrr!«, sagte sie, was ihn sichtlich entsetzte, da sie eine Menschenfrau und keine Katze war. Er kam noch näher.

»Na, komm doch zu mir, du stolzer Panther. Ich mag dich doch.«

Diese Augen – da lauerte so ein Blick wie von uraltem Katzenwissen.

»Randolph, mein Schöner.«

Er machte noch einen Schritt, senkte den Kopf, und ganz vorsichtig rieb er ihn an ihrem Knie. Als sie zwischen seinen Ohren entlangstrich, zuckte er beim ersten Mal noch zurück, dann gab er nach.

»Darf ich dich auch streicheln, Randy?«, fragte Luzi, und eine anders riechende Hand fuhr über sein Rückenfell. Er konnte sich gegen das Schnurren nicht wehren. Es kam einfach aus ihm heraus.

»Habt ihr zwei Frauen wieder einen Mann becirct?« Christians Stimme mischte sich ein.

»Als wir ihn mit seinem Namen anredeten, kam er zu uns. Jetzt lässt er sich auch streicheln. Er ist ein schönes Tier, nicht wahr?«

»Ja, das ist er. Na, Randolph, wollen wir beide auch Freundschaft schließen?«

Die dritte Hand, der dritte Menschengeruch!

Randolph entspannte sich. Er setzte sich vor seinem Teller mit Futter nieder und schmatzte zufrieden. Er brauchte sich nicht ohne Abschied fortzuschleichen. Er würde mit Anstand verlieren. Drei Menschenspuren hatte er auf seinem Fell gesammelt.

Um Mitternacht trafen wir wieder zusammen. Henry und Randy stellten sich in die Mitte des Kreises, die Jury schnüffelte und prüfte. Dann verkündete sie die Bewertung.

»Henry hat sieben unterschiedliche Menschen gehabt, Randolph drei. Wir geben aber zu bedenken, dass vier von Henrys Menschengerüchen von seiner Familie stammen und nur drei fremde dabei waren. Randolph hatte den Vorteil einer Familie nicht, also stellen wir fest, dass es wiederum unentschieden steht.«

Sie wandten sich an die beiden Gegner.

»Seid ihr mit dem Urteil einverstanden?«

Henry sah zu Randolph, Randolph sah Henry in die Augen.

»Du hast gewonnen, alter, dicker Wattebausch«, flüsterte Randolph und grinste.

»Vielleicht hast du auch gewonnen«, schmunzelte Henry zurück.

»Beantwortet bitte unsere Frage«, insistierten die drei Katzen der Jury. »Seid ihr mit dem Unentschieden einverstanden?«

»Du oder ich?«, fragte Randolph.

»Du natürlich!«

Randolph sah in die Runde. »Ich bin nicht einverstanden! Der Sieg gebührt Henry.«

Er drehte sich herum und legte seine Nase zum Zeichen der Gefolgschaft an die von Henry. Gemaunze und Geschnurre wurde laut. Da stieß Henry einen lauten Ton aus, damit wieder Stille eintreten sollte.

»Ich biete Randolph an, das Revier mit mir zu teilen. Wir können viel von ihm lernen.«

»Und er von uns«, warf ich respektlos ein.

»Stimmt, Nina«, erwiderte Randolph, ohne eingeschnappt zu sein.

Um den erfreulichen Ausgang des Wettkampfes zu feiern, hatten wir Katzen uns später an der Weide am Bach getroffen. Noch war es dunkel, und am wolkenlosen Himmel funkelten die Sterne. Einträchtig lagen wir zusammen und tauschten Neuigkeiten aus. Ich hatte mich neben Randy zusammengerollt, denn seine Schwärze bildete einen schönen Hintergrund für mein cremeweißes Fell. Tim und Tammy saßen zur Abwechslung mal ruhig beieinander und suchten keinen Streit. Henry gurrte Pinky etwas in das flauschige weiße Öhrchen, und sie gab kleine begeisterte Schnurrer von sich. Fleuri und ihre nicht allzu beste Freundin Diti saßen friedfertig zusammen und verkniffen sich die üblichen spitzen Bemerkungen.

Grund für diese Harmonie war der Gesang eines kleinen braunen Vogels. Eine Nachtigall saß im Busch und flötete sanfte Weisen. Wir lauschten verträumt. Nur einmal wandte ich mich an Diti.

»Sag mal, wo ist dein Bruder Hommi?«

»Der ßitzt dort hinter den ßweigen der Weide und ßßmollt. Fleuri hat ihn ein Dichterwürßtchen genannt.«

»Aber nein! Obwohl ein Dichterfürst ist er auch noch nicht ganz. Aber vielleicht wird's ja noch.«

Dann schwiegen wir wieder, lauschend, friedlich. Zart verwoben sich die Melodien der kleinen Nachtigall mit dem leisen Rauschen der Blätter und dem silbrigen Plätschern des Bächleins.

Geraschel!

Tim war aufgesprungen und unter der Weide verschwunden. Alles war still. Kein Gesang mehr.

Ein Windstoß wehte die bis zum Boden reichenden biegsamen Weidenzweige wie ein Vorhang zur Seite. Auf der Bühne standen zwei Akteure. Tim, geduckt, eingeschüchtert, Hommi, aufgerichtet und mit strafendem Blick in den Augen.

»Es war die Nachtigall und nicht die Lerche,
Die eben jetzt dein scharfer Zahn durchdrang;
Sie singt des Nachts auf dem Granatbaum dort.«

»Wirklich?« Tim ließ den Vogel aus dem Maul fallen, der benommen aufflatterte.

»Glaub, Lieber, mir: es war die Nachtigall.«

Der Weidenvorhang schloss sich wieder.

Diti schüttelte den Kopf. »Daß war ßßaekeßßpeare, Romeo und Julia. Falßßes ßtück, falßße ßßene, falßßer Akt, aber daß ßitat paßßt!«

Randy, der einen solchen dichterischen Ausbruch zum ersten Mal erlebte, sah den Kater fassungslos an.

»Hat der das öfter?«, stammelte er, nachdem er sich wieder einigermaßen im Griff hatte.

»ßo alle drei, vier Tage bricht eß einfach auß ihm herauß«, entschuldigte Diti sich, aber Randy wischte ihren Kommentar zur Seite und meinte voll Bewunderung: »Aber das ist doch phantastisch. Dein Bruder ist ein echter Künstler!«

»Na, wennß du meinßt. Du mußßt ja nicht tagein, tagauß mit ihm ßußammenleben.«

Juniors letzte Tour

Inzwischen war Junior das Reisen schon zur Gewohnheit geworden. Während der Fahrt saß er dösend auf dem Beifahrersitz oder schaute aus dem Fenster. Bei den Stopps auf Rastplätzen oder Verladestationen vertrat er sich die Pfoten und erkundete die neue Umgebung. Wenn dann das dröhnende Tuten des Lkw erklang, machte er sich spornstreichs auf den Weg zurück und kam an Bord. Einmal waren sie sogar wieder auf den Rastplatz gefahren, auf dem sich Elmar und er kennengelernt hatten. Zur Feier dieses Anlasses hatten sie sich eine große Portion Würstchen geleistet und gemeinsam auf der Bank verspeist. Es war ein Fest! Bis Junior dann wieder auf seinem Sitz lag und das Schaukeln der Fahrt losging. Elmar musste schon kurz darauf wieder anhalten, um das Ungemach zu entfernen.

Alles in allem war es ein gutes Leben, aber dann und wann kamen Junior Zweifel auf, ob es das war, was er für immer wollte. Seit er mal wieder in einer Familie gewesen war, einer mit Frauen, wünschte er sich doch manchmal wieder ein Zuhause. Und natürlich war da Tiger. Ein kleines Ekelpaket, gewiss, aber in den letzten Minuten vor dem Abschied hatte er sich ganz manierlich verhalten. Es würde bestimmt interessant sein, sich mit ihm vernünftig zu unterhalten. Mal sehen, was er von Anne wusste.

»Na, Kumpel, so verträumt heute?« Elmars große Hand strich über Juniors Kopf. »Wenn du diesmal an die Ladung könntest, würdest du Augen machen, Kleiner. Ich habe einen ganzen Container voll Schleckerkatz da hinten.«

»Mhhhirrh!«

Junior spitzte die Ohren. Futter?

»Schade, dass wir da nicht dran dürfen, was? Aber es gibt ja auch noch andere Sachen, die du gerne frisst. Ich bestelle uns nachher ein großes Steak, so groß, dass ich es nicht alleine schaffe und noch blutig innen. Einverstanden?«

»Mau!«

Das hatte Elmar wahrgemacht. Sie hatten gemeinsam gespeist, Junior in seinem Korb neben Elmar am Tisch. Manchmal guckten einen die anderen Fernfahrer ein bisschen seltsam an, aber das machte ihnen beiden nichts. Nach dem Essen hatte Junior Auslauf verlangt, und Elmar war auf einen Schwatz mit Kollegen im Lokal geblieben.

Es war ein uninteressanter Rastplatz, riesengroß zwar, aber ohne besondere Attraktion. Hinter den spärlichen Grünflächen begann gleich eine überwiegend graue Betonlandschaft, von der unangenehme Gerüche herüberwehten. Andere Katzen gab es sowieso nur ganz selten an solchen Stellen, und die Ecken der Steinbänke rochen nach Hund.

Doch was war das? Ein ganz leiser, irgendwie bekannter Laut war zu hören. Junior hob den Kopf und justierte seine Ohren. Es kam von da. Nein, von dort. Ja, da aus dem weißen Auto. Magisch angezogen trabte er näher. Dieser Wohlgeruch. Erste zärtliche Duftmoleküle streiften seine empfindliche Nase. Eine Katze, eine Kätzin, eine wundervolle rote Kätzin mit langen, seidigen Haaren. Sie saß auf der Hutablage, und durch das Seitenfenster, das einen Spalt geöffnet war, klang ihr verlangendes Maunzen. Junior fühlte sich plötzlich ganz schwummerig. Bisher ungeahnte Gefühle wallten in ihm auf, und er hatte nur einen Wunsch: hinein zu diesem wundervollen Wesen. Sie hatte zwar eine unnatürlich plattgedrückte Nase, doch was machte das schon bei dem Duft? Was sie sagte, verstand er nicht, aber es war eine so überaus verlockende Stimme. Mit einem Satz war er auf dem Kofferraumdeckel und kratzte an dem Glas der Rückscheibe. Drinnen stolzierte die Rote mit erhobenem Schwanz auf und ab. Junior versuchte, seine Nase durch das Seitenfenster zu stecken, und schnüffelte begehrlich. Wie könnte er nur da reinkommen? Er drückte mit der Pfote auf das Glas. Es rührte sich nichts. Er sprang auf das Dach und glitt nach hinten ab. Drinnen gurrte die schöne rote Fee. Von Ferne hörte er ein Tuten. Es war ihm gleichgültig. Er wollte zu dieser wunderschönen Kätzin, die ihm so ein Kribbeln verursachte.

»Runter da, du Bastard! Weg von unserer Prinzessin. Ksch, ksch!«

Eine aufgeregte Dame scheuchte ihn vom Kofferraum, und er rutschte erschrocken zu Boden.

»Was hast du denn, Teresa? Sie sitzt doch sicher da drinnen. Er kann ihr doch gar nichts tun.«

»Ach es ist furchtbar im Moment, Doris! Unsere Prinzessin ist rollig, und alle Kater sind hinter ihr her.«

»Dann gönn ihr doch mal den Spaß. Du bist aber auch hartherzig, meine Liebe.«

»Aber wir wollen doch keine Mischlinge. Wenn sich ein passender Perserkater findet, soll sie sich austoben. Aber so ein hergelaufener Streuner ist nichts für sie.«

Die Autotüren klappten zu, und Junior sah ihnen nach, wie sie mit einem zünftigen Reifenquietschen starteten. Er war frustriert, schrecklich frustriert. Erst das dritte oder vierte lang anhaltende Tuten schreckte ihn auf, und mit Entsetzen sah er, dass der rote Lkw langsam losrollte.

Elmar konnte ihn doch nicht hier alleine lassen. Junior setzte zu einem Spurt an. Er sah nicht rechts und links, raste über die erste Grünfläche, die Pkw-Parkplätze, die zweite Grünfläche und schoss über die Straße zur Auffahrt.

Kreischende Bremsen.

Ein Schlag an der Schwanzspitze.

Scharfes Blech riss an ihm, drehte ihn fast in die entgegengesetzte Richtung. Er fing sich wieder und lief keuchend weiter. Da war die Tür. Endlich.

Elmar fing ihn auf, als er mit einem gewaltigen Satz ins Fahrerhaus sprang. Mit heftig bebenden Flanken blieb er auf dem Beifahrersitz stehen und sah aus dem Fenster. Warum krakeelte die Tuss denn jetzt schon wieder so? Er hatte doch ihrer dämlichen Prinzessin gar nichts getan. Außerdem hatte die angefangen! Mit zitternden Beinen fiel Junior um.

»Teufel, Junior, das war knapp. Das solltest du nicht zu oft machen, das ist weder für mein noch für dein Herz gesund. Die hätten dich fast überfahren. Zeig mal her, bist du auch nicht verletzt?«

Elmar strich ihm über Kopf, Rücken und Schwanz. Junior stieß ein schmerzgepeinigtes Wimmern aus.

»Oh, oh, die Schwanzspitze ist ramponiert. Bleib doch mal ruhig, Kleiner, ich muss mir das ansehen.«

Junior zappelte und murrte, wurde aber mit einem kräftigen Druck auf den Nacken unten gehalten. Der Schwanz wurde unter ihm hervorgezogen.

»Mann, hast du ein Glück gehabt. Nur ein bisschen das Fell rasiert. Das versorgst du am besten selbst.«

»Gnnngngngn.«

»Dummkopf. So, wir müssen weiter.«

Während der nächsten Minuten versuchte Junior, sein inneres Gleichgewicht wiederzufinden, dann widmete er sich der schmerzenden Schwanzspitze. Dort, wo das Fell ausgerissen war, blutete sie etwas. Er rollte sich zusammen und klemmte liebevoll den Schwanz unter die Vorderpfoten. Dann tröstete er ihn mit weichen Zungenschlägen.

Nach diesem Erlebnis war Junior immer sehr pünktlich, wenn das Horn tutete.

Zwei Tage noch waren sie unterwegs, dann war wieder ein Wochenende bei Jenny angesagt. Diesmal fiel die Begrüßung zwischen Tiger und Junior erheblich friedlicher aus, worüber Angela sich freute. Es gab keinen Streit mehr um das Futter, und nach einem gemeinsamen Rundgang hatten es sich die beiden auf Tigers Decke gemütlich gemacht.

»Nachher kommt meine Mutter Babsy vorbei. Also benimm dich entsprechend, Kleiner.«

Ein momentaner Unwille ob der Bevormundung kam in Junior auf, aber da der Ton nicht bösartig war, unterdrückte er die patzige Antwort, die er auf den Lippen hatte. Stattdessen erkundigte er sich: »Ist sie nett?«

»Sie wird dir gefallen«, erwiderte Tiger.

In der Tat gefiel die große, wuschelige Maine-Coon Junior gut. Angela hatte am Samstag ihre Freundin Nadine zu Besuch, die Babsy mitgebracht hatte, um Tiger zu sehen.

»Es ist lustig, Nadine. Als sie sich das erste Mal gesehen haben, war das ein Gefauche und Geschrei. Aber jetzt verstehen sie sich richtig gut. Sogar mit Babsy, sieh mal.«

»Das ist doch prima, dann kann ich Babsy ja auch bei dir lassen, wenn wir in Urlaub fahren. Das wollte ich nämlich fragen.«

»Ui, ob Jenny das recht ist? Dann haben wir drei Katzen hier.«

»Ich denke, Junior gehört zu Elmar und fährt immer mit ihm?«

»Nee, der Kleine ist ihm neulich fast überfahren worden. Jetzt hat er Angst, ihn noch mal mitzunehmen. Er hat mich gebeten, auf ihn aufzupassen.«

»Na ja, wir können deine Mutter ja mal fragen. Babsy ist wirklich sehr gutmütig und pflegeleicht.«

»Außer, dass sie stundenlang gebürstet werden will, mit keinem Kater außer einem gleicher Rasse zusammenkommen darf und ihre Vitamintabletten nicht schlucken mag …«

»Ach, Angie, ich mag sie nicht zu Frau Michaelis bringen, wo ihre Tochter Lea ist. Mit der versteht sie sich nicht so gut.«

Nadine hob die gewichtige Babsy auf ihren Schoß und streichelte sie. Junior hopste hinterher und legte seinen Kopf schnurrend an Angelas Oberschenkel. Jenny kam in das Zimmer und besah sich lächelnd den Haufen Katzen und Mädchen.

»Jenny, Angela fragt, ob Babsy während der Ferien bei uns bleiben darf. Sie darf doch, nicht?«

»Und Junior? Das sind drei!«

»Ich weiß, aber ich kümmere mich auch darum.«

Tiger war jetzt auch aufgestanden und strich Jenny maunzend um die Beine.

»Nanu, das ist aber ein seltener Liebesbeweis, du kleines Raubein.«

Jenny bückte sich zu Tiger und erhielt sogar einen klitzekleinen Stups mit der Nase. Junior und Babsy sahen sie erwartungsvoll an, und die Mädchen hielten den Atem an.

»Okay, okay! Überredet. Den Blicken kann man ja nicht widerstehen.«

Jenny lachte, als sie das Zimmer verließ.

Neben dem grauschwarz getigerten zierlichen Kater wirkte Babsy gewaltig, vor allem, weil ihr gepflegtes langhaariges Fell ihr mehr Fülle gab. Aber sie war auch ansonsten ein Stückchen größer. Da sie eine mütterlich veranlagte Katze war, begegnete sie Junior freundlich. Ein bisschen liebevolle Pflege konnte dem Katerchen nicht schaden, zumal sie den rauen Charme ihres Sohnes kannte. Sie bot Junior ein Plätzchen an ihrer Seite an und ordnete sein Fell mit einigen Bürstenstrichen. Das gefiel ihm sehr gut, und er räkelte sich schnurrend unter der Behandlung. Sie sprachen nicht viel miteinander, erst als die Frage der Ferien aufkam, unterstützte Junior die Anforderung, Babsy bei Angela zu lassen. Dann waren die beiden – Nadine und Babsy – wieder gegangen, und am Abend war er mit Tiger ganz alleine im Haus.

Sie lagen auf dem Teppich unter dem Wohnzimmertisch und verdauten. Träge begann Tiger das Gespräch.

»Wie war die letzte Fahrt? Ich meine, ich selbst bin ja nicht gerne in den komischen Kisten, aber du scheinst das ja zu mögen.«

Er zeigte Interesse an Juniors Erfahrungen, was diesem schmeichelte. Er nutzte die Gelegenheit, über seine Abenteuer zu reden. Als er mit diesem umfangreichen Kapitel fertig war, musterte ihn Tiger mit neuer Achtung.

»Für dieses kurze Katzenleben hast du schon eine Menge Erfahrung gesammelt. Beachtlich.«

Junior hob stolz die Brust. »Ja, ein kleines bisschen mehr vielleicht als du.«

Tiger kicherte. »Für dieses Leben mag das stimmen. Aber wahrscheinlich ist dir noch immer nicht klar, dass es da noch mehr gibt. Obwohl man mit dir schon darüber gesprochen hat. Erinnerst du dich, Dumpfbäckchen?«

Junior überhörte die liebevolle Beleidigung und sah Tiger mit großen Augen an.

»Du kannst dich an deine früheren Leben erinnern?«

»Klar.«

»Auch an Anne und alles?«

»Klar.«

»Och, erzähl!«

Tiger schien auch nicht unempfindlich gegen die abgrundtiefe Verehrung zu sein, die ihm der kleine graue Kater plötzlich entgegenbrachte, darum begann er von seinen Erlebnissen zu erzählen.

Als er spät in der Nacht fertig war, schwieg Junior noch lange. Dann hatte er die wesentlichen Dinge begriffen, und noch immer verwundert fragte er: »Sie war wirklich eine Katze. Genau so grau und schwarz getigert und mit weißen Pfoten wie ich. Wirklich?«

»Sagte ich doch.«

Tiger verfiel wieder in seine gewohnte Einsilbigkeit.

»Dann verstehe ich manches jetzt viel besser. Dieser Blick. Jahhh.«

Beide versanken in Dösen.

Stunden später öffnete Junior eines seiner grünen Augen und blinzelte zu Tiger hinüber. Er sah, dass auch der die Augen offen hatte.

»Du, Tiger …?«

»Mhhh.«

»Sollen wir zu ihr?«

»Mhhhh.«

»Wann?«

Tiger stand auf und reckte sich kraftvoll. Dann sah er Junior mit einem Lächeln in den Augen an.

»Bald.«

Angriff auf Pinky

Ja, ja, Junior hatte sich nach all seinen Irrfahrten eine Verschnaufpause verdient. Dafür ging aber in meinem Revier die Post ab! Ich kann Ihnen sagen, das war eine üble Geschichte. Aber wie Randy das gelöst hat … Nun …

Ach, hören Sie selbst!

Seit dem Wettkampf war in der Katzengemeinde der Alltag wieder eingekehrt. Randy – wie er mittlerweile von allen genannt wurde – hatte sich mit Tim und Tammy über einen Revieranteil geeinigt und war auch etwas näher zu Anne gezogen. Er blieb aber außerhalb der Wohnung. Immerhin stellte er sich pünktlich morgens und abends ein, um sein Futter abzuholen, und blieb dann auch immer eine Weile auf der Terrasse sitzen. Wenn Anne oder Christian zu ihm hinauskamen, ließ er sich streicheln und schnurrte wohl auch mal um ihre Beine. Er hatte sogar eine dicke Maus als Dank auf die Fußmatte gelegt und war dafür gebührend gelobt worden. Das war ihm noch nie passiert. Seine vorherigen Menschen hatten gekreischt und geschimpft, als er das ein einziges Mal gewagt hatte. Er fing immer mehr an, an die von den anderen ständig zitierten Unterschiede zu glauben.

Mit einigen jungen abenteuerlustigen Katern und Kätzinnen hatte Randy versucht, eine Art Revierdienst einzurichten. Sie strichen abwechselnd auf festgelegten Pfaden entlang der unsichtbaren Grenzen und berichteten Randy alle interessanten Vorkommnisse. Etwa, wann die Fasanenjungen ausgebrütet wurden, welcher Mensch Futter herausstellte (nicht immer und ausschließlich für den kätzischen Bedarf, aber meist trotzdem lecker, wie zum Beispiel der Vanillepudding von Langemanns), wo sich Ärger zusammenbraute, damit man die Quelle der üblen Schwingungen meiden konnte, in welchem Garten Gift gestreut worden war und welche Menschen oder Tiere sich eigenartig verhielten. Da gab es welche, die streiften des Nachts zu zweit umher und verschwanden an warmen Abenden in den Büschen. Diese Menschen waren jung und harmlos, fand Randy heraus. Sie waren auf der Balz – oder wie auch immer die Menschen das nannten. Andere streiften alleine umher, wie diese alte Frau mit der Tasche. Aber vermutlich war die auch harmlos. Deutlich weniger harmlos war der Junge, der mit diesem hässlichen Köter seine Runden zog. Ihn, beschloss Randy, wollte er besonders im Auge behalten. Er beriet sich jedoch nur mit Henry und mir darüber, um keine Unruhe aufkommen zu lassen.

»Was haltet ihr von Bruce?«, fragte er uns eines Abends, als wir gemeinsam unter der kleinen Brücke lagen, die das Bächlein mitten im Ort überspannte. Hier waren wir vor dem kühlen Nieselregen geschützt, der so lästig das Fell netzte.

Henry schloss sinnend die Augen. Er machte sich wenig aus den Patrouillen, seine Erkenntnisse schöpfte er aus anderen Tiefen als der mehr den Fakten zugeneigte Randy.

»Er ist gefährlich.«

Henry öffnete wieder die Augen und wandte seinen Blick in Richtung Spazierweg.

»Ich glaube vor allem nicht, dass dieser junge Ingo ihn im Griff hat. Das ist ein sehr einfältiger Mensch, der sich mit der Kraft und der Bosheit dieser dummen, brutalen Kreatur schmückt.«

»Wie, Henry, du fällst ein so abfälliges Urteil über deine geschätzten Menschen?«, konnte sich Randy zu spötteln nicht bremsen.

»Guter Kater, Randolph! So naiv bin ich schon lange nicht mehr, dass ich nicht erkenne, wenn etwas faul ist. Der Junge ist ja nicht eigentlich schlecht. Er ist nur zu weich und zu unreif – und vor allem schlecht erzogen.«

»Aber der Hund …«

»Ist schlecht.«

»Sollten wir nicht eine Warnung herausgeben?«

»Henry, ßag deinem Partner, daßß wir ßßon ßeit Tagen die-
ßem Tier mit der geßteigerter Aufmerkßamkeit aller unßerer
ßinne folgen«, sprach eine lispelnde Stimme von oben herunter. Diti und Homer waren über die Brücke gekommen und liefen die Stufen zu uns hinunter.

»Sie hat recht, Randy. Wir haben es alle beobachtet, doch wir
wollen keine Panik machen.«

»Aber ich habe schon gesehen, wie der dusselige Mensch seinen Hund von der Leine gelassen hat.«

»Was? Nina, ist das wahr?«

Ich hatte mich bisher zurückgehalten, meine Beobachtungen
deckten sich allerdings mit ihren, denn mein Misstrauen war
durch Luzis Berichte geweckt worden.

»Ich bin mit Luzi ein Stück mitgegangen, da hat sie ihren Bruder getroffen. Der hat gesagt, er wolle seinem Hund das Bei-
Fuß-Gehen beibringen.«

»Daßß wird ja immer ßßlimmer«, entfuhr es Diti, und wie
zur Bestätigung hörte man plötzlich das unmelodiöse Bellen
der Bulldogge in der Ferne.

Homer setzte sich auf und maunzte ängstlich.

»Tu’ß nicht, Bruder. Nicht über ßolche ßachen«, wollte seine
Schwester ihn bremsen, aber zu spät.

Hommi hub an:

> »Da hinten steht ein Hund und bellt,
> er weckt damit die ganze Welt,
> als ob er was zu sagen hat.
> Das ist, du siehst, ein krummer Hund,
> im Geiste wohl nicht ganz gesund,
> und sein Gesicht ist ziemlich platt.
> Doch hüte dich vor seinen Zähnen,
> denn die sind scharf und lang.
> Ich will das nebenbei erwähnen,
> mir wird bei seinem Anblick bang.«

Randy war weiterhin ein echter Verehrer Homerscher Dicht-
kunst und lauschte jedes Mal andächtig dessen Ergüssen. Andere hingegen verdrehten auch schon mal die Augen.

»Meinen Berti hat der Hund neulich angeknurrt. Es klang
sehr hässlich, und ich hatte ziemliche Angst«, klagte mit zartem
Stimmchen Pinky, die ebenfalls hinzugekommen war und sich
neben Henry zusammenrollte.

»Na, na, Kleine, wir werden schon auf dich aufpassen«, brummelte Henry und stupfte ihr beruhigend an die zarte rosa Nase.

Die wechselhaften Frühlingstage vergingen einer nach dem anderen ohne bemerkenswerte Zwischenfälle. Dann wurde es
plötzlich wieder wärmer und sonniger, und die Menschen verlegten mehr und mehr ihre Aktivitäten nach draußen. Immer
häufiger versammelten wir Katzen uns am Bächlein unter der
Weide, wo wir seit einiger Zeit unseren Lieblingsplatz hatten.

Doch unser Friede wurde jählings unterbrochen.

An einem lauen Aprilnachmittag hörte man plötzlich schrilles Pfeifen und den ärgerlichen Ruf: »Bruce, bei Fuß! Bruce,
hörst du nicht! Bruce, komm sofort hierher!«

»Nichts wie weg hier!«, hieß es bei uns Katzen, und auf leisen
Sohlen verstreuten wir uns im Gelände. Jede von uns sah sich
nach Fluchtmöglichkeiten um, Bäume, Zäune, Autos, Hecken.

Bruce, von der Kette befreit, hatte einen jungen Fasan erwischt. Ich konnte beobachten, wie er ihn gerade zwischen seinen massiven Kiefern zermalmte. Das war brandgefährlich,
denn sein dumpfes Hirn registrierte voll Wonne den warmen
Blutgeschmack. Die Rufe seines Herrchens nahm er überhaupt
nicht mehr wahr. Er wollte mehr. Schnüffelnd lief er im Kreis.
Er hatte die Katzenspuren gefunden, und blinde Gier trieb ihn
auf der Fährte weiter.

Voll Erschrecken bemerkte ich, dass das weiße Fell von Pinky
in der Sonne schimmerte. Es hob sie wie eine überdimensionale
Schneeflocke von den dunkelgrünen Zweigen des Ginsters ab,
unter dem sie sich versteckt zu haben meinte. Bruce bemerkte

sie zunächst gar nicht, weil sie vor Angst wie erstarrt im Gras saß. Aber er hatte ihre Witterung aufgenommen. Ein drohendes Knurren grollte aus seiner Kehle.

Pinkys Panik stieg. Der Hund war nur noch drei, vier Schritte entfernt, und sie konnte sich noch immer nicht bewegen. Gleich musste er sie bemerken.

In Bruce eingedrückter Visage zuckte seine Nase. Dann sah er die Katze direkt vor sich.

Blut! Tod!

Der Köter setzte zum Sprung an.

Pinkys Starre löste sich plötzlich, und mit einem gellenden Schrei schoss sie los – Bruce ihr dicht auf den Fersen.

»Randy, er ist hinter Pinky her« Mir versagte fast die Stimme vor Entsetzen. »Wir müssen ihr helfen.«

»Bist du lebensmüde?«, fauchte der schwarze Kater.

»Nein. Dafür habe ich zuviel Angst. Ich will ihn ablenken, wenn du mir hilfst.«

»Du spinnst leider, Schlappohr. Warum kann ich dir nur nie widerstehen?«

Wir beide sausten los

Pinky war in ihrer Angst aus dem schützenden Gelände auf die Straße geflüchtet. Bruce war nahe, furchtbar nahe.

Ingo brüllte.

»Aus, Bruce! Aus! Komm her! Bruce!«

Seine Stimme überschlug sich, als er sah, hinter wem sein Hund her war. Er wusste sehr gut, dass Pinky seiner neuen Nachbarin gehörte. Ingo rannte, die Leine schwingend, hinter der Bulldogge her, jedoch ohne sie einzuholen.

Ein schwarzer Streif schoss vor seinen Beinen entlang, und in seinem instinktiven Versuch, auszuweichen, stolperte der Junge und landete in den Brombeerbüschen am Straßenrand. Das tat weh, und Bruce war für ihn völlig außer Reichweite.

Pinky schlug einen Haken. Fast hätte sie es damit geschafft, denn der Hund lief zunächst geradeaus weiter. Sie war schon völlig außer Atem. Lange hielt sie die Geschwindigkeit nicht mehr durch. Ich startete mit dem Mut der Verzweiflung.

Da war der Hund wieder. O nein, nein, nein! Pinky konnte nicht mehr. Wurde langsamer. Jetzt, jetzt war er da! Das war das Ende.

Die scharfen Zähne fuhren in ihren Nacken.

Pinky brach zusammen

Aber für Bruce wurde es ebenfalls schwarz, buchstäblich schwarz. Ein rabenschwarzer Kater fuhr ihm mit allen zehn ausgefahrenen Krallen durch das Gesicht. Bruce ließ vor Schreck die reglose weiße Katze fallen. Nach einem zweiten schmerzhaften Hieb begann das Blut aus seinen Lefzen fließen, dann hatte er plötzlich die Kette um den Hals und wurde fast erdrosselt. Auf seinem Hintern wurde er von dem Opfer und dem Angreifer weggeschleift.

Das Geschrei, Gebell und Gebrüll hatte Neugierige an die Fenster treten lassen. Zu dem Lärm gesellte sich jetzt noch das laute Weinen eines kleinen Jungen hinzu, der auf das Bündel weißen Fells zustürzen wollte und nur mit Mühe von seiner Mutter zurückgehalten wurde.

Als die sanfte, kleingewachsene Martina den verschmutzten Ingo mit dem heulenden und kläffenden Hund bemerkte und die blutende Katze im Rinnstein liegen sah, funkelte sie den jungen Mann mit einem so unerwarteten Hass an, dass er zurückzuckte.

»Du schwachköpfiger Idiot! Nimm sofort diesen verdammten Köter fester an die Leine! Wenn ich dich noch einmal sehe, wie du dieses verfluchte Vieh loslässt, dann zeige ich dich an.«

Zu Berti gewandt, bat sie in etwas sanfterem Ton: »Lauf rein, hol den Katzenkorb aus dem Keller und ruf den Tierarzt an. Vielleicht kann er Pinky noch helfen.«

Unter Schniefen und Schnupfen entfernte sich ihr Sohn gehorsam vom Kampfplatz. Martina hatte sich jedoch noch nicht beruhigt. Ingo, der noch immer sprachlos von der Verwirrung, die er angerichtet hatte, an einer Gartenmauer lehnte, bekam eine weitere Schimpfkanonade ab.

»Guck mich nicht so an! Du siehst genau so dämlich aus wie dein bescheuerter Kläffer. Sieh bloß zu, dass du das Mistvieh nach Hause kriegst. Ich bringe Pinky jetzt zum Tierarzt, die Rechnung bezahlst du, mein Freund. Ist das klar? Wenn sie nicht mehr gesund wird, dann hat das ein weiteres Nachspiel.«

Berti war mit dem Korb gekommen und erhielt ungerechterweise auch einen Anpfiff.

»Hör auf zu heulen und stell den Korb neben Pinky.«

»Kann ich euch helfen?«

Anne war aus dem Auto gestiegen und hatte die Menschenansammlung in ihrer Straße gesehen.

»Hallo, Anne. Sieh nur, was dieser dreckige Köter mit unserer Pinky angestellt hat.«

»O nein. Nicht schon wieder eine sterbende Katze!« Und zu Ingo gewandt: »Du hirnloser Schwachkopf! Beweg deinen Hintern ins Haus und nimm um Himmels willen diesen kläffenden Killerhund mit.«

»D …das w …war nicht meine S …Schuld. Die Katze hat d …das herausgefordert.«

Ingo war ein großer, kräftiger junger Mann von gut achtzehn Jahren. Aber dem Blick und der Haltung einer zornigen Anne war er nicht gewachsen. Sie machte einen Schritt auf ihn zu, hob die Hand und sagte nur ganz leise: »Zisch ab!«

Mit eingezogenen Schultern trat er den Rückzug an, den knurrenden und geifernden Hund hinter sich herzerrend.

Anne kniete sich, ohne auf ihren hellen Rock zu achten, neben der Katze nieder und legte ihr sacht die Hand auf den Kopf. Einen Moment lang sah sie das verletzte Tier wie entrückt an, dann strich sie ihr mit den Fingern zart über die Stirn.

»Pinky, Pinky, du lebst doch noch. Es wird wieder gut.«

Ich setzte mich neben sie und bemühte mich ebenso wie sie, das arme Würmchen wieder zurückzuholen. Es schien Erfolg zu haben.

Ganz leicht zitterten die Schnurrhaare, und Pinkys Augen öffneten sich einen winzigen Spalt. Sie sah in die grünen Augen der Frau, und sie sah in meine. Und in unser beider Augen erblickte sie die grünen Wiesen mit den goldenen Blumen. Sie spürte den sanften Wind in den Haaren und ein sanftes Streicheln über das Fell.

»Pinky, Berti hat dich so lieb«, sagte Anne leise, und ihre grünen Augen wurden zwingend. Ich wusste, was Pinky nun spürte: Kein grünes, weiches Gras lud mehr zum Ausruhen ein, sondern Schmerzen strahlten von ihrem Nacken aus.

Ein leises, sehr klägliches Maunzen kam aus ihrem Mäulchen.

»Ruhig, Liebe, bleib ruhig. Wir helfen dir, Pinky«, versicherte ihr Anne.

Pinky glaubte ihr.

Ganz vorsichtig wickelte Anne sie in die zugereichte Decke, Martina legte die schlaffe Katze in den Korb und trug sie zum Auto.

Aufbruch nach Hause

Nachdem Junior und Tiger den Entschluss gefasst hatten, zu Anne zurückzukehren, widmeten sie sich der Planung dieses Vorhabens. Dabei erwies sich Tiger, wenngleich der jüngere von ihnen, als der Wissendere, und Junior lernte, seinem Rat zu folgen. Manchmal fiel es ihm schwer, hin und wieder aber sah er die Überlegenheit seines Freundes auch ein.

»Hör mal, Tiger, wenn wir zu Anne zurückwollen – wie finden wir sie denn? Ich meine, dich habe ich eigentlich nur durch Zufall entdeckt.«

»Nicht ganz durch Zufall, vermute ich. Du hast als Katze Fähigkeiten, die du unbewusst einsetzt oder, wenn du weißt, dass du sie hast, auch bewusst anwenden kannst.«

»Ist ja stark! Wie mach ich das?«

»Wir machen es gemeinsam. Wir erfühlen die Vibrationen, die von dem Ort ausgehen, den wir aufsuchen wollen.«

»Und wenn der ganz weit weg ist?«

»Die Entfernung spielt keine Rolle, die Schwingungen spürt

man überall. Sie geben dir dann die Richtung an, in die du gehen musst.«

»Toll. Und was mache ich jetzt?«

Junior war begierig, sich auf das Experiment einzulassen, und lief aufgeregt um den ruhig auf dem gepflasterten Gartenweg liegenden Tiger herum. Dieser streckte sich noch einmal lang und ausgiebig in der Sonne und wechselte dann auf die Wiese. Er bedeutete dem zappeligen Junior, er solle sich zu ihm setzen.

»Als Erstes musst du etwas ruhiger werden, dann können wir mit der Konzentrationsübung beginnen.«

Gehorsam hockte sich der kleine Kater nieder, wartete auf weitere Anweisungen und lauschte den Erklärungen über das Vorgehen. Schließlich war es so weit. Mit geschlossenen Augen lagen beide ganz regungslos da. Menschliche Beobachter nehmen in solchen Fällen immer an, dass wir tief und fest schlafen, doch eine Katze hätte erkannt, dass die beiden sich in einem durchaus angespannten Zustand befanden.

Tiger hatte sich auf den Versammlungsplatz der Katzen konzentriert, auf dem seine leibliche Hülle des vorherigen Lebens begraben worden war, und spürte schon bald die Richtung. Er ließ die Schwingungen verebben und schlug die Augen wieder auf, um nach Junior zu sehen. Was sich da tat, setzte ihn dann doch in Erstaunen. Der grauschwarze Kater hatte die Augen fest zugekniffen, und soeben fingen seine Schnurrhaare an zu zittern. Diese Bewegung griff plötzlich auf die Ohren über, dann lief sie über Hals und Nacken den ganzen Rücken entlang bis in die Schwanzspitze. Der ganze Junior bebte unter der Macht der Vibrationen.

»Himmel, großmächtige Katze! Junior! Junior, wach auf!«

Das Zittern wurde schwächer, und Junior öffnete ein Auge. Mit klappernden Zähnen, aber stolz auf seine Leistung, meinte er dann: »D-d-das w-war mal w-was!«

Mit einem herzhaften »Puhh!« begann er, eine kleine Gymnastik zu absolvieren.

»Ich brauche dich ja wohl nicht zu fragen, ob du jetzt weißt, wo's langgeht?«

»Nö, meinetwegen können wir jetzt gleich los.«

»Langsam, Junior, langsam. Wir wollen uns doch wenigstens für die Gastfreundschaft hier bedanken und uns von den Menschen verabschieden.«

»Ja, da hast du recht. Gut, dass Elmar gerade hier ist. Ich fange ihm eine besonders schöne Maus.«

So kam es dann, dass sich die beiden Anfang Juni auf den Rückweg machten.

Sie brachen früh an einem heißen Frühsommermorgen auf und wandten sich, wie ihre Suche es ihnen gezeigt hatte, nach Norden.

Das Haus, in dem sie die letzte Zeit gemeinsam verbracht hatten, stand am Rande des Industriegebietes einer kleinen Stadt. Richtige Großindustrie war hier nicht zu finden, aber auf dem sich über Kilometer erstreckenden Gelände gab es weite asphaltierte oder gepflasterte Parkplätze, Bürogebäude, Fertigungsanlagen, eine Spedition, Baumärkte und ein Möbelzentrum. Der Weg war für die Katzen daher beschwerlich. Sie mussten beständig auf hartem, rauem Untergrund laufen, selten fanden ihre weichen Ballen Erholung auf einem der wenigen Grünstreifen. Zudem mussten sie auf den Berufsverkehr achten, der auf den Zufahrtsstraßen zu den Parkplätzen herrschte. Als sie endlich zwei der größten Plätze hinter sich hatten, war die Sonne schon so hoch gestiegen, dass der Asphalt auf den Straßen unerträglich heiß wurde.

»Wir sollten warten, bis die schlimmste Hitze vorbei ist, Junior«, schlug Tiger vor, der sich eine schmerzende Pfote leckte.

»Du hast ja recht, aber hier können wir nun wirklich nicht bleiben.«

Sie sahen sich um. Vor ihnen flimmerte das schwarze Band einer Fabrikstraße in der Sonne. Auf der gegenüberliegenden Seite erhoben sich graue Gebäude hinter einem hohen Schutzzaun. Immerhin gab es zwischen den Betonbauten schattige

Zonen, in denen man die heißeste Zeit des Tages wenigstens einigermaßen erträglich abwarten konnte.

»Wir müssen durch den Zaun. Siehst du eine Möglichkeit, Tiger?«

»Uns bleibt wohl nichts anders übrig, als ein Stück daran entlang zu laufen und zu schauen, ob unsere langohrigen Kumpels schon mal irgendwo einen Einschlupf gegraben haben.«

»Glaubst du wirklich, es gibt hier Kaninchen?«

»Kaninchen gibt es überall!«

»Na denn man tau, wie mein Freund Nelson sagen würde.«

»Interessante Freunde hast du.«

Ein paar Meter schleppten sie sich durch die Sonnenglut, bis sie in einer der spärlich begrünten Rabatten den Zaun untergraben fanden.

»Das sieht aber eng aus.« Misstrauisch untersuchte Junior eine solche Stelle.

»Versuchen wir's. Eine andere Möglichkeit sehe ich im Augenblick nicht.«

Tiger zwängte sich als Erster durch die Öffnung. Sein Kopf ging hindurch. Dann drückte er den Oberkörper flach an den Boden und schob sich weiter nach vorne. Erst die eine, dann die andere Pfote folgten, und er hing jetzt halb vor und halb hinter dem Zaun. Ein Büschel seiner seidigen, langen Haare blieb an einem scharfen Zacken des Maschengitters hängen, daher äußerte er einige nicht wiederzugebende Sätze. Aber schließlich hatte er es geschafft, und mit der ihm eigenen Selbstlosigkeit überließ er Junior seinem Schicksal und verschwand im Schatten des ersten Gebäudes. Auch Junior schaffte unter Hinterlassen von Fellbüscheln und hässlichen Worten den Durchschlupf und suchte sich ebenfalls eine kühle Stelle auf dem Fabrikgelände. Er hatte sogar noch mehr Glück als Tiger, denn sein Weg führte an einem Tank mit Flüssigstickstoff vorbei, an dessen Rohrleitungen und Armaturen trotz der Sommerhitze Wasser kondensierte und zu glitzernden Eiskristallen gefroren war. Er leckte durstig daran und zog sich dann in den kühlen Schatten zurück.

Erst als sich das Getriebe und der Verkehrslärm am Abend legten und die Sonne allmählich niedriger am dunstigen Horizont hing, regten sich die beiden wieder. Junior hatte Hunger und prüfte die Umgebung mit allen Sinnen nach Futter. Die betonierten Flächen gaben jedoch nichts her. Er streifte den Zaun entlang und stöberte in den Rabatten zwischen den Parkplätzen endlich ein paar Mäuse auf. Als Junior gerade seine Jagdbeute verzehrte, tauchte auch Tiger mit gleichem Ansinnen neben ihm auf.

»Gibt's hier welche? Ich habe einen Mordshunger!«

»Es gibt ein paar, aber sie haben einen komischen Nachgeschmack. Das liegt wohl an dem, was die hier fressen.«

»Egal, den Hunger vertreibt's«, bemerkte Tiger, als er auch schon die erste unvorsichtige Maus in den Krallen hielt.

Nachdem sie sich geputzt hatten, war die Dämmerung hereingebrochen, und sie beschlossen weiterzuziehen. Sie überquerten das Fabrikgelände entlang schmutziger Lagerhallen, huschten zwischen Containern und Paletten hindurch, wichen Pfützen von übelriechenden schmierigen Flüssigkeiten aus und hatten es fast geschafft, den Zaun am anderen Ende des Areals zu erreichen, als Tiger ein hässliches Missgeschick widerfuhr.

Sie passierten eben eine Reihe blauer Kunststofffässer, als an den Rohrleitungen, die entlang einer Mauer verliefen, ein Überdruckventil zu zischen anfing, dem dabei heißer Dampf entströmte. Junior sprang nach vorne und war aus dem Gefahrenbereich, aber Tiger machte vor Schreck einen Satz zu Seite und blieb mit seinen langen Haaren an einem Fass kleben. Der Dampfstrahl traf ihn zwar nicht, aber er kam von dem ausgelaufenen Harz nicht mehr los. Angstvoll jaulte er auf. Junior drehte sich um und sah seinen Freund ungläubig an.

»Was hast du denn? Komm doch endlich, das Zischen hat aufgehört!«

»Ich komme hier nicht los, mein Fell hängt fest.«

Junior kam näher und sah sich das Problem näher an. Mit einer Pfote wollte er gegen das Fass stupsen, aber Tiger fauchte ihn an: »Lass das, du Dummkopf, sonst klebst du auch noch fest!«

»Schon gut, aber ich kann dir nicht helfen. Aber du musst weg davon, das Zeug wird schon fest. Wahrscheinlich musst du dein schönes Fell opfern und dich losreißen.«

Die darauf folgenden Bemerkungen sollten an dieser Stelle nicht wiederholt werden, aber sie waren der Situation angemessen. Immerhin schaffte es Tiger, sich mit verhältnismäßig geringen Schäden zu befreien, doch seine ganze linke Seite war verklebt. Zu allem Überfluss führte das Putzen des verschmutzten Fells zu heftigem Durchfall. Den nächsten Tag verbrachten die beiden daher im Schutz eines kleinen Gehölzes.

Erst beim Licht des nächsten Sonnenaufgangs zogen sie weiter. Die Sonne brannte mit unverminderter Hitze auf die Straßen, so dass sie entschieden, erstmal nur in den Frühstunden zu wandern. Sie erreichten gegen neun den Hof einer großen Spedition. Junior sah sich um und erinnerte sich.

»Hey, Tiger, hier war ich schon mal. Hier stellt Elmar immer seinen Truck ab.«

»Ob mich das interessiert?«

Tiger war noch immer mufflig; er litt unter Verdauungsbeschwerden und dem verklebten Fell. Junior hingegen hüpfte begeistert hin und her und versuchte seinem unwirschen Begleiter die Feinheiten des Speditionsbetriebes zu erklären. Viel Erfolg hatte er damit nicht, deshalb rollte er sich im weichen Gras unter einem Busch zusammen. Nach einer Weile tat es Tiger ihm nach.

Der Zufall wollte es, dass das Grasfleckchen und der Busch neben dem Eingang zu einem Bürogebäude lagen, in dem eine Dame mittleren Alters die Buchhaltung betrieb und daneben die Verbindung mit den Fernfahrern über Funk aufrechthielt. Sie hatte sich gerade für ihre Frühstückspause ein Brötchen geholt, und als sie die drei Stufen zur Eingangstür hochstieg, fiel ihr Blick auf die beiden Katzen. Da sie eine Katzenfreundin war, sprach sie die beiden höflich an. Junior, aufgeschlossener als

Tiger, kam zu ihr und erlaubte ihr, ihn zu streicheln. Tiger öffnete nur misstrauisch ein Auge und drehte sich wieder um. Die Frau bemerkte das verklebte Fell und beugte sich weiter zu ihm herunter.

»Du bist ja ein richtiger Maine-Coon, Kleiner. Aber was hast du nur mit deinem schönen Fell gemacht?«

Tiger tatzte zur Warnung nach ihr. Nicht ernsthaft, denn er ahnte, dass sie ihm helfen konnte, das Problem loszuwerden.

»Kommt doch mal mit rein, ihr beiden! Ich habe bestimmt irgendwo ein Tellerchen mit Milch für euch.«

Junior ließ sich das nicht zweimal sagen und spurtete die Treppen hoch. Tiger folgte ihm gemessener.

»Du solltest vorsichtiger sein, wenn dich jemand in ein Haus lockt«, warnte er Junior. »Wer weiß, was die vorhat.«

»Ach, stell dich nicht so an. Etwas Milch könnte ich jetzt wirklich brauchen, schließlich haben wir uns jetzt schon seit drei Tagen nur von Mäusen und Regenwürmern ernährt. Denen geht meiner Meinung nach so das richtige Aroma ab.«

»Huch, ein Feinschmecker!«

Das Klappern des Milchkännchens und der zarte Duft lockten jedoch auch Tiger in das Büro der Buchhalterin im ersten Stock.

Nachdem sie sich gelabt hatten, hob sie Tiger hoch und begutachtete den Schaden an seinem Fell. Er wehrte sich nur ganz wenig.

»Das haben wir gleich, Kleiner. Ich schneide dir die verklebten Haare raus.«

Mit einer Nagelschere, die sie aus ihrer Schublade kramte, schnitt die Frau sorgfältig die verharzten Büschel ab. Das Resultat war zwar nicht sonderlich ansprechend, und die kahle Seite gab dem wuscheligen Kater ein etwas unsymmetrisches Aussehen, aber er fühlte sich deutlich wohler. Leider musste er den herzlosen Spott von Junior ertragen. Doch bevor er irgendwelche vernichtenden Entgegnungen loswerden konnte, trat etwas ein, was ihre ganze Unternehmung gefährdete. Die Frau sprach nämlich jetzt am Funkgerät mit einem der Fernfahrer.

»Elmar, du hast mir doch am Montag erzählt, dass ihr eure Katzen vermisst. Ich glaube, ich habe sie gefunden.«

Tiger sah Junior vorwurfsvoll an. »Hab ich's dir nicht gesagt! Wir müssen so schnell wie möglich weg von hier!«

Junior und er sahen sich um. Die Tür war angelehnt, das Fenster gekippt. Sie hechteten zum Ausgang, aber die Frau war schneller. Klick – und die Tür fiel ins Schloss.

»Ich behalte sie hier im Zimmer und verständige Jenny, dass sie die beiden abholt.«

Ihr Gesprächspartner bedankte sich erfreut, dann wandte sich das Gespräch anderen geschäftlichen Themen zu.

Junior schüttelte betrübt den Kopf. »Nichts gegen Elmar, er ist ein super Kumpel, aber wir verlieren viel Zeit. Wer weiß, ob sie uns dann noch mal rauslassen, wenn wir wieder bei ihnen sind.«

»Du musstest ja unbedingt deinen Teller Milch haben.«

»Du musstest ja unbedingt an dem Fass kleben bleiben!«, meinte Junior vorwurfsvoll.

»Was hat das denn damit zu tun?«

»Wir wären schon eine Tagestour weiter, du Halbpelz.«

»Halt die Luft an!«

Ihr Streit wurde unterbrochen, weil die Dame jetzt aufstand und zur Tür ging. Alarmiert spannten sie beide die Muskeln an, um gegebenenfalls in einem schnellen Sprint an ihr vorbeizukommen. Aber die Frau versperrte ihnen geschickt den Weg.

»Ich muss mal zum Pförtner. Ihr kleinen Ausreißer bleibt hier drin, bis Jenny euch holt.«

Sie sprach zwar durchaus liebevoll mit ihnen, aber schloss dann konsequent die Tür hinter sich. Alleine gelassen saßen die beiden Kater betrübt da und mochten noch nicht mal ihren Streit fortsetzen.

»Wenn man nur irgendwie diese Tür aufbekäme …«, murmelte Junior vor sich hin. »Nina hat mal gesagt, sie könne das.«

Plötzlich blitzte Übermut in Tigers grünen Augen auf.

»Ich erinnere mich da an etwas, das Anne mir gezeigt hat! Ha! Manchmal bist du doch nicht ganz doof, Junior!«

»Das will ich wohl meinen!«

»Pass mal auf!«

Tiger ging zur Tür, schätzte die Höhe bis zur Klinke ab, sprang hoch, hängte sich mit den Vorderpfoten ein und schaukelte zwei-, dreimal hin und her, dann klickte das Schloss auf, und die Tür öffnete sich einen Spalt. Er ließ sich fallen. Schon hatte Junior seine Pfote zwischen Rahmen und Tür geschoben und erweiterte die Öffnung. Kurz darauf standen sie in einem Gang, auf dessen einen Seite die Treppe nach unten führte und auf der anderen Seite ein offenes Fenster war. Junior schoss die Treppe hinunter und kam gleich darauf mit der betrüblichen Mitteilung zurück, dass die untere Tür mit einem anderen Schloss versehen war.

»Gut, dann das Fenster«, beschloss Tiger, sauste den Gang entlang und sprang auf das Fensterbrett.

Junior folgte ihm und sah dann unbehaglich in die Tiefe. Er hatte nun mal Höhenangst.

»Müssen wir wirklich …?«

»Das ist doch kein Problem. Da unten ist sogar weicher Boden.«

»Ich kann nicht. Nein! Nein, ich kann das nicht.«

Junior wollte kehrtmachen, aber Tiger fauchte ihn an.

»Du springst!«

»Nein!«

»Spring, Stinker!«

»Sag nicht Stinker zu mir!«

»Dann spring!«

Schritte klapperten die Treppe hoch.

Junior kniff die Augen zusammen, und mit Todesverachtung sprang er ab. Tiger folgte ihm. Erst als er auf seinen vier Pfoten im Blumenbeet stand, öffnete Junior verblüfft die Augen.

»Wundere dich nicht zu lange – nichts wie weg hier!«

Im gestreckten Lauf überquerten sie das Gelände der Spedition und erreichten freies Feld.

Frauengespräche

*Entspannen Sie sich! Es wird wieder gut für Pinky, den kleinen,
naiven Wuschelpelz. Wir gönnen uns jetzt eine kleine Verschnaufpause. Sie dürfen jetzt gerne meinen Rücken kraulen.*

Schööön!

*Halt! Doch nicht gegen den Strich, Mensch. Da muss ich doch
wieder mühevoll alles glattbürsten. Ich bin nicht so ein begeister-
ter Putzteufel wie Luzi!*

Ich sah zu, wie Luzi hingebungsvoll die Glasscheiben einer kleinen Vitrine polierte. Noch zehn Minuten würde sie die Arbeit
hinauszögern, denn wie jeden Mittwoch hoffte sie, dass Anne
noch während ihrer Anwesenheit nach Hause kam, um ein paar
Worte mit ihr zu wechseln. Sie hatte nämlich herausgefunden,
dass dieser ihr freier Abend war und sie gerne noch ein wenig
schwatzte. Luzi bewunderte Anne grenzenlos und war glücklich darüber, dass sie sich die Zeit nahm, mit ihr über dies und
das zu reden. Sogar über ihre kleinen Probleme, mit denen sie
sonst zu niemand anderen gehen konnte. Schon gar nicht zu
ihrer – wie sie fand – reichlich abgedrehten Mutter. Wir beide
horchten plötzlich auf. Das war das Auto! Und schon drehte
sich der Schlüssel im Schloss, und Anne trat ein.

»Sieh da, das fleißige Bienchen!«, begrüßte sie fröhlich das
junge Mädchen.

»Hallo, Frau Breitner. Oh, Nina, nicht so stürmisch!«

Ich rammte meinen Kopf fordernd an Annes Beine. Ich war
ungeheuer hungrig, weil das Frühstück heute nicht geschmeckt
hatte. Bäh, Wild mit Gemüse. Von dieser anderen Sorte Dosenfutter. Christian musste wohl sparen, was?

»Gib ihr besser sofort etwas zu futtern, sonst zerlegt sie uns.
Ich gehe mich nur schnell umziehen.«

Anne verschwand in ihrem Schlafzimmer und rumorte darin
herum. Luzi tat wie gebeten und freute sich, dass ich sehr zufrieden mit dem Futter war. Dann kam Anne wieder hervor. Sie hatte

das dunkelblaue enge Strickkleid abgelegt und trug jetzt wie Luzi Jeans, aber dazu eine weite buntgeblümte Seidenbluse. Sie hatte zwei kurze Röcke und eine enge gelbe Hose in der Hand.

»Ich bin aus den Sachen rausgewachsen. Luzi, meinst du, dass sie dir passen?«

»Rausgewachsen?«

»Na ja, eigentlich gefällt mir die Farbe nicht mehr so besonders, und die Hose habe ich mir auch schon etwas zu klein gekauft.«

»Oh, deshalb. Sie sehen nämlich nicht dick aus. Aber die Klamotten sind irre.«

Begeistert hielt sich Luzi den braunen Samtrock, dann den roten Jeansrock und die gelben Hosen vor dem Spiegel an den Körper.

»Die passen bestimmt. Wollen Sie mir die wirklich geben?«

»Bei dir sind sie gut aufgehoben, besser als in meinem Schrank. Oder in irgendeinem Sammelbeutel von Frau Vogler.«

»Oh, no! Bloß nicht. War die etwa auch schon bei Ihnen?«

»Sie hat es mir vor einiger Zeit angedroht, aber ich bin ja selten zu Hause.«

»Die erwischt Sie schon noch!«

Leise Häme schwang in Luzis Drohung mit, und Anne posierte wie ein Model mitten im Raum.

»Dann haben wir hier noch ein besonders elegantes Blüschen im Trümmer-Stil mit schlammfarbigen Schühchen, auch für Überschwemmungsgebiete geeignet.«

Luzi kicherte und meinte: »Sie sind fies! Aber die Sachen nehme ich gerne. Danke, klasse, wirklich!«

Anne lachte über die Begeisterung und fragte dann: »Was gibt's Neues im Dorf? Hat dein Bruder jetzt seinen Hund im Griff?«

Luzi verdrehte theatralisch die Augen. »Der Typ ist ja so doof. Und die Rechnung für Pinkys Behandlung muss Ingo selbst bezahlen. Das hat mein Vater ihm ziemlich deutlich gemacht. Aber das Kätzchen wird wohl überleben. Berti hat mir das vorhin erzählt, als ich herkam.«

»Ein Glück. Aber noch besser wäre es, wenn dein Bruder diesen Hund wieder loswürde.«

»Das will er aber nicht. Er hofft noch immer, damit den Einbrecher zu fangen, der Dummkopf. Aber es ist auch schon seltsam. Jede Woche kommt irgendwo was weg. Ich hab's gerade wieder von meinen Klassenkameraden gehört. Kissen von den Gartenmöbel, Haushaltsgeräte aus der Küche, sogar Schmuck – stellen Sie sich das mal vor!«

»Schmuck? Das passt aber gar nicht in das sonstige Bild unseres Landstreichers in Spitzenhemdchen und Joggingschuhen. Aber du hast schon recht, es fängt an, ziemlich eigenartig zu werden.«

»Ja, das sagen die anderen auch. Es sind viele, die die Polizei alarmieren wollen. Wenn bei uns mal was wegkommt, wird meine Mutter bestimmt Anzeige erstatten. Auch wenn es nur ein Unterhöschen von der Leine ist.«

»Na, irgendwann wird der Spuk ja ein Ende haben. So lange das sich in dem bisherigen Umfang hält, ist es lästig, aber nicht bedrohlich. Obwohl … Schmuck – das ist was anderes. Da mag der Langfinger auf neue Ideen kommen.«

»Na, ja, Frau Mahler-Senckendorf hat ja genug davon. Sie hat schon früher immer die Hände voller Ringe gehabt.« Luzi zuckte ein wenig verächtlich mit den Schultern. »Jedenfalls hat sie es meiner Mutter erzählt, und die fühlt sich dadurch nur noch bestätigt.«

»Ach, bei der wohltätigen Lehrerin ist auch eingebrochen worden? Hast du bei der eigentlich noch Unterricht gehabt, oder war sie schon in Pension, als du ins Gymnasium gewechselt hast?«

»Nee, aber sie hat nur in der Oberstufe unterrichtet, und vor drei Jahren hatte sie nur noch die Abi-Klasse. Ich habe hier in der Grundschule nur ihre Freundin, die Frau Vogler, genossen.«

»Die Vogler hat ja wohl jeden hier erzogen. Sie erwähnte neulich, dass deine Mutter auch ihre Schülerin war.«

Luzi kicherte. »Wir haben sie immer die ›heilige Bertine‹ genannt. Sie hat uns laufend gepredigt, Mitleid mit den Armen zu haben. Eigentlich war sie ganz in Ordnung. Immerhin haben wir bei ihr viel über die Gegend hier gelernt, und wer bei ihr Handarbeit gemacht hat, der kann alles stopfen! Aber es war schon ziemlich lästig, dass sie alle und jeden kannte. Mein Vater ist zum Glück nicht von hier, denn sie hat bei uns Kindern immer Vergleiche mit Eltern, Tanten und Onkeln angestellt. Grässlich! Ich fand das richtig toll, als ich aufs Gymnasium kam und keiner der Lehrer mich kannte.«

Mit einem »Danke schön« nahm Luzi ein Glas Orangensaft entgegen, das ihr Anne reichte. Sie saßen beide an dem kleinen Küchentisch und tranken schweigend.

»Aber bei so einer Dorflehrerin, die jahrelang an der gleichen Schule unterrichtet, bleibt es ja nicht aus, dass sie die verwandtschaftlichen Beziehungen zwischen ihren Schäfchen kennt. Sie erzählte mir, dass sie mit ihren ehemaligen Schüler auch jetzt noch in engem Kontakt steht.«

»Klar, jetzt geistert sie hier ständig im Ort rum und nervt die Ärmsten.«

»Sehen die Leute das so?«

»Na, möchten Sie sich einen halben Nachmittag lang die Lobpreisungen guter Taten und die Erinnerungen an die schöne alte Zeit anhören? Also, viele sind inzwischen nicht zu Hause, wenn die heilige Bertine naht. Aber was ganz anderes, Frau Breitner: Kommt der schwarze Kater, der Randolph, noch zu Ihnen?«

Luzi hatte offensichtlich genug von dem Thema Bertine. Und ich fand Randy auch bei weitem interessanter.

»Aber natürlich. Jeden Morgen und jeden Abend holt er sein Futter. Hast du eigentlich mitbekommen, dass er es war, der Pinky gerettet hat?«

»Allerdings, darüber war mein Bruder ziemlich sauer. Er hat Bruce auch ganz schön geschreddert. Ich sollte ihm mal einen Leckerbissen mitbringen. Was frisst er denn gerne?«

»Ich glaube, er ist nicht sehr wählerisch. Bei Nina würde ich sagen, ein Stück frischen Fisch, aber Randy …? Versuch's mal mit etwas Rindergulasch.«

»Au ja, bringe ich das nächste Mal mit.«

Anne stand auf, spülte ihr Glas aus und meinte dann: »So, Luzi, ich muss dich jetzt langsam rausschmeißen, ich habe heute Abend noch ein bisschen zu tun.«

Luzi schnappte sich die drei Kleidungsstücke und machte sich mit einem fröhlichen Gruß von dannen.

Zum Wochenende hin wurde es sommerlich warm. Als Christian am Freitag bereits am frühen Nachmittag nach Hause kam, fand er Anne in einem leuchtendbunten Bikini auf der Terrasse sitzen, die Augen geschlossen und in der Sonne dösend. Zu ihren Füßen dösten ebenfalls Randy und ich.

Leise rief er: »Hallo zusammen, ihr Schlafmützen.«

Randy hob träge ein Lid und zeigte einen schmalen grünen Augenschlitz. Dann schloss er es wieder. Ich blinzelte nur und regte mich überhaupt nicht. Warum auch? Es war so schön warm und schläfrig. Aber um zu zeigen, dass ich noch von dieser Welt war, zuckte ich mit den Schlappohren ein bisschen. Anne gab einen kleinen, wohligen Grunzer von sich.

»Mit euch ist aber nicht viel anzufangen!«

»Klapp dir einfach den anderen Liegestuhl aus, leg dich hin und sei ruhig.«

»Meine Vorstellung vom Ablauf dieses Nachmittags war aber eine andere. Ich wollte dich überreden, eine kleine Fahrradtour zu machen. Wir könnten zum Fluss runterfahren, dort etwas essen und wieder zurückradeln.«

Anne bequemte sich schließlich dazu, beide Augen aufzuschlagen und den aufdringlichen Besucher anzusehen. Er hatte bereits Radlerhosen an und sah, wie wir feststellen konnten, zum Anbeißen aus. Das belebte Annes Stimmung, und sie erwog den Vorschlag wohlwollend. Eigentlich war daran nichts auszusetzen.

Christian hatte sich inzwischen zu uns Katzen hinuntergebeugt und streichelte Randys sonnenheißes schwarzes Fell.

»Ich glaube, ich gehe mich mal umziehen.«

Mit diesen Worten drückte sich Anne aus dem bequemen Liegestuhl hoch und wandte sich zur Tür.

»Du kommst also mit? Prima. Ich hole schon mal die Räder aus meiner Garage.«

Ich beglückwünschte mich, dass ich nicht mitfahren musste. Aber natürlich verabschiedete ich mich ordnungsgemäß von den beiden. Daher bekam ich auch mit, wie ihr Aufbruch sich verzögerte.

Denn es näherte sich Frau Mahler-Senckendorf aufrecht auf einem altmodischen Fahrrad sitzend, mit baumelnder Handtasche am Gesundheitslenker, in einem kurzärmeligen, damenhaften Sommerkleid mit hellblauem Blumenmuster. Als sie die beiden erkannte, war ihrer animierten Miene deutlich anzusehen, dass sie einer kleinen Unterhaltung nicht abgeneigt war.

»Guten Tag, Frau Mahler-Senckendorf. Genießen Sie auch diesen wundervollen Frühlingstag?«, grüßte Anne sie höflich.

»Es ist herrlich heute, nicht wahr? Ich war so guter Laune, dass ich mein Rad abgestaubt habe und eine alte Bekannte besucht habe. Hoffentlich hält das schöne Wetter auch über das Wochenende.«

»Ganze Herden haben sich ja heute entschlossen, die Wege unsicher zu machen«, kommentierte Anne eine vorbeistrampelnde Gruppe fröhlicher Menschen. »Sie sehen auch alle viel weniger verbissen aus, wenn die Sonne scheint, nicht?«

»Hoffentlich sind sie dann auch weniger verbissen. Die Stimmung im Ort ist ja ziemlich auf dem Siedepunkt«, warf Christian ein, und Frau Mahler-Senckendorf nickte wissend.

»Ja, ja, ich habe auch diese Leserbriefe gesehen. Allerdings kenne ich die Verfasser und weiß, woher das kommt. Aber das ändert an der Wirkung nichts.«

Anne sah verständnislos von dem einen zum anderen. »Was wisst ihr, was ich nicht weiß?«

»Aber meine liebe Anne, das kommt davon, wenn man dösend in der Sonne liegt und die Dorfpostille nur als Untersetzer für das Glas verwendet. Es sind zwei äußerst hässliche Leserbriefe zu den Einbrüchen darin. Ich persönlich halte das ja noch immer für eine Bagatelle, aber so wird daraus eine gefährliche

Hetze. Selbstschutz der Bürger! Am liebsten würde der Schreiber jedem einen Colt in die Hand drücken und Wildwest spielen – wegen ein Paar geklauter Socken.«

»Nun, es zieht sich jetzt schon seit Karneval hin, hier etwas, dort etwas. Das macht vielleicht die schlichten Gemüter nervös. Aber gut, ich habe es nicht gelesen.«

»Es ist gewiss nicht so, dass wir Angst haben müssten, in unseren Betten ermordet zu werden, wie die andere Schreiberin befürchtet. Es ist sicher auch nicht so, dass die Polizei hilflos den Einbrüchen zusieht und wir deshalb zu drastischen Maßnahmen greifen müssten. Das riecht nach Lynchjustiz. Gnade Gott dem armen Teufel, der die Sachen stibitzt hat.«

Christian hatte sich regelrecht ereifert, und Martha nickte ihm zu.

Anne hingegen fragte: »Luzi hat mir erzählt, dass bei Ihnen Schmuck fortgekommen ist, stimmt das eigentlich, Frau Mahler-Senckendorf?«

Kritisch zog die Dame eine Augenbraue hoch und fragte etwas ungehalten: »Woher weiß dieser kleine Irrwisch denn davon? Ich habe das lediglich meiner Freundin erzählt.«

»Oh, ich habe Luzi nicht gefragt. Sollte ich das?«

»Nein, nein, lassen Sie nur. Dann weiß es ihre Mutter inzwischen sowieso, und die ist besonders empfänglich für solche Horrormeldungen.«

»Immerhin hat ihr Sohn Ingo sich schon eine wirkungsvolle Waffe gegen den Bösewicht zugelegt. Dieser Köter hatte ja seinen ersten blutigen Auftritt schon am Montag, als er die Katze einer Freundin von mir fast tot gebissen hat.«

Frau Mahler-Senckendorf schüttelte sich angeekelt. »Es gibt doch wirklich einige Wichtigtuer hier im Ort. Aber Sie haben hoffentlich recht. Das schöne Frühlingswetter wird viele Wogen glätten, und die ganze Angelegenheit geht in Gartenarbeit und Grillabenden unter.«

Leben in der Wildnis

Etwa zur selben Zeit hatten Tiger und Junior ihre ersten Erfahrungen in Feld, Wald und Flur zu machen. Die Wanderung durch das Industriegebiet war bislang der übelste Teil der Strecke gewesen, allerdings nicht der gefährlichste oder gar aufregendste; einfach nur der übelste. Sie waren froh, den Asphalt und Beton hinter sich gelassen zu haben, und überquerten zunächst eine brachliegende Wiese. Das Gras stand hoch und war an vielen Stellen schon gelb geworden. Der Boden war steinig, und zwischendrin lag unverrotteter Abfall: Plastiksäcke, Autoreifen, verrostete Karosserieteile. Selbst Junior, der einem Müllsack ansonsten kaum widerstehen konnte, hielt sich von diesem Zeug fern. Immerhin gab es auf dem Gelände reichlich Jagdmöglichkeiten, und das Frischfleisch hatte auch keinen unangenehmen Nachgeschmack mehr. Die heiße Zeit des Tages verbrachten sie unter einer niedrigen Hecke, hinter der die Felder begannen. Gegen Abend dann stimmten sie noch mal die Vibrationen ab, um die richtige Richtung zu nehmen, und machten sich wieder auf die Pfoten.

Der Weizen stand schon hoch, und die Halme waren so dicht, dass sie nur langsam vorankamen. Aber der Boden war weich, der Geruch köstlich frisch, und außer dem trockenen Rascheln und den leisen Lauten der kleinen Feldbewohner war es erholsam ruhig. Schweigend marschierten sie auf geradem Weg durch das Feld. Es war dunkel geworden, als sie das andere Ende erreicht hatten, und nachdem sie die Umgebung auf mögliche Gefahren hin untersucht hatten, tretelten sie sich jeder eine Mulde in das weiche Gras des Ackerrains, rollten sich zusammen und schliefen ein paar Stunden. Geweckt wurden beide erst durch das protestierenden Gekrächze eines Fasans, der in der Morgendämmerung durch einen Räuber aufgestöbert wurde.

»Hört sich an wie Otto, wenn ihn eine Katze scheucht«, meinte Junior und reckte sich.

»Ein wenig Geflügel wäre mir jetzt auch schon recht. Wollen wir mal sehen, ob wir was finden?«

Auch Tiger war aufgestanden und putzte sich energisch das Gesicht mit den Pfoten.

»Hier im Feld?«, wagte Junior zu bedenken. »Das wird zu lange dauern. Wir machen ja keine Vergnügungsreise, oder?«

»Vorlauter Bengel!« Tiger mochte solche Belehrungen nicht, konnte sich jedoch dem Argument nicht verschließen. »Na gut, sehen wir, was wir unterwegs finden.«

Er prüfte noch mal seine kahle Seite und wischte mit der Zunge darüber. »Kurzes Fell ist praktischer«, murmelte er leise vor sich hin. »Ich werde es das nächste Mal berücksichtigen.«

»Wie meist du das?« Junior, der vor ihm ging, sah ihn fragend über die Schulter an.

»Ach, nichts!«

Wie üblich wenig gesprächig trottete Tiger hinter Junior her. Sie erreichten einen Waldsaum und mussten einige Zeit einen Durchschlupf durch die dichten, dornigen Brombeerhecken suchen, bis es ihnen gelang, im lichten Unterholz ihren Weg fortzusetzen. Der Morgen entwickelte sich zum hellen Tag, doch hier in das grüne Laub verirrten sich nur wenige Sonnenflimmer, und es blieb angenehm kühl. Für ihre von rauem Straßenbelag und steinigen Wiesen geschundenen Ballen war der Waldboden eine Erholung. Weich und federnd setzten sie Schritt um Schritt auf vertrocknete Blätter, kurze, zarte Waldgräser und feuchten Humus. Sie kamen zügig voran. Als sie gegen Mittag einen kleinen Bachlauf erreichten, beschlossen sie, eine Rast einzulegen, denn inzwischen war es sogar im Schutze der Bäume drückend warm geworden.

»Frisches Wasser! Toll! Bin ich durstig!«

Junior machte einen Satz an das Ufer, rutschte ab und fand sich auf dem sandigen Boden des Bächleins wieder. Einige Zentimeter hoch umspülte ihn das kalte, kristallklare Wasser. Er war von seiner Landung so verblüfft, dass er sich einen Moment lang überhaupt nicht bewegte.

»Sieh da, eine Badekatze. Du hast wohl wirklich zu lange unter Menschen gelebt. Die wollen ja auch immer ins Wasser.«

Unter den spöttisch zuckenden Barthaaren seines Freundes krabbelte Junior wieder an den Rand.

»Du kannst sagen, was du willst, so schlecht ist das gar nicht. Es kühlt die Pfoten so schön.«

»Sicher?«

Misstrauisch sah sich Tiger den tropfnassen und damit recht spillerig aussehenden Junior an, der sich jetzt mit großer Begeisterung der Fellpflege widmete. Vorsichtig näherte er sich dem kleinen Wasserlauf. Erst eine Pfote steckte er vorsichtig in das Nass, dann die andere. Als Junior sich wieder umdrehte, sah er seinen Begleiter mit allen vieren im Bach stehen, ein kätzisches Grinsen im Gesicht.

»Da, fang!«

Ein silbernes Fischchen flog durch die Luft. Junior schnappte es, bevor es den Boden berührte, und verschlang es mit einem Bissen.

»Gibt's davon noch mehr?«

Eine Weile vergnügten sie sich mit dem Angeln, dann waren sie satt und müde und legten sich zwischen den Wurzeln einer alten Buche zum Schlummern nieder.

Als sie am späten Nachmittag erwachten, war es dunkel geworden. Keine Sonnenstrahlen drangen mehr auf den Boden, und die Luft lag drückend und schwül zwischen den Stämmen.

»Puh, ist das ein Wetter. Wollen wir wirklich weiter?«, fragte Tiger.

»Ist doch egal, wo uns das Gewitter erwischt. Vielleicht finden wir irgendwo einen Unterschlupf.«

Sie wanderten einige Minuten geradeaus weiter, als Tiger plötzlich witternd stehen blieb.

»Riechst du das auch?«

Junior flehmte. »Ich würde mal sagen, das ist mal ein Katzenrevier gewesen.«

»Mh, den Eindruck habe ich allerdings auch. Wir sollten vorsichtig weitergehen. Ich will keinen Ärger.«

Mit geschärften Sinnen setzten sie ihren Weg fort. An einer Eiche hielt Junior an.

»Hier riecht es sehr stark nach Katze. Aber irgendwie anders als sonst. Wilder oder so, nicht?«

Tiger schnupperte an dem Baumstamm. »Eindeutig eine alte Reviermarke. Und keine einer ängstlichen Katze.«

»Leben denn im Wald Katzen?«

»Scheint ja wohl so. Ich habe allerdings keine Lust, ihre Bekanntschaft zu machen. Wir sollten versuchen, um das Revier herumzukommen, auch wenn es aussieht, als wäre es verlassen.«

»Ich prüfe erstmal, in welche Richtung wir müssen.«

»Kannst du dir schenken, Junior. Vor einem Gewitter geht das nicht.«

»Warum nicht?«

»Weiß ich auch nicht, aber es funktioniert nicht.«

»Hast du das schon mal probiert?«

»Nee, warum sollte ich? Wenn ich doch weiß, dass es nicht geht.«

Da Junior leider immer alles selbst ausprobieren musste, machte er also doch einen Versuch. Mit dem Erfolg, dass er zwar nicht die Richtung erfühlte, aber in derartige Schwingungen versetzt wurde, dass selbst der Boden um ihn herum vibrierte. Und an seinen Ohrenspitzen und den Schnurrhaaren blitzten blaue Lichtchen auf.

Als er wieder zu sich kam und der leicht besorgte Tiger ihn fragend ansah, meine er nur: »S-s-s-saustark!« Dann fiel er um.

Er war weder mit Stupsern noch mit Zungenbürstern, weder mit Tatzenhieben noch mit Maunzern zu wecken. Hilflos hockte sich Tiger neben ihn. Einerseits war er wütend auf den übermütigen Junior, der seine Warnung missachtet hatte, andererseits fürchtete er um das Leben seines graupelzigen Freundes. Immer wieder legte er prüfend seine Nase an die rosa Nase des auf der Seite liegenden Katers, um nachzufühlen, ob sein Atem ruhig weiterfloss.

Ein erstes tiefes Grollen durchdrang den Wald, und ein heftiger Windstoß rauschte durch die Blätter. Tiger wurde unruhig. Wenigstens einen Unterschlupf sollte er finden. Sein Blick fiel auf einen Hochsitz, der einige Meter entfernt unter den Bäumen stand. Der wäre schon geeignet. Aber wie nur Junior dahin schaffen?

Ein weiteres Donnergrollen durchbebte die Stille des Waldes.

Tiger überwachte noch einmal Juniors langsame Atemzüge. Seit seinem Anfall hatte er keine Bewegung mehr gemacht, aber sein Herz schien regelmäßig zu schlagen. Ungeduldig blickte er sich um. Der Wind hatte inzwischen aufgefrischt und rüttelte in stürmischen Böen an den Ästen. Bei seinem Herumschauen erregte ein Pflänzchen plötzlich seine Aufmerksamkeit. Süß duftende rosagefärbte Blüten schwankten auf zarten Rispen zwischen ein paar Felssteinen. Wilder Baldrian! Tiger vermutete, dass dieser betörende Geruch Junior aus seiner abgrundtiefen Ohnmacht wecken könnte. Er lief die wenigen Schritte zu dem Kraut, riss sich zusammen, um dem Duft nicht zu erliegen, und biss einen Stängel ab. Als er wieder vor Junior saß, kaute er ein wenig – auch zu seinem eigenen Vergnügen – auf den Blättchen herum, so dass sich der Geruch verstärkte.

Und richtig! Juniors Nase begann zu zucken, dann schlug der Schwanz kräftig auf und ab, und schließlich öffnete er die Augen.

»Was ist los? Was riecht hier so gut? Huuuuh, wer bist du denn?«

Ein Blitz beleuchtete ganz kurz den düsteren Wald. In seinem Widerschein wirkte Tiger groß und machtvoll. Doch schon war es wieder dämmerig, und Tiger mahnte ihn: »Wir wollen einen Schutz vor dem Unwetter aufsuchen. Kannst du schon wieder?«

»Ja, ja, gleich!« Wackelig erhob sich Junior.

Tiger sprang voran auf den Hochsitz, der überdacht und an den Seiten mit Brettern gegen Regen geschützt war. Leichtfüßig erklomm er die Stützen und verschwand im Inneren. Junior nahm Anlauf, kletterte schwungvoll die ersten Sprossen der Leiter hoch und stürzte ab. Verdutzt sah er hoch. »Ich bin wohl doch noch nicht ganz fit«, nuschelte er vor sich hin und krabbelte dann langsamer hinterher.

Kaum waren sie unter dem schützenden Dach, als das Gewitter mit aller Gewalt losbrach. Regen trommelte auf das Holz, Äste peitschten mit wilden Hieben gegen die Stützen, der Sturm pfiff durch die Seitenteile. Blitz um Blitz zuckte durch das wogende Laub, und der Donner machte jede Unterhaltung unmöglich. Ganz konnte der einfache Hochsitz den Regen nicht abhalten, und das Fell der zwei Katzen wurde ziemlich nass. Zusammengedrängt lagen sie auf dem Boden, die Augen geschlossen, geduldig auf das Ende des Unwetters wartend.

Dann ließ endlich der Sturm nach. Der Regen rauschte in geraden Schnüren aus einem dunkelgrauen Himmel und tränkte den Wald mit Feuchtigkeit. Der Donner verhallte allmählich in der Ferne, und dann endete nach und nach auch der Regen. Es tröpfelte nur noch stetig von den Blättern der Bäume. Als es heller wurde, säumte eine untergehende Sonne mit ihrer roten Pracht die abziehenden Gewitterwolken. Warm und duftend stieg der Dunst vom Erdboden auf.

Die beiden Katzen fingen wie auf Befehl gleichzeitig an, sich das Fell trocken zu putzen. Das nahm eine geraume Zeit in Anspruch. Als sie fertig waren, war die Dämmerung hereingebrochen.

Sie kletterten nach unten und standen auf dem nassen Boden.

»Ob's wohl hier was zu futtern gibt? Ich bin furchtbar hungrig«, erwähnte Junior so nebenbei und erkannte an dem Blitzen in Tigers Augen, dass es ihm nicht anders ging. Gemeinsam machten sie sich auf die Jagd. Nach einigen fetten Haselmäusen und Waldmäusen für ihre Abendmahlzeit fühlten sie sich wohler, setzten sich unter einem Busch zusammen, wo die Erde verhältnismäßig trocken geblieben war, und begannen eine Unterhaltung.

Nina ärgert sich

Wie wäre es übrigens mit einem Schälchen Milch für mich? Erzählen macht durstig. Wie, Sie haben keine Milch im Haus? Ja, wovon leben Sie denn?

Gut, ist recht, ich nehme auch Sahne. Aber ich warne Sie, die Geschichte geht noch ein ganz schönes Stück weiter. Sie sollten sich auch etwas zu trinken holen.

Es muss nicht Milch sein, nein.

Kann auch das Sprudelzeug sein, das Anne so gerne trinkt, wenn sie sich über irgendetwas besonders freut.

Ich räkelte mich wohlig in der Sonne. Der geflochtene Weidenkorb mit der dunkelblauen, im Schottenmuster grün und schwarz karierten Wolldecke stand an einer geschützten Stelle auf Annes Terrasse, wo sich fast den ganzen Tag die wärmenden Strahlen fingen. Ein paar Bienen summten umher, die jungen Blätter an den Büschen rund um die Terrasse wisperten leise in der milden Brise, und die feuchte Bettwäsche auf dem Ständer neben dem Korb duftete leicht, aber ein bisschen künstlich nach Lavendel. Es waren die Bezüge mit den kleinen bunten Blumen drauf, die man so schön jagen konnte, wenn man morgens auf dem Bett herumtrampelte. An einigen Stellen waren deswegen auch kleine Ziehfäden im Stoff. Mich störte so etwas jedoch wenig.

Es war in den letzten Tagen so richtig schön geworden. Nur schade, dass Christian nicht da war. Nachdem er am Wochenende wieder so heftig nachgedacht und geschrieben hatte – ich hatte durch beständiges Schnurren auf dem Schreibtisch den Denkprozess kräftig unterstützt und durfte dann auch auf den Manuskriptseiten liegen –, war er weggefahren und hatte Anne beauftragt, sich um mein leibliches Wohl zu kümmern. Dagegen war eigentlich nichts zu sagen, das kannte ich ja schon. Aber schöner war es trotzdem, wenn Christian da war.

Die Sonne wanderte auf ihrem gewohnten Weg am Himmel entlang und hatte bereits den Zenit überschritten, als ich mich entschloss, einen kleinen Rundgang zu machen. Ich putzte mir mit der Pfote noch einmal ordentlich über Gesicht, Bart und Ohren und sprang dann behände aus dem Korb. Auf den Holzplanken des Bodens schärfte ich für alle Fälle die Krallen – man wusste ja nicht, was zum Beispiel mit Bruce los war – und schlenderte gemächlich zur Straße. Dort schaute ich mich nachdenklich um. Für den Reviergang war es noch nicht die richtige Zeit, ich würde jetzt nur anderen in die Quere kommen. Also entschied ich mich, bei der genesenden Pinky vorbeizuschauen. Das war nicht zu weit, und die kleine verschüchterte Katze konnte sicher etwas Aufmunterung gebrauchen. Sie hatte sich seit dem Überfall auch nicht mehr im Revier sehen lassen.

Guten Mutes trabte ich los. Nach wenigen Minuten hatte ich das Gartengrundstück erreicht und sah auch schon das weiße Fell der Kleinen auf der Wiese leuchten. Ich schlüpfte durch den Jägerzaun und näherte mich mit elegant wiegenden Schritten dem wuscheligen Kätzchen. Pinky schlief. Aber ihre Sinne vermeldeten ihr mein Kommen, und schläfrig blinzelte sie in meine Richtung. Dann strahlten ihre Augen, sie rappelte sich auf die Pfoten und bot mir als Gastgeberin höflich die Nase zur Begrüßung.

»Na, Pinky, wie geht es dir?«

Mit dem nach hinten gedrehten Kopf wies die Kleine auf ihren Nacken, an dem noch einige kahle, verkrustete Stellen zu sehen waren.

»Es heilt ziemlich gut. Aber ich soll nicht dran lecken. Dann schimpfen sie immer mit mir. Und es juckt doch so.«

»Da haben die Menschen allerdings recht. Sie haben dir bestimmt auch irgend so ein fieses Zeug drauf gemacht. Das schmeckt sowieso nicht. Ich hatte auch mal so eine hässliche Wunde. Sieh mal hier – das eine Ohr!«

»O je, das ist ja ganz verschrumpelt an der Stelle. Hoffentlich behalte ich nicht auch solche Narben.«

Pinky war zu naiv, als dass ich ihr diese Taktlosigkeit übelgenommen hätte. Ich versicherte ihr nur beruhigend: »Nein, nein, bei mir waren das Brandwunden, da bleibt wohl immer was zurück. Du wirst wieder genauso hübsch wie vorher.«

»Hoffentlich. Es würde mich sehr kränken, wenn ich wegen diesem scheußlichen Hund entstellt und hässlich würde.«

Ich ging nicht weiter darauf ein und wechselte das Thema. »Du bist seit letzter Woche ja gar nicht mehr ins Revier gekommen. Ich hoffe, du bist bald wieder soweit in Form, dass du wieder zu den Treffen kommen kannst.«

Verängstigt zwinkerte Pinky mit ihren großen blauen Augen. »Ich glaube nicht, dass ich diesen Bereich hier noch mal verlassen werde. Ich fühle, dass ich dazu nicht mehr die Kraft haben werde.«

»Aber Pinky …!«

Die kleine Katze fing an, hysterisch zu zittern, und wurde starr. »Zwing mich nicht! Bitte.«

»Gut, wie du willst. Aber vielleicht wird der eine oder andere ein bisschen traurig darüber sein.«

Pinky beruhigte sich langsam wieder, und die letzte Bemerkung weckte auch sofort ihr Interesse.

»Glaubst du? Wer denn?«

»Nun, ich denke da an einen ziemlich pummeligen grauen Kater.«

Pinky spitzte die Ohren, und ein leichtes Glitzern von Interesse erwachte in ihren Augen. Aber dann fiel ihr noch etwas anderes ein, was sie mich wohl schon die ganze Zeit über hatte fragen wollte.

»Anne, deine Frau, ist bestimmt ein sehr mächtiges Wesen. Wie kommst du eigentlich mit ihr aus?«

»Ach, sie ist doch eigentlich ganz normal, für einen Menschen. Wie kommst du auf mächtig?«

»Als mich dieser Köter gebissen hat, da hat sie mich so eigenartig angesehen. Ich war ganz weit weg. Und da hat sie mich irgendwie wieder zurückgezogen. Sie hat seltsame Augen, findest du nicht?«

Ich war wirklich nicht gewillt, mit der kleinen, unbedarften

Pinky die Geheimnisse der Höheren Wesen zu diskutieren, und zuckte nur mit den Ohren. Aber dann überkam mich doch ein eigenartiges Gefühl, als ob mich ein Hauch des Schicksals streifte, und ich konnte nicht verhindern, dass ich leise vor mich hin murmelte: »Sie ist etwas, von dem sie nichts ahnt. Doch bald wird einer kommen, der es ihr zeigt. Das wird ihr helfen, es zu erkennen.«

Beklommen schluckte Pinky und flüsterte: »Wie meinst du das?«

Meine Augen fokussierten sich wieder, und ich sah Pinky verwirrt vor mir sitzen. Ich schüttelte leicht den Kopf.

»Sag mal, Pinky, ich rieche doch Sahne, nicht?«

Meine Gastgeberin ließ sich schnell ablenken.

»Ach ja, Martina hat ein Schälchen rausgestellt, da hinten, im Schatten. Möchtest du einen Schluck?«

Nun, in einem solchen Fall kommt unersättliche Begierde bei mir auf, und mein Schwanz ging steil in die Höhe.

»Wenn du etwas davon entbehren kannst, nehme ich das Angebot gerne an.«

»Geh nur! Meine Menschen verwöhnen mich im Augenblick sowieso ganz fürchterlich, und ich muss anfangen, auf meine Figur zu achten. Auch wenn ich an Katern eine gewisse Fülle nicht unattraktiv finde«, schloss sie, streckte sich auf dem weichen Gras aus und bekam einen träumerischen Blick in die Augen.

Ich folgte dem süßen Geruch der Sahne, fand das Tellerchen und schleckte es voll Genuss leer.

»Na, du bist doch Annes Katze?«, fragte plötzlich eine Stimme über mir. Ich sah auf und erkannte Martina, die ebenfalls nach draußen gekommen war. Sie war eine Freundin, also strich ich ihr um die Beine.

»Du bist wohl mit Pinky befreundet, sonst hätte sie dich nicht an die Milch gelassen.«

Es gab ein paar Streichler über den Rücken, dann wandte sich die Frau Pinky zu.

Ich fand, dass es Zeit war, den Besuch zu beenden, und machte mich auf den Rückweg.

Es war ein ruhiger Nachmittag, daher traf ich weder Mensch noch Tier. Ich lief noch mal durch zwei weitere Gärten, um nachzusehen, ob Christian vielleicht doch inzwischen nach Hause gekommen war. Aber die Wohnung sah noch immer verlassen aus, die Rollläden waren zugezogen. Also trabte ich wieder zurück zu Annes Terrasse, um mich in meinem Korb noch ein wenig in der Sonne auszuruhen.

Doch dazu kam es nicht. Als ich vor dem Weidenkorb stand, konnte ich meiner Empörung kaum Herr werden.

Meine Decke war weg!

Hochgradig verärgert peitschte mein Schwanz durch die Luft. Das konnte Anne mir doch nicht antun!

Mit einem lauten Protestmaunzen stellte ich mich an die Glastür, um Anne meinen Unmut kundzutun. Drinnen rührte sich nichts. Aber sie musste doch da sein, denn auch die Bettwäsche war von der Leine genommen worden.

Noch einmal krakeelte ich lauthals vor dem Fenster. Als sich noch immer nichts tat, wurde ich misstrauisch. Ich schlich um den Korb herum und schnupperte.

Konnte das sein? Anne war gar nicht hier gewesen?

Ein anderer Mensch, ja. Ganz vage kam er mir bekannt vor. Ich schnüffelte weiter. Irgendjemand hatte die Decke und die Wäsche fortgenommen und war damit um das Haus herum weggegangen. So eine Gemeinheit! Meine schöne Schottendecke!

Aber alle Empörung nützte nichts, entschied ich schließlich und sprang in den leeren Korb hinein. Es war deutlich ungemütlicher als mit der Decke. Schmollend rollte ich mich zusammen.

Ein paar Stunden später kam Anne nach Hause und öffnete die Terrassentür. Auch sie sah irritiert auf den leeren Wäscheständer und dann in den Weidenkorb, über dessen Rand ich verschlafen lugte.

»Was ist denn hier passiert, Süße? Sind wir jetzt auch Opfer der allgemeinen Diebstahlserie geworden. Du liebe Zeit, deine Katzendecke – was für ein Blödsinn!«

Ich stand auf und kletterte auf den Boden, um Anne um die Beine zu streichen. Sie bückte sich, streichelte mein warmes, weiches Fell und gab kleine, fast ganz korrekt ausgesprochene Schnurr- und Maunzlaute von sich.

»Du könntest mir bestimmt erzählen, wer das war, oder?«

»Brrrrrp.«

»Na gut, dann nicht. Um die Bettwäsche ist es natürlich schade, aber ein so großer Verlust ist es auch wieder nicht. Viel schlimmer ist das mit deiner schönen Decke, nicht wahr? Aber bis wir eine neue im Schottenmuster gefunden haben, kannst du ja deine hellblaue vom Sofa bekommen. Die steht dir genauso gut.«

Anne ging hinein und holte die Flauschdecke, die in ihrer Wohnung zu meinem Eigentum erklärt worden war, und legte sie in den Korb. Dankbar hüpfte ich wieder hinein, trampelte die Ecken ordentlich nieder und rollte mich dann etwas zufriedener zusammen. Ich beobachtete dabei, wie Anne kopfschüttelnd den Wäscheständer zusammenklappte und an die Hauswand lehnte.

Dann verschwand sie kurz noch einmal in der Wohnung und kam in T-Shirt, kurzen Hosen und barfüßig wieder zurück. Sie stellte sich den rot-weiß gestreiften Liegestuhl an den letzten sonnigen Fleck auf der Terrasse und legte sich mit einem Buch und einem großen Glas Saft hinein. Müßig blätterte sie in den Seiten, um die Stelle zu finden, an der sie am Vorabend aufgehört hatte, und vertiefte sich in die Lektüre.

Aber viel wurde nicht daraus. Für Anne hatte der Tag hatte früh angefangen und war anstrengend gewesen, und so wurde ihre Konzentration auf den Text immer schwächer. Sie begann ihre Gedanken wandern zu lassen und besprach sie wie so häufig mit mir. Ich liebe das. Man fühlt sich so ernst genommen als Katze!

»Wer wohl die Sachen fortgenommen hat«, murmelte Anne mit halbgeschlossenen Augen. »Die Idee mit dem Landstreicher ist ja ganz lustig, aber der müsste allmählich einen ganzen Hausstand zusammen haben. Es werden wohl mehrere sein, die es sich wirklich nicht leisten können, sich etwas zu kaufen. Gibt es das hier eigentlich noch? In einer so kleinen Gemeinde wie dieser müssten solche Leute doch bekannt sein. Es tritt ja komischerweise nur hier im Ort auf. Vielleicht ganz junge Ausreißer, die versuchen, sich irgendwie einzurichten. Nein, eigentlich glaube ich das nicht. Viel eher könnte ich mir vorstellen, dass da jemand versucht, die Leute zu ärgern oder in Panik zu versetzen. Das zumindest ist ja gelungen. Wie das hochgespielt wird, wirklich! Jetzt fängt das schon wieder an, dass ›die Ausländer‹ verdächtigt werden, nicht direkt zwar, aber diese kleinen Hetzartikel zielen darauf ab. Als hätte man hier aus den Vorkommnissen vor einem Jahr nichts gelernt, als diese Bengels das Haus von Mazindes angezündet haben. Wenn man das von der Seite aus durchdenkt, dann könnte ein abgekartetes Spiel dahinter stecken. Irgendwer verunsichert die Einwohner mit kleinen Diebereien und fängt dann an, gegen unerwünschte Mitbürger zu stänkern, bis es wieder zu offenen Feindseligkeiten kommt. Gott, was für ein grässlicher Gedanke!«

Anne schlug die Augen auf und sah in Henrys Augen.

»Hoppla, was machst du denn hier, Dicker?«

Henry hatte schon eine ganze Weile neben mir gesessen und zugehört, aber als Anne sich vorbeugte, um ihm die offene Handfläche zu reichen, stand er auf und schritt würdevoll um die Ecke.

»Irgendwie habe ich das Gefühl, dass er meinen Gedankengang nicht billigt. Wenn Christian wieder da ist, werde ich das mal mit ihm diskutieren. Ach ja, es wäre doch schade, wenn diese friedliche Umgebung von solchen hässlichen Machenschaften beeinflusst würde.«

Ich schnurrte zustimmend.

Mit geschlossenen Augen lauschten dann Anne und ich den Feierabendgeräuschen im Dorf. Autotüren klappten, Hedi begrüßte hektisch kläffend sein Herrchen, ein paar Kinder sangen falsch und aus voller Kehle ein Lied. Martina rief ihren Sohn zum Essen ins Haus, Fahrradklingeln, ein erster Rasenmäher knatterte verbissen los, darüber hörten wir undeutlich die Unterhaltung zweier Männer am Gartenzaun. Anne blinzelte in die sinkende Sonne. Wir erkannten Emil und einen anderen Nachbarn, die freundlich die vorbeiradelnde Martha begrüßten. Zu träge, um sich einem Gespräch auszusetzen, rutschte Anne noch ein Stückchen tiefer in den Liegestuhl.

»Sie hat ja schon wieder eine Veranstaltung geplant, die unermüdliche Frau Mahler-Senckendorf. Einen Tanz zur Mittsommernacht. Schön, ich werde Christian überreden, mit mir dahin zu gehen. Sie hat das schon gut im Griff, die wohltätige Martha. Sie verführt die Leute zu einer vergnüglichen Veranstaltung und suggeriert ihnen auch noch ein gutes Gewissen, weil sie dabei ihre Spenden loswerden. Sie hat schon ein Talent für solche Sachen. Ob dabei allerdings wirklich viel rausspringt, wenn alle Kosten gedeckt sind? Wieviel kommt von den Geldspenden wohl bei irgendwelchen hungernden schwarzen Kindern im Never-Never-Land an, und was wird davon dann angeschafft? Ich weiß nicht, diese anonyme Wohltätigkeit ist nicht meine Sache. Aber ich bin ja auch ein fieser Mensch. Mir fehlt der Bezug zum fernen Elend. Eher kann ich mich um etwas kümmern, das vor meiner Haustür ist. Mit Emil hatte ich wirklich Mitleid, als er so abgrundtief traurig neben seinem toten Jakob saß. Ihm hat es vielleicht ein bisschen geholfen, dass ich mich mit ihm unterhalten habe. Bärbel sagt mir auch immer wieder, dass ich ihr zu einem neuen Start verholfen habe. Aber eigentlich sind das ja Selbstverständlichkeiten. Na gut, Frau Mahler-Senckendorf bekommt von mir einen schönen großen ›Gutes-Gewissen-Betrag‹ und ich ein neues Kleid. Dann sind alle zufrieden und eventuell wird ja auch ein kleiner Junge im Never-Never-Land satt davon.«

Diese Probleme waren mir fremd, aber wahrscheinlich waren sie menschlich. Irgendwie war mir der Zusammenhang zwischen Annes Kleidern und dem schwarzen Jungen entgangen.

Aber etwas Schwarzes tauchte wie auf das Stichwort auch hier auf, denn ein glattes Fell wickelte sich um Annes bloße Beine. Es erstaunte sie etwas, dass Randy freiwillig so nahe herangekommen war. Lächelnd fuhr sie ihm über den Kopf.

»Na, hungrig?«

Randy bettelte zwar nicht, aber in seinen grünen Augen war ein kleiner Wunsch nach Nahrung zu lesen.

»Komm mit, Fütterung der Raubtiere!«

Das war auch für mich eine Aufforderung, umgehend jede Dösigkeit abzustreifen. Ich sprang auf, nahm die Abkürzung durch die Büsche und bremste mit fliegenden Ohren vor der Tür ab. Lange nicht so stolz wie Randolph maunzte ich verlangend und verlieh meinem Anliegen dadurch Nachdruck, dass ich Anne mit meinem Kopf heftig in die Waden stieß.

Ein Streit unter Freunden

Nach dem Gewitter zockelten Tiger und Junior weiter durch den Wald. Es ging langsam voran, denn das Gelände war hügelig, und das Unterholz wurde dichter. Außerdem mussten sie ihre Wegzehrung jagen, was sie häufig vom geraden Weg abbrachte. Zwischendurch prüfte Tiger immer wieder mal die Vibrationen. Junior hatte er das untersagt, weil der von seinem letzten Einsatz mental noch ein wenig geschwächt war.

Nach drei weiteren Tagen erreichten sie den Waldrand auf einer Hügelkuppe. Vor ihnen breitete sich ein liebliches Tal aus, in dem, von goldenen wogenden Getreidefeldern umgeben, ein Dörfchen an einer Straße lag. Der Tag war klar, ein leichter warmer Sommerwind strich durch ihr Fell. Mit einem zufriedenen Seufzer rollte sich Junior auf einem warmen Stein zusammen und ließ seinen Blick über das Land streifen.

»Können die Goldenen Steppen auch so aussehen, Tiger?«

Tiger hatte sich ebenfalls lang in der Sonne ausgestreckt und gähnte herzhaft, bevor er Antwort gab.

»Ja, auch so können sie aussehen.«

»Schöööön!« Mit einer Pfote tatzte Junior müßig nach einer kleinen Echse, die sich ebenfalls auf dem Stein sonnte und naschte sie mit wenigen Bissen auf. »Da unten sind Häuser. Wir sollten mal nachsehen, ob wir da nicht mal etwas anderes Futter bekommen als immer nur Wild. Ich hätte ganz gerne mal wieder was von diesen großen Tieren.«

»Gute Idee, Junior. Aber erst mal will ich sehen, welche grobe Richtung wir einschlagen müssen.«

Also Tiger lauschte den Vibrationen, und Junior, obwohl er es nicht sollte, tat es ihm nach. Beide schlugen fast gleichzeitig die Augen auf. Tiger wies mit der Nase nach vorne.

»Wir müssen uns östlich halten, wenn wir durch das Dorf hindurchgekommen sind.«

»Falsch!«, krähte Junior. »Nach Westen. Ich hab's ganz deutlich gespürt.«

»Quatsch, Annes Revier ist im Osten. Dir hat wohl dein letzter Versuch den Orientierungssinn verdreht. Ich habe dir ja gesagt, du sollst es noch lassen.«

»Immer bevormundest du mich, als ob du was Besseres wärst.«

»Darüber müssen wir doch sicher jetzt nicht diskutieren. Wir gehen nach links.«

»Nie glaubst du mir! Aber ich werde dir beweisen, dass ich recht habe. Und wenn ich alleine gehen muss.«

»Das wirst du nicht, du kleiner stinkender Lausepelz.«

»Ich stinke nicht, und ich gehe doch, du halbgeschorener, verfilzter Flohfänger.«

»Wenn du impertinente Dumpfbacke das machst, sind wir geschiedene Leute.«

»Na und, du abgepfiffene Plüschpfote? Ich bin bis jetzt auch ohne dich klar gekommen.«

»Noch eine solche Äußerung und dir pfeift die Plüschpfote um die Ohren.«

»Pass nur auf, dass du dir dabei nicht die Krallen verbiegst.«

Vorbei war der Frieden des schönen Sommertages. Sie fauchten sich an, funkelten mit den Augen und richteten sich zu bösen Drohgebärden auf. Doch plötzlich ließ sich Tiger wieder auf alle viere nieder, sagte: »Pfff!«, drehte sich um, wobei er Junior seinen buschigen Schwanz durch das Gesicht zog, und ging nach links den Hang hinunter. Junior blieb verdutzt auf den Hinterbeinen stehen, fiel dann nach vorne und fuhr sich mit der Pfote über die Augen. Sein erster Gedanke war, Tiger hinterherzulaufen, aber da rührte sich sein Stolz. Nein, er hatte es deutlich gespürt: Nach rechts musste er gehen.

Was er auch tat. Der Weg war hübsch, und schon bald erreichte er die ersten Häuser des Dorfes. Sie standen in großzügigen Gärten, und auf vielen Beeten reiften Salatköpfe und Gemüse. Die Gegend wirkte friedlich, darum gönnte er sich eine kleine Ruhepause unter den Johannisbeersträuchern an einem Zaun. Erst in der späten Dämmerung wachte er mit einem brüllenden Hunger auf. Er schnupperte. Gewitzt durch seine Erfahrungen, die er auf seinen Wanderungen gemacht hatte, war er sich sicher, in der Nähe derartiger Häuser Nahrung zu finden. So entdeckte er auch schon bald eine Futterquelle. Ein leichter Geruch nach Hund machte ihn jedoch unsicher, und er schlich geduckt und lautlos näher an das Haus heran. Alles war ruhig. Der Futterduft wurde stärker. Dosenfutter, nicht Schleckerkatz, aber etwas Ähnliches. Junior zitterte fast vor Gier. Das hatte er ja schon soooo lange vermisst! Und da stand es; ein ganzer, göttlicher Napf voll. Direkt vor der Hundehütte. Und in der Hundehütte lag ein tief schlafender Schäferhund. Kritisch beäugte Junior das leise schnaufende Tier, dann glitt er noch ein paar unhörbare Schritte näher. Nichts regte sich.

Ein erster Bissen. Dann noch einer und noch einer. Es schmeckte zwar etwas ungewöhnlich, aber Junior war nicht verwöhnt, und der Hunger gab dem Mahl eine besondere Würze. Es gelang ihm sogar, sein Schmatzen zu unterdrücken, so dass er den Napf bis zum Boden leeren und ihn sogar noch blitzblank auslecken konnte, ehe er mit einem unvorsichtigen Rülpser den

Hund weckte. Der erkannte sofort den Räuber und knurrte ihn böse an. Junior dankte dem Schicksal, dass der Hund angekettet war, denn mit seinem vollgefressenen Bäuchlein hatte er deutliche Mühe, einen ordentlichen Satz in die rettende Entfernung zu machen. Noch lange danach hörte er das frustrierte Gebell des Hundes.

Nach Putzen und Ruhen war es dann Mitternacht geworden, und er machte sich erneut auf den Weg durch das Dorf. Eine schöne, gestromte Kätzin mit weißen Pfoten und hellem Hals kreuzte seinen Weg. Bewundernd blieb er stehen. Sie bemerkte ihn auch und verlangsamte ihre zierlichen Schrittchen ein wenig.

»Hallöchen! Bist du neu in der Szene?«

»Selber Hallöchen. Ich komm grade so vorbei. Nette Gegend hier.«

Beide näherten sich vorsichtig, neugierig schnuppernd. Natürlich war es Junior, der sofort die rechten Worte fand.

»Du riechst aufregend gut. Wohnst du hier?«

»Du riechst nach Hundefutter. Pfui Teufel!« Angewidert zog die schöne Kätzin die Nase kraus.

»Ich konnte auf die Schnelle nichts anderes finden. Da hab ich eben da drüben dem komischen Köter den Napf geleert.«

»Was hast du gemacht?« Ungläubig sah sie ihn an. »Da bist du aber ganz schön mutig gewesen. Cäsar ist der bissigste Hund im Dorf; er hasst Katzen.«

Junior aalte sich in der Bewunderung.

Zwei Tage verbrachte er bei der zuvorkommenden Tilly.

Nachdem Junior mit Bedauern von ihr Abschied genommen hatte, wanderte er weiter nach Westen.

Dazu musste er zunächst das ganze Dorf durchqueren, was eine langwierige Sache war, denn es erstreckte sich etliche Kilometer entlang einer Straße. Am späten Vormittag hatte Junior es endlich hinter sich gelassen und befand sich wieder auf freiem Feld. Hin und wieder schweiften bei dem gleichförmigen Dahintrotten seine Gedanken zu Tiger ab. Er vermisste ihn, stellte er fest. Wandern war mit Begleitung irgendwie schöner.

Auch wenn er ein rechthaberischer und grober Klotz sein konnte, gab es doch manche Augenblicke, wo sie beide sich sehr gut verstanden. Wie oft hatten sie auch schon gemeinsam gelacht. Außerdem – auch das gestand sich Junior ein – konnte er von dem Kater eine Menge lernen. Er grübelte eine ganze Weile und eine tüchtige Wegstrecke darüber nach, bis ihm schließlich die Idee kam. Tiger hatte gesagt, er habe erstaunliche Fähigkeiten im Auffinden der Schwingungen. Wenn er das nun mal probieren würde und sich dabei auf Tiger konzentrierte – ob er dann wohl herausfinden würde, wo der Kater war? Junior beschloss, dieses Experiment am späteren Abend durchzuführen, wenn er seinen Lagerplatz gefunden hätte.

So in Gedanken versunken hatte er gar nicht gemerkt, dass er schon wieder in einem nächsten Örtchen gelandet war. Es war menschenleer, heiß und staubig, das Pflaster glühte in der Mittagshitze.

Schatten, kühle Steine, frisches Wasser …! Mit diesen Wünschen blinzelte Junior ins grelle Sonnenlicht. Doch wenig Schatten bot die Straße. Vielleicht ein paar Meter weiter, wo Bäume um einen kleinen Dorfplatz standen? Er schleppte sich weiter und entdeckte zu seiner Freude, dass nicht nur ein Platanenrund Kühle spendete, sondern dass auch in einem kleinen Brunnen klares Wasser plätscherte. Besonders erfreulich fand Junior dann, dass eines der Gebäude mit weit offenen Portalen in seine kalte Dunkelheit einlud. Ungesehen schlüpfte er in die Dorfkirche und legte sich unter einem farbenfrohen Märtyrer, dem das Blut aus unzähligen Pfeilwunden troff, müde nieder.

Aus tiefem Schlummer schreckte er einige Stunden später auf, als mächtige Schwingungen in seinen Schnurrhaaren bebten. Zuerst glaubte er, wieder im Wald zu sein, wo das Gewitter seine Wahrnehmungen verstärkt hatte, doch schnell entdeckte er seinen Irrtum. Das Dröhnen kam von oben und schwang sich zu völlig anderen Tönen auf als alles, was er bislang je gehört hatte. Es brummte und flötete, es grollte und pfiff, es jaulte und donnerte mit gewaltiger Stimme durch den hohen Raum. Auf einmal waren Menschen da, viele Menschen. Sie setzten sich in alle Reihen, bis hin zu seinem Ruheplatz, so dass er sich gezwungen sah, sich schnellstmöglich unsichtbar zu machen. Im Schutze der dämmerigen Nischen und Säulen huschte er bis zu einer Stelle, wo sich bislang noch niemand hingesetzt hatte. Hier war es zwar heller, weil Kerzen brannten. Von draußen einfallendes Licht aus einem großen bunten Glasfenster malte edelsteinfarbene Muster auf den Steinboden. Hinter einem umfangreichen Gladiolenstrauß fand Junior eine geschützte Stelle. Allerdings auch nur für eine kurze Weile, dann kamen nämlich ein Mann und ein paar ziemlich komisch angezogene Jungen zu dem Tisch, der da in der Mitte stand.

Danach wurde alles sehr beklemmend. Worte wurden gesprochen, deren Sinn Junior nicht verstand. Die gewaltige Stimme sprach wieder in Tönen, und die Menschen antworteten ihr im Chor. Es roch betäubend nach einem süßlichen Zeug, das vor seiner Nase herumgeschwenkt wurde. Darum musste er niesen, und einer der Jungen wurde auf ihn aufmerksam. Furchtsam versuchte Junior, sich möglichst unsichtbar zu machen, aber die Kinder hatten ganz offensichtlich nicht die Absicht, ihn zu verraten. Sie stießen sich nur heimlich an und giggelten. Vorsichtig wagte er deshalb einen Blick hinter seinem Blumenstrauß hervor.

Das war mal ein Anblick!

Menschenreihen vor ihm, alle blickten andächtig zu ihm auf. Oder vielleicht doch nicht zu ihm?

Vor ihm knieten ein Mann und eine Frau. Und diese Frau war ganz in weiße Wolken und Blumen gehüllt. War die schön! Alles an ihr schimmerte und glitzerte in den Sonnenstrahlen, die durch das hohe Fenster fielen, und auf ihrem Gesicht lag ein verklärtes Lächeln. Ihre Augen wirkten dunkel und groß und waren auf einen fernen Punkt gerichtet.

Junior konnte sich nicht zurückhalten. Er wollte näher zu ihr. Doch als er sich bewegte, sammelte sich ihr Blick plötzlich. Sie bemerkte ihn, und das verklärte Lächeln verwandelte sich in ein spitzbübisches Grinsen. Mit einem Auge zwinkerte sie ihm zu. Junior zwinkerte zurück. Er wartete den Moment ab, in dem sich der salbadernde Typ in dem langen Nachthemd zu dem Tisch umwand, und schlüpfte dann an die Seite der weißen Wolkenfee. Ein unterdrücktes Kichern kam aus der ersten Reihe. Junior beachtete es nicht und setzte sich aufrecht neben sie. Halb erwartete er, dass sie jetzt die Hand ausstreckte und ihn streichelte, doch da kam dieser Mensch wieder von dem Tisch zurück und redete auf die beiden ein. Offensichtlich handelte es sich um wesentliche Fragen des Zusammenlebens, und der Mann im schwarzen Anzug bekundete mit einem vernehmlichen »Ja, ich will« sein Einverständnis. Dann richtete der Mensch im Hemd ähnliche Fragen an diese Traumfrau, die ihm jetzt ganz aufmerksam zuhörte und Junior nicht mehr beachtete. Doch als sie ebenfalls aufgefordert wurde, mit »Ja« zu antworten, versagte ihr vor Aufregung die Stimme, und es kam nur ein tonloser Hauch über ihre Lippen. Junior erkannte sofort, dass dies die Chance war, ihr ritterlich zur Hilfe zu eilen. Er half ihr mit einem kehligen »Mau!« aus. Da er die Akustik der Örtlichkeit unterschätzt hatte, hallte es laut in der Kirche wider.

Einige sehr seltsame Geräusche wurden aus den Reihen der Menschen laut. Der Trottel vor ihm versuchte, ihn mit einem Fußtritt zu verscheuchen, was sein langes Gewand gegenüber dem Publikum verbarg. Er traf zwar nicht, aber bei dieser Aktion rutschte ein goldener Ring von dem Buch, das er in der Hand hielt, und fiel zu Boden. Er rollte die zwei Stufen hinunter und wäre unter den Holzverkleidungen verschwunden, wenn Junior nicht geistesgegenwärtig hinterhergesprungen wäre und seine Pfote auf die glitzernde Beute gelegt hätte. Lob erwartend sah er sich um. Einer der Jungen aus dem vorderen Bereich lief zu ihm, strich ihm über den Kopf und nahm ihm den Ring ab, um ihn dem komischen Menschen im Hemd wiederzugeben. Die seltsamen Geräusche auf den vorderen Plätzen wurden deutlich lauter.

Um sich nicht der Gefahr eines weiteren Fußtrittes auszusetzen, verzog Junior sich hinter den Tisch und verfolgte von dort den weiteren Ablauf der Handlung. Das Ganze zog sich hin. Nur Gerede, Antworten im Chor, Geraschel, die Große Stimme, Gesang, Geraschel – ein Rascheln! Ein leises Tappen, ein fast unhörbares Pfeifen. Eine Maus.

Unter diesem Tisch war eine Maus! Vergessen war das Theater vor ihm, hier hinten war die Jagd. Ungesehen von den Menschen lauerte Junior auf eine winzige Bewegung der kleinen grauen Maus, die sich unter dem Tuch befand. Er merkte nicht, dass abschließende Segensworte erteilt wurden, er beachtete nicht den Schlusschoral, er bekam nicht mit, dass die Messdiener und der Pfarrer zur Seite gingen und das Brautpaar aufstand, um die Kirche zu verlassen.

Da! Da war sie. Ha! Tödlich fuhren die scharfen Reißzähne in den Nacken des kleinen Nagers. Wie nach jeder gelungenen Jagd durchströmte Stolz den ganzen Junior. Schwanz senkrecht nach oben, Hals gereckt, die Maus quer im Maul trabte er nach vorne, um diese Beute seiner Wolkenfee zu Füßen zu legen. Aber die war schon aufgestanden und machte sich bereit, zum Ausgang zu schreiten. Kurz sah er zu ihr hoch, doch sie war mit Schleier und Strauß, Ehemann und Schleppe so beschäftigt, dass sie ihn nicht wahrnahm.

So kam es dann, dass Junior mit Maus – stolz, aber beleidigt – unter den Klängen von Lohengrins Hochzeitsmarsch den langen, rot belegten Gang hinunterstolzierte. Ihm folgten drei rosige Blumenmädchen, das strahlende Brautpaar, zwei sauber geschrubbte kleine Jungen in dunklen Anzügen, den Schleier tragend, Brautjungfern, Eltern, Verwandte und Freunde. Es war ein großer Auftritt.

Vor der Kirche versammelte sich die ganze Gesellschaft, und Junior verdrückte sich hinter der Kirchhofsmauer, um die Maus in Ruhe zu verzehren. Darum bekam er nicht mit, was sich in den nächsten Minuten ereignete. Er hörte nur immer wieder das Gelächter der Menschen zu ihm herüberschallen. Und dann, Wunder über Wunder, beugte sich plötzlich das weißumwallte

Gesicht seiner Wolkenfee über die Mauer und fragte: »Hallo, Kätzchen, willst du nicht mit zur Feier kommen? Du hast doch die ganze Hochzeit gerettet.«

»Mau!«, sagte Junior und sprang auf das Mäuerchen. Die Wolkenfee drückte ihren Blumenstrauß einem Mädchen in die Hand und nahm ihn auf die Arme.

Die folgende Feier war, um es mit Juniors eigenen Worten zu beschreiben, »Volle Soße, ey!« Es gab von allem und von allem das Beste. Er saß beim Essen unter dem Tisch in der Nähe der Braut, die ihm, gelobt sei ihre freigiebige Hand, von jedem Gang ein überreichliches Quantum zureichte. Er war so satt, dass er in einer stillen Ecke erst mal in Ruhe verdauen musste, bevor er sich den weiteren Lustbarkeiten widmen konnte. Am späteren Abend überkam ihn dann zunächst der Appetit auf etwas Grünzeug. Er sah sich suchend um, stellte mit einem Testbiss enttäuscht fest, dass die Topfpflanzen künstlich waren, und fand dann den Brautstrauß. Genussvoll nagte er ein paar Ziergräser daraus ab und versuchte sich dann an den Freesien.

Vermutlich war eines der schönsten Fotos dieser Hochzeit jenes, auf dem er mit der Blüte im Maul zur Braut aufschaut. Aber ganz sicher war er nicht. Es gab da wohl auch welche von seinem Versuch, den Hochzeitskuchen zu zerlegen. Jedenfalls war seine Wanderung an dieser Stelle wegen Überfressens unterbrochen.

Tiger indessen hatte weniger aufregende Erlebnisse. Jedoch war auch seine Ernährung erfreulicher geworden als die zwar sättigende, aber eintönige Kost aus selbsterlegtem Wildbret. Da war zum Beispiel dieses Haus, bei dem das Küchenfenster einladend offen stand und niemand die Hühnerbeine neben dem Herd überwachte. Hinterher gab es natürlich lautes Gezeter, aber er fühlte sich nicht bemüßigt, zurückzukehren und die Sache mit dem Mundraub richtigzustellen. Oder diese reizende Frau, die ihm ein Döschen Thunfisch servierte, weil er angeblich so niedlich geguckt hatte.

Angriff auf Bertine

Da Tiger gerade von Essen sprach – hören Sie, wie sieht das mit einem Döschen Thunfisch aus? Ich meine, ich gucke doch auch ziemlich niedlich, oder?

Sie haben keinen Thunfisch im Haus? Ja, was ist das denn für eine Wirtschaft! Oder – ach, na ja, wenn Sie mich sooo fragen, ein Scheibchen Lachs nehme ich natürlich auch.

Gut, Momentchen, ich muss mir noch die Schnurrhaare putzen, dann geht es weiter.

Christian war am Freitag von seiner Reise zurückgekommen und sah ziemlich erschöpft aus. Anne hatte ihn früh zu Bett geschickt, ohne viel mit ihm gesprochen zu haben. Am Samstagmorgen war sie dann schon um sieben aus den Federn gekrochen und hatte sich auf eine kleine Einkaufsrunde im Dorf gemacht. Das schöne Frühlingswetter hielt noch immer an; das erste Mai-Wochenende würde wohl ein Genuss werden. Als sie mit den Brötchen von der Bäckerei kam, war Christian auch aufgestanden und richtete mit mir zusammen den Frühstückstisch. Mit Sahnetöpfchen!

Anne lachte leise vor sich hin, während sie die Brötchen aufschnitt, und erzählte von ihrem Erlebnis in dem Dorfladen.

»Der geheimnisvolle Einbrecher sorgt für gewaltigen Gesprächsstoff unter den Eingeborenen. Ich hörte, dass zwei nagelneue Pullover fortgekommen seien und man sich auf die herkömmlichen Fenstersicherungen nicht mehr verlassen könne. Deshalb solle man ums ganze Haus Bewegungsmelder einbauen lassen. Und man könne sich wirklich nicht mehr sicher fühlen, mit all den Fremden hier …«

Dann hatte Emil Mahlberg für Empörung gesorgt, weil er meinte, man solle doch nicht immer alles auf die Fremden schieben, vielleicht sei ja eine der anwesenden Damen die Kleptomanin.

Anne kicherte. »Die Wogen schlugen wieder gewaltig hoch – vor allem, weil Emil diesen eher scherzhaft gemeinten Einwurf gebracht hatte. Er stand ziemlich weit hinten im Laden, darum zwinkerte ich ihm zu und verdrehte die Augen, so dass nur noch das Weiße zu sehen war.«

»Emil Mahlberg ist ein alter Schlawiner«, urteilte Christian grinsend.

»Und sehr charmant. Er sagte mir, ich sehe heute früh aus wie der Frühling.«

»Das tust du doch auch.«

»Willst du damit andeuten, dass ich gegen Mittag meist schon etwas herbstlich welk wirke?«

»Aber nein, wie der blühende Sommer.«

»Na gut. Vergeben. Aber den Damen verzeihe ich nicht, denn danach ging das Getuschel erst richtig los. Das Thema Einbrüche war nämlich damit erledigt, und ein neues, ebenso einträgliches beherrschte die Runde. Sie warfen mir in Bühnengeflüster vor, ich würde mit jedem flirten, und wie unappetitlich das doch sei, dass ich sogar so einen alten Kracher wie Emil nicht auslasse. Eine von ihnen hat mich wohl letzthin beobachtet, als ich ihn nach Jakobs Tod abends besucht habe, und unterstellt uns nun lustvoll unzüchtige Taten.«

»Lass den armen Weibern ihren Spaß, mehr haben sie im Leben ja nicht.«

»Sicher, nur gehässig fand ich die Bemerkung, man wüsste ja auch noch immer nicht, welche Rolle ich in der Sache mit Staubinger gespielt hätte.«

»Und du bist ihnen nicht über den Mund gefahren? Ich bewundere deine Zurückhaltung, Anne!«

»Ich hatte meine Brötchen, und Emil hielt mir mit ausgesuchter Höflichkeit die Tür auf. Wir sind zusammen nach Hause gegangen und haben uns noch über die Diebereien unterhalten. Er hält das Ganze für einen Schabernack, denn ihm hat man eine ausgefranste Gartenstrickjacke gemopst. Er glaubt, es könnten ein paar Kinder sein, die sich über die Wirkung freuen und heimlich ihr Baumhaus damit einrichten.«

»Nur eins gibt mir zu denken: Es ist ja auch schon Schmuck geklaut worden«, wandte Christian ein.

»Wahrscheinlich von jemand ganz anderem, der sich einfach an diese Sache drangehängt hat.«

»Möglich.«

Mich interessierte die ganze Angelegenheit nicht besonders, und darum fand ich es an der Zeit, meinen Anteil am Essen einzuklagen. Ein bisschen gekochten Schinken würde man doch wohl für mich übrig haben, oder?

Hatte man anscheinend nicht. Ich musste Rabatz machen.

Ich war erst wieder besänftigt, als mir nach dem Frühstück der beiden ein Häppchen Fisch geboten wurde.

»Ich werde mich heute Vormittag um die Autos kümmern, Anne. Kannst du mir den kleinen Staubsauger ausleihen?«

»Aber sicher. Vor allem, wenn du meine kleine Schmutzkugel auch sauber machst. Ich werde heute ebenfalls Freiluftarbeiten vornehmen. Meine Blumen müssen umgetopft werden.«

»Du willst nur wieder im Schlamm spielen.«

»Das wird's sein.«

Anne ging auf die Provokation nicht ein und begann, das Frühstücksgeschirr fortzuräumen.

Kurz darauf waren beide friedlich im Sonnenschein mit ihren Arbeiten beschäftigt. Ich lag müßig auf der warmen Motorhaube von Christians Jeep, und Randy beobachtet Anne, wie sie Blumentöpfe mit Erde füllte. Es war Mittagszeit, zarte Essendüfte zogen durch die Luft. In einem Garten schien ein Grill in Arbeit genommen zu werden, denn der Geruch brennender Holzkohle wirbelte vorbei. Randy schnupperte interessiert. Er stand auf und spazierte langsam zur Straße hinunter. Christian schlug die Fußmatten seines Wagens aus und wirbelte Staub auf, dann fuhr er mit dem heulenden Staubsauger durch das Innere. Ich fand das unpassend und schloss mich Randy an. Wir schlichen zum Gartenzaun und beobachteten von dort eine Weile das Geschehen.

Mit schwarzschmierigen Fingern kam Anne nach einiger Zeit zu Christian herunter und fragte ihn, ob er auch noch irgendwelche Pflanzen umzutopfen habe. Er verneinte das, und während sie so zusammenstanden und träge in die Sonne blinzelten, hörten wir das wütende Gekläff von Bruce.

»Dieser Hund schon wieder! Hoffentlich hat Ingo den im Griff«, schnaubte Anne, während sie ihre Hände im Wassereimer abspülte.

»Es ist eben ein guter Wachhund. Er bellt jeden an, der am Grundstück vorbeikommt. Aber ich gebe dir recht, er ist hässlich und sieht bösartig aus!«

»Hoffentlich haben sie das Gartentor zugemacht. Da vorne kommt nämlich Bertine Vogler die Straße hoch. Verdrücken wir uns, sonst will sie wieder was abstauben.«

Anne trat den taktischen Rückzug an, nicht ohne jedoch die Szene weiter im Auge zu behalten. Christian beschäftigte sich intensiv mit den Polstern der Rücksitzbank. Randy und ich schlenderten wieder näher, um uns nötigenfalls in Sicherheit bringen zu können.

Bertine Vogler, die alte Lehrerin, schien ihren Wochenendeinkauf getätigt zu haben. Ihre Taschen waren schwer, und der Schulterriemen drückte ihre rechte Seite hinunter. Seufzend stellte sie sie neben Christians Fahrzeug ab, um die Seite zu wechseln. Aber Christian mimte den stark Beschäftigten, um sie nicht zu bemerken. Bertine nahm den Beutel wieder auf, vermutlich hatte sie alles zusammen und wollte jetzt sehen, dass sie ein Mittagessen bekam. Ich kletterte auf das Autodach, um einen besseren Überblick zu haben. So konnte ich beobachten, was sich nun abspielte.

Ingo hatte hinter dem Haus mit seinem Hund Bruce geübt. Aber irgendwie wollte es nicht so klappen, wie er sich das vorgestellt hatte. Der Hund ließ sich einfach nicht so abrichten, dass er aufs Wort hörte. Ein aufflatternder Vogel, ein Rascheln im Laub, ein vorbeigehender Passant – solche Dinge lenkten ihn immer wieder ab, und er zerrte an der Kette. Jetzt gerade knurrte er sogar Ingo an.

»Ruhe!«, herrschte er ihn an. Aber Bruce knurrte böse weiter. »Lass das, Bruce!«

Diesmal unterstützte er seinen Befehl durch einen Schlag mit einem Holzstock auf den Hundeschädel. Bruce duckte sich und war still, aber in seinen kleinen Augen glomm ein wütender Funke.

»Braver Hund.«

Das Lob in der Stimme beruhigte ihn wohl, und Ingo wagte es, sich ein Stück zu entfernen.

»Bleib sitzen, Bruce. Bleib!«

Langsam entfernte sich Ingo immer weiter Richtung Haus. Als er um die Ecke kam, stellte er fest, dass das Gartentürchen zur Straße offen stand. Sein Vater hatte ihm nach dem letzten Zwischenfall strengstens befohlen, wenn er mit dem Hund im Garten war, das kleine Tor zu schließen. Jetzt wusste er nicht so recht, was er tun sollte. Er wollte den Hund nicht aus den Augen lassen, musste aber auch das Türchen zumachen. Beides gleichzeitig ging jedoch nicht.

»Ingo, kommst du jetzt endlich rein? Das Essen steht auf dem Tisch!«

Mutter Langemann lehnte sich aus dem Küchenfenster und sorgte für eine weitere Ablenkung.

»Gleich. Bruce ist noch im Garten.«

»Beeil dich! Wie oft habe ich dir schon gesagt, dass du pünktlich zum Essen kommen sollst. Und wasch dir die Hände, wenn du mit dem Hund gespielt hast.«

»O Mutter ...«

Achtzehn Jahre vertrugen sich mit der Bevormundung nur schlecht.

Bertine war jetzt fast auf der Höhe von Langemanns Garten. Sie hörte, wie Monika mit ihrem Sohn sprach, und wechselte die Straßenseite, um einen Gruß auszutauschen. Ingo drehte ihr jedoch gerade den Rücken zu, und Monika hatte das Fenster wütend zugeschlagen, bevor sie in Grußweite war.

Nur Bruce schenkte ihr seine volle Aufmerksamkeit.

»Das geht doch nicht gut!«, sagte Anne halblaut neben mir. Sie schnappte sich den Straßenbesen und zog Christian am Hosenbein, der an irgendwas in den Tiefen des Wagens rumorte.

Christian war kaum aufgetaucht, als ein Schrei ertönte.

Die Bulldogge hatte sich in Bertines Wade verbissen und sie zu Fall gebracht.

»Schnell, Chris, wir müssen ihr helfen!« Anne stand mit zornblitzenden Augen neben ihm. »Der Mistköter hat Bertine gebissen!«

Dann ging alles so schnell, dass ich noch nicht einmal fauchen konnte!

Christian riss Anne den Besen aus der Hand und lief mit langen Schritten auf die schreiende Lehrerin zu. Bruce traf der Hieb mit dem Besenstiel auf die Schnauze. Aufjaulend ließ er sein Opfer los und drehte sich zu dem Angreifer um. Christian sprang zur Seite, um den schnappenden Kiefern zu entgehen, und schlug noch einmal zu. Er traf nicht richtig, und Bruce verbiss sich blindwütig in den Holzstiel.

Bertine schrie noch immer und hielt sich das blutüberströmte Bein.

Bruce zerrte und zog. Das Holz knirschte und splitterte zwischen den starken Zähnen. Gleich würde er den dünnen Stock zerbissen haben. Christian stand der Schweiß auf der Stirn.

»Lassen Sie meinen Hund in Ruhe, Sie Blödmann!«

Ingo war über den Zaun gesprungen und ging jetzt auch noch auf Christian los. Aber er hatte nicht mit Anne gerechnet. Sie wollte eigentlich gerade Bertine aus dem Getümmel ziehen, aber bei seinen Worten richtete sie sich auf und holte zu einer Ohrfeige aus, die Ingo ein ordentliches Stück nach hinten katapultierte. In diesem Moment hatte sich Bruce losgerissen und startete seinen Angriff auf Christian.

Kurz bevor er seine Zähne in Christians Unterarm schlagen konnte, krachte ein Tritt mitten in Bruces Schnauze, der ihn bis zum Straßenrand beförderte. Dort blieb er bewegungslos liegen.

»Das war knapp.« Christian keuchte.

»Freundchen, das war das letzte Mal, dass wir den Hund hier gesehen haben.«

Anne hatte den leicht benommenen Ingo am Kragen gepackt und sah ihn mit einem Blick an, bei dem sich selbst mir in der Entfernung noch das Nackenfell sträubte.

»Lass ihn, Anne, Schatz!« Mit einem mühsamen Kichern legte ihr Christian die Hand auf den Arm. »Wir müssen uns um Frau Vogler kümmern.«

Anne ließ den schreckstarren Jungen los und zuckte mit den Schultern.

»Hast ja recht. Aber ich war gerade richtig schön in Fahrt. Kümmere du dich um Notarzt und Polizei, ich kümmere mich um die Erste Hilfe.«

Die ganze Aktion war so schnell gegangen, dass sich erst jetzt Neugierige heranwagten, um zu sehen, was es mit dem Geschrei auf sich hatte. Anne beugte sich über die nun leise wimmernde Bertine und redete ihr gut zu. Sie stellte vorsichtig das verletzte Bein auf. »Hier, ich hab ein ganz frisches Tuch, das können wir darumwickeln«, sagte Luzi, die hinzugekommen war, blass um die Nase, aber tapfer genug, das Naheliegende zu tun.

»Danke, Luzi.«

Anne wickelte das Tuch um die verletzte Wade und half dann, Bertine aufzurichten.

»Prima, Frau Vogler. Das geht doch ganz gut. So schlimm ist die Wunde nicht. Der Schreck war viel größer. Kommen Sie, wir bringen Sie jetzt nach Hause. Da können wir viel besser die Wunde auswaschen, und Sie liegen in ihrem eigenen Bett. Gleich kommt auch der Arzt zu Ihnen.«

»Ja, ja, nach Hause. Es geht schon, bemühen Sie sich nicht, meine Liebe.«

Mühsam rappelte Bertine sich hoch und stand auf wackeligen Beinen. Aber trotz aller Erklärungen der Selbständigkeit musste Anne sie stützen. Luzi hatte inzwischen den verstreuten Inhalt der großen Tasche wieder aufgesammelt und eingepackt.

Randy und ich waren, nachdem wir den reglosen Bruce flüchtig beschnüffelt hatten, ebenfalls am Ort des Geschehens aufgetaucht und beobachteten Annes Bemühungen um die alte Lehrerin von der Gartenmauer aus.

»Wir stützen Sie und führen Sie zu Ihrer Wohnung. Es sind ja nur ein paar Schritte. Oder soll ich das Auto holen?«

»Nein, bitte bemühen Sie sich nicht. Danke, mein Kind, aber jetzt gib mir die Tasche.«

Bertines Energie wuchs zusehends, und sie versuchte, alleine loszuhumpeln. Zum Glück waren Luzi und Anne an ihrer Seite und stützten sie, denn der Schock hatte sie stärker getroffen, als sie zugeben wollte. Wir zwei Katzen folgten ihnen neugierig.

Wenige Minuten später waren wir alle an Bertines Wohnungstür angelangt. Sie suchte fahrig nach dem Schlüssel.

»Lassen Sie, Frau Vogler! Ich habe ihn hier in ihrer Tasche gefunden.«

Luzi schloss auf und schob die alte Dame in den Flur.

»Danke, ihr Lieben. Ich würde euch ja hineinbitten, aber mir geht es im Moment nicht so besonders.«

Würdevoll wollte Bertine die beiden Frauen hinauskomplimentieren, doch Anne blieb hartnäckig.

»Wir bleiben bei Ihnen, bis der Arzt kommt. Es muss ihm ja doch jemand aufmachen und vor allem, je schneller die Wunde gereinigt wird, desto besser. Also legen Sie sich jetzt erst mal hier auf das Sofa und halten das Bein hoch. Luzi, sieh zu, dass du eine Schüssel mit Wasser findest und eine Schere, damit wir den Strumpf aufschneiden können.«

Weiterer Protest gegen die energische Anne war sinnlos, also fügte sich Bertine und legte sich nieder.

Luzi kam mit dem Gewünschten zurück und reichte es Anne.

»Die beiden Katzen, Nina und Randy, sind mit reingekommen – soll ich sie rauswerfen?«

»Du liebe Zeit, was für neugierige Gesellen! Wenn du sie zu

fassen kriegst, wirf sie raus. Aber vielleicht solltest du erst mal Frau Mahler-Senckendorf anrufen.«

Anne wandte sich der still und blass daliegenden Bertine zu.

»Ihre Freundin würde Ihnen doch jetzt beistehen, nicht wahr?«

»Ja, das wäre lieb, wenn Sie Martha anrufen würden. Die Telefonnummer liegt ganz oben auf. Ach, mir ist ganz schlecht ...«

Luzi verschwand im Nebenzimmer und telefonierte, Anne versorgte Bertine. Sie wunderte sich, dass Luzi so lange brauchte, bis sie ein verstohlenes Winken von ihrer jungen Freundin sah. Da die alte Lehrerin mit geschlossenen Augen in eine Decke gehüllt auf der Couch lag, stand Anne langsam auf und folgte dem Mädchen ins Nachbarzimmer. Es war eine Art Näh- oder Handarbeitszimmer. Überall lagen Kleidungsstücke und andere Textilien herum. Anne sah sich zunächst mal verwundert um, dann entdeckte sie Randy und mich.

Ich hatte nämlich etwas gerochen! Etwas, das mir gehörte! Darum hatte ich ein halb eingepacktes Paket aufgerissen, so dass das Papier in Fetzen vom Tisch hing. Endlich hatte ich sie wiedergefunden! Auf meiner schönen dunkelblauen, schottisch karierten Decke hatte ich es mir gemütlich gemacht. Randy hatte ein weißes Spitzenhemdchen gefunden und zerlegte es auf einem Stapel geblümter Bettwäsche begeistert mit den Krallen.

»Ich glaube nicht, was ich sehe! Luzi?«

»Ich wollt's auch nicht glauben. Aber das ist doch Ninas Decke, nicht?«

»Und die Joggingschuhe, der Anzug, die Jacke ...«

An der Tür klingelte es. Die beiden Frauen sahen sich an.

»Ich mache auf – es wird der Arzt oder Frau Mahler-Senckendorf sein.«

»Gut, Luzi. Wenn es die Lehrerin ist, schick sie zu mir hier rein.«

Aus den Geräuschen im Flur konnte Anne entnehmen, dass beide der erwarteten Personen gleichzeitig eingetroffen waren.

Luzi hatte das geschickt gelöst und war bei Bertine und dem Arzt geblieben. Anne drehte sich zu Frau Mahler-Senckendorf um, als diese in das Nähzimmer trat.

»Nett, dass Sie gleich gekommen sind, Frau Mahler-Senckendorf.«

»Aber natürlich, Frau Breitner. Bertine ist doch meine Freundin. Aber warum haben Sie mich denn sprechen wollen?«

»Schauen Sie sich hier mal um, und sagen Sie mir, was Sie davon halten.«

Mit einer ausgreifenden Handbewegung wies Anne auf die herumliegenden Kleidungsstücke.

»Nun ja, Bertine sammelt doch immer für wohltätige Zwecke. Sie flickt und näht die Sachen zurecht, bevor sie sie weitergibt.«

»Auch Ninas Decke? Herrn Anders Anzug? Meine Bettwäsche?«

Frau Mahler-Senckendorf erblasste. Mit einer fahrigen Bewegung hob sie die Hand zum Mund. Dann untersuchte sie systematisch die Bündel und Beutel.

Schweigen herrschte in dem kleinen Raum. Dann hatte Martha sich schließlich wieder gefasst und stapelte die Sachen ordentlich auf dem Tisch.

»Ja. Sie muss es gewesen sein. Mein Gott, nur warum?«

»Ich denke, wir sollten sie das möglich schnell fragen, bis es noch jemand herausfindet. Kommen Sie, der Arzt ist gerade gegangen.«

Gemeinsam traten sie in das Schlafzimmer. Bertine sah inzwischen etwas weniger grau aus und begrüßte ihre Freundin sogar mit einem kleinen Lächeln.

»Stell dir vor, fast wäre ich zum Mittagsmahl eines wilden Hundes geworden, Martha.«

Martha erwiderte ihr Lächeln nicht, sondern sah sie traurig und fragend an.

»Was ist los mit dir?«, forschte Bertine nach, plötzlich misstrauisch geworden.

»Warum hast du das gemacht? Warum?«

Bertine hielt Marthas Blick stand. Nach einer Weile richtete sie sich auf und antwortete mit einem gehässigen Unterton in der Stimme: »Du hast es leicht, Martha. Du organisierst eine Veranstaltung, alle kommen zu dir und beglückwünschen dich. Wo du hinkommst, bist du gerne gesehen, und die Leute reden mit dir. Dir geben sie freiwillig Geld und Spenden und klatschen dann auch noch, wenn du herumerzählst, wie viel du wieder eingetrieben hast. Und ich? Wenn ich jemanden hier frage, ob er einen alten Pullover für mich hat oder eine ausgediente Decke, dann bin ich nur eine unerwünschte alte Frau, die bettelt. Bei mir machen die Leute die Türen und Fenster vor der Nase zu, sie werfen die guten Sachen lieber weg, als dass sie sie mir geben, damit ich noch was draus mache. Da hab ich eben gedacht, ich nehme mir meinen Anteil. Na und? Ich habe Herrn Anders einen Anzug von der Terrasse genommen. Aber es ist ja nicht sein einziger – wie für den Menschen, der ihn von mir bekommen hätte. Und die Joggingschuhe – der Junge hat vier oder fünf Paare davon – andere laufen barfuß. Oder die Decke, die ich von Frau Breitner mitgenommen habe. Eine schöne kuschelige Decke, die ein frierendes Kind wärmen könnte. Sie hat sie für ihre Katze« – das letzte Wort spie sie förmlich aus – »in einen Korb gelegt. Da, Martha, deinen Ring kannst du wieder haben. Ich habe ihn nur mitgenommen, weil die Leute anfingen zu reden. Ich wollte, dass sie an einen richtigen Einbrecher denken.«

Bertine Vogler nahm den Diamantring vom Nachttisch und warf ihn auf die Bettdecke. Dann sank sie, erschöpft von diesem gefühlsgeladenen Ausbruch, in die Kissen zurück und schloss die Augen.

Anne und Martha schauten sich betreten an und gingen leise aus dem Zimmer.

»Das Bittere daran ist, dass sie in gewisser Weise recht hat«, murmelte Anne und schüttelte dann den Kopf. »Können Sie mir helfen, das zu vertuschen, Frau Mahler-Senckendorf? Ich möchte nicht, dass dieser traurige Fall im Ort breitgetreten wird?«

Ein leiser Funke Hoffnung leuchtete in deren Augen auf. »Sie wollen es nicht anzeigen?«

»Nein, das gäbe ihr den Rest. Wir geben die Sachen zurück, soweit wir wissen, wem sie gehören. Und Sie sollten mit ihr einen besonders schönen, langen Urlaub machen. Möglichst in einem Land, in dem weder Erdbeben noch Überschwemmungen herrschen.«

»Ja, einen Urlaub oder noch besser eine Kur. Und dann einen Urlaub. Bis hier etwas Gras über die Sache gewachsen ist. Aber wie wollen Sie die Sachen zurückgeben?«

»Die werden einfach plötzlich wieder da auftauchen, wo sie verschwunden waren. In Hauseingängen, auf der Wäscheleine, auf Gartenmöbeln und so weiter. Eine echte Aufgabe für Luzi, denke ich mir.«

»Sie wollen das Mädchen einweihen?«

»Sie hat das doch entdeckt – sie und Nina.«

Nachdem sie gemeinsam das Vorgehen abgesprochen hatten, verließen Anne und Luzi die Wohnung von Bertine Vogler. Randy und ich huschten hinterher. Martha blieb bei ihrer alten Freundin.

Vor dem Grundstück stand ein Polizeifahrzeug. Christian, Ingo und Frau Langemann unterhielten sich mit den Beamten.

»Da kommen die beiden anderen Zeugen, Herr Wagner.«

Anne begrüßte den Inspektor und erzählte ihre Geschichte wahrheitsgemäß, bis auf ein paar Auslassungen, die nichts mit der Sache zu tun hatten. Als sie geendet hatte, fand ich es an der Zeit, den netten Inspektor auch zu begrüßen. Wir waren ja in einer anderen Angelegenheit Freunde geworden. Mit einer hübschen Acht schnurrte ich dem Mann um die Beine.

»Hallo, Kätzchen. Bist du auch wieder beteiligt, oder warst du nur Zuschauer? Dein Ohr sieht aber wieder richtig gut aus.« Er beugte sich hinunter und streichelte mich.

»Woher kennen Sie und Nina sich denn, Herr Wagner?«
Anne sah die beiden verdutzt an.

»Oh, wir haben Bekanntschaft gemacht, als hier letztes Jahr
das Haus dort vorne brannte. Da war sie sehr heldenhaft.«

Ich wusste es: Einen winzigen Moment lang verzerrte sich Annes Perspektive, und sie sah mich vor der brennenden Keller-
tür verzweifelt an etwas ziehen. Aber dann war der Augenblick
vorbei, und sie wischte sich über die Augen. Luzi mischte sich
in das Gespräch mit ein.

»Was passiert eigentlich mit Bruce?«

»Hängst du sehr an dem Hund, Fräulein?«

»Nein, ganz bestimmt nicht, Herr Wagner. Er ist hässlich und
böse. Außerdem mag ich Katzen lieber!« Sprach's und hob mich
auf den Arm.

»Gut, dann wird es dir nicht so viel ausmachen, wenn ich dir
gleich die Wahrheit sage. Der Hund muss eingeschläfert werden.
Nicht nur, dass Ihr erstaunlicher Tritt, Frau Breitner, ihn vermutlich ziemlich geschädigt hat – das Tier war auch gemeingefährlich.«

»Das war wohl richtig«, meinte Anne betrübt. »Aber er war
nur ein dummer Hund, nicht wahr?«

»Ja, ein dummer Hund …«

»Komm, Anne, wir gehen nach Hause. Das war eine üble Veranstaltung hier.« Christian nahm sie am Arm und geleitete sie
nach Hause.

»Sauber!«, sagte Randolph zu mir, als wieder Ruhe im Revier
eingekehrt war. Der Tritt in die gefletschten Zähne von Bruce
hatte ihn tief beeindruckt. »Deine Anne hat wirklich interessante Qualitäten. Ich bin zwar auch hin und wieder getreten
worden, aber so was habe ich noch nicht gesehen.«

Ich wusste nicht recht, ob ich deswegen stolz auf Anne sein
sollte. Auf jeden Fall hatte sie sich bei der alten Frau ganz gut
gehalten, und meine Decke hatte sie auch gleich wieder mitgenommen.

Am Abend, als wir uns alle unter der Weide versammelten und die erstaunlichen Neuigkeiten austauschten, fasste ich abschließend die Angelegenheit zusammen:

»Die Bertine war mir immer schon ein bisschen eigenartig vorgekommen, Randy. Sie schlich mir zuviel durch's Revier. Aber es ist schon in Ordnung, dass der Hund endlich aus dem Verkehr gezogen ist. Du kannst jetzt wieder ganz beruhigt zu unseren Treffen kommen, Pinky.«

»Ja, als Henry heute vorbeikam und mir das erzählte, habe ich ihm versprochen, ein Weilchen mitzukommen.«

Die großen blauen Augen in dem weißen Wuschelfell hingen anbetend an dem grauweißen Gesicht des Katers.

»ßie ißt ja ßo ßüßß, aber ßiemlich doof.«

Ganz leise kam diese Bemerkung neben Nina an.

»Mich stört's nicht, und wenn Henry das so mag …«

Lauter schlug Diti dann der versammelten Runde vor: »ßollen wir nicht mal bei Anne vorbeißßauen? Wegen Bedanken, wißßt ihr. Außßerdem hat Hommi ein Gedicht auf ßie gemacht.«

»Gute Idee. Wir singen ihr ein kleines Lied. Das hat sie verdient.«

Ich sauste los, um zu sehen, ob Anne auch da war und zum Fenster kommen würde. Es gelang mir, sie und Christian ins Wohnzimmer zu locken, als sich draußen unsere Gruppe versammelte.

»Anne, das gibt es doch nicht. Schau mal, da sitzen die Katzen wieder. Wie an Weihnachten, als du den Teller mit Fleisch rausgestellt hast. Du hast ein eigenartiges Verhältnis zu ihnen.«

»Geh in die Küche und gieß zwei Becher Sahne auf den großen Teller. Hach, ist das lieb!«

Anne kniete sich auf den Boden, um in gleicher Höhe mit dem Katzenchor zu sein, und schob die Terrassentür auf. Wie auf ein Kommando verstummten die Sänger, und Hommi, der schlanke Siam-Kater, setzte sich aufrecht vor sie hin.

Sein Gesang war leise und rhythmisch. Leider war niemand da, Anne die Verse zu übersetzen, die da lauteten:

»Anne, dein Schritt!
Anne, dein Tritt!
Leicht und voll Anmut,
von kätzischem Blut.
Anne, dein Schritt!
Anne, dein Tritt!
Fest und geschmeidig,
die Beine so seidig.
Anne, dein Schritt!
Anne, dein Tritt!
Trifft er den Hund,
geht der zugrund'.«

Als er geendet hatte, reichte Christian Anne den tiefen Teller, und sie stellte ihn mit ein paar höflichen Dankesworten nach draußen.

Er war sehr schnell blankgeputzt.

Versöhnung

Die beiden Helden Tiger und Junior stellten unabhängig voneinander fest, dass sie eigentlich lieber wieder miteinander wandern wollten als alleine. Nur war Junior durch seine Aktivitäten auf der Hochzeit und deren Nachwirkungen weitere zwei Tage außerstande, sich auf sein fernes Ziel zu konzentrieren, und Tiger, stur wie immer, wollte Junior erst noch ein bisschen schmoren lassen. Was ihm ja, wie man angesichts dessen Vergnügungen erkennen konnte, nicht sonderlich gelang.

Erst am späten Montag nach der Hochzeit setzte Junior seine Reise fort. Dabei musste er sich auf Französisch empfehlen, denn die Braut hätte ihn zu gerne behalten. Darum ließ er auch Richtung Richtung sein und lief auf direktem Weg auf den Ortsausgang zu. Dort befand sich ein kleiner Supermarkt, dessen Parkplatz er am Abend erreichte. Hier wollte er sich neu orientieren.

Tiger, der Juniors Weg bereits erahnt hatte, war von seinem zielstrebigen Pfad Richtung Osten abgewichen und kam um dieselbe Zeit auf dem Parkplatz an. Er sah den kleinen, grauschwarz getigerten Kater vor einem Müllcontainer sitzen und sinnend auf den Öffnungsmechanismus starren.

»Hunger, Kurzer?«

Erschrocken hüpfte Junior nach hinten. »D-d-d-du hier?«

»Sicher.«

Beide musterten sich kritisch.

»Hast du … äh … hast du mich …? Also, hast du mich gesucht, Tiger?«

»Wär ich sonst hier?«

Tiger konnte in solchen Situationen herrlich wortkarg sein, und Junior druckste ziemlich herum, weil er nämlich eine beschämende Entdeckung gemacht hatte.

»Ja, äh …mhh. Das … ähem freut mich. Weil, weißt du, ich … na ja. Also ich …«

Ungeduldig war Tiger auch, und das Gestammel ging ihm auf die Nerven. Also fuhr er den Kleinen rüde an: »Bring endlich raus, was dir auf dem Hintern brennt!«

Das löste Juniors Zunge, und er gestand, dass er sich in der Richtung geirrt hatte. Seine neuerliche Orientierung hatte ihm gezeigt, dass Osten richtig war.

»In Ordnung. Bist du hungrig?«, brummelte Tiger und sah Junior kritisch an. Dessen Bäuchlein rundete sich üppig zwischen den Beinen. »Sieht eigentlich nicht so aus.«

»Nö, ich hab das hier nur mal zum Spaß geprüft. Futter hatte ich die letzten Tage reichlich. Aber wenn du was willst, dann kann ich dir zeigen, wo eine ganze Palette mit Katzenschmatz steht. Alle Geschmacksrichtungen.«

»Klingt gut. Ich musste deinetwegen nämlich einen Umweg machen und konnte mich nicht um Nahrung kümmern.«

Junior zeigte Tiger ein geöffnetes Fenster mit einem Gitter davor, das in den Lagerraum des Supermarktes führte.

»Da passt man durch, und dahinter ist es dann gleich. Komm mit!«

Eifrig bemüht, seinen Fehler wiedergutzumachen, schlüpfte er voran, Tiger neugierig hinterher. In der Tat, eine ganze Palette Aluschälchen in allen Farben. Allerdings in Plastikfolie verpackt. Doch hier bewährte sich Juniors lange Erfahrung mit Müllbeuteln, und obwohl diese Verpackung ein wenig stärker war, als er es ansonsten gewohnt war, hatte er schon bald einen ansehnlichen Riss darin produziert. Die Schälchen polterten hinaus. Aber als sie dann vor ihm auf dem Boden lagen, sah Junior sie betreten an.

»Mist, jetzt bräuchten wir einen Menschen, der die aufmacht.«

Doch Tiger, ganz gelassen, meinte nur: »Unsinn!« Dann hieb er eine Kralle in die dünne Alufolie und fetzte sie auf.

»Ahh, Rindfleisch.«

Der Rest ging in Schmatzen unter.

Fasziniert bewunderte Junior das kleine Kunststück. Das war ja ganz einfach. Obwohl er eigentlich noch nicht sehr hungrig war, verlockte ihn der Duft, sein Glück auch an einem Schälchen zu versuchen. Ein Tatzenhieb, und delikater Geflügelduft stieg in seine rosa Nase.

Lange Zeit später, nachdem sie wortlos und zufrieden nebeneinander gedöst hatten, reckten sie sich und stellten fest, dass es tiefe Nacht geworden war.

»Dein Fell ist schon wieder ganz schön nachgewachsen, Tiger.«

»Mh. Wollen wir weiter?«

»Ja. Lass uns losgehen.«

»Gut. Du kannst mir zur Unterhaltung erzählen, was du in der Zwischenzeit so erlebt hast.«

Nach diesem Friedensangebot ging es mit den beiden eine Weile richtig gut, und sie kamen zügig voran.

Pläne und Mausehund

Danke, dass Sie mir die Arbeit abgenommen haben und das Döschen für mich aufgemacht haben. Es isst sich doch manierlicher von einem Teller. Mit Goldrand. So mag ich das. Und darum erzähle ich Ihnen nun auch von der seltsamen Gattung, die meinen Lebensweg – und den anderer – kreuzte: der Mausehund!

Nach Bertines Rettung hatten sich auch hier die Ereignisse prächtig entwickelt.

Da war zum Beispiel ein Wochenende, an dem Anne einen wundervollen Grillabend veranstaltete. Sie hatten Bärbel und Gerry eingeladen. Bärbel kannte ich schon von einer früheren Gelegenheit. Sie ist jetzt eine gutaussehende, schlanke Frau, die phantastische Fotos von mir gemacht hat. Auf einem sehen meine Ohren fast ganz normal aus – sie sagt, das habe sie retuschiert, um mir eine Freude zu machen. Ist das nicht lieb? Ihr Freund Gerry ist gleichzeitig ein Jagdgefährte von Anne. Sie nennen ihr Hausrevier »Werbeagentur« und fangen Aufträge. Aber sie fressen sie nicht, sie rechnen sie ab, was immer das heißt.

Die beiden waren also da, der Abend war wunderbar warm und gerade richtig, um noch bis zum Sonnenuntergang unter den Büschen zu liegen. Dieser Duft! Ich hatte gelernt, dass der beißende Geruch von Holzkohlenfeuer der Vorbote ungeahnter Genüsse ist, also entfernte ich mich keinen Schritt von der Terrasse und hielt ein scharfes Auge auf die Teller und Schüsseln, die Anne nach und nach auf den Gartentisch stellte. Die Salatschüsseln waren nicht sehr vielversprechend, weder Blatt- noch Kartoffelsalat ist meine Sache. Aber dann brachte sie die Teller mit dem Fleisch und den Würstchen. Und auf einem Teller – ich musste sofort aufspringen, um meinen Anteil anzumelden – hatte sie den Fisch gelegt.

»Vorsicht, Nina, nicht so heftig. Du bekommst ja deine Portion, aber jetzt lass mich doch erst mal den Tisch decken.«

Wann, bitte, sollte ich meinen Anteil bekommen, wenn nicht jetzt? Ich donnerte meinen Kopf gegen ihr Schienbein.

»Bärbel, hilf mir mal, ich muss erst dieser Raubkatze ihren Tribut geben, sonst wird das ein sehr ungemütlicher Abend.«

Kluge Anne! Glücklich zerrte ich die zwei Fischköpfe unter meinen Busch und nagte voll Wonne daran herum. Es ist dieser Geschmack von Meer und mehr.

Die vier Menschen verdarben jetzt den Rest der Fische, indem sie sie auf den Grill legten.

Neben dem Besteckeklappern – Menschen haben ja keine Krallen und brauchen künstliche Gliedmaßen zum Essen – und den Kaugeräuschen tröpfelte die Unterhaltung so vor sich hin.

Christian interessierte sich für Bärbels Arbeit als Fotografin. »Hast du inzwischen weitere Aufträge bekommen?«

»Ich hätte neue kriegen können, aber ich mache jetzt erst mal die Ausbildung fertig. In der Zwischenzeit fotografiere ich nur so zum Spaß. Das absolut Wahnwitzigste ist, dass meine Eltern mir diese erstklassige Kameraausrüstung geschenkt haben. Erst wollte ich sie ja nicht annehmen – du kennst meinen Trotz, wenn's um meine Mutter geht, Anne, nicht wahr? Aber Gerry«, sie sah liebevoll zu ihm hin, »hat gemeint, es sei Verschwendung, das abzulehnen. Ich solle es als Beitrag zur Ausbildung sehen, die ich ja schließlich selbst finanziere.«

»Wie machst du das nur? Entschuldige, dass ich so unverschämt nach deinen Finanzen frage. Aber du hast doch deinen Job bei der Bank aufgegeben?«

»Ein kleiner Kalenderauftrag läuft weiter, damit reicht's fürs Brot. Die Butter steuert Gerry bei.«

Anne sah ihre Freundin verblüfft an. Gerry lachte und klärte sie auf.

»Wir werden nächste Woche zusammenziehen, und das nicht nur aus ökonomischen Gründen.«

»Super! Habt ihr eine neue Wohnung?«

»Meine ist groß genug. Ein Zimmer habe ich bis jetzt nicht

genutzt, das wird Bärbels Arbeitszimmer, und die restlichen Räume kamen mir bislang sowieso immer zu leer vor.«

Während sie sich so unterhielten, war ich mit meinem Fisch fertig geworden und belauerte den Fleischteller. Da lag noch unverdorbenes Rindfleisch. Plötzlich spürte ich eine andere Katze neben mir. Ein schneller Blick zur Seite bestätigte meinen Verdacht – Randy!

»Was machst du denn hier?«, brummelte ich leise, um kein Aufsehen zu erregen.

»Ich hatte den Geruch von Fleisch in der Nase. Haben wir Chancen?«

Dieser Randy! Er hat etwas von einem Piraten. Jede Rücksichtnahme auf menschliche Revierhoheit ist ihm fremd. Ich meine, ich hätte wenigstens ein furchtbar schlechtes Gewissen, wenn ich einfach ein Stück Fleisch ohne Erlaubnis vom Teller holen würde. So etwas macht Randy aber nichts aus. Er blinzelte mir verschwörerisch zu, und wer bin ich, dass ich ihn bei seinen privaten Interessen Einhalt gebieten könnte? Die Menschen waren aber auch sehr unachtsam diesen Abend. Erst als sie entdeckten, dass zwei – sehr kleine! – Steaks fehlten, ging das Geschimpfe los. Ich guckte Christian mit großen Augen an, in denen die Frage stand, ob ich es wieder ausspucken sollte. Er verzichtete darauf.

»Dazu hat dich dein Kumpel Randy angestiftet«, nahm Anne mich in Schutz. Sie hatte ihn nämlich die ganze Zeit beobachtet, auch wenn er das nicht gemerkt hatte. Wer sie kennt, weiß, dass sie hätte eingreifen können. Aber sie hat eine großzügige Ader. Im Übrigen waren die Menschen sowieso satt und unterhielten sich träge. Ich schleppte mich mit einem sehr vollen Bauch ins Revier.

Eine Woche später erzählte Anne, dass sie für zwei Tage auf Dienstreise gehen würde. Es war inzwischen wieder kühl und regnerisch geworden, darum blieb ich in Christians Wohnung. Ich vertrage die Einsamkeit ganz gut, ich muss nicht jeden Tag Gesellschaft haben, und so holte ich den Schlaf von drei Wochen nach. Nur wenn Luzi durch die Zimmer fegte, war ich hellwach. Dieses Kind hat ein Temperament für zwei. Sie und Randy passen einigermaßen zusammen. Das hat sich übrigens so ergeben. Nachdem der blöde Hund von ihrem Bruder Ingo fort war, hat Randy sich mehr oder weniger Luzi angeschlossen. Sie hat es vor ein paar Tagen sogar geschafft, ihn zum Tierarzt zu schleppen. Das ist ein Akt gewesen, kann ich Ihnen sagen! Ich kenne doch Randy. Er hat sich mit Krallen und Zähnen gewehrt, in den Korb gesteckt zu werden. Na gut, er hat schlechte Erfahrungen damit gemacht. Aber aus den beiden Frauen dann gleich Hackfleisch machen zu wollen, ist auch nicht angemessen gewesen. Luzi hat ihn allerdings kirre gekriegt. Sie und Anne zusammen, das ist schon ein beachtliches Gespann!

Luzi hatte Randy in ihrem Badezimmer eingesperrt, was schon mit größerem Aufwand verbunden war, weil Randy sich nicht gerne in engen Räumen aufhält. Dann war sie zu Anne gelaufen, um sich meinen Transportkorb auszuleihen. Es ist ein sehr großer, fast komfortabler Weidenkorb mit vielen Luftlöchern und einem schönen weichen Handtuch darin.

»Hier ist er, Luzi. Bist du sicher, dass du Randy ohne Hilfe da hineinbekommst?«

»Ich werd's versuchen. Ingo hat sich zwar bereit erklärt, mich zu Dr. Wendel zu fahren, aber anfassen will er die Katze nicht. Er ist Randy noch immer wegen Bruce böse.«

»Der dumme Hund! Bruce meine ich, nicht deinen Bruder. Wenn du Hilfe brauchst – ich bin noch bis halb sieben hier.«

»Gut, Danke!«

Eine viertel Stunde später war Luzi wieder da, Pflaster auf den Armen und Kratzer an den Händen.

»Es klappt nicht. Könnten Sie mir vielleicht helfen? Aber nehmen Sie Handschuhe mit, der Kater spielt verrückt.«

»In Ordnung, Luzi, ich komme.«

Da ich mir das Schauspiel nicht entgehen lassen wollte, schwänzelte ich hinter den beiden her, als sie die Straße zu Langemanns Haus überquerten.

»Da, im Badezimmer sitzt er. Er hat sich hinter die Toilette verzogen!«

Luzi wies in die Ecke, und ich spähte ganz vorsichtig um die Tür, um nicht entdeckt zu werden. Die Gefahr war allerdings nicht zu groß. Randy hatte andere Probleme. Als Anne den Raum betrat, fauchte er sie giftig an. Als sie nach ihm greifen wollte, haute er nach ihr, aber da sie einer der fixesten Menschen ist, die ich kenne, traf er nicht. Das erhöhte seinen Frust. Er sah aus wie elektrisiert. Alle Haare standen in die Höhe. Anne versuchte ihren Augentrick. Sie sah ihn lange und unergründlich an. Im ersten Moment schien es, als ob sie Erfolg hatte. Sein Fell glättete sich wieder, und er setzte sich, den Blickkontakt haltend, langsam hin. Ganz vorsichtig näherte sie dann ihrer Hand und redete leise auf ihn ein. Auch das ging noch gut. Doch dann durchbrach ihre Fingerspitze den Sicherheitsabstand, diesen Energiekreis rund um die Katze, und Randy erwachte aus seiner Trance. Er war zwar nicht mehr aggressiv, aber er zog sich weiter zurück. Annes Konzentration schwand.

»Das wird schwierig, Luzi! Luzi? Luzi, wo bist du denn?«

»Hier! Schauen Sie mal, was ich bei meiner Mama im Arzneischränkchen gefunden habe! Das Zeug beruhigt angeblich.«

Sie reichte Anne ein Fläschchen mit einer braunen Flüssigkeit.

»Baldrian«, las Anne vor. »Luzi, das ist die Idee. O Gott!«

Sie lachte über das ganze Gesicht und forderte das Mädchen dann auf, ein Schüsselchen zu holen. Sie füllte ein paar Tropfen hinein, und der himmlische Geruch breitete sich im Badezimmer aus. Ich konnte mich kaum noch auf den Pfoten halten. Randys Widerstandskraft war zu bewundern. Sie hielt das Schälchen ganz nah vor seine Nase. Fast zehn Sekunden riss er sich zusammen, dann übermannte ihn die Gier. Er folgte der Hand bis hin zum Korb. Dort schnappte Luzi ihn und hob ihn hoch. Anne stellte das Schälchen in den Korb, Luzi packte den begeisterten Randy dazu. Dann schlossen sie den Deckel und trugen ihn triumphierend grinsend zum Auto.

Was dann geschah, weiß ich nicht mehr so genau, denn die kleine Flasche mit der Baldriantinktur war offen auf dem Beckenrand stehen geblieben. Vermutlich hat Luzi mich später zu Anne rübergetragen.

Eine erheblich größere Aufmerksamkeit musste ich allerdings der Ankündigung widmen, dass ein neuer Reviergenosse in Christians Wohnung einziehen sollte. Die Ankunft dieses Besuches teilte mein Mensch an einem kühlen Juliwochenende Anne mit. Sie waren gerade dabei, müßig ihre Zeitungen durchzublättern, und ich hatte es mir unter den herumliegenden Seiten gemütlich gemacht. Darum konnte ich ungesehen lauschen.

»Ach, Anne, hättest du eigentlich etwas dagegen, wenn ich bis zum Urlaub bei dir schlafen würde?«

»Willst du das Zusammenleben unter erschwerten Bedingungen proben, oder was soll diese Frage?«, neckte ihn Anne.

»Nein, nein, ich bin sicher, dass das schon klappen wird. Aber ich habe einen Brief von meiner Tante bekommen, die anfragt, ob ihr Sprössling während der Semesterferien bei mir wohnen kann. Er macht einen Ferienjob oder ein Praktikum in einem kleinen Ingenieurbüro hier in der Gegend.«

»Demnach ist der Sprössling schon über achtzehn?«

»Ich denke, er ist sogar schon zwei- oder dreiundzwanzig. Er studiert seit zwei Jahren an der Technischen Hochschule Elektrotechnik.«

»Na, dann ist er ja aus dem Gröbsten heraus«, spöttelte Anne, doch Christian ging ernsthaft darauf ein.

»Er hat meines Wissens bislang noch keine gravierenden Dummheiten angestellt. Er ist eher ernst und zurückhaltend. Das liegt wohl in der Familie. Vor allem ist er sehr ehrgeizig.«

»Das hört sich aber gar nicht gut an. Hat er vielleicht auch noch eine körnerpickende vegetarische Freundin in grauen Naturwollepullovern?«

»Über sein Liebesleben habe ich bis jetzt noch nichts in Erfahrung bringen können. Aber ich habe ja auch eine andere

Sorte Freundin gefunden, nicht? Meinst du nicht, dass da noch Hoffnung besteht?«

Anne beantwortete diese Frage nicht, sondern erkundigte sich stattdessen: »Wann soll denn dieser Ausbund von Tugenden bei dir einziehen?«

»Nächste Woche.«

»Schön, dann bring deine Zahnbürste vorbei. Wir sollten aber Luzi warnen, dass sie einen Fremden in deinem Bett findet.«

Na, das konnte ja lustig werden. Ich hatte so eine Ahnung, dass ein Zusammentreffen zwischen der ständig sprudelnden und wirbelnden Luzi und einem seriösen jungen Mann menschlichen Konfliktstoff bergen könnte. Kannte ich doch meinen Christian! Der war vor Jahren auch noch so ein ernsthafter Mensch gewesen, der jede Albernheit ablehnte. Erst als ich anfing, mich intensiv um seine Entwicklung zu kümmern, wurde er aufgeschlossener. Anne hat dann endgültig den freundlicheren Teil seiner Persönlichkeit zur Entfaltung gebracht. Aber es ging nicht ohne Kämpfe ab.

Ich wühlte mich langsam aus den Zeitungen heraus, schlug die Krallen in den Teppichboden, streckte und reckte mich, gähnte einmal herzzerreißend und ging zum Fenster. Normalerweise muss ich nicht viel machen, um nach draußen zu kommen. Meine Gesten sagen mehr als tausend Worte. Aber heute waren die beiden wieder schwer von Begriff. Wie immer, wenn sie so zusammengerollt daliegen und ihre Nasen aneinanderreiben. Also äußerte ich ein weiteres meiner Menschenworte und rief mit scharfer Betonung: »Rrrrrrraussss!«

Es half prompt. Anne öffnete die Terrassentür. Widerlich, es tröpfelte vom Himmel, die Pfoten wurden nass, und der feine Nieselregen drang bis in die untersten Fellschichten ein. Aber ich brauchte einfach ein bisschen Bewegung an der frischen Luft an diesem tristen Sonntag. Ich nahm den üblichen Weg unter den Büschen hindurch, die die Terrasse vom Rest des Gartens abtrennten, folgte dem von meinen Pfoten durch häufige Benutzung inzwischen schon richtiggehend ausgetretenen Pfad durch das frische grüne Gras bis zum Jägerzaun. Die Rosensträucher betropften mich heftig, als ich mich darunter durchzwängte. Dann stand ich am Straßenrand und überlegte, welche Runde ich wählen sollte. Ich könnte Diti besuchen, aber da lief ich Gefahr, dass Hommi mir wieder ein Gedicht ins Ohr drehte. Das kann ich nur an sonnigen Tagen ertragen. Bei Henry schaut man nur nach vorheriger Anmeldung vorbei, und Fleuri darf bei solchem Wetter nicht nach draußen. Blieben von meinen näheren Freunden noch Randy und Pinky. Randy ist anregender als diese kleine Wuschelkatze. Also auf zu Langemanns!

Ich überquerte die Straße, nicht ohne vorher sehr kritisch darauf zu achten, ob ein Auto zu hören war. Es hatte an dieser Stelle schon mal einen schlimmen Unfall gegeben. Dann sprang ich auf das Gartenmäuerchen und musterte Randys Hausrevier. Es sah verlassen aus. Kein Auto vor der Tür, alle Fenster zu. Pech gehabt, die Familie war in toto ausgeflogen. Blieb also doch nur Pinky. Wieder zurück, zwei Häuser weiter. Dort waren seit Anfang des Jahres Martina und ihr Sohn Berti eingezogen. Sie wohnten – ähnlich wie Anne – in einer kleinen Wohnung im unteren Bereich eines Hauses und hatten einen Teil des Gartens für sich. Das ist für Pinky ganz praktisch. Ich schlüpfte durch die Buchsbaumhecke und trabte geradewegs auf die Glastür zu. Meistens saß meine weißpelzige Freundin nämlich an diesem Fenster und meditierte über das Wachsen des Grases. (Zu mehr reicht's bei ihr nämlich noch nicht.) Pfui, Nina! mahnte ich mich und legte die letzten Meter zügig zurück. Richtig, da hockte die Kleine. Bei meinem Anblick schreckte sie zunächst auf, quakte dann aber laut, und Berti, der mit einem Haufen bunter Steine beschäftigt war, machte sofort die Tür auf. Gut erzogen hat sie ja ihre Menschen, das muss man ihr lassen. Würdevoll trat ich ein.

»Mutti, Nina ist zu Besuch gekommen.«

Berti kündigte mich korrekt an, und Martina, die im Nebenzimmer rumorte, kam zu mir und strich mir grüßend über den Kopf. »Ihh, bist du nass! Berti, hol mal das Katzenhandtuch.«

Berti kam mit einem weich aussehenden Tuch und fragte: »Darf ich sie abrubbeln?«

»Ja, aber nicht so fest.«

Der Junge ist zwar erst gut neun Jahre alt, aber schon ganz einfühlsam. Er tupfte mich richtig schön trocken, so dass ich hinterher nur ganz wenig Arbeit mit meinem Fell hatte. Dann setzte ich mich zu Pinky und unterhielt mich ein wenig mit ihr.

»Dass du bei diesem Wetter nach draußen magst. Und dann auch noch, um mich zu besuchen. Das ist wirklich sehr nett von dir Nina.«

»Na ja, ein wenig Abwechslung kann ich hin und wieder gebrauchen. Gibt's was Neues in deinem Bereich?«

»O ja. Es ist so gut, dass du hier bist. Dir kann ich mich ja anvertrauen. Ich hab ja solche Furcht, Nina.«

Nun ist Furcht haben ein völlig normaler Geisteszustand von Pinky, und das milderte die Dramatik dieser Ankündigung. Nichtsdestotrotz setzte ich meine mitfühlende Miene auf und fragte mit Anteilnahme in der Stimme, welches Leid sich ankündigte.

»Martina und Berti haben beschlossen, in den Sommerferien wegzufahren. Mich wollen sie hier in der Obhut von Oma lassen. Die alte Frau ist ja sehr lieb, aber ob ich das aushalte, so ohne meine Menschen?«

»Deine Menschen haben dir doch sicher gesagt, dass sie wiederkommen, nicht?«

»Ja, ja. Aber sie wollen soooo weit weg. Nach Frankreich, sagt Berti. Das ist doch fast so ferne wie der Mond. Bestimmt. Ob die von da wiederkommen?«

»Nein, nein, Pinky, Frankreich ist nicht so weit weg. Mein Mensch war sogar schon mal in China und ist wieder zurückgekommen. Und ich erinnere mich …«

Ich erinnerte mich an eine Zeit vor vielen, vielen Leben, als da mal ein großer Gelehrter und eine kleine Katze in Frankreich waren – aber das gehört zu den Geheimen Geschichten, die ich Ihnen nicht anvertrauen werde.

»Woran erinnerst du dich, Nina?«

»Ach, an nichts. Also, du solltest dir keine Sorgen machen. Sie haben dich sehr lieb und werden dich bestimmt ganz furchtbar vermissen, weil sie dich nicht mitnehmen können. Und denk mal daran, was für eine Strapaze dir erspart bleibt. Fast zehn Stunden Autofahrt.«

Mich schüttelte dieser Gedanke. Pinky auch.

»Du wirst wohl recht haben«, seufzte sie leise. Um sie zu trösten, vertraute ich ihr einen dieser Kunstgriffe an, sich bei langer Abwesenheit mit unseren Menschen in Verbindung zu setzen. Aber ich bin mir nicht sicher, ob sie das schon kapiert hat. Dann wechselte ich spontan das Thema, da mich ein zarter Duft in der Nase kitzelte.

»Gibt's was zu naschen bei euch?«

Sie ist naiv, blauäugig, ein bisschen doof, aber ihre Gastfreundschaft lässt nichts zu wünschen übrig.

»Sahnetorte. In der Küche steht mein Teller. Ich habe nicht alles geschafft. Du kannst den Rest haben.«

»Oh, danke, danke«, beeilte ich mich zu sagen und konnte mich gerade noch soweit bremsen, dass ich mit halbwegs würdevollen Schritten in die Küche eilte. Mein Schwanz allerdings verriet mich wieder. Er stand steil nach oben, und die Spitze krümmte sich lustvoll.

Zwei Tage danach war es dann soweit. Luzi fuhrwerkte gerade bei Anne herum, und ich stand ihr mit Rat und Tat zur Seite, als erst Anne, dann Christian eintrafen.

»Hallo, Luzi, fleißig gefegt?«

»Hallo, Frau Breitner, guten Abend, Herr Braun. Ich bin gleich fertig. Muss nur noch die Gläser wegräumen.«

»Super. Glänzt bei dir auch immer alles, wenn Luzi durch die Wohnung gerauscht ist, Chris?«

»Und wie! Manchmal muss ich allerdings feststellen, dass meine Papiere auf dem Schreibtisch nach völlig neuen, ungemein kreativen Gesichtspunkten zusammengestellt sind. Aber das fördert nur meine detektivischen Fähigkeiten, darum solltest du dir nichts daraus machen.«

»Tut mir leid, ich werd' sie in Zukunft nicht mehr anfassen.«

»Halb so schlimm, Luzi. Hallo, da ist ja auch Nina!«

Ich erlaubte mir, eine schnurrende Acht um Christians Beine zu wickeln und ein paar meiner Haare an seiner dunkelgrauen Hose zu hinterlassen. Sie mögen das ja unter anderen Gesichtspunkten sehen, ich für meinen Teil finde den Kontrast schön.

»Luzi, wir haben für die nächsten Wochen ein anderes Wohnarrangement vorgesehen. Christian bekommt Besuch von seinem Cousin. Der wird drüben in der Wohnung einziehen und auch während unseres Urlaubs bleiben. Also erschrick nicht, wenn du plötzlich einen fremden jungen Mann dort vorfindest.«

»In Ordnung. Soll ich trotzdem zweimal die Woche aufräumen kommen?«

»Aber ganz bestimmt. Ich halte den Jungen zwar für einen sehr ordentlichen Menschen, aber von Haushaltsführung versteht er sicher nichts. Seine Mutter hat ihn leider in der Hinsicht ziemlich verwöhnt.«

»Gut. Aber ...«, sie fasste sich verwirrt an die Nase, »aber sind Sie denn in der nächsten Zeit verreist?«

»Nein. Wieso?«

»Ja, weil Sie Ihrem Cousin die Wohnung überlassen.«

»Ach, weißt du, Anne hier ist so nett und lässt mich hin und wieder bei ihr übernachten.«

»Oh, äh ...«

Luzi war doch tatsächlich rosigrot angelaufen und zog die Locken über ihre heißen Ohren. Anne merkt so was ja immer und half ihr aus der Verlegenheit.

»Christian, wie heißt eigentlich der göttliche Knabe, den wir morgen zu erwarten haben. Du hast mir zwar seine übermenschlichen Qualitäten geschildert, aber nicht seinen Namen genannt.«

»Er heißt Stefan Mausehund.«

»...«

»N E I N !«

Luzi und Anne sahen sich mit offenem Mund an. Luzi fasste sich als Erste.

»Das gibt es nicht«, prustete sie los und fing hilflos an zu kichern. Anne gluckste kurz, dann brach das Gelächter auch aus ihr heraus.

»Du schummelst, Christian, so heißt kein Mensch«, japste sie schließlich atemlos.

Stimmt, dachte ich und musste meine bebenden Schnurrhaare mit der Pfote bedecken, denn Menschen irritiert es immer so, wenn Katzen grinsen. Aber der Name war wirklich zu schön.

»Fasst euch, Kinder! Stefan hat schon genug darunter zu leiden gehabt. Aber meine Tante hat nun mal vor Jahren den Architekten Wolfgang Mausehund geheiratet, und ihre Firma ist in der Region recht bekannt.«

»Das kann ich mir denken.«

Luzi hatte inzwischen mit Mühe ihre Haltung wiedergewonnen und fragte vorsichtig: »Meinen Sie, ich kann ihn mit Stefan anreden. Ich weiß nicht, ob ich bei Mausehund ernst bleiben kann.«

»Luzi, meine Perle, der junge Mann ist mal gerade über zwanzig. Ich bin ja sowieso der Meinung, dass du mich auch besser mit Anne anredest und duzt. Was meinst du?«

»Oh, danke, gern.«

»Ich schließe mich an, Luzi. Aber jetzt muss ich gehen und meine Sachen zusammenräumen, damit der Mausehund eine gastfreundliche Hütte vorfindet.«

Ich sprang von der Sofalehne, von der aus ich der Unterhaltung gefolgt war, und erlaubte Christian, mich hochzuheben. Er legt mich dann immer um seine Schultern, wie so einen Pelzkragen, und ich konnte viele schöne helle Haare auf seinem dunklen Jackett hinterlassen.

Luzi kam zwei Tage in der Woche. Je nachdem, wie sie es sich mit der Schule einrichten konnte. Aber diesmal waren wohl weniger Hausaufgaben und Nachmittagsunterricht bestimmend für den Putztermin, sondern schiere Neugier. Ich hatte ihr etwas voraus. Ich hatte Stefan schon bei seiner Ankunft am Mittwochabend kennengelernt. Er ist in der Tat meinem Menschen sehr ähnlich. Genau so groß, aber schlaksiger, hat mehr Fell auf dem Kopf als Christian – aber wer weiß, wie lange das hält – und musterte mich ziemlich argwöhnisch, als ob ich ihm gleich die Krallen durchs Gesicht ziehen wollte.

»An Nina musst du dich gewöhnen, Stefan. Sie gehört zur Familie.«

»Tut mir leid, ich habe noch nie was mit Katzen zu tun gehabt. Ich weiß nicht, wie man mit ihnen umgeht. Lässt du sie auch während eures Urlaubs hier?«

Der Tonfall, mit dem er diese Frage stellte, war schon fast ängstlich zu nennen.

»Natürlich. Aber keine Sorge, du wirst dich schnell mit ihr anfreunden. Sie ist eine richtige Schmusekatze.«

Christian hob mich hoch und setzte mich neben Stefan auf dem Sofa ab. Ich versuchte mich in Diplomatie. Vorsichtig näherte ich meine Nase seinem bloßen Arm und schnüffelte daran. Er roch ganz gut, aber die Härchen auf der Haut kitzelten mich, und ich musste niesen. Stefan zuckte zurück.

»Stell dich nicht so an! Du kannst ihr ruhig mal über den Kopf streichen, das hat sie gerne.«

Zaghaft gehorchte der junge Mann und kraulte mich im Nacken. Nicht unbedingt das, worauf ich stehe, aber ich akzeptierte den guten Willen und rollte mich an seiner Seite zusammen.

»Siehst du, sie ist mit dir einverstanden. Und jetzt erzähl mir mal, was du in den Ferien hier treibst. Du machst ein Praktikum oder so etwas?«

»Na ja, es wird als Praktikum anerkannt, aber ich verdiene richtig Geld damit. Ich bin in CAD ziemlich fit, weißt du. Und die brauchen Urlaubsvertretungen im Sommer. Ich muss zwar Schicht arbeiten, aber so schlimm ist das auch wieder nicht. Von morgens um sechs bis um zwei oder von zwei bis abends um zehn. Da bleibt noch eine Menge Zeit, um zu lernen.«

»Willst du nicht auch noch irgendwas anderes unternehmen? Wir haben hier zum Beispiel einen hübschen See in der Gegend.«

»Vielleicht, mal sehen. Wo ist der denn?«

Die beiden Männer sprachen über Freizeitmöglichkeiten und ihre Arbeit, und dabei vergaß Stefan ganz, dass seine Hand wie selbständig über mein Fell strich. Aus dem konnte vielleicht doch noch was werden.

Na, und am nächsten Tag kam also Luzi zum Putzen. Ich hatte draußen auf sie gewartet, sie ließ mich wie üblich in die Wohnung. Für einen Wisch- und Waschtag war sie ziemlich ungewöhnlich angezogen. Knappe Jeansshorts mit einem breiten Ledergürtel, ein rückenfreies pinkfarbenes Top und riesige schwarz-rosa Ohrringe. Aber es war ja auch sehr warm geworden. Und sie war in gefährlich übermütiger Laune!

Als sie die Tür zur Wohnung aufmachte, hörten wir im Bad die Dusche plätschern.

»Ob er das wohl ist, der Mausehund?«, flüsterte sie mir verschwörerisch grinsend zu.

»Mau!«, antwortete ich ihr, denn ich hatte ihn vor einer Viertelstunde nach Hause kommen sehen.

»Ich glaube, das Bad ist heute als Erstes dran!«

Ich gehe nicht gerne in Badezimmer, es ist so feucht darin, und die Gerüche gefallen mir meistens nicht. Aber um näher am Geschehen zu sein, schlüpfte ich jetzt doch zu ihnen.

Das Plätschern hatte aufgehört, und mit der üblichen Energie riss Luzi die Badezimmertür auf, rief »Gott, was für ein Mief!« und öffnete das Fenster sperrangelweit. Dann schnappte sie die Handtücher und wollte sie in den Wäschebeutel werfen.

»He, was soll das!«, kam der Protestschrei hinter dem Duschvorhang.

»Huch, ein Mann!«, quiekte Luzi erfreut. »Du musst der Stefan sein. Ich bin die Luzi!«, schloss sie und reichte ihm die Hand in Richtung Dusche. Stefan war erwartungsgemäß schockiert. Mit beiden Händen versuchte er, mit dem halbdurchsichtigen Duschvorhang seine Blöße zu bedecken, und ignorierte mit grimmiger Miene die ausgestreckte Hand.

»Mach sofort das Fenster zu!«

»Mach's doch selber zu! Oder hast du Angst, dass dir jemand was Wesentliches wegguckt?«

Luzi war aber auch wirklich zu übermütig.

»Dann gib mir gefälligst mein Handtuch.«

»Die Handtücher gehören eigentlich in die Wäsche, aber ich bin ja nicht so. Hier.«

Sie reichte ihm ein klitzekleines Gästehandtuch.

»Übertreib's nicht, Mädchen. Verdammt noch mal, gib mir das Badetuch!«, brüllte er sie an.

Luzi reichte ihm das Gewünschte und geiferte zurück: »Du hast wohl gar keinen Sinn für Humor, du komischer Lausehund.«

Aber sie ging nicht weg, sondern sah sich den gut gebauten Stefan anerkennend an, als er mit dem Frotteetuch um die Hüften aus der Dusche kam.

»Was willst du hier? Wie kommst du hier überhaupt rein?«

Schnippisch zog Luzi die Nase kraus und beschied ihm: »Ich habe natürlich einen Schlüssel.«

Vor mir standen die mit Wassertröpfchen benetzten haarigen Beine von Stefan, und ich konnte nicht umhin, mich einmal kurz darumzuwickeln. Das hatte er nicht erwartet und machte einen Schritt zurück.

Es tat mir ja hinterher auch leid, dass er sich dabei in den offenen Wäschekorb setzte, in den Luzi die Handtücher hatte werfen wollen. Aber ich bin mir nicht sicher, ob Luzis Reaktion zur Verbesserung der Beziehung zwischen beiden beitrug. Sie wand sich nämlich vor Lachen.

»Raus hier! Verschwindet! Alle beide!«, tobte der arme Junge, und ich trat mit Luzi den Rückzug an. Immer noch krampfhaft kichernd, machte Luzi sich dann in der Küche zu schaffen, und ich verdrückte mich ins Schlafzimmer. Hier tauchte nach einer Weile Stefan auf und zog sich an. Mich beachtete er gar nicht, und als ich mich beim Sockenanziehen neben ihn setzte, knurrte er mich an. Dummkopf, der! Wahrscheinlich hatte er Hunger und war deswegen so mieslaunig. Jedenfalls steuerte er gleich darauf die Küche an, und ich beobachtete aus sicherer Entfernung den nächsten Zusammenstoß.

Luzi stand am Spülbecken und wusch Geschirr ab.

»Sag mal, was machst du eigentlich hier?«, fragte Stefan, immer noch gereizt.

»Ich putze bei Anne und Christian!«

»Du?« Er musterte das Mädchen von oben bis unten.

»Klar. Und jetzt geh mir aus dem Weg, ich will hier sauber machen!«

Wichtigtuerisch wedelte sie mit dem nassen Geschirrtuch.

»Ich will mir jetzt hier etwas zu essen machen!«

Starrköpfig starrten sich die beiden Kampfhähne an. Dann grinste Luzi ihn plötzlich an und meinte: »Na, wenn dir dann besser ist. Ich mache erst mal das Wohnzimmer.«

Friedfertig räumte sie das Feld und verbreitete anschließend auch nicht mehr Turbulenzen als sonst.

In der so bereinigten Stimmung konnte ich mich beruhigt zu einem kleinen Nachmittagsschlaf zurückziehen.

Der Schattenkreis

Nach ihrer Versöhnung wanderten Tiger und Junior in stiller Einmütigkeit durch die Wiesen und Felder entlang eines kleinen Flusses, durchquerten auch den einen oder anderen kleinen Weiler, ohne jedoch auf größere Schwierigkeiten zu stoßen, und bogen dann, ihrem Instinkt folgend, wieder in die waldbedeckten Hügel ab.

Im dunklen Nadelwald fanden sie die alten Stätten.

In einer Nacht blieb Tiger plötzlich stehen, sein Fell sträubte sich, und er fauchte leise. Als Junior, der einige Schritte hinter ihm geblieben war, neben ihm ankam, blieb er ebenfalls abrupt stehen.

»Was ist hier los, Tiger? Ich sehe nichts, ich rieche nichts, ich höre nichts, und trotzdem finde ich es fies hier!«

»Ich bin mir nicht sicher, Junior. Aber ich habe den Verdacht, wir nähern uns einer Stelle im Wald, an der furchtbare Dinge geschehen sind.«

»Ich möchte hier nicht weitergehen. Mir ist unheimlich. Können wir einen anderen Weg nehmen?«

»Sicher, aber ich weiß nicht welchen.«

»Wir können doch noch mal die Richtung suchen«, schlug Junior vor, doch Tiger wehrte ab.

»Das ist hier wirklich nicht die Stelle dafür. Lass dir geraten sein, es hier nicht zu versuchen. Es könnte schlimmer als bei dem Gewitter werden!«

Diesmal war Junior auf Grund seiner letzten Erfahrungen bereit, anstandslos zu gehorchen. Sie sahen sich noch mal um. Nichts unterschied den düsteren Fichtenwald an dieser Stelle von dem Gehölz, das sie seit Stunden durchwanderten. Und doch schien es, als ob die Luft hier dicker war, stickiger und schwerer zu atmen. Sie gingen vorsichtig einige Schritte weiter, und Junior fing plötzlich an zu hecheln.

»Wie Rauch, wie Verbranntes. Krieg keine Luft mehr! Lass uns umkehren«, keuchte er plötzlich.

Sie drehten sich um und wollten die Stelle verlassen, doch ihre Schritte wurden schwer. Mühsam hoben sich die Pfoten vom Boden.

»Ich bin so müde, Tiger. Ich kann nicht mehr. Ahhh, schlafen!«

Junior blieb einfach auf dem Boden liegen und schloss die Augen. Tiger, der sich genauso müde fühlte, versuchte, ihn mit letzter Kraft zum Aufstehen zu bewegen.

»Das geht hier nicht! Heb deinen Hintern wieder hoch!«

Mit Mühe schleppte sich Junior ein paar Meter voran und sackte dann zusammen.

»Geh alleine weiter, Tiger. Ich muss hierbleiben.«

»Nix. Komm weiter!«

Auch Tiger rang um Atem und schauderte jedes Mal, wenn er den Blick nach Norden wandte. Ein fahler Lichtstrahl durchdrang das schwarze Geäst, und müde raschelten einige Zweige. Einen Augenblick lang erschien es ihm, im Mondlicht die flüchtigen Schatten von Lebewesen erkennen zu können, große und kleine, doch mit der Wolke, die sich wieder vor das volle Rund des Mondes schob, verschwanden sie wieder im Dunkel zwischen den Stämmen.

»Junior, noch ein paar Schritte!«, forderte er und hatte dabei das Gefühl, dass seine Stimme immer tonloser wurde.

Junior reagierte nicht mehr darauf. Er hatte die Augen zwar noch offen, schaute aber, ohne seine Umgebung wahrzunehmen, in eine andere Welt. Tiger sah sich um. Es musste doch eine Möglichkeit geben, diesem furchtbar lähmenden Bannkreis zu entkommen. Mit großer Anstrengung sammelte er seine nicht unbeträchtlichen geistigen Kräfte und spannte die Muskeln an. Mit einem weiten Sprung gelang es ihm dann, einige Meter durch die Luft zu segeln, und als er gelandet war, floss die Luft für ihn plötzlich wieder leicht und belebend in seine Lungen. Eine drückende Schwere war von seiner Stirn gewichen.

Tief durchatmend blieb er einen Moment liegen. Dann überlegte er fieberhaft. Eine direkte Bedrohung schien für Junior nicht zu bestehen, doch diese Müdigkeit und Lähmung des Willens konnte, wenn sie zu lange anhielt, Schaden von unbekanntem Ausmaß annehmen.

Allmählich fühlte sich Tiger wieder stark genug, um sich mit dem Problem geistig auseinanderzusetzen. »Das hätte ich vom ersten Augenblick an tun müssen«, warf er sich vor. Und dann machte er sich systematisch an die Arbeit. Er prüfte mit allen Sinnen und all seinen Kenntnissen den Ort, und als er eine Vorstellung davon bekam, was ihn so entsetzlich machte, übernahm er die mühevolle Aufgabe, sich in Juniors wirre Träume einzufinden, um ihm die Kraft zu vermitteln, aus dem lähmenden Kreis zu entfliehen.

Was er in den Träumen sah, war nichts Schönes. Es waren die Geschehnisse, die sich vor Hunderten von Jahren an diesem Ort abgespielt hatte, als Menschen von fehlgeleitetem Glauben meinten, in ihren Hauskatzen und mäusejagenden Scheunenbewohnern teuflische Wesen zu erkennen, die ihrem höllischen Gebieter durch das Feuer zurückgegeben werden müssten. Die Todesschreie der brennenden Katzen lähmten noch immer jeden, der Sinn genug hatte, sie zu hören.

Junior hatte einen ausgeprägten Sinn dafür, und in Entsetzen erstarrt nahm er teil an den grauenvollen Zeremonien. Tiger versuchte mit aller seiner Macht, diese Bilder aus dem Wachtraum seines Freundes zum Verschwinden zu bringen, und bemühte sich, ihm stattdessen Halt an einem bekannten Symbol zu geben. Zunächst konnte er nur erreichen, dass sich ein gnädiger Nebel über die Szene legte, bis ihm ein passendes Zeichen einfiel, dass ihm und Junior vertraut war und Hoffnung gab.

Und so tauchten aus den wabernden Nebeln, die Juniors Geist umgaben, auf einmal die klaren grünen Augen von Anne auf. Als ihr Blick ihn traf, fand er endlich die Energie aufzustehen. Er fühlte, wie Tiger ihn wie an einem unsichtbaren Faden aus diesem furchtbaren, schaurigen Kreis zog.

Als sie wieder in Sicherheit waren, wandten sie ihre Schritte zunächst einmal nach rechts, um so weit wie möglich von jener Stätte vergangener Greueltaten fortzukommen. Erst im Morgengrauen hatten sie den Nadelwald verlassen und kamen in ein steil ansteigendes Gebiet mit hellerem Mischwald.

»Ich glaube, ich möchte jetzt wirklich ein bisschen schlafen. Darf ich, Tiger?«

»Klar, Kurzer. Aber träum was Vernünftiges.«

»O Mann, war das schrecklich!«

»Ich weiß. Ich weiß was du geträumt hast.« Tiger legte sich an Juniors Seite und leckte ihm ein paar Male tröstend über die Stirn. »Das ist jetzt vorbei, und du kannst beruhigt einschlafen.«

Junior schloss vertrauensvoll die Augen, sein Näschen in Tigers Halsfell vergraben.

»Danke«, mummelte er, bevor er einschlief.

Als sie aufwachten, spürten sie beide die Gegenwart eines anderen Wesens.

»Da ist doch was«, flüsterte Junior leise.

»Psst! Da hinten sitzt eine ziemlich große Katze auf dem Felsen. Sie putzt sich gerade.«

»Wo denn? Ich sehe sie nicht.«

»Ihr Fell sieht ja auch aus wie der Hintergrund. Da, jetzt ist sie aufgestanden. Eigenartig, ich habe gar keine Reviermarken gerochen.«

Die gelbgrau gefleckte Katze hatte sich erhoben und sich zu ihrer ganzen imposanten Höhe aufgerichtet. Sie blickte interessiert zu den beiden Wanderern hin, die sich mit wild peitschenden Schwänzen und gespannten Muskeln auf einen Angriff vorbereiteten.

Gelassen sprang die Waldkatze von ihrem erhöhten Sitz und schritt auf Tiger und Junior zu. In ihrer Haltung lag nichts Bedrohliches, doch blieben die beiden wachsam.

»Seltene Gäste in meinem Revier«, grollte es heiser aus der Kehle des Fremden.

»Wir haben deine Markierung nicht gefunden. Es gab da ein Problem.«

»Keine Aufregung, Jungs. Nicht oft kommen Feliden in diese Gegend.«

»Das ist ja auch kein Wunder«, bemerkte Junior vorwitzig. »Das Klima ist nicht besonders anregend hier!«

»Spotte nicht über die Alten Stätten, Filius! Du bist mit knapper Not entronnen und nur dank der mächtigen Kräfte deines Freundes.« Der muskulöse Waldkater wandte sich an Tiger, der ihn eingehend musterte. »Mein Name ist Felix Silvester, und ich grüße euch in meinem Kreisen.«

»Ich heiße Tiger, und dieser kleine Schlaumeier ist mein Begleiter Junior. Wir sind auf dem Weg nach Osten, aber dann ist meinem Freund ein Missgeschick passiert.«

»Je nun, die *Felis domestici* haben hier vor langen Jahren ein großes Unrecht erfahren, und das Böse wird für immer zwischen den Bäumen liegen. Doch über mich hat es keine Macht, frei und wild lebe ich in den Wäldern. Hättet ihr euch nicht selbst befreit, so wäre ich euch zur Hilfe geeilt, denn meine Aufgabe ist es hier, das Unheil von harmlosen Wanderern abzuwenden. Aber was treibt euch hier entlang, so fern ab von den menschlichen Behausungen?«

Junior und Tiger fanden, dass er ein Recht hatte, zu erfahren, warum sie durch sein Revier gekommen waren, und erzählten von Anne und dem Dorf. Felix lauschte schweigend ihren Schilderungen. Als sie fertig waren, schüttelte er verständnislos seinen Kopf.

»Ich liebe die *homini erecti* nicht, doch ihr seid an sie gewöhnt. Ich halte diese Wesen für Feinde und weit entfernt von jeglicher Weisheit.«

»Wen mag er nicht?«

»Die Aufrechten, Junior. Es ist eine Beleidigung, denn die Menschen nennen sich selber Homo sapiens, halten sich also für weise. Aber sie haben seiner Art schon viel Böses getan und sie fast ausgerottet.«

»So schlimm?«, staunte Junior. »Hast du es nicht wenigstens mal versucht, mit ihnen zurechtzukommen, Felix Silvester? Manche können wirklich sehr nett sein, und sie haben tolles Futter.«

»*Bene vixit, qui bene latuit*!«

»Er meint, dass er glücklicher ist, wenn er im Verborgenen lebt. Na ja, aber einsam ist es doch. Wie viele deiner Art leben hier denn noch im Verborgenen?«

Felix' Blick wurde betrübt, und seine heisere Stimme drückte Einsamkeit und Sehnsucht aus. »Seit Jahren habe ich in diesem meinem Walde keinen meiner Art mehr getroffen. So vermisse ich nun vor allem die Kätzinnen mit ihren spielenden Kleinen.«

»O je!« Echtes Bedauern klang aus Juniors Seufzer, denn er dachte an Fleuri und Tilly und all die schönen Kätzinnen.

»Vielleicht können wir eine nette Kätzin unserer Art überreden, bei dir hier vorbeizuschauen. Mag ja sein, dass einer das Leben im Wald gefällt. Und du bist ein gutaussehender Kater.«

»Das würdet Ihr für mich tun? Nun denn …«

Er rollte sich augenblicklich mit einem glücklichen Schnaufer zusammen und sah versonnen auf die Sonnenstrahlen, die sich durch das dichte Laubdach auf den dunklen Boden verirrten.

Tiger und Junior schwiegen auch noch eine Weile, dann erhob Tiger sich, gähnte, dehnte, streckte sich und blinzelte ins Licht.

»Wir wollen dich nicht länger stören, Felix Silvester. Danke für die Erlaubnis hier durchzuziehen.«

»Mhhh?« Felix Silvester grummelte. »Bleibt noch auf ein Weilchen meine Gäste. Es ist gewöhnlich so einsam hier, und gemeinsame Jagd ist schönere Jagd. Ich kenne Stellen hier, die werden euch entzücken. *Gaudeamus igitur*!«

Junior konnte mal wieder sein Mäulchen nicht halten und bemerkte in verhaltenem Ton: »Der quatscht fast genauso kariert wie Hommi. Was meint der mit Gaudi igitt?«

»Er spricht nur eine ältere Sprache, du kleiner Ignorant. Und er meint, es sei jetzt an der Zeit, ein bisschen dem Vergnügen nachzugehen. Ich für meinen Teil finde die Idee nicht schlecht.«

»Ein komischer Vogel ist er trotzdem.«

»Sind wir für ihn vermutlich auch. Ich bin schon froh, dass wir mit dem keine Auseinandersetzung haben und er uns als Gäste in seinem Revier betrachtet. Hast du mal seine Tatzen gesehen?«

Sie kletterten auf den Felsbrocken und standen dann neben ihrem Gastgeber.

»Vielen Dank, Felix Silvester, dass du uns in deinem Revier jagen lässt«, sprach Tiger ihn höflich an.

»Nennt mich Felix, meine Freunde.«

»Wieso heißt du so komisch? Das ist doch gar kein richtiger Katzenname?«

»Nomen est Omen!«

»Du bist vorlaut, Junior. Verzeih, Felix, der Junge hat zwar Qualitäten, aber wenig Stil.«

Den Tag verbrachten sie sehr vergnüglich gemeinsam mit Felix, unterhielten sich viel, vor allem Tiger, den die Lebenszyklen der entfernten Verwandtschaft interessierten.

Reizklima

Was Tiger von Felix erfahren hat, hat er mir, als wir wieder zusammen waren, in einer stillen Stunde erzählt. Es wirft ein ganz neues Licht auf das Dasein. Aber mit diesen Philosophiefragen will ich Sie nicht belästigen. Es dürfte Sie sowieso viel mehr interessieren, wie es so mit dem Mausehund weiterging.

Ich hatte mich inzwischen daran gewöhnt, dass Stefan in Christians Wohnung hauste. Er war so für sich genommen auch ein angenehmer Gast. Allerdings hatten wir in den ersten Tagen ein paar Auseinandersetzungen, was den Platz im Bett anbelangte. Aber zu Anne konnte ich ja nun wirklich nicht ständig gehen. Außerdem hat man so seine Gewohnheiten, und eine davon ist eben, einen Teil des Kopfkissens von Christians Bett zu belegen. Weitere Schwierigkeiten traten anfangs in der Verständigung auf. Dabei ist meine Aussprache laut, deutlich und verständlich. Ärgerlich wurde es, als ich am zweiten Tag seines Besuches – ich war von morgens an im Haus geblieben – am späten Nachmittag endlich meine Runde drehen wollte. Der Junge saß mal wieder lesend in der Ecke und beachtete meine Bitten nicht. »Rrrrausss!«, wiederholte ich mehrmals, aber er guckte mich nur verständnislos an. Als ich lauter wurde, um meinem Wunsch mehr Nachdruck zu verleihen, schnauzte er mich sogar an, ich solle endlich still sein. Weniger feine Charaktere als ich hätten ja langsam angefangen, das Mobiliar zu zerkratzen, aber das konnte ich Christian nicht antun. Also beschloss ich, dem unaufmerksamen Stefan ein Pfützchen in die Schuhe unter dem Tisch zu platzieren. Kaum war ich damit fertig, schloss Christian die Haustür auf, und ich konnte ihn sofort von der Notwendigkeit überzeugen, die Balkontür zu öffnen. Dabei bekam ich natürlich mit, dass Stefan mit seinem nackten Fuß in den Schuh schlüpfte, und wartete hinter dem Fenster auf die Reaktion.

»Deine Katze ist ein Ferkel! So eine Schweinerei! Meine Schuhe sind doch kein Katzenklo!«

Christian lachte laut und meinte zu seinem Cousin: »Hat sie dir nicht zu verstehen gegeben, dass sie nach draußen wollte?«

»Sie hat wie blöd rumkrakeelt, wenn du das meinst.«

»Lern mal ein paar Katzenlaute, und du hast ein friedliches Zusammenleben mit Nina. Bei mir hat sie das noch nie gemacht. Meines Wissens sowieso nur einmal bei Gisela damals. Aber die hat sie auch nicht besonders gut behandelt.«

»Kannst du sie nicht mit rübernehmen?«

»Nein, Stefan. Nina nimmt man nicht irgendwohin mit. Sie kommt und geht, wie es ihr gefällt. Und wer bin ich, dass ich ihr dabei Vorschriften mache.«

Braver Christian, dachte ich und machte mich auf meine Runde. Er würde seinem Besucher schon die richtigen Verhaltensmaßnahmen beibringen.

Ich traf mich mit Fleuri, die an diesem Tag zur Abwechslung mal ganz ausgeglichen war und gute Laune hatte. Nicht ein einziges abfälliges Wort fiel, als wir Diti und Hommi trafen. Ich erzählte von Stefan und seinem heftigen Zusammentreffen mit Luzi. Hommi bekam ganz glasige Augen.

»Er denkt ßich beßtimmt wieder etwaß Weltbewegendeß daßu auß«, mutmaßte seine Schwester. Ich verabschiedete mich, bevor es zu irgendwelchen lyrischen Eruptionen kommen konnte, und wollte kurz bei Anne vorbeischauen. Ich blieb dann den Abend über dort und trabte erst als es dunkel wurde zu meiner Wohnung. Immerhin hatte der Mausehund inzwischen soviel dazugelernt, dass er mir prompt aufmachte und sogar höflich fragte, ob ich noch ein Knusperhäppchen haben wollte. Ich lehnte nicht ab und belohnte ihn mit einem zarten Schnurren. Dann richtete er sich sein Bett, denn er musste sehr früh aufstehen, um auf seine Jagd zu gehen. Wir hatten nochmals eine kurze Diskussion um das Kopfkissen, aber er gab auf, als ich meine Schlafwellen auf ihn richtete.

Luzi traf er diese Woche nicht mehr an. Sie wirbelte an einem Vormittag durch die Zimmer, als er nicht da war. Erst in der folgenden Woche, als Stefan die spätere Jagd hatte – Schichtarbeit nennen sie das –, gab es einen weiteren Zusammenstoß. Stefan war sehr spät nach Hause gekommen und schlief noch, als Luzi zur Tür hereinpolterte. Ich sprang natürlich sofort auf, um sie zu begrüßen und darauf aufmerksam zu machen, dass der Junge noch schlummerte, aber sie wollte nicht darauf eingehen. Ihr erster Griff ist immer zur Stereoanlage, und schon donnerten die Bässe ihrer Lieblingsstücke durch die Räume. Dazu sang sie wie üblich aus voller Kehle mit. Stefan wachte ziemlich abrupt auf, rieb sich verdattert die Augen und brüllte dann, um sich überhaupt verständlich zu machen: »Mach sofort die Anlage leise! Bist du denn von allen guten Geistern verlassen!«

»Guten Morgen! Ausgeschlafen, Mausehündchen?«

»Du schon wieder!«

»Ja, ich schon wieder. Christian hat mir erlaubt, meine Musik hier zu spielen.«

»Musik nennst du das? Und in der Lautstärke? Ich glaub, ich bin auf der Baustelle.«

»Na, so ganz ab von den Hits solltest du aber noch nicht sein. Obwohl …« Luzi musterte den schlafzerknitterten jungen Mann abschätzend. »Du siehst heute Morgen ziemlich alt aus.«

»Wenn du Spätschicht bis um zehn Uhr hättest, würdest du auch nicht besser aussehen.«

Bevor Luzi den Mund aufmachen und etwas gänzlich nicht mehr Wiedergutzumachendes äußern konnte, warf ich mich ins Getümmel und bestand auf Beachtung. Luzi hob mich hoch und flüsterte mir ein paar wohlverdiente Komplimente über mein gepflegtes Aussehen in meine Ohren.

»Würdest du eventuell die Güte haben, mich jetzt alleine zu lassen, damit ich aufstehen kann. Ich würde es auch sehr begrüßen, wenn du mir das Badezimmer zur alleinigen Nutzung überließest.«

Stefan sagte das sehr arrogant und reizte Luzi damit natürlich zum Widerspruch.

»Ach ja! Und dann darf ich dir auch noch das Frühstück richten und das Bett machen, was?«

»Klar. Außerdem liegen da noch ein paar Hemden, die du bügeln kannst.«

Er grinste, denn es gefiel ihm, dass sie sich ärgerte. Mit blitzenden Augen fuhr sie ihn an: »Dafür werde ich aber hier nicht bezahlt!«

»Nein? Und wer bügelt Christians Hemden.«

»Selbst ist der Mann!«, meinte sie schulterzuckend und rauschte aus dem Zimmer. Mich hatte sie dabei noch immer auf der Schulter und ließ mich erst in der Küche runter.

»Eigentlich bin ich ziemlich frech zu ihm, Nina. Dabei sieht er so nett aus«, vertraute sie mir an. »Aber er kann so wenig Spaß verstehen, nicht?«

Ich überdachte das und zeigte ihr meine Zweifel an, indem ich mich nachdenklich hinterm Ohr kratzte.

»Du meinst, da kann man noch was machen? Na ja. Ich könnte ihm ja wirklich den Kaffee aufsetzen.«

Luzi ist ein sehr freundliches Menschenkind, wenn ihr nicht ein Teufelchen im Nacken sitzt. Manche sagen, es liegt an den roten Haaren, aber das glaube ich nicht. Martina zum Beispiel hat auch rötliche Haare und ist die Sanftheit in Person. Wenigstens meistens.

Kurz und gut, als Stefan aus dem Badezimmer kam, fand er in der Küche einen gedeckten Tisch mit Kaffee und warmen Brötchen vor, aber keine Luzi. Es war das erste Mal, dass er das Wort an mich richtete.

»Ich könnte fast den Eindruck bekommen, die ist gar nicht so naseweis, wie sie immer tut, was meinst du?«

»Mau!«, bestätigte ich und setzte mich auf den Stuhl neben ihn.

Es herrschte also ein Waffenstillstand zwischen den beiden, der mindestens eine halbe Stunde anhielt. Dann allerdings prallten die unterschiedlichen Interessenslagen wieder heftig aufeinander. Stefan wollte sich wie gewohnt mit seinen Fachbüchern ins Wohnzimmer zurückziehen, in dem die Musik jetzt nur noch in moderater Lautstärke angestellt war. Er saß kaum, als Luzi mit den Staubtüchern hereingewedelt kam. Dieses Mädchen kann keine Arbeit ausführen, ohne dabei ihrem übermäßigen Bewegungsdrang nachzugeben. Sie tanzte beim Abstauben der Bücherregale.

»Könntest du vielleicht etwas weniger hektisch hier herumtoben?«, fragte Stefan sie, wobei er irritiert von seinem Buch aufsah.

»Hä? Ich höre so schlecht. Hattest du dich gerade für das Frühstück bedankt?«

»Ah ja, danke. Aber könntest du trotzdem ein bisschen ruhiger sein, ich will lesen?«

»Was liest du denn da?« Sie wartete seine Antwort nicht ab, sondern schnappte sich das Buch aus seinen Händen. »Oh, ein Computerbuch. So einen Schrott liest du in deiner Freizeit?«

Statt mit einer leichten Bemerkung über diese Frage hinwegzugehen, antwortete er ihr wichtigtuerisch: »Mein liebes Mädchen, ich betreibe mein Studium mit einer gewissen Ernsthaftigkeit. Und dazu gehört nun mal, dass ich mich auch in den Semesterferien mit dem Stoff beschäftige.«

Das reizte Luzi natürlich. Sie sah leicht verächtlich auf den vor ihr sitzenden Stefan herab.

»Entweder du bist ein Streber, der nichts anderes im Kopf hat als seine Noten, oder du bist zu doof und musst alles nachlernen. Das eine finde ich ekelhaft, das andere ist dann wohl dein Problem. So, ich bin fertig hier. Ich sag Christian, dass ich heute nicht Staub wischen konnte, weil du mich daran gehindert hast. Tschüs!«

Dann drehte sie sich zu mir um und forderte mich auf, ihr in die Küche zu folgen. Das tat ich gerne. Als sie mir meine Knabberbissen hinlegte, flüsterte sie: »Der Mausehund hat wirklich keinen Humor.«

Diesmal musste ich ihr recht geben. Dann verbrachte ich einen schönen Tag im Revier.

Christian schaute spät am Abend noch mal bei Stefan vorbei, als der von seiner Arbeit zurückgekommen war, und ich begleitete ihn. Für ein Weilchen setzte ich mich zu den beiden auf die Sofalehne.

»Und, wie gefällt dir deine Arbeit, Stefan?«

»Ganz in Ordnung, es ist zwar ein bisschen stumpfsinnig, immer nur die Routineänderungen an den Zeichnungen vorzunehmen, aber es ist ja auch nur ein Ferienjob. Vielleicht frage ich den Chef in den nächsten Tagen mal, ob er nicht was Interessanteres für mich hat.«

Christian lachte leise auf. Dann warnte er seinen Cousin vor seinem Übereifer. »Versuch dein Glück damit, aber normalerweise holt man sich Ferienjobber genau für solche stumpfsinnigen Arbeiten, damit die Fachkräfte sie nicht machen müssen.«

»Aber, Christian, das soll doch gleichzeitig ein Praktikum sein. Da sind die doch verpflichtet, mich auch die anderen Arbeitsabläufe kennenlernen zu lassen.«

»Was zahlen sie dir in der Stunde?«

»Was hat das damit zu tun?«

»Praktikanten bekommen normalerweise kein Geld. Entschuldige, Junge, wir beide kennen uns nicht besonders gut, obwohl wir miteinander verwandt sind. Ich habe wahrscheinlich nicht das Recht, dir den Kopf zurechtzurücken. Aber vielleicht nimmst du mal den Rat eines etwas Älteren an. Sei doch nicht so verbissen in deinem Studium, gönne dir auch mal ein bisschen Spaß zwischendrin, okay?«

Betreten versenkte sich Stefan in die Betrachtung seiner Zehen. Dann meint er: »Du bist heute schon der zweite, der mich einen Streber nennt.«

»Ich weiß. Ich habe Luzi vorhin getroffen.«

Sofort war alle Betroffenheit verflogen, und ärgerlich beschwerte Stefan sich.

»Das wollte ich dir auch schon sagen. Kannst du dieser schrillen Göre nicht mal klarmachen, dass sie hier nicht auftauchen soll, wenn ich in der Wohnung bin. Keine Sekunde Ruhe hat man mit ihr im Haus! Und dann petzt sie auch noch bei dir.«

»Jetzt bist du auch noch kindisch, Stefan. Sie hat nicht gepetzt. Ich habe sie nur gefragt, ob alles in Ordnung ist. Sie hat mir ihre Streiche aus der letzten Woche gebeichtet. Aber sie meint das nicht böse. Über dich hat sie nichts weiter gesagt, außer, dass sie glaubt, dass du ein bisschen humorlos bist. Damit hat sie absolut recht. Im Übrigen kann sie kommen und putzen, wann sie will. So haben Anne und ich es mit ihr ausgemacht.«

Stefan gab sich geschlagen und schwieg eine Weile. Erst als Christian aufstand, um sich zu verabschieden, wollte er kleinlaut wissen: »Bügelst du deine Hemden eigentlich wirklich selber?«

»Natürlich. Wer sollte das denn sonst tun?«, antwortete er und fragte mich dann, ob ich mitkommen wollte. Dabei streichelte er mich noch mal kurz zwischen den Ohren. Ich schnurrte, beschloss aber, die Nacht bei Stefan zu verbringen.

Er hatte nichts dagegen, dass ich mich an seiner Schulter zusammenrollte, und als ich schon fast eingedöst war, schreckte er mich plötzlich mit der Frage auf: »Bin ich eigentlich wirklich so ein Ekel, Nina?«

Ich fand nein und pustete ihm tröstend ein Küsschen auf die Nase. Er schien das zu verstehen und schlief, eine Hand in meinem Fell vergraben, beruhigt ein.

Luzi und er trafen in den nächsten Tagen nicht mehr aufeinander, wahrscheinlich weil sie sich Zeiten aussuchte, in denen er nicht zu Hause war.

Kampf

Nachdem Tiger und Junior sich von Felix verabschiedet hatten, wanderten sie unbehelligt einige Tage weiter. Tiger hatte Junior noch mal beauftragt, die Richtung abzustimmen, er stellte fest, dass sie wieder übereinstimmten, und so zogen sie Seite an Seite nach Nordosten. Dann wich der Wald zurück, und an einem schönen Sommerabend standen die beiden am sandigen Ufer eines Sees. Die untergehende Sonne färbte die leicht gekräuselte Wasseroberfläche in brennendes Rot, und auf der linken Seite warfen hohe Bäume ihre Schatten.

»Rechts rum oder links rum?«

»Darf ich noch mal?«

»Nur zu, Junior!«

Tiger gönnte seinem enthusiastischen Begleiter die Möglichkeit, seine neuerworbenen Fähigkeiten auszuprobieren, die sich in der letzten Zeit als zuverlässig erwiesen hatten.

Junior schloss die Augen und konzentrierte sich.

Nichts!

Kein Barthaar bebte, kein Zittern durchschauderte seinen mageren Körper. Entsetzt schnaufte er auf und öffnete die Augen. Er wollte Tiger die furchtbare Erkenntnis mitteilen, dass es das Ziel ihrer Reise nicht mehr gab, doch der braunschwarze Maine-Coon-Kater hatte sich schon zum Wasser hinunterbegeben und schlenderte am Ufer entlang. Junior folgte ihm bedrückt. Da Tiger nicht gesprächig schien, blieb er auch still und grübelte vor sich hin. Vielleicht lag es ja auch nur an ihm, Junior, dass er die Richtung nicht mehr erkennen konnte. Mit solchen ungewohnten Selbstzweifeln beschäftigt trabte er einfach neben Tiger her.

Als das Tageslicht endgültig verloschen war und die Dämmerung bleigrau über dem Wasser lag, meinte Tiger, es sei Zeit, im Wald nach etwas Essbarem zu suchen, und so bogen sie ins Unterholz ab, inzwischen völlig entgegengesetzt zu der Richtung, die sie bislang immer eingehalten hatten.

»Hey, Silvi!«

»Wowww!«

Junior und Tiger öffneten gleichzeitig alarmiert die Augen und lauschten angestrengt.

»*Prima facie* sind das Kater!«

»*In duplo*, doch nicht unserer Art, Feli.«

Junior und Tiger sahen sich an.

»Solche schon wieder«, stöhnte Junior dann und kam auf die Pfoten. Tiger sah sich suchend um und entdeckte die beiden gut getarnten Wildkatzen auf einem niedrigen Ast sitzen.

Er brummte warnend. Kampf lag in der Luft. Juniors Schwanz peitschte angeregt. Das Leben war sehr friedlich gewesen in den letzten Wochen. Mit blitzenden Augen gab auch er eine vielversprechende Warnung ab. Gefährliches Grollen antwortete ihnen vom Baum.

»Sieh dir mal die beiden Dosenfutter-Junkies an, denen juckt wohl der Pelz?«

»Das ist freies Revier hier. Habt ihr Zuckerpüppchen was dagegen, dass wir hier durchlaufen?«

»Willste uns angraben, du wollhaariges Backpfeifengesicht?«

»Euch, ihr Herzchen? Da kann ich mich gerade noch von abhalten.«

»Hör dir mal den kleinen Stinker an!«

Das war nun ein Reizwort, das Junior gar nicht vertragen konnte. Er fand in seinem durch Reisen deutlich vergrößerten Wortschatz eine reichliche Auswahl delikatester Beleidigungen und ergoss diese über die fasziniert lauschenden Kätzinnen. Mit dem Erfolg, dass, als er geendet hatte, die Fetzen flogen.

Drohend aufgerichtet, die Krallen gespreizt, standen sie sich zwei und zwei gegenüber. Die Wildkatzen waren größer und stärker, Junior und Tiger kannten jedoch mehr Tricks. Schon flogen die ersten Haare, floss das erste Blut auf beiden Seiten. Das Kreischen und Fauchen gellte durch den stillen morgendlichen Wald. Sie jagten sich gegenseitig um Baumstämme, dass das trockene Laub nur so wirbelte, scheuchten am Boden lebendes

Kleingetier quiekend und raschelnd in ihre unterirdischen Verstecke, und die Vögel flatterten entsetzt in die höchsten Äste. Tigers Ohr hatte eine böse Schramme abbekommen, und er entwickelte sich zum Berserker. Besonders gemein traf er seine Widersacherin mit einem Tritt der hinteren Tatzen, der sie an einen Baumstamm warf. Mit einem schaurigen Schrei und weit aufgerissenem Maul stürzte er auf Silvi zu. Silvi sah keinen anderen Ausweg. Bevor der kampfwütige Angreifer über ihr war, drehte sie sich um und bot ihm den ungeschützten Bauch. Den Regeln kätzischer Auseinandersetzungen folgend, brach Tiger die wütende Attacke ab und blieb in gespannter Aufmerksamkeit vor ihr sitzen. Silvi japste etwas nach Luft. Der Tritt in die Rippen hatte ihr den Atem genommen. Aber ihre Augen blitzten noch immer erregt.

»Hey, nicht schlecht für'n Dosen-Fuzzie. Friede?«

»In Ordnung, Schätzchen.«

Sie rappelte sich auf und fuhr sich mit der Zunge über einen Kratzer an der Flanke. Dann wies sie mit der Nase über Tigers Kopf.

Junior wich den Hieben und Schlägen seiner Angreiferin Feli immer wieder geschickt aus. Er war ein Meister des Entweichens geworden. Dennoch blutete seine Nase genauso wie die der Wildkatze. Sie war schnell, die Gelbgraue. Dem nächsten Tatzenschlag entkam er nur durch einen Sprung auf einen Baum. Das war sein Fehler, denn hier war die Waldbewohnerin ihm überlegen. Sie schlug ihre scharfen Krallen in die Rinde und schoss senkrecht den Stamm hoch. Junior raste den Ast entlang, verlor das Gleichgewicht und fiel. Er landete zwar auf den Pfoten, schlug aber mit dem Kopf auf einen Stein und ging k.o.

»Du solltest dich mal um deinen Kumpel kümmern, da is was nicht in Ordnung«, sagte Feli zu Tiger und wies auf Junior.

Sie war hinter dem abgestürzten Kater hergesprungen und saß jetzt neben ihm. Als Tiger mit Silvi im Schlepp angetrabt kam, meinte sie: »Der kleine Held is volle Socke auf den Stein hier geknallt. Das is aber auch 'n heißer Kratzer.«

Tiger beugte sich über Junior und stellte mit Schrecken fest, dass ein Blutrinnsal aus seinem Mäulchen quoll.

»Der wird doch nicht die Krallen nach oben drehen? Das hab ich nicht gewollt.«

Die drei Katzen saßen betreten um den reglos im Laub liegenden Junior. Tiger berührte mit seiner Nase vorsichtig die des kleinen Katers.

»Er schnauft noch. Vielleicht ist es nicht so schlimm. Aber das Blut am Maul macht mir Angst.«

Feli leckte dem Liegenden über den Kopf.

»Fühlt sich aber nicht kaputt an«, meinte sie und sah Tiger zweifelnd an. »Wär schade um ihn, bei dem Vokabular!«

Eine Pfote zuckte, der Schwanz schlug zur Seite, und Junior öffnete ein Auge.

»Bastet sei Dank, da isser wieder.«

»Da ift waf mit meinem Fahn. Mift!«, waren seine ersten, reichlich undeutlichen Worte. Er rappelte sich auf und sah sich die drei Katzen an, die ihn besorgt musterten. Noch immer etwas beduselt, schüttelte er den Kopf und versuchte, einen klaren Blick zu bekommen. Die Feindseligkeiten waren wohl beendet, aber sein Unterkiefer schmerzte ihn abscheulich.

»Geht's wieder, Junior?« Tiger sah ihn fragend an.

»Bin gleif foweit.«

»Dein Zahn liegt hier, tut mir leid. Wir wollen uns da unter dem Farn zusammensetzen«, schlug Feli vor, und sie setzten sich zusammen im weichen Waldgras nieder. Tiger nutzte die inzwischen durchaus als freundlich zu bezeichnende Atmosphäre aus. In einem seiner seltenen Anfälle von Diplomatie begann er die Unterhaltung.

»Hallo, ihr zwei. Verzeiht, wenn wir ungefragt in euer Revier eingedrungen sind. Die Umstände brachten es leider mit sich.«

Vier gelbgrüne Augen musterten sie, schwarz geringelte, stumpfendige Schwänze schwangen interessiert, aber nicht angriffslustig hin und her. Ein leises Schnüffeln war zu hören. Die beiden Wildkätzinnen sahen sich an.

»Ob man mit denen wohl …? Silvi, was meinst'n?«

»Och, ich denk schon. Und es sind zwei. *Carpe diem*!«

»Keine Panik, Jungs. *Volenti non fit iniuria*!«

»Waf meint die fon wieder?«

»Wenn wir willig sind, geschieht uns nichts. Du liebe Zeit, zwei sexhungrige Wildkätzinnen, die nach einem Kater gieren. Wenn das Felix wüsste!«

»Nach einem? Hey, Jungs, wir sind zu zweit, ihr auch! *Bis dat, qui cito dat!*«, spöttelte Feli.

»Nun, Junior, zeig, dass du ein Mann bist«, kicherte Tiger und grinste die erste Kätzin an. »Man nennt mich Tiger, der da ist Junior.«

»Hi. Ich bin Felicitas Silvana, meine Freunde nennen mich Feli.«

»Mich nennen sie Silvi, denn ich wurde Silvia Felina getauft. Wo is denn der Felix, von dem ihr gesprochen habt?«

»Oh, Felikf Filvefter ift ein Fuperkater. Er hat fein Revier etwa drei Tage weit von hier und fehnt fich verfweifelt nach Kätfinnen feiner Art«, versuchte Junior, einigermaßen wieder erholt, die allzu aufdringlichen Annäherungsversuche der beiden Wildkätzinnen abzulenken.

»Echt? Erzähl mehr!«

So zunächst mal der Gefahr einer direkten Vergewaltigung entronnen, berichtete Tiger beiden von ihrer Begegnung mit Felix, während diese sich putzten und das kampfzerzauste Fell glätteten.

Silvi und Feli waren von der Erzählung beeindruckt.

»Mich wundert, dass ihr noch nichts voneinander gehört habt«, meinte Tiger.

»Wir sind noch nicht lange hier. Uns haben sie erst vor 'nem Monat rausgelassen.«

»Wer?«

»Die *homini erecti*. Aber das ist 'ne lange Geschichte.«

»Aufrechte? Menschen haben euch hergebracht?«

Etwas, das die beiden Wildkätzinnen besonders gerne taten – neben anderen Dingen natürlich – war erzählen. Und so konnten jetzt Junior und Tiger die Kampfspuren beseitigen und das Fell richten.

Silvi, Feli und ein weiterer Wildkater, der auf den Namen Silvanus hörte, waren zusammen in einem Wildtiergehege groß geworden, um dann ausgesetzt zu werden, damit die aussterbende Art der freilebenden Wildkatzen sich wieder in den Wäldern ausbreitet. Das zwangsweise nähere Zusammenleben mit Menschen und anderen Tieren hatte ihnen etwas von der altväterlichen Art genommen, die dem zurückgezogen lebenden Felix noch eigen war.

»Hatten wir ja gedacht, mit Silvanus eine flotte Dreierbeziehung aufzubauen, aber der Scheich ist gleich nach drei Tagen abgezogen und hat sich nicht mehr gemeldet. Vermutlich hat er den Abgang gemacht.«

Bedauernd zuckte Feli die gelbgraue Schulter.

»Und ihr zwei lauft seit Tagen durch die Pampa. Is das nicht 'n bisschen ungewöhnlich für solche Körbchenlieger wie euch?«

Silvi, die im Gegensatz zu Feli ein bisschen mehr Weiß um die Kehle hatte, gähnte herzzerreißend und meinte: »Bevor wir hier noch mehr rumlabern, geh ich mir mal 'ne Maus einwerfen. Ihr zwei bleibt doch noch ne Weile hier, oder? Is nämlich nett mit euch zu quatschen.«

»Hunger hätte if auch, aber if glaube nift, daf if was freffen kann. Fo 'ne Feife.«

Still ruht der See

Könnten Sie mal die Decke ein bisschen glattstreichen? Liegt sich doch bequemer auf einem ordentlichen Lager. Und von diesen Käsehäppchen dürfen Sie mir auch gerne das eine oder andere reichen. Und dann erzähle ich Ihnen weiter.

Dann erst, ja!

Sie wollen gebeten werden?

Vergessen Sie es. Ich kann auch Selbstbedienung.

Aha, geht doch. Na gut, also ich berichte von großen, wilden Gefühlen.

Pinkys Menschen packten Koffer, und ich stellte mich dabei tröstend an Pinkys Seite. Noch immer plagten sie die Ängste, dass Berti und Martina sie für immer verließen. Aber was konnte ich da schon tun, als ihr immer wieder zu versichern, dass alles gut werden würde? Dann zog, zwei Tage bevor die beiden losfuhren, die Oma ins Haus, packte ihre Koffer aus und begann, dieses kleine Wuschel von allen Seiten zu verwöhnen. Darüber vergaß dieses naive Kätzchen sogar den Abschiedsschmerz.

Bei mir tat sich in der Zwischenzeit wenig. Anne und Christian waren selten zu Hause, weil es immer hieß, dies und das müsse noch vor dem Urlaub erledigt werden. Stefan arbeitete und lernte, und an schönen Tagen ging er an den Badesee. Er packte ständig seine Bücher ein. Aber immerhin ging er an den See – wo er dann auch Luzi wieder begegnete.

Was da passierte, habe ich nur aus zweiter Hand. Randy hat es mir berichtet, der dabei war, als Luzi mit ihrer allerbesten Freundin über das Geschehen sprach.

Nicht, dass ich der Meinung bin, Randy habe das alles nicht richtig verstanden und bewertet. Er hörte sehr genau zu und erzählte gewissenhaft alles, aber er ist eben nur ein Kater. Und was da diese Gefühlsdinge anbelangt, ist er leider ein ziemlicher Ignorant. Darum erlaube ich mir, an einigen Stellen die Geschichte zu kommentieren, so dass sie ins richtige Licht gerückt wird. Schließlich bin ich ja eine sensible Kätzin, nicht wahr?

Also Luzi saß im Garten mit ihrer Freundin Siggi zusammen. Randy lag unbeobachtet auf seinem Lieblingsast des Kirschbaums und lauschte müßig der Unterhaltung.

»Sag mal, Luzi, warum hast du meinen Bruder denn neulich dermaßen angemacht, und vorgestern lässt du ihn in der Disco eiskalt abfahren. Seitdem hängt der mir auf der Pelle und will wissen, was du für eine Type bist. Ich meine, an gebrochenem Herzen wird der nicht eingehen. Er hat schon ausreichend anderen Mädels Ärger gemacht, aber er ist mein Bruder, und du bist meine Freundin.«

»Na und? Ich kann weggehen, mit wem ich will und wann ich will. Und die Sache am Montag war nur, weil er darauf bestanden hat. Wenn er sich darauf was einbildet, ist das seine Sache.«

»Himmel, bist du schlecht gelaunt! Was ist denn passiert?«

»Ach nix. Erzähl mir, wann du nach Mallorca fliegst.«

»Nee, erzähl du mir lieber, was da am See los war.«

Luzi funkelte ihre Freundin trotzig an und schwieg.

Das dauerte so lange, dass Randy kurz vor dem Eindösen war und – wie er sagte – fast vom Baum fiel, als die Süße plötzlich zischte: »Die Caro, diese miese Prolette – ich könnte sie auf den Mond schießen!«

Siggi ist vermutlich eine sehr gute Freundin, denn sie wartete geduldig, bis mehr kam. Darauf musste Randy nicht lange warten. Luzi sprudelte es kurze Zeit später fast ohne Unterbrechung hervor.

Am Montag war sie mit einer buntgemischten Gruppe an den Badesee geradelt. Es war schon früher Nachmittag geworden, als sie eintrafen, und ziemlich voll, so dass sie lange suchen mussten, um einen Platz zu finden, der allen recht war. Wie der Zufall es wollte, war an diesem Tag auch Stefan zum See gefahren und saß mit seinem Buch ganz in der Nähe ihres Lagerplatzes. Luzi entdeckte ihn kurz darauf. Sie hatte schon wieder allen Zank mit ihm vergessen. Außerdem bereute sie inzwischen ein bisschen ihr allzu forsches Benehmen bei ihrem ersten Zusammentreffen. Sie hätte es eigentlich gerne wieder gutgemacht. Darum wollte sie ein Friedensangebot unterbreiten.

»Ich setzte also mein freundlichstes Honigkuchensonnenschein-Gesicht auf und grüßte ihn völlig ohne Gehässigkeit. Er legte für einen Moment sein dummes Buch zur Seite und nuschelte ein paar Belanglosigkeiten über das Wetter. Dann habe ich ihn gefragt, ob er sich nicht mit zu uns setzen wollte, aber das war dem hohen Herren vermutlich zu gewöhnlich. Er wolle uns lieber nicht stören, meinte er und schnappte sich wieder sein Buch. Da habe ich mich verzogen.«

»Ist dir mal der Verdacht aufgekommen, der Junge könnte ein bisschen schüchtern sein?«, fragte Siggi sie auf diese Schilderung hin. Randy meinte, das sei eine dämliche Frage, aber ich hätte sie auch gestellt. Luzi hingegen war mehr Randys Auffassung.

»Schüchtern? Der? Du solltest mal erleben, wie der einen anrußen kann.«

Um nicht weiter von Thema abzulenken, wollte Siggi nun wissen, was denn mit Caro los war.

»O ja, die! Du kennst ja unsere Caro, immer ganz Nylons und Workerboots, knallenger schwarzer Lederrock, gelb gefärbte Dauerwelle und große, schwarz gemalte Augen. Nachdem sie sich aus den Klamotten gepellt hatte, stand sie da in einem irren Fummel von Bikini, so einer aus Glitzerstoff und sonem Höschen mit hinten nix. Da kam ich mit meinem Tigerfellchen nicht mit! Obwohl das Ding auch schon ganz fit ist, du kennst es, nicht? Na ja, als sie mich von Stefan zurückkommen sah, stürzte sie sofort auf mich zu und begann mich – so ganz süßlich, verstehst du? – auszufragen. Wer das denn sei, woher ich den denn kennen würde, ob der 'ne Freundin hat und so.«

Luzi hatte daraufhin reichlich zurückhaltend Auskunft gegeben, aber Caro war ausreichend informiert, um einen Angriff zu wagen. Wie die Annäherung vonstatten ging, hatte Luzi nicht mitbekommen, denn sie war als Nächstes für eine gute halbe Stunde ins Wasser gesprungen, um ihre überschüssigen Energien abzutoben. Als sie sich dann in ihr Handtuch hüllte, um sich ihre Gänsehaut warm zu rubbeln, musste sie feststellen, dass Caro inzwischen umgezogen war. Sie räkelte sich dekorativ auf ihrem schwarzen Riesenhandtuch neben Stefan und lauschte seinen Erklärungen mit hingerissenem Gesichtsausdruck.

Luzi hatte sich keine Mühe gegeben wegzuhören.

»Er erklärte ihr irgendwas vom mathematischen Coprozessor und CD-ROMs, und sie nickte wissend zu jedem seiner Worte.«

»Caro? Ehrlich?« Siggi war erstaunt. »Ich dachte immer, die hat von Mathe überhaupt keine Ahnung?«

»Hat sie auch nicht. Einem PC würde sie wahrscheinlich Toastbrotscheiben ins Laufwerk stecken, und wie viel Finger sie an jeder Hand hat, muss sie auch jeden Morgen mühsam nachzählen.«

Soviel zu Luzis Meinung über Caros geistige Gaben.

Es kam aber noch schlimmer. Stefan sonnte sich natürlich in der geheuchelten Aufmerksamkeit dieser jungen Dame und schnurrte förmlich vor Wohlbehagen. Dann zückte die Schöne plötzlich ihre Nussölflasche und gurrte, dass sein Rücken schon ganz rot sei und ob sie ihn nicht einreiben dürfe. Sehr zu Luzis Verwunderung war er damit einverstanden, rollte sich auf den Bauch und ließ sich das gefallen.

»Blubberte die dumme Pute ihm was über die schön ausgebildete Nackenmuskulatur vor und bekam eine ganz tiefe Stimme. Was für eine plumpe Tour! Ich musste mich wegdrehen, so widerlich war das.«

Luzi lenkte sich also dadurch ab, dass sie ihrerseits ein männliches Opfer suchte, an dem sie ihre Verführungskünste ausprobieren konnte. Das war nicht schwer, denn wer den kleinen Feuervogel kennt, weiß, dass sie ganz schön aufdrehen kann. Ihre wilden roten Locken und die passenden Sommersprossen sind schon alleine aufsehenerregend genug, aber sie hat auch für einen Menschen eine hervorragende, geschmeidige Figur – wie eine Abessinier-Katze. Aber was erzähle ich Ihnen denn, Sie gehören ja auch Luzis Gattung an.

Kurz und gut, eine halbe Stunde später war sie der Mittelpunkt einer Gruppe braungebrannter Jünglinge, die ihren Späßen begeistert folgten. Weil sie jedoch nicht lange stillsitzen kann, forderte sie plötzlich alle zu einem Volleyball-Spiel auf. Die Meute erhob sich laut und willig, erzählte sie Siggi.

»Dabei wagte ich einen neuen Vorstoß in Richtung Stefan. Baute mich vor ihm auf und fragte ihn, ob er mitmachen wollte. Er war so vertieft in ein vermutlich hochgeistiges Gespräch mit der schönen Caro, dass ich zweimal nachfragen musste. Und dann antwortete sie für ihn. Das wäre schade, denn gerade hätten sie beschlossen, ein Eis essen zu gehen. Da wollte ich mich natürlich nicht einmischen. Wenn dem Stefan eine Eis lutschende Dummbulette lieber war als ein fröhliches Strandspielchen, dann sollte er das haben. Wir hatten jedenfalls viel Spaß dabei.« Luzi kicherte ein bisschen schadenfroh. »Torsten meinte, Stefan habe sogar eine Zeitlang richtig neidisch zugeguckt. Recht geschah ihm!«

Danach waren sie verschwitzt und tollten im Wasser weiter. Anschließend war sogar Luzi ein wenig müde geworden und hatte sich, einen Apfel essend, zum Sonnen auf ihr Handtuch gelegt. Dabei musste sie miterleben, wie Stefan jetzt seinerseits seine schöne Begleiterin eincremte und ihr dabei ausgesprochen zärtlich über Rücken, Po und Beine strich. Als er sah, dass Luzi ihn beobachtete, zwinkerte er ihr mit einem Lächeln in den Augenwinkeln zu. Leider missverstand Luzi das.

»Der wollte mir wohl andeuten, dass meine Blicke eine unerwünschte Einmischung in sein Vergnügen seien. Na, so toll ist Caros Hintern ja nun auch wieder nicht, und ich konnte mich tatsächlich davon losreißen. Aber die Idee beflügelte leider deinen Bruder Torsten. Der wollte mich auch unbedingt mit seinem Schmieröl bekleistern. Leider hab ich ihn gelassen, und jetzt bildet er sich was drauf ein. Okay, ich weiß, es war nicht in Ordnung. Ich hätte dabei nicht so mit ihm rumschmusen müssen.«

Der friedliche Zustand dauerte nicht lange, denn Luzi hatte sich erholt. Wettschwimmen bis zum Floß in der Mitte des Badesees war jetzt ihr Vorschlag. Ein letztes Mal versuchte sie, Stefan mit einzubeziehen, der gerade von Caro verlassen worden war. Er wollte schon aufspringen, um sich anzuschließen, als Besagte hinter Luzi auftauchte und betrübt säuselte, er solle ruhig mitgehen, sie werde die Zeit alleine in der Sonne genießen. Mit dem Erfolg, dass er zögerte. Luzi stob in Richtung Ufer davon und drehte sich nicht mehr um. Daher bekam sie auch nicht mit, dass Stefan nach ein paar Worten zu Caro ebenfalls zum Wasser lief.

Energisch durchpflügte Luzi die Wellen, erreichte, wie nicht anders zu erwarten, die Badeinsel als Erste und war auch die Erste, die die schwarzen Wolken am Himmel sah. Sie machte ihre Begleiter darauf aufmerksam, und gemeinsam beschlossen sie, so schnell wie möglich aufzubrechen.

Wieder am Lagerplatz trocknete sie sich ab, wechselte den nassen Bikini gegen einen trockenen und sprang in Jeans und T-Shirt. Erst dann fiel ihr auf, dass Stefan nicht an seinem Platz war und Caro alleine ebenfalls gerade ihre Sachen packte. Luzi stopfte gerade das feuchte Badelaken in den Fahrradkorb, als Stefan tropfend aus dem Wasser kam. Das erste Donnergrollen war schon zu hören.

»Sieht nach Gewitter aus. Wenn du einen Moment wartest, Luzi, nehme ich euch beide im Auto mit.«

Siggi, die eine ganze Weile schweigend zugehört hatte, kommentierte jetzt: »O je, arme Luzi! Den Rest kann ich mir fast denken. Mit der Prolette zusammen …«

»Eben. Ich also auf mein Fahrrad und los. Der Wind war zwar schon ziemlich stark geworden, aber ich hatte ihn im Rücken und kam schnell voran.«

Doch das nützte Luzi wenig. Das Gewitter war schneller, und ein Wolkenbruch entlud sich über dem Land. Klatschnass, triefend und frierend strampelte sie am Straßenrand entlang. Es krachte und blitzte in schneller Folge, und die Angst vor den Blitzen kroch ihr den Rücken hoch.

Sie bemerkte das bremsende Auto erst, als es vor ihr stand und die Tür aufging. Mit ein paar herrischen Worten befahl Stefan ihr einzusteigen und packte ihr Rad mit einem Schwung in den Kofferraum. Dabei wurde er auch völlig durchnässt, so dass im Auto nur die gemütlich auf dem Beifahrersitz thronende

Caro trocken und gepflegt war. Mit falschem Mitleid bedauerte sie Luzi, die schniefend und gedemütigt jedes ihrer Worte demonstrativ überhörte. Aus Haaren und Kleidern tropfend, schwieg sie, bis sie vor der Haustür anhielten und sie – bis auf ein leises »Danke« – wortlos ihr Rad auslud.

»O Scheiße!« Mitfühlend sah Siggi ihre Freundin an. »Hast du ihn seitdem noch mal gesehen?«

»Gesehen ja, als er vorgestern Abend in der Disco mit der Caro aufkreuzte. Das war, als ich deinen Bruder einfach so stehen gelassen habe und gegangen bin. Ich wollte nicht, dass die mir noch irgendeine Bemerkung zu der Sache vorschwallt. Tut mir leid, wegen Torsten.«

»Bist du an dem Stefan interessiert?«

»Ach, ich glaube nicht. Er sieht zwar ganz gut aus und kann auch ganz nett sein, aber …«

»Ich glaube, du bist in ihn verschossen.«

»Quatsch!«

Randy meint, das habe sehr überzeugend geklungen. Mich überzeugte das nur von dem Gegenteil. Aber mit Randy lasse ich mich auf solche Diskussionen nicht ein. Er sieht zwar ganz gut aus und kann ganz nett sein, aber …

Ziehen Sie jetzt bitte keine falschen Schlüsse.

Inzwischen hatten Anne und Christian mir erzählt, dass sie in wenigen Tagen in Urlaub fahren würden. Aber vorher hatte Anne noch ein kleines Abschiedsessen eingeplant, zu dem Luzi, die Geburtstag hatte, und Stefan eingeladen waren.

Diesen Tag verbrachte ich in angespannter Erwartung. Aus Erfahrung wusste ich, dass Annes Einladungen zum Essen auch für Katzen ein Erlebnis sind. Sie kam, wie vorauszusehen, früh nach Hause und hatte einen vielversprechenden Korb dabei. Als ich das Auto hörte, saß ich noch mit Randy unter einer Weide am Bach, übertraf aber meine eigenen Sprintrekorde, um rechtzeitig mit ihr an der Tür zu stehen. Die nächsten zwei Stunden waren köstlich, denn die liebe Anne hat ein weites Herz und eine freigiebige Hand. Fast bedauerte ich, dass weder Junior noch Tiger bei mir waren.

Dann kamen die Gäste, und es wurde ein heftiges Geschlecke ausgetauscht, und sogar Stefan gab der in rosa Chiffon und weiße Häkelspitze gehüllten Luzi ein zurückhaltendes Küsschen auf die Wange. Das Rosa verstärkte sich.

Dann wurde das Geburtstagskind zum Sessel geführt und mit Geschenken überhäuft. Von Anne bekam sie Putzmittel – sie nannte es Duschgel und Body-Lotion – mit Vanillegeruch, Christian überreichte ihr sein Päckchen mit den Worten: »Nur für deine Ohren bestimmt!«

Luzi jubelte laut auf, als sie die zwei CDs mit den neuesten, heißesten Stücken ihrer Lieblingsmusik auspackte.

Und dann war ich an der Reihe!

Stefan und ich hatten nämlich nachmittags eine ganz besondere Überraschung für sie angefertigt. Um zu sehen, welche Wirkung das Geschenk hatte, schlich ich mich ganz nahe heran und hüpfte dann auf die Sessellehne.

»Bitte Luzi, das ist von mir«, meinte Stefan nicht ganz korrekt, als er ihr das flache Päckchen reichte.

Luzis Gesichtsausdruck spiegelte eine Mischung von Misstrauen und Freude wider, als sie es in Empfang nahm. Sie zögerte.

»Na, spann uns doch nicht so auf die Folter. Auch wir wollen wissen, was dem Mausehund in der kurzen Zeit eingefallen ist«, forderte Anne, und selbst Christian rückte neugierig näher. Vorsichtig zupfte Luzi das blumenbunte Papier an einer Seite auf und wickelte dann den schlichten Glasrahmen ganz aus, in den das Bild gefasst war.

Und das Bild zeigte mich!

In Kreide. Ganz nach dem Leben. Über eine Stunde hatte ich dafür still auf meiner Decke sitzen müssen, während Stefan zeichnete. Ich fand es ein bisschen unfair von meinen Menschen, dass sie immer nur die Leistung von dem Mausehund hervorhoben. Als hätte ich nichts dazu beigetragen. Sitzen Sie doch mal freiwillig über eine Stunde mäuschenstill, wenn draußen die Vögel singen, die Sonne scheint und die Gardine sich lockend im Fenster bläht!

Jedenfalls waren sie alle beeindruckt, und Luzi war sprachlos. Sie war dann auch die Einzige, die sich zu mir umdrehte und mich auf ihren Schoß zog, um mich ordentlich durchzuknuddeln. Ob das eine Ersatzhandlung war?

Dann war das Essen fertig, und wir gingen zu Tisch. Ich habe bei Anne normalerweise einen Extrastuhl, aber mit den drei Gästen waren heute alle belegt, daher musste ich neben dem Tisch am Boden bleiben. Das Gespräch drehte sich um den Urlaub. Und dass Stefan sich noch immer keine freie Zeit gönnte, wie Luzi betonte.

»Du bist neunundneunzig Teile Streber und ein Teil Mensch. Du nimmst ja sogar zum See noch deine Bücher mit«, lästerte sie.

»Und habe ich mich nicht auch um dich und deine Freundin Caro gekümmert?«

Uiiii, dachte ich, jetzt passiert was!

»Die ist nicht meine Freundin. Das hättest sogar du Simpel merken können. Aber du hast ja noch nicht mal gemerkt, dass die vor Dummheit nicht bis drei zählen kann. Wo sie dich doch so angeschmachtet hat, als du ihr von deinen heißgeliebten Computern erzählt hast.«

»Luzi, hab Mitleid mit ihm, er ist doch nur ein Mann«, beschwichtigte Anne den kleinen Sprühteufel neben sich, krampfhaft bemüht, ihre Erheiterung zu verbergen.

Stefan sah aus wie ein zu Unrecht mit Wasser begossener Pudel.

»Da hab ich wohl was falsch verstanden; die Caro hat gesagt, du seiest ihre beste Freundin.«

Ich bewunderte Luzi in diesem Moment. Sie blieb ganz ruhig. Als ich auf meine Pfoten blickte, sah ich, dass alle Krallen ausgefahren waren. Oh, was konnte ich mit ihr mitfühlen!

»Also, wir haben ein Haus in der Ardèche gemietet, von wo aus wir uns die Gegend ansehen werden. Anne hat schon häufiger diese Art von Urlaub gemacht, ich bin bislang immer in Hotels gewesen oder war früher zelten. Ich bin wirklich gespannt, wie mir diese Form von Urlaub gefällt«, meinte Christian.

»Jetzt hast du aber sehr hübsch diplomatisch das Thema gewechselt, Chris. Wer hilft mir den nächsten Gang auftragen?«

Luzi und Stefan sprangen gleichzeitig auf, und Christian gebot: »Geburtstagskinder ausgenommen. Auch wenn wir nur Männer sind, zu solchen einfachen Handreichungen sind wir noch fähig.«

Ich blieb also mit Luzi einen Augenblick alleine im Zimmer und nutzte die Gelegenheit, ihr meine Verbundenheit zu versichern. Sie belohnte das mit einem schönen Kraulen unter dem Kinn.

Die Unterhaltung bis zum Dessert war dann leidlich entspannt, und ich hatte irgendwie das Gefühl, dass Anne sich über ihre Gäste amüsierte. Als das Essen beendet war, versammelte sich die kleine Gesellschaft mit ihren Gläsern auf den Sofas.

Christian setzte sich neben Luzi und räumte das Geschenkpapier ein wenig zur Seite, um Platz für die Weinkaraffe zu finden. Dabei hielt er plötzlich auch die Flasche mit der Body-Lotion in der Hand.

»Was hat Anne denn da gefunden? Körpermilch mit Vanille?«

Stefan trat dazu, nahm sie ihm aus der Hand und meinte: »Wenn die Luzi mit den roten Haaren sich damit eincremt, gibt's rote Grütze mit Vanillesoße.«

»Aus, Mausehund! Aus!«

Mit einem vorsichtigen Blick auf das Mädchen wies Christian seinen Cousin zurecht, weil er einen erneuten Ausbruch der Feindseligkeiten befürchtete. Aber zu seinem Erstaunen lachten Anne und Luzi hell auf.

»Der kann ja doch witzig sein! Magst du rote Grütze mit Vanillesoße?«, neckte Anne ihn dann. Jetzt war es an Stefan, mit rosigen Ohren zu erwidern: »Wenn sie nur nicht so schwer im Magen liegen würde.«

»Das ist alles eine Frage der Portionierung, Mausehündchen«, kicherte Luzi, worauf er prompt dagegenhielt: »Dass du nur in homöopathischen Dosen zu genießen bist, ist mir klar, seit ich dich kenne!«

»Unentschieden, keine Verlängerung.«

»Wann feierst du deine Geburtstagsparty?«

»Samstag. Hoffentlich ist das Wetter schön, ich hab nämlich eine Wahnsinnsmenge Leute eingeladen. Das geht eigentlich nur im Garten. Schade, dass ihr schon weg seid. Mein Vater hat mir ein Spanferkel vom Grill versprochen.«

»Jetzt mach Stefan nicht den Mund wässerig.«

»Ach ja, Stefan, magst du vielleicht auch kommen?«

Überrumpelt sah er Luzi an. »Ich, äh, ich muss Samstag sicher arbeiten. Und ich kenne ja auch niemanden von deinen Freunden.«

»Das stimmt, denn Caro habe ich nicht eingeladen. Aber Torsten und die anderen sind nett und haben nichts gegen Fremde. Außerdem glaube ich dir nicht, dass du arbeiten musst.«

»Nein, eigentlich glaube ich das auch nicht. Aber es ist vielleicht trotzdem nicht in Ordnung. Wegen Torsten oder so?«

Entging Luzi dieser fragende Ton eigentlich, oder ist sie eine bessere Schauspielerin, als ich dachte? Jedenfalls blieb sie am Rande eines Triumphes völlig gelassen und meinte nur: »Na los, überwinde deinen inneren Mausehund und sag, dass du kommst!«

»Okay, mach ich. So, und jetzt glaube ich, sollten wir unsere Gastgeber allmählich verlassen, es ist schon Mitternacht, und dein Geburtstag ist vorbei.«

Unter vielen Dankesworten verabschiedeten sich die beiden. Anne und Christian blieben noch einen Moment zusammen auf dem Sofa sitzen. Ich setzte mich dazu.

»Die beiden fangen an sich zu mögen, was meist du, Chris?«

»Meinem ehrgeizigen, strebsamen Cousin könnte das nur guttun. Sag mal, bin ich auch so unerträglich idealistisch und humorlos?«

»Na ja, als ich dich kennenlernte, warst du sehr prinzipien-treu. Ich meine, das ist ja nichts Schlimmes, und du bist es noch. Aber wenigstens nicht mehr in den unwichtigen Dingen. Und für humorlos habe ich dich nie gehalten. Stefan ist es jedenfalls auch nicht, er ist nur ein bisschen schüchtern. Wahrscheinlich versetzt Luzi ihn in Angst und Schrecken.«

Womit Sie sehen, dass mein Urteil von Anne geteilt wird. Und die kennt sich auch mit Menschen wirklich gut aus.

Tiger und Junior in der Krise

Nachdem sich Tiger und Junior in der Nacht sehr vorsichtig von Feli und Silvi entfernt hatten – beiden lag weder an einem weiteren Gebalge noch an einem Austausch allzu tatzengreif-licher Liebenswürdigkeiten –, streiften sie zügig durch den Wald, um ausreichende Katzenlängen zwischen sich und die beiden rabiaten Damen zu legen. Erst am späten Morgen rollten sie sich zu einem Schlummer zusammen. Als sie am Abend auf-wachten, fühlte sich Junior noch immer zerschlagen und ziem-lich schlapp. Seine Augen waren verklebt, weil sie wegen der Schmerzen in der Zahnwunde unablässig tränten. Er hatte Mühe, sie mit den angefeuchteten Pfoten freizuputzen. Außer-dem konnte er noch immer nicht beißen. Einen Probehappen Regenwurm spuckte er gepeinigt aus und beschränkte sich aufs Trinken. Aus seinem Mäulchen tropfte beständig ein wenig Speichel. Darum war er auch sehr kleinlaut.

»Ift ef noch weit bif zum Dorf?«, fragte er Tiger, nachdem sie ein paar Schlabber Wasser aus dem See genommen hatten.«

»Wir müssen jetzt so oder so um den See herum, Junior. Erst dann ist es wieder sinnvoll, sich auf die Suche zu begeben. Oder möchtest du zu deinen Freundinnen zurück?«

»Lieber nicht. Fie sind ja ganf intereffant, aber ein bifchen fehr ruftikal, fogar für meinen Gefmack. Aber, oh Mann, hab if einen Hunger!«

Sie trabten weiter am bewaldeten Ufer des Sees lang. Junior wurde immer langsamer und blieb hinter Tiger zurück, der sich im Wald wenigstens von einigen Mäusen ernähren konnte.

»Wo bleibst du denn, Junior? Trödel doch nicht so!«

Junior schleppte sich unter dem aufgehenden Halbmond weiter, musste aber immer öfter stehen bleiben, um sich den Schleim aus dem linken Auge zu wischen. Er fühlte sich gar nicht wohl. Tiger, in Gedanken versunken, lief unermüdlich weiter. Erst als der Abstand zwischen ihnen beiden so groß geworden war, dass er das leise Tappen von Juniors Pfoten nicht mehr wahrnahm, hielt er an, um auf seinen Begleiter zu warten.

»Entfuldige. If dachte, if wäre beffer drauf.«

»Wir trinken noch einen Schluck. Dann geht's wieder.«

Als Tiger sich den Kleinen ansah, stellte er fest, dass der wirklich schlecht aussah. Darum schlug er eine weitere Rast vor, obwohl er den See gerne hinter sich gebracht hätte. Sie näherten sich nämlich langsam der Stelle, wo der Badestrand begann.

Unter einem Farn rollte sich Junior erschöpft zusammen und glitt in einen unruhigen Schlaf. Mehrmals wurde Tiger, der ein Stück weiter lag, von dem kläglichen Maunzen geweckt, das Junior im Traum von sich gab. Er weckte ihn jedoch nicht, auch als das Leben am Strand begann. Sie waren noch weit genug von den belebten Stellen entfernt, so dass sie nicht allzu große Gefahr liefen, entdeckt zu werden. Doch einige Male kamen johlende Kinder und Einsamkeit suchende Pärchen bedenklich nahe. Um den angeschlagenen Kater längere Zeit nicht unbeobachtet zu lassen, jagte Tiger nur in ganz kleinem Umkreis. Zum Glück gab es genug Beute, um ihn zu sättigen. Ein paar Mal blinzelte Junior tagsüber mit einem Auge in die Sonne, fand aber nicht die Kraft aufzustehen. Erst als es dunkel wurde, weckte ihn Tiger und forderte ihn auf, mit ihm weiterzuwandern.

»Wir können nicht tagelang hier liegen bleiben. Komm jetzt, du musst es versuchen. Schließlich hast du nur einen Zahn verloren, das kann jedem mal passieren. So schlimm ist das doch nicht!«

»Haft ja recht, Tiger. Aber if krieg daf Auge nift auf. Auferdem habe if beftimmt fünf Fecken im Fell. Oh, ift daf allef befiffen.«

»Die Zecken sind doch kein Problem, die fallen bald wieder ab. Lass mal dein Auge sehen.«

Als er das verkrustete Auge und das verklebte Fell darum sah, wurde Tiger doch etwas mulmig zumute. Das sah nicht gut aus. Zudem sabberte der Kleine immer noch aus dem linken Mundwinkel. Tiger fürchtete, dass sich die Wunde entzündet hatte. Aber sie mussten weiter, nur dann konnte ihm geholfen werden. Das sagte er ihm auch, und bereitwillig, aber schwankend stellte sich Junior auf die Beine.

»Lof geht'f!«

In der Dämmerung lag der See still wie ein Spiegel vor ihnen. Das Schilf am Ufer raschelte nur ganz leicht, wenn ein kleines Tier verstohlen hindurchschlüpfte, und die Mücken sangen sirrend ihr schrilles Lied. Sie erreichten den Sandstrand. Hier legten die Pappbecher, Zigarettenschachteln, Kippen, Eistüten, Plastikflaschen, Kronkorken und andere weggeworfenen Reste reichlich Zeugnis von der menschlichen Kultur ab. Immerhin gab es auch Müllbeutel, die gut gefüllt in ihren metallenen Rahmen hingen und darauf warteten, am frühen Morgen entsorgt zu werden. Das Gehen im weichen Sand wurde mühseliger, und immer wieder blieb Junior zurück. Als Tiger eine flache Felsplatte erreichte, die bis ins Wasser hineinragte, blieb er darauf stehen und wartete. Junior taumelte am Ufer entlang. Seine Schritte waren unsicher. Kopf und Schwanz hingen unglücklich herab. Er stolperte über einen Ast und fiel fast ins Wasser. Rappelte sich auf und tapste unter großen Mühen weiter. Kurz bevor er den Stein erreichte, fiel er noch mal hin. Diesmal blieb er regungslos liegen. Tiger sprang auf, eilte zu ihm und stupste ihn mit der Nase sanft an.

Junior bekam noch nicht einmal die Augen auf. »Geht nift

mehr. Ift auf mit mir.« Ganz leise kamen die Worte über seine Lippen.

»Komm, Junior. Du hast schon Übleres durchgemacht. Du kannst jetzt nicht aufgeben. Wir sind doch dem Ziel so nahe. Du bist hungrig, nicht?«

»Nift mehr. Geh du alleine nach Haufe.«

Er schloss die Augen und ließ seinen Kopf zur Seite fallen. Kleine Wellen leckten nach seinem Schwanz, doch er zuckte noch nicht einmal bei der feuchten Berührung. Tiger saß vor ihm und schaute nachdenklich in den dunkelblauen Himmel über ihnen. Es stimmte ihn höchst bedenklich, dass sein sonst so lebenslustiger Freund auf einmal aufgeben wollte. Da musste doch mehr hinter stecken als nur Zahnschmerzen und ein knurrender Magen. Er beschloss, auf die Vibrationen zu lauschen, die von ihrem Ziel ausgingen. Mit einer Leichtigkeit, die ihm als Traumkatze eigen war, lauschte und tastete er sich durch die Sphären. Doch, das Dorf war da, sehr nahe sogar. Der Versammlungsplatz am Wald, das Haus … Aber etwas war anders. Er konzentrierte sich auf die Lebewesen dort – und erschrak. Anne war nicht mehr da. Obwohl? Ganz leichte Schwingungen von ihnen waren noch mit dem Plätzen verbunden. Aber sicher nicht genug für einen noch so unbedarften Sucher wie Junior.

Tiger kehrte in die Gegenwart zurück und bedachte, was er erkannt hatte. Mit einem Mal wurde ihm klar, was Junior passiert war. Er machte sich bitterste Vorwürfe. Da hatte er in seiner überheblichen Art dem jungen Kater die Möglichkeiten der Kontaktaufnahme gezeigt und, von dessen überwältigenden Reaktion getäuscht, nicht die Mühe gemacht, ihn in den Feinheiten zu unterweisen. Junior hatte, statt sich auf den Ort zu konzentrieren, seinen tiefen Gefühlen für Anne nachgegeben und sich auf dieses ach so bewegliche Lebewesen eingerichtet. Darum hatte er auch damals auf der anderen Richtung beharrt und war im Streit davongelaufen. Und jetzt hatte er endgültig den Kontakt verloren. Das musste ihn ja hoffnungslos machen. Außerdem war er körperlich sehr geschwächt und hungrig.

Tiger überlegte. Irgendwie musste er ihm wieder Mut machen. Voller Mitleid und Zuneigung betrachtete er den kleinen Graupelz, der da im kalten Mondlicht schlaff, abgemagert und hilflos im Sand lag.

Thunfischdöslein

Ich hatte mich auch neu zu orientieren. Stephan sorgte sehr pflichtbewusst für mich, aber manchmal vermisste ich diese kleinen Extras. Deswegen kam es auch zu dieser beschämenden Episode mit dem Thunfischdöslein.

Sie wollen das hören? Wirklich? Bitte, bitte, ich habe nichts zu verbergen, und wenn Sie diese seltsame Poesie unseres Herrn Homer ertragen wollen. Ich kann Sie nicht hindern.

Also, es war so ziemlich um dieselbe Zeit, als ich Randy einen Besuch abstattete. Seit er teilweise bei Luzi lebt, traut er sich sogar manchmal zu ihr ins Haus. Insbesondere dann, wenn der Rest der Familie ausgeflogen ist. Den einzigen, den er von der Truppe sonst noch mag, ist ihr urwüchsiger Vater. Aber der ist auch in Ordnung.

Nun ja, in dieser Woche war Luzi ganz alleine und hatte vor, abends für sich und Siggi eine Pizza zu machen. Wir, Randy und ich, beobachteten die Vorbereitungen von der Fensterbank aus und kommentierten die Zutaten. Ich meine, das meiste war nichts Umwerfendes. Tomaten, Zwiebeln, Pilze und so ein Zeug. Käse lasse ich mir schon eher gefallen. Aber dann kam der Höhepunkt. Luzi machte ein Döschen auf. Erst dachte ich, es sei für uns, aber dummerweise fing sie an, den Inhalt, ohne unseren begierigen Blick zu beachten, auf diesen Teig zu verteilen und mit den anderen ungenießbaren Zutaten zu vermanschen. Versteh einer die Menschen! Randy neben mir seufzte, und als ich mich umdrehte, saßen auch Diti und Hommi sehnsüchtig schnüffelnd unter dem Fenster.

»Daßß riecht ßtark. Waß ißt daß?«

»Thunfisch. Eins meiner Lieblingsfutter. Aber sie hat es schon verdorben.«

Wir wurden unterbrochen, denn Siggi kam in die Küche.

»Hi, Luzi. Die Tür war offen.«

»Klar, ich wusste doch, dass du kommst. Meinst du, das reicht?«

Luzi deutete auf das Blech, und Siggi prüfte den Belag kritisch.

»Also, wenn's nach mir ginge, dürfte mehr Thunfisch drauf.«

»Mh. Ja.«

Sie holte noch eine Dose aus dem Schrank, öffnete sie und drehte sich ab, um den Backofen anzustellen.

»ßpring, Nina! Du bißt am nächßten dran.«

Ich vergaß meine ganze Erziehung und sprang auf den Tisch. Doch kaum schwebte meine Pfote über der geöffneten Dose, bekam ich einen derben Nasenstüber und wurde auf den Boden gesetzt.

»Nina, du Räuber! Lass das! Bei Anne machst du das auch nicht.«

Damit hatte Luzi recht, und mit schlechtem Gewissen sprang ich zurück in den Garten. Randy kam mir hinterher, sichtlich erschüttert über Luzis brutale Handlungsweise.

»Tut's sehr weh?«, fragte er und leckte mir zärtlich über die Nase. Zu meiner Schande muss ich gestehen, dass ich in dem Moment nicht widersprach. Als er dann allerdings heftige Vergeltungsmaßnahmen androhte, musste ich Luzi doch in Schutz nehmen. Erstens war es verdient, und zweitens hat es nicht sehr wehgetan.

Viel weher hat mir Hommis Kommentierung der Situation getan, der sich mal wieder ein paar Reime abringen musste. Er setzte sich unter den Rosenbusch und brachte hervor:

»Sah die Katz' ein Döslein stehn,
Döslein auf dem Tische.
War so rund und roch so schön,
lief sie schnell, es nah zu sehn,
Döslein auf dem Tische.
War so rund und roch so schön,
lief sie schnell, es nah zu sehn,
dass sie es erwische.
Döslein Thunfisch, Döslein rund
Döslein auf dem Tische.

Katze sprach: ›Ich nasche dich,
Döslein auf dem Tische!‹
Mädchen sprach: ›Ich hasche dich,
dass du ewig denkst an mich,
du Katz, du räuberische!‹
Döslein Thunfisch, Döslein rund
Döslein auf dem Tische.

Doch die wilde Katze klaut
's Döslein auf dem Tische.
Mädchen wehrte sich und haut.
Half ihr doch kein Jammerlaut,
vorbei war's mit dem Fische.
Döslein Thunfisch, Döslein rund
Döslein auf dem Tische.«

»Gute Güte, Goethe«, murmelte Diti und kringelte den Schwanz wie unter Schmerzen. Ich versuchte unbeteiligt auszusehen, rang aber wie üblich mit einem sich verkrampfenden Magen. Nur Randy war mal wieder platt vor Begeisterung.

»Wie gelingt dir das nur immer, Homer? Ich könnte nie so schöne Worte finden, um eine solch banale Angelegenheit in poetischen Glanz zu hüllen. Sag, wie machst du das?«

»Habe nun, ach …«

Krawummmmm!

»ßßluß jetßt. Einß am Tag reicht.«

Hommi schüttelte nach Ditis Ohrfeige halb benommen den Kopf. Doch seine Schwester war genervt und erklärte mir dann im Vertrauen, dass Hommi seit geraumer Zeit an einem erzählenden Gedicht über Luzi und Stefan arbeite und hoffe, dass sich die Ereignisse zu einer klassischen Tragödie entwickeln. Ich konnte mich dieser Hoffnung nicht anschließen, Diti auch nicht, aber sie meinte nicht ganz unrichtig: »Lieber ein Ende mit ßßrecken als ein ßßrecken ohne Ende.«

Aber ich merke, ich bin völlig vom Thema abgekommen.

Wahre Freundschaft

Zu diesem Zeitpunkt saß Tiger mit dem bejammernswerten Häuflein Junior am Strand und dachte angestrengt darüber nach, was er mit ihm machen sollte. Selbst wenn er ihm eine schöne fette Maus vor die Nase legen würde, konnte er die ja nicht aufbeißen. Sahne oder Milch, das wäre gegangen. Sahne war nahrhaft und belastete das Gebiss nicht. Nur in der Wildnis an Milch zu kommen erschien schier unmöglich. Das war ja der Grund, warum Tiger seinen kranken Begleiter so schnell wie möglich in die Nähe von Menschen bringen wollte. Unruhig begann er am Strand auf und ab zu gehen. Dabei wäre er fast in eine Glasscherbe getreten. Entsetzt über seine eigene Unaufmerksamkeit hielt er inne. Das würde jetzt gerade noch fehlen, dass er sich auch noch verletzte. Mit größerer Aufmerksamkeit musterte er daher seine Umgebung. Eine Bastmatte lag noch vergessen im Sand, aus den Spuren eines Lagerfeuers wirbelten leichte Ascheteilchen auf und füllten die Luft mit dem Geruch verbrannten Fleisches. Als er näher kam, entdeckte er eine von Ameisen umwimmelte Blechdose, die nach verdorbenem Fisch roch. Angeekelt schüttelte er die Pfote und drehte sich weg. Aber die Abfälle brachten ihn auf eine Idee. War es nicht von jeher Juniors üble Angewohnheit gewesen, sich einen Teil seiner Nahrung aus Müllbeuteln zu organisieren? Vielleicht könnte man in diesen Hinterlassenschaften menschlicher Zivilisation etwas finden, was seine Lebensgeister wieder aufweckte. Mit neuem Interesse überflog Tiger mit seinen Augen und der Nase den Strand. Da roch es doch ganz vielversprechend. Er sprang mit drei gewaltigen Sprüngen auf den blauen Müllsack zu, der einladend an seinem Gestell hing. Wie hatte Junior das immer gemacht? Pfote hoch, Krallen raus und ritz, schlitz, platz und polter. Dosen, Tüten, Schachteln, Becher, Krümel, Brote, Taschentücher; all das ergoss sich vor dem begeisterten Kater. Welch eine Auswahl! Zum Beispiel diese Plastikdose. Die roch fein. Nach Schmelzkäse. Mhhhhh. Eine Kostprobe führte zur nächsten, und dann war das Döschen leer. Hochgradig angeregt suchte Tiger weiter, als ihm plötzlich wieder einfiel, warum er das ja angezettelt hatte.

Junior!

Sofort riss er sich zusammen und suchte intensiv nach möglichen Leckereien. Er fand einen Pappbecher mit geschmolzenem Vanilleeis. Das war doch was. Und – Wunder über Wunder – eine fast halbvolle Milchtüte. Klein zwar, aber besser als nichts. Er nahm erst den Becher mit den Eisresten ins Maul und schleppte ihn zu Junior, dann holte er die Milchpackung. Junior hatte sich in der Zwischenzeit nicht gerührt. Sein Atem ging flach, und seine magere Flanke hob sich kaum sichtbar. Sein verschmiertes, verschorftes Gesichtchen sah erbarmungswürdig aus.

»Junior! Junior, bitte wach auf!« Tiger versuchte, mit leichten Stupsern den weggetretenen Kater ins Bewusstsein zu holen. »Junior, bitte! Du brauchst auch die Augen nicht aufzumachen. Junior, sag was zu mir!«

Ein ganz leichtes Beben ging durch dessen Barthaare.

»Das ist schon ganz prima. Riech mal. Ich hab was für dich, was du ganz bestimmt futtern kannst.« Tiger schob den Eisrest näher, und das Beben wurde heftiger. Eine Falte bildete sich über Juniors Nase, als er versuchte, seinen Kopf zu heben. Er strengte sich an, aber die Kraft fehlte bereits. Er sank zurück und murmelte: »Danke, daf du ef verfucht. Aber ef ift fu fpät.«

»Junge, nicht aufgeben! Bitte. Wir brauchen dich doch noch. Anne wartet auf dich.«

Tiger wusste, dass diese Aussage gelogen war, aber er wusste auch, wenn eine Katze erst mal aufgegeben hatte, dann ging es auch mit ihr zu Ende. Darum griff er zu dieser Notlüge.

»Anne ift weg. Fie hat mich nicht mehr lieb. Allef egal.«

»Junior, das kannst du mir nicht antun. Vergiss nicht, du hast mich gesucht, um mich zu ihr zurückzubringen. Du musst mitkommen! Sie wartet auf dich! Bestimmt!«

Tiger wartete auf eine Reaktion. Es dauerte lange. Derweil zog der Mond seine Bahn und legte seinen Silberschimmer auf Juniors Fell. Sterne drehten in ihrem würdigen Tanz um die Himmelsmitte, und leichter Dunst bildete sich über dem Wasser. Ein ganz winziges Schnüffeln belohnte Tiger schließlich.

»Möchtest du probieren? Ich glaube, es ist gut. Hier, meine Pfote. Du musst nur lecken.« Tiger hatte seinen rechten Ballen mit Vanillemilch benetzt und hielt ihn an Juniors Nase. Die Zunge kam heraus und schleckte kurz darüber. »Mrhrm«, schnurrte es leise. Tiger tauchte die Pfote tiefer ein, und Schlapp für Schlapp leerten sie so den Becher.

Zucker, Eiweiß, Fett gelangten so in die ausgelaugten Fasern des kleinen Katzenkörpers, und allmählich kam wieder Leben in Junior. Die Milch aus der Packung – Tiger hatte sie recht geschickt aufgebissen – schleckte er schon selbständig auf, obwohl er die Augen noch geschlossen halten musste.

»Wo haft du daf her?«

»Deine alte Methode. Ich habe einen Müllbeutel gejagt.«

Mehr als alles andere belebte diese Mitteilung den jungen Kater. So etwas wie ein Kichern erklang, und er mummelte: »Prolet!«

Glücklich seufzte Tiger auf. Junior wurde wieder der Alte. »Ich schau mal, ob ich noch einen finde. Die Sachen sind wirklich nicht sooo schlecht. Bleib du nur noch ein bisschen liegen.«

Tiger zerlegte zwei weitere Müllsäcke, gönnte sich einen Erdbeerjoghurt und brachte ein Häppchen weichen Käse und Milchreis mit. Einen halb abgenagten Kotelettknochen ließ er mit Bedauern liegen. Als er Junior erreichte, hatte der es geschafft, wenigstens ein Auge aufzubekommen und sich auch schon ein Stückchen vom Wasserrand zu entfernen. »Ef ift naf hier«, meinte er zur Begründung.

»Das kann man wohl sagen. Dein Schwanz hing die ganze Zeit ins Wasser. Wenn du das hier aufgeleckt hast, versuchen wir mal, ein bisschen weiter in das Unterholz zu kommen, damit wir nicht entdeckt werden. Die Sonne geht schon auf.«

Das gelang ihnen auch nach einiger Zeit, und unter einem dichten Brombeerstrauch rollten sich die beiden zusammen. Tiger rückte – ganz gegen seine sonstige Gewohnheit – nahe an Junior heran. Der schob seinen Kopf vertrauensvoll an seine Flanke, und Tiger legte eine Pfote über dessen Ohren.

Junior seufzt leise: »Ef ift fo gut, einen Freund fu haben.« Dann schlief er auf der Stelle ein.

Annäherungen

Ist es, nicht wahr? Finden Sie auch, wenn ich mich so auf Ihren Schoß kuschele. Ja, ja, dafür sind wir Katzen da. Nein, verstehen Sie das richtig, nicht bei jedem Mensch! Nur bei denen, die uns lecker Döschen aufmachen. Oder ein Schälchen Sahne hinstellen. Oder ein Häppchen Fisch ...

Opportunistisch, sagen Sie?

Geben ist seliger als nehmen, heißt es doch bei Euch, oder?

Also darum erzähle ich jetzt weiter.

Genau an diesem Abend fand bei Langemanns das große Fest statt: Luzis Geburtstagsfeier! Alle waren da, wirklich alle. Wir aus der Katzengemeinde natürlich auch, wenn auch zumeist ungesehen.

Mittags fing das Gewimmel schon an. Vater Langemann baute den Grill auf und steckte das Spanferkel auf den Spieß. Zwei Jungs kamen mit einer Musikanlage und bauten sie im Garten auf. Mutter Langemann und Luzi wirbelten in Küche und Wohnzimmer herum, um Berge von Salaten, Brötchen, Teller, Bestecke, Gläser und Servietten zu verteilen. Ingo schleppte Getränkekästen und bekam die Zapfanlage erklärt. Dann installierte er zusammen mit den Leuten aus dem Elektrogeschäft die Lichterketten in den beiden alten Bäumen.

Alle paar Minuten streckte Luzi die Nase zum Himmel und prüfte ihn mit kritischen Blicken. Es war zwar warm, aber eine graue Wolkendecke versteckte die Sonne.

»Hoffentlich fängt es nicht an zu regnen!«, wiederholte sie immer wieder. Aber es blieb trocken, und als am späten Nachmittag alles gerichtet war, hatten sich die Wolken sogar schon ein wenig aufgelockert. Luzi zog sich in ihr Zimmer zurück, um sich für den Abend fertig zu machen. Randy begleitet sie, weil Ingo im Garten die Anlage ausprobierte und abnorme Töne produzierte, wie er sagte. Aber Luzi fand das nicht so schlimm und summte ein, zwei Melodien mit, während sie sich duschte. Mit dem neuen Duschgel in Vanille. Und krönte das auch mit der Body-Lotion. Randy probierte die Körpermilch, fand sie aber nicht sehr schmackhaft, und Luzi warf ihn aus dem Badezimmer. Wir durften sie kurz darauf in ihrem aufgebürsteten Festpelz bewundern. Sie trug ein kurzes, weites Jeansröckchen und ein passendes Top, das sie über dem Bauch verknotete, so dass ein Stückchen Haut und der Bauchnabel zu sehen waren. Die Haare hatte sie zur Feier des Tages weder zu einem Staubwedel noch zu braven Zöpfen zusammengefasst, sondern hatte es offen und in langen Locken den Rücken hinunterfallen lassen. Das machte sie selten, und es hatte den gewünschten Effekt. Torsten, der mit seiner Schwester Siggi als erster Gast eintraf, blieb einen Moment sprachlos vor ihr stehen, bevor er seine Glückwünsche stammelte und ihr ein schreiend grün verpacktes Geschenk überreichte.

274

Nach und nach kamen auch die anderen Freunde und Bekannten an, in der Straße war bald kein Parkplatz mehr zu finden. Der Duft des brutzelnden Schweinchens lockte auch die anderen, nicht geladenen Gäste an. Diti und Homer strichen lautlos den Zaun entlang, Fleuri, Henry und Pinky warteten auf einen günstigen Augenblick, sich ungesehen unter die Menge mischen zu können, und Tim und Tammy saßen schon ganz dreist unter dem Steintisch in der kleinen Rosenlaube am unbeleuchteten Ende das Grundstücks.

Ich hingegen gehörte zu den geladenen Gästen und hatte überall freien Zugang. Was ich weidlich ausnutzte.

Luzi begrüßte jeden Neuankömmling und hatte bald einen Haufen aus buntem Papier um sich liegen, weil sie unter ekstatischen Ausrufen sofort jedes Geschenk auswickelte. Irgendwann zwischendrin kam auch Stefan an und drückte ihr noch einen kleinen Blumentopf mit einem Miniaturveilchen in die Hand. Gegen halb neun waren alle Gäste da und standen in kleinen Gruppen zusammen, Gläser mit Getränken in den Händen, und unterhielten sich angeregt. Luzi sauste zwischen ihnen hin und her und sah zu, dass alle zu trinken hatten. Sie kündigte an, dass das Spanferkel in einer knappen Stunde soweit sei. Stefan unterhielt sich angeregt mit zwei jungen Damen, Torsten stand neben Ingo und verfolgte die quirlige Luzi mit den Augen. Ein Klassenkamerad von Luzi hatte sich bereit erklärt, sich um die Musik zu kümmern und wühlte in den CDs herum.

»Komm, fang mit irgendwas Fetzigem an, Sven!«, forderte Luzi ihn auf, und er nickte: »Hab schon was gefunden. Tolle Anlage!«

»Ja, klang gut, als wir sie heute Mittag ausprobierten. Das ganze Dorf wird was davon haben!«

»Habt ihr das Okay von den Leuten?«

»Ja, natürlich. Ich habe Zettel verteilt. Bis ein Uhr können wir laut sein.«

Sven schob die CD in den Player, wählte ein Stück aus, drückte auf Start und schob den Lautstärkeregler hoch.

Es war grauenvoll. Die Lautsprecher klirrten und schrillten, dass sich alle entsetzt umdrehten und mir fast die Schlappohren vom Kopf fielen. Ein Dutzend Katzenschatten flohen entsetzt vom Gelände, nur Randy verharrte stoisch an seinem Platz. Zum Glück stellte Sven die Musik sofort leise und sah sich irritiert die Reglerkonstellation an. »Die Bässe fehlen. Das ist eigenartig!«

Ingo und Torsten kamen dazu und warfen fachmännische Blicke auf das Gerät.

»Vorhin war's noch super.«

»Hast du irgendwas verstellt daran?«

»Nö. Versteh ich nicht!«

»Aber vorhin stand die Anlage doch weiter zum Haus hin. Du hast sie weggerückt, Ingo!« Luzi sah ihren Bruder fragend an.

»Ach so, ja. Weil das Lautsprecherkabel nicht reichte. Aber ich hab nichts dran verstellt.«

Sven probierte neue Einstellungen bei geringer Lautstärke. Inzwischen versammelten sich noch mehr technisch Interessierte um das Gerät und Wortfetzen wie Subwoover, Sinusleistung, Bass-Booster, Wattstärke, digitale Rauschunterdrückung, Dolby und Surround-Sound, Graphic-Equalizer flogen gekonnt hin und her, nur am Klirren und Scheppern änderte sich nichts.

Stefan hatte sich nicht dazu gesellt und beobachtete das gewichtige Gebaren der jungen Tontechniker mit stillem Amüsement. Luzi, ziemlich sauer wegen der Schwierigkeiten, verließ diese Gruppe und ging an ihm vorbei. Sie murmelte ein herzliches: »Son Mist!«

»Luzi?«

»Ja?«

»Das Ding hat heute schon mal funktioniert, richtig?«

»Ja, und ich vermute, dass mein dusseliger Bruder damit wieder etwas angestellt hat. Ach, ist das blöd!«

Stefan antwortete ihr nicht weiter, sondern ging mit energischen Schritten, und ohne die Umstehenden eines Blickes zu würdigen, zu der Anlage. Mit seinen langen Beinen stieg er über die zahlreichen Leitungen und begutachtete den Kabelsalat an der Hinterseite. Dann steckte er zwei der Kabel um, tauchte wieder auf, schob mit einigen sicheren Handgriffen die Regler in Position und drückte auf Start. Die Luft vibrierte, als die ersten Bässe aus den Lautsprechern dröhnten. Sven drehte verblüfft die Lautstärke zurück, und alle sahen Stefan fragend an.

»Na ja, wenn ihr den Stecker für die Basslautsprecher in die Antennenbuchse steckt …!«

Von Luzi erntete er einen dankbaren Blick. Immerhin wippte und zuckte jetzt jeder zum Takt der Musik, und eine leicht euphorische Stimmung kam auf. Kurze Zeit später war dann auch das Fleisch fertig, und Vater Langemann verteilte großzügig Portionen an die Gäste. Luzi wirbelte mit Salz und Pfeffer, Senf und Ketchup herum, verteilte Bestecke und Servietten und trug Brote und Schüsseln mit Salaten zu den einzelnen Gruppen. Sven hatte etwas ruhigere Musik aufgelegt, und die Unterhaltungslautstärke sank auf ein bloßes Stimmengemurmel herab. Schließlich wollte Luzi sich auch ihre Portion Fleisch holen, doch als sie vor dem Grill stand, war ihr Vater gegangen, und ein trostloses Gerippe lag fleischlos auf dem Tranchierbrett.

»So was? Nein!? Und ich hatte mich so darauf gefreut.«

Sie drehte sich missgestimmt von dem Grill weg und wollte sich einen Teller Kartoffelsalat holen, als sie Stefan am Arm nahm.

»Du, Luzi, sieh mal, was ich hier für dich habe!« Er reichte ihr einen Teller, der mit Alufolie zugedeckt war. »Du hattest so viel zu tun, dass ich mir von deinem Vater eine Extraportion habe geben lassen. Jetzt setz dich mal in Ruhe in eine stille Ecke und iss! Es ist ja dein Geburtstag, oder?«, sagte er lächelnd und erhielt den zweiten dankbaren Blick an diesem Abend. Luzi verzog sich in die kleine Rosenlaube, wo Tim und Tammy schon auf sie warteten. Es war genug für drei!

Ähm – für vier.

Ich bestand auf meinem Anteil, trotz der blöden Bemerkungen der beiden Kater.

Nach der Abfütterung war die Stimmung für eine Weile von friedfertiger Verdauung bestimmt. Aber dann kam Sven zu dem Schluss, dass etwas rhythmische Bewegung den Versammelten nicht schaden könne. Die Musik wurde beschwingter, und die ersten Mädchen begannen auf der Terrasse zu tanzen. Ich rettete mich zwischen den Beinen hindurch zu einem Blumenkübel am Gartenzaun, der mir Sicherheit vor Tritten und spitzen Absätzen versprach. Die Anlage funktionierte jetzt hervorragend, und immer mehr schlossen sich den Tanzenden an. Jeder tanzte für sich, seinen eigenen Stil, doch dann gab es plötzlich auch Paare, die in einem wilden Disco-Fox herumwirbelten. Luzi tanzte mit Torsten. Ihr Rock flog bei den energiegeladenen Drehungen, und ihre Haare flatterten wie ein Banner um ihren Kopf. Sie tanzte auch noch mit Torsten weiter, als Sven ein langsameres Stück auflegte. Stefan stand mit einem nachdenklichen Blick am Gartenzaun ganz in meiner Nähe und beobachtete sie.

»Armer Torsten. Er baggert und baggert und erreicht nichts!« Siggi hatte sich zu ihm gestellt und diese Worte gesagt.

»Ich habe allerdings den Eindruck, er erreicht eine ganze Menge!«

»Vergiss es! Er ist mein Bruder, sie meine beste Freundin, und ich kenne beide Seiten.«

Torsten hatte seine Arme um Luzi gelegt und sie zu sich herangezogen, aber es wurde ihr offensichtlich zu eng. Mit einem fröhlichen Lachen machte sie eine geschickte Drehung, mit der sie sich von ihm entfernte.

»Siehst du!«

»Mhm.«

»Selbst Interesse?«

»Geht dich das was an?«

»Ja. Ich sagte doch, sie ist meine beste Freundin. Komm, wir tanzen auch.«

»Möchte ich eigentlich nicht.«

»Huch, kannst du muffelig sein!«

»Warum haltet ihr mich eigentlich alle für einen humorlosen Miesepeter? Was mache ich denn nur immer falsch? Nur weil ich nicht jeden Unsinn mitmache?« Stefan sah die blonde Siggi vorwurfsvoll an.

»Stefan, vielleicht würdest du es dir leichter machen, wenn du doch ein bisschen von dem Unsinn mitmachen würdest. So, und jetzt fangen wir damit an.«

Sie nahm ihn resolut bei der Hand und zerrte ihn zur Tanzfläche. Es erwies sich, dass er einen guten Tänzer abgab, und es war jetzt an Luzi, vom Rande aus zuzusehen, wie er ihre Freundin gekonnt durch die Figuren führte. Torsten war sie glücklich losgeworden, und einen anderen jungen Mann hatte sie mit den Worten davon geschickt, sie müsse mal einen Moment verschnaufen. Von meinem versteckten Beobachtungsposten aus konnte ich sehen, dass sie die ganze Zeit Siggi und Stefan beobachtete, wobei sich ein leicht gespannter Zug um ihre Lippen legte.

Es war schon spät geworden, und die ersten Gäste verabschiedeten sich. Aber noch war die Nacht warm. Sogar der Himmel war inzwischen aufgerissen.

Luzi sah zum aufgehenden Mond empor, als Siggi und Stefan zu ihr kamen.

»Ist eine Spitzen-Fete, Luzi. Wirklich!«, meinte Siggi. »Aber ich glaube, ich muss jetzt langsam verschwinden. Hast du Torsten irgendwo gesehen?«

»Der wollte sich ein Bier holen.«

»Okay. Ich verabschiede mich schon mal. Tschüs, Süße.«

Siggi gab Luzi zwei Küsschen und machte sich dann auf die Suche nach ihrem Bruder. Stefan blieb bei Luzi stehen.

»Hast du wohl auch mal Lust, mit mir zu tanzen?«

»Wir können das ja mal probieren.«

Ein rasend schnelles Stück hämmerte auf die Tanzenden ein und forderte ganzen Einsatz. Luzi tobte los. Und Siggi, die beste aller Freundinnen, fiel Sven in den Arm, als er einen zweiten Hit dieser Richtung auswählte.

»Etwas Langsames, Sven. Und dann was ganz Langsames zum Schmusen.«

»Wen willst du denn rumkriegen?«

»Ich? Niemand.«

»Aber?«

»Na, sieh doch mal selbst hin.«

»Oh, oh! Das wird Torsten aber gar nicht freuen.«

So kam es, dass die wilde Luzi plötzlich etwas gebremst wurde, als Old Satchmo heiser von grünen Bäumen und roten Rosen sang und what a wonderful world. Ich schlich näher, und als ich sie beobachtete, wurde ich von einem ganz seltsamen Gefühl gepackt. Ich konnte förmlich spüren, was zwischen ihnen geschah. Es war, als habe sich da plötzlich so etwas wie eine durchsichtige Glocke über die beiden gelegt, so als seien sie ganz alleine auf der Terrasse. Sie bemerkten die anderen nicht und schienen auch für ihre Umwelt unsichtbar geworden zu sein. Dann war das Lied zu Ende, und Stefan führte Luzi, noch immer seinen Arm um ihre Schulter, durch den Garten. Beide waren ganz in sich selbst versunken, sprachen kein Wort, sahen nichts um sich herum, und als sie die kleine Laube erreicht hatten, blieben sie stehen. Stefan drehte Luzi zu sich, und sie ließ es willig geschehen. Mit einem Finger strich er ihr sacht über die Wange und hob dann ihr Kinn ein wenig an. Beide sahen sich in die Augen.

Von diesem Moment an blieb die Zeit stehen. Nichts regte sich, nichts bewegte sich mehr. Der Wind verharrte in den Blättern, und die Nacht hielt den Atem an. Langsam, ganz langsam beugte sich Stefan zu ihr hinunter und berührte ihre Lippen. Ihre Augenlider flatterten, und sie legte eine Hand auf seine Brust. Eine süße Ewigkeit lang dauerte dieser Kuss, und die Sterne fielen in glitzernden Kaskaden auf sie nieder.

Dann war es vorbei. Stefan löste sich von ihrem Mund und hielt sie ein kleines Stück von sich, noch immer in ihre Augen versunken. Und der Wind wehte wieder, die Rosen dufteten weiter, und die Sterne funkelten an ihren Plätzen.

Aber für die beiden war etwas geschehen.
Ich spürte es ganz genau!

Nach dieser schönen Feier verbrachten Luzi und Stefan eine Fe-
rienwoche miteinander. Allerdings musste Stefan gegen seinen
Wunsch noch bis Freitag in der Spätschicht arbeiten, so dass sie
sich nur vormittags trafen. Hommi, der immer noch hoffte, dass
aus der Liebesgeschichte eine klassische Tragödie wurde, schlich
hinter ihnen her und wusste das eine oder andere zu berichten.
Tragisch wurde es allerdings nicht. Die letzte Woche hatte Stefan dann frei. Das Wetter wurde unbeständiger und ein bisschen
kühler, so dass das Badengehen ausfiel. Am Wochenende waren
sie auf zwei Partys eingeladen, wo Stefan auch Torsten begegnete, aber das Zusammentreffen verlief ziemlich harmlos.

Luzi erschien dann am Montagmorgen in Annes Wohnung,
um nach dem Rechten zu schauen. Ich begleitete sie, weil ich
ebenfalls bei Anne nach dem Rechten sehen wollte. Luzi schloss
mir die Wohnungstür auf und öffnete als Erstes alle Fenster, um
die noch immer warmen Zimmer zu lüften. Zuletzt zog sie die
Schiebetür zur Terrasse auf und trat hinaus, um die Topfpflanzen zu gießen. Ein leises, sehr jämmerliches »Mauuu!« veranlasste sie innezuhalten und sich umzusehen.

Heimkehr ins Dorf

Tiger versorgte Junior in den nächsten Tagen weiterhin mit
leicht leckbarer Nahrung. Die Menschen, die den Strand sauber
hielten, müssen ganz schön genervt gewesen sein, weil jeden
Morgen die Müllbeutel aufgerissen waren. Jedenfalls war Junior
bald wieder soweit hergestellt, dass sie gemeinsam die letzten
Kilometer bewältigen konnten. Sein Auge war zwar noch immer verklebt und die Zahnwunde rot und entzündet, aber er
schaffte es mit neuem Mut und Hoffnung, Schritt zu halten.
Sie kamen hinter dem See durch ein weiteres hügeliges Wald-

gebiet, das sich immer weiter lichtete, bis sie plötzlich am Hang standen und das Dorf im Tal zu ihren Pfoten liegen sahen.

»Daf ift ef, nicht wahr, Tiger! Wir find da.«

»Ja. Wir sind da.«

Er setzte sich auf einen Stein in der Sonne und blinzelte in das verblassende Licht der Abendsonne. Junior rieb mal wieder vergeblich an seinem verklebten Auge, um besser sehen zu können, gab es aber drein, weil es zu sehr schmerzte. Er setzte sich neben Tiger und schnurrte leicht.

Nach dem beide eine Weile ihren Gedanken nachgehangen hatten, stupste Junior seinen Freund sacht in die Seite. »Du, hier ein bifchen weiter unten ift der Verfammlungsplatf. Meinft du, wir follten da nift erst mal hingehen?«

»Ja, das ist eine gute Idee, Junior. Dieser Platz hat für mich eine ganz besondere Bedeutung.«

So schlenderten sie nebeneinander her zu der kleinen, von einer Wildhecke umstandenen Wiese am Waldrand. Lange Schatten warf die tiefstehende Sonne vom Horizont über die Büsche und hüllte Blätter, trockene Gräser, reifende Beeren und langsam sich schließende Blütenkelche in ein goldenes Licht. Ruhe lag über dem natürlichen Geviert, und winzige Stäubchen hingen wie flimmernder Dunst regungslos in der Luft. Ein bemooster Baumstumpf lud zum Sitzen ein, daneben lag am Rande der Lichtung ein umgestürzter, langsam vermodernder Stamm. Dorthin setzten sich die beiden. Sie ließen ihre Blicke erinnerungsschwer über die wogenden Halme streifen, dorthin, wo sich in der Mitte des Platzes die Erde zu einem kleinen Hügel aufwölbte.

Tiger wurde in dem Moment von ganz seltsamen Gefühlen bewegt. So etwas wie Erleichterung, Glück und Erfüllung. Das Ende einer langen Sehnsucht.

Die besinnliche Stimmung wurde jäh unterbrochen, denn eine Stimme hinter den beiden sagte:

>»Heim kam der Tiger, heim aus der Nacht,
 und Junior kam heim von der Jagd!«

»Hommi!«, quietschte Junior, und Tiger meinte etwas gesetzter: »Dass ich sogar dein Gereime mal gerne hören würde, hätte ich nicht gedacht.«

Sie tauschten liebevolle Nasenküsschen aus, und dann tauchte wie ein Schatten Diti hinter ihrem Bruder auf.

»Wie ßßöööööön, ach, wie ßßön. Aber Junior ßieht ßßlimm auß«, stellte sie fest, als sie die beiden ebenfalls überschwänglich begrüßt hatte.

»Du musst ihn erst mal reden hören!«

»Wießo?«

»Tiger findet, daf meine Auffprache durch den auffen Fahn etwaf gelitten hat.«

»Ach du ßßeiße.«

Die kätzische Verständigung lief reibungslos und auf Hochtouren. Immer mehr der Dorfkatzen fanden sich auf dem Versammlungsplatz ein, um die Ankömmlinge zu begrüßen. Man wollte alles wissen. Aber mit Rücksicht auf den geschwächten Junior musste die große Berichterstattung auf später verschoben werden. Pinky und Fleuri nahmen sich seiner an, sie lebten wahrhaftig im Überfluss. Vor allem Pinky.

»Du bift ein bifchen pummeliger alf if«, schmunzelte Junior, als er neben ihr hertrottelte.

»Die Oma ist sehr großzügig mit allem. Du kannst meine Sahne haben.«

»Geh mit ihr mit und stärke dich! Ich sehe mal in unserem Haus nach, was los ist.«

»Da möfte if aber mit!«

»Nix, du musst erst was schlabbern, sonst fällst du wieder zusammen und verursachst nur Aufregung.«

Tiger wollte erst einmal prüfen, wie es um Annes und Ninas Abwesenheit bestellt war. Mit Henry zusammen spazierte er zu dem Haus am Hang.

»Sie sind in Urlaub gefahren, Anne und ihr Christian. Du wirst die Wohnung verschlossen finden. Nur hin und wieder guckt Luzi vorbei, um darin rumzuwühlen.«

»Luzi?«

»Du kennst sie nur als Jungmensch, drei Häuser neben der Wiese.«

»So, na, werde mal sehen. Wie geht's Nina?«

»Sie wollte nicht Chefin werden, aber kümmert sich viel um alles. In ihrer Wohnung ist jetzt Stefan. Lernt noch, mit Katzen zu leben, Luzi erzieht ihn.«

Von Henry erfuhr Tiger in Kürze alles Wichtige, was sich ereignet hatte, und wurde danach auch Randy vorgestellt, der ihn mit äußerstem Misstrauen und großer Zurückhaltung begrüßte. Dann trennte sich Tiger von ihnen und zwängte sich durch die Hecke auf Annes Terrasse, wo er es sich auf dem Polster eines Gartenstuhles gemütlich machte. Stunden später kam auch Junior dazu. Er hatte von Pinky einigermaßen zusammenhanglos ebenfalls alles gehört, was er erfahren musste. Allerdings hatte die kleine Dummnase, wie Tiger sie anschließend schimpfte, mit ihren dramatischen Ängsten über abwesende Menschen Junior wieder in Panik versetzt. Tiger benötigte einige Zeit, bis er ihm klarmachen konnte, dass die Abwesenheit der Menschen nur wenige Tage dauerte. Dann verabschiedete er sich, um noch eine Runde durch das Dorf zu machen, und befahl Junior streng, sich nicht vom Platz zu bewegen.

Kaum war er verschwunden, ging die Terrassentür auf, und Luzi trat, mit dem Staubtuch in der Hand, nach draußen.

Junior maunzte überrascht auf.

Luzi trifft Junior

Ich hörte natürlich auch das klägliche »Mauuuu« und wies Luzi die Richtung.

Wir fanden Junior unter dem Gartenstuhl. Verklebt, zerzaust, abgemagert und sabbernd lag der kleine Graupelz da. Mitleidig wie Luzi ist, beugte sie sich gleich zu ihm herunter und sah ihn sich an.

»O weh, du siehst aber schlimm aus. Wie bist du denn hierhergekommen?«

Sie strich ihm vorsichtig über den Kopf und wurde beschnurrt. Junior versuchte, auf seine wackeligen Beine zu kommen, plumpste aber wieder hin. »Du bist ja ganz schwach, Kleiner. Du musst hungrig sein. Ich sehe mal, ob ich bei Anne Futter finde.«

Sie sauste in die Küche, fand im Vorratsschrank ein Döschen und matschte es auf einen Teller.

Ich hingegen drückte mich an Junior und schlappte ihm mit der Zunge über den Kopf. War das schön, den kleinen Mauser wiederzusehen.

Er schnurrte mich auch an.

»Find beide wieder da, Nina! Tiger ftrolcht durch daf Dorf. Aber ich wollte zu Anne.«

»Du hast Tiger gefunden. Mein Held!«

Ich schlappte ihm noch mal über die Ohren.

Dann kam Luzi und hielt ihm das Tellerchen mit Futter hin.

»Mir ift ganf findelig vor Hunger!«, brummelte er, aber schon der erste Bissen führte nur zu einem Jammerlaut.

»Ja, was hast du denn? Kannst du nicht beißen?«

Luzi sah mich fragend an, hob dann aber den ungepflegten Kater hoch. Junior riss sein Mäulchen auf, und wir erschraken über das rote, entzündete Zahnfleisch.

»Ich würde dir ja helfen, aber ich fürchte, dazu brauchen wir einen Arzt.«

Sie setzte ihn wieder ab und griff zum Telefon.

»Stefan, kannst du mal in Annes Wohnung kommen? Ich habe hier ein Problem.«

»Meinfst du, die hilft mir?«

»Ganz sicher, Junior. Sie ist ein liebes Mädchen.«

Junior legte sich wieder hin und schloss erschöpft die Augen.

Stefan kam kurze Zeit später den Gartenweg hoch und fand Luzi mit einem weichen, feuchten Tuch Juniors verklebtes Auge bearbeitend. Dabei wimmerte Junior leise vor sich hin.

»Was ist das denn?«

»Weiß ich auch nicht. Der hat hier vor der Tür gelegen und gejaunert. Nina hat sich gleich um ihn gekümmert, aber ich denke, wir sollten ihn zum Tierarzt bringen.«

»Könnte das sein, dass das Annes verlorener Tiger ist?«

»Nee, Tiger ist tot, aber du bringst mich auf eine Idee. Das könnte Junior sein, Stefan! Ja, sie hat doch erzählt, der sei grauschwarz getigert mit weißem Schnäuzchen. Bist du Junior?«

»Mauau.«

»Er hört auf den Namen. Junior? Kleiner Junior?«

»Mauau!«

Junior rieb seinen Kopf an ihrem Arm.

»Du tust ihm weh, Luzi. Und er sieht verhungert aus. Willst du ihm nicht was zu futtern geben?«

»Er hat entzündetes Zahnfleisch. Ich wollte dich eigentlich bitten, mich mit ihm zum Tierarzt zu fahren.«

»Natürlich. Hast du einen Korb für ihn?«

»Anne hat einen, aber wenn es Junior ist, fährt er doch lieber so mit.«

»Wenn er es ist! Außerdem ist es vermutlich besser für ihn im Korb.«

Luzi holte den Transportkorb und packte den kleinen Kater hinein. Er wehrte sich nicht, sondern fauchte nur ein bisschen.

Ich wartete auf der Terrasse auf ihre Rückkehr, und in der Zwischenzeit hatte es angefangen zu regnen. Ich suchte Schutz unter der Gartenbank und döste, bis sie wiederkamen. Dann heftete ich mich aber sofort an Luzis Fersen und folgte ihr in Annes Wohnung.

Luzi hob den schlaffen Junior aus dem Korb. Mich packte die Panik.

Was hatte der Arzt mit ihm gemacht?

Ich rempelte gegen Luzis Schienbein und maunzte laut und energisch. Dann beschnüffelte ich den leblosen Graupelz intensiv. Er roch komisch, um nicht zu sagen scheußlich.

»Schon gut, Nina, er ist nur betäubt und hat eine Spritze bekommen. Aber es ist Junior. Du hast ihn wohl auch gleich erkannt.« Sie kniete neben uns nieder und streichelte mich. »Doktor Wendel hatte nämlich noch seine Karteikarte, und darin ist er ganz genau beschrieben. Und auch, dass er an Silvester verschwunden ist.«

Stefan hatte uns zugesehen und meinte: »Was willst du denn jetzt mit ihm machen?«

»Gute Frage. Ich kann ihn doch nicht draußen lassen oder alleine in Annes Wohnung.«

»Nein, bestimmt nicht. Soll ich ihn zu mir nehmen?«

»Ich denke, du hast noch nicht so viel Erfahrung mit Katzen?«

»Nur mit Nina und einer anderen, rothaarigen. Reicht das nicht?«

»Miau!« Luzi machte Krallefinger und fuhr ihm über den Arm. »Ich weiß was Besseres. Ich hole mir aus Christians Wohnung Ninas Ersatzkorb und ihr Kästchen. Meine Eltern sind sowieso nicht da.«

»Aber du hast doch auch einen Kater. Dieses schwarze Tier, das immer so grimmig dreinschaut.«

»Eigentlich ist er nicht meiner. Er ist irgendwann mal hier aufgetaucht, war schrecklich menschenscheu und besucht mich hin und wieder. Vermutlich um sich eine Abwechslung zu den ständigen Mäusen zu holen. Ich glaube, er ist hier irgendwo ausgesetzt worden.«

So landete Junior, noch immer schläfrig von der Betäubung, in Luzis Zimmer. Ich durfte mitkommen. Als er wach wurde, fühlte er sich schon erheblich besser. Sein Auge ging wieder auf, die Zahnwunde schmerzte nicht mehr so, und dann bürstete Luzi ihm auch noch mit meiner Bürste das Fell.

»Jetzt sehe ich vielleicht aus! Alles voller Haare. Es kribbelt überall! Ich glaube, ich geh erst mal duschen«, meinte sie zu Stefan, der sich verstohlen neugierig in ihrem Zimmer umgesehen hatte. Es war das erste Mal, dass er bei ihr war.

»Tu das. Aber sag mal, was wollen wir heute nur machen? Es gießt wie aus Eimern.«

»Wollen wir nicht einfach hier bleiben. Ich mache uns was zu essen. Außerdem möchte ich Junior ein bisschen im Blick behalten.«

»In Ordnung, Wasch dich. Und du …?«

»Ja?«

»Nimmst du wieder das Vanillezeug?«

»Mal sehen, du Schleckermaul.«

Stefan setzte sich auf den Schreibtischstuhl und besah sich die Fotos an der Pinwand. Eintrittskarten zu Konzerten, eine goldene Haarschleife, etliche Ansichtskarten, mehr oder weniger geschmackvoll, Fotos von ihren Eltern, Zettelchen mit Telefonnummern und ein Bild von ihrem Abschlussball. Luzi in schwarzem, gepunkteten Tüll, schulterfrei, die Haare streng nach oben gebürstet und geschminkt. Die Ahnung der umwerfenden Frau, die sie einmal sein würde.

Draußen war es regendunkel, und die Tropfen rauschten durch die Blätter der Bäume. Nebenan rauschte die Dusche. Ich hatte mir ein Kissen ausgesucht und mich zusammengerollt. In seinem Körbchen gab Junior leise schnaufende Geräusche von sich. Dann ging die Tür auf, und mit einem Schwall feuchtwarmer, vanillegeschwängerter Luft kam Luzi in ihr Zimmer. Sie hatte ein riesiges Handtuch um sich geschlungen und ein anderes um ihre Haare.

»Ich hab meine Sachen hier. Moment mal.«

Sie öffnete den Kleiderschrank, wühlte und grub eine Bluse aus, zog Schubladen auf, sammelte Wäschestücke zusammen und wurde von einem Quiekser aus dem Körbchen abgelenkt. Mit einer Hand das Tuch haltend, kniete sie zu Junior nieder und kraulte ihn beruhigend. Er schnurrte wieder und schnupperte dann begeistert an ihrer Hand. Vanillegeruch hatte er offensichtlich in sehr guter Erinnerung. Stefan kniete neben ihr. »Dem geht das wie mir. Du riechst so gut – darf ich auch an dir schnuppern?«

»Kater und Mausehunde! Tiere, eines wie das andere.«

Aber Luzi lachte dabei und erlaubte Stefan, seine Nase an ihrem Hals zu reiben. Es war allerdings nicht die beste Haltung, sie verlor das Gleichgewicht und kippte um.

»Ich wusste nicht, dass ich so umwerfend bin. Komm, ich helfe dir hoch.« Stefan reichte ihr die Hand, zog sie hoch und ein bisschen näher an sich heran. »Die ganze letzte Woche habe ich versucht, dir nicht zu nahe zu kommen«, murmelte er in das dicke Frottee.

Luzi machte sich vorsichtig los und hockte sich auf die Bettkante. Stefan setzte sich daneben und sah sie an. Sie griff zum Kopf, löste das Handtuch, und ihre Haare ringelten sich in ein wenig feuchten Locken über ihre Schultern, auf denen noch Wasserperlchen glitzerten.

»Ich bin noch ganz nass!«

Er nahm eine der Locken und zog sacht daran. »Dann solltest du dich abtrocknen. Es ist nicht mehr so warm.«

»Ja, das sollte ich.« Aber sie tat nichts dergleichen. Blieb einfach regungslos sitzen. Das Schweigen zwischen ihnen wurde intensiver.

»Soll ich dir helfen?«

Ihre Augen lächelten ihn an, und er begann, ihr über den Rücken zu streichen. Dann nahm er das kleine Handruch und wischte die Tröpfchen von ihren Schultern.

»Mhhh!« meinte Luzi und ließ sich nach hinten in die Kissen fallen. Stefan nahm ihre Füße, trocknete sie ab und legte sie ebenfalls auf das Bett. Dann blieb er neben ihr sitzen. Sie schlug ein Auge auf, dann das andere.

»Meinst du, das ist alles?«

Er gab keine Antwort, sondern begann systematisch ihren Körper über dem Badehandtuch von oben bis unten herzhaft zu rubbeln, rubbelte sanfter an weicheren Stellen und streichelte dann nur noch zärtlich an weichen Stellen. Luzi maunzte leise, und als er wieder in ihrer Griffweite war, zog sie ihn näher und begann, sein Hemd aufzuknöpfen. Er spannte den Bauch an, damit das Hemd leichter aus der Jeans rutschte, und zog es aus. Ihre Hände glitten über seine Brust.

»Ich mag diese kleinen blonden Härchen«, flüsterte sie und fuhr mit den Fingernägeln leicht darüber. Stefan bekam eine Gänsehaut und gebot ihren Fingern Einhalt. Sie legte ihm die Hand in den Nacken. »Feigling!« flüsterte sie.

»Nein! Nur vorsichtig mit kratzenden Kätzchen.«

»Guck, ich hab Samtpfötchen.« Sie strich mit federleichten Fingerkuppen über seinen Bauch. Er hielt die Luft an, rutschte dann neben sie und schob einen Arm unter ihren Nacken. Mit der anderen Hand hob er ihre Haare hoch und strich damit über ihre bloßen Schultern. »Rote Grütze mit Vanillesoße. Wie ich die mag!«

Sie lagen schlafend umeinandergeschlungen so wie Junior und ich. Aber irgendwann überkam Junior das Bedürfnis nach Bewegung. Er streifte lautlos im Zimmer umher und sprang dann auf das Bett. Ihm gefiel der Vanilleduft offensichtlich auch, und er berührte mit seiner Nase Luzis Bauch. Seine Schnurrhaare kitzelten sie, und sie wurde wach.

»Hallo, Junior! Munter geworden?«

Sie drückte ihn an ihre Brust, und später gestand er mir, dass er in dem Augenblick alle Mühsal der letzten Monate vergessen hatte. Das sei der Augenblick gewesen, in dem er eine erste, vage Idee davon bekam, welche Aufgabe auf ihn wartete und wie es mit ihm weitergehen würde.

Spanische Blüten

Dieser Jungkater ist eine Nervensäge. Jetzt will er auf einmal unbedingt, dass klargestellt wird, dass er keinen bleibenden Sprachfehler behalten hat. Er besteht darauf, dass ich meine Erzählung unterbreche und Ihnen schildere, wie er wieder korrekt sprechen (wenn auch nicht sich ausdrücken) gelernt hat. Ich bin ja gutmütig. Und Sie hoffentlich geduldig. Obwohl eines gewissen Reizes entbehrt diese Episode nicht, wenn ich es richtig betrachte.

Junior brauchte drei Tage, um zu gesunden. Während es draußen regnete und kühler wurde, ließ er sich von Luzi und Stefan verwöhnen. Damit er beim Kauen nicht so große Schmerzen hatte, fütterte Luzi ihn mit Tartar und Hackfleisch, und als sie feststellte, dass er eine Neigung zu Sahnetorte entwickelte, bekam er auch davon einen gerechten Anteil (zusätzlich zu dem, den er zuvor sich selbst organisiert hatte). Ich blieb selbstverständlich bei ihm, zum einen, weil ja auch Stefan ständig bei Luzi herumlungerte und ich nicht alleine in Christians Wohnung bleiben wollte, zum anderen, weil mich das Mistwetter nicht besonders zu Reviergängen reizte. Vor allem aber, weil ich mir Juniors Bericht anhören wollte. Was dieser kleine Kerl so alles erlebt hatte!

Er wurde auch wieder ansehnlich, sein Fell glänzte, und seine Lebensgeister erwachten zu alter Munterkeit. Dennoch schlief er viel. Manchmal in meinem Ersatzkörbchen, häufig auf dem Sessel in Luzis Klamotten gewühlt und meistens im Bett. Vor allem, wenn die beiden Menschen sich auch darin aufhielten. Diese Ausstrahlung von Liebe, Wärme, Leidenschaft und Zärtlichkeit sei supergut für ihn gewesen, meinte er.

Dann kamen Ende der Woche Langemanns wieder zurück, und Stefan verbrachte nicht mehr so viel Zeit bei seiner Freundin. Aber Junior war so weit munter, dass er sich jetzt auch wieder im Revier umsehen und vor allem nach Tiger Ausschau halten wollte.

Tiger hatte, als Luzi den jammernden Junior fand, eben einen Erkundungsgang durch sein ehemaliges Revier gemacht. Es war während seiner Abwesenheit selbstverständlich neu aufgeteilt worden, und er musste sich mit Grenzregelungen befassen. Mit Diti und Hommi war das einfach. Sie verabredeten neue Zeiten für die Rundgänge, mit mir brauchte er natürlich nichts zu regeln, und mit Rasputin hatte er eine kurze, aber heftige Unterredung, die mit einer Schramme auf dessen Nase und einer Gebietsabtretung endete.

Das größte Problem war Randy.

Ich weiß, ich schwärme Ihnen hin und wieder von dem Kater vor. Aber Sie sehen sich auch gerne gut gebaute Exemplare des anderen Geschlechts an, ohne gleich an tiefer gehende geistige oder körperliche Beziehungen zu denken, nicht wahr? Ich habe Mädchen gesehen, die einem Mann ohne Grund auf den knackigen Po tatschen, und Männer, die mit Glubschaugen in ein freizügiges Dekolleté starren. Und? Wenn's Spaß macht? Ich jedenfalls betrachte den gut gewachsenen Randy gerne und unterhalte mich auch mal mit ihm. Aber er ist sehr daseinsbezogen, so sehr in das Geschehen des Hier und Jetzt involviert, dass er nie über diese Grenzen hinaus denkt. Eben noch ein Angehöriger der Erwachenden Wesen. Irdisch, pragmatisch, zuverlässig, aber ohne geistigen Tiefgang.

Er hatte den größten Teil von Tigers Revier okkupiert. Und sah natürlich überhaupt nicht ein, warum er es dem Neuankömmling wieder abtreten sollte. Es gab heftige Auseinandersetzungen. Zwei Nächte lang brummte und kreischte, fauchte und lärmte es unten am Bach. Hiebe, Tritte, Kratzer und Bisse wurden ausgeteilt, denn beide sind große Kämpfer. Schließlich eskalierten die Feindseligkeiten so sehr, dass mit ernsthaften Konsequenzen gerechnet werden musste.

Tiger zog Henry zu Rate, der so etwas wie eine Vertrauensperson für Randy ist. Er wollte den Schwarzen ja nicht vertreiben, sondern nur eine Revierbereinigung erzielen, die ihm nach altem Brauch zustand. Was zwischen Henry und Randy geschah, weiß ich nicht. Jedenfalls war in der nächsten Nacht Ruhe, und einige Tage lang sah man den streitbaren Kater nicht im Dorf. Ich bedauerte ihn ein wenig. Nur wenige fragten nach ihm, und nicht einmal Luzi schien ihn zu vermissen. Aber er hat auch keine sehr umgängliche Art. Es fiel ihm schon immer schwer, sich beliebt zu machen. Ich erfuhr kurz darauf, dass er mit Tim und Tammy eine Abmachung getroffen hat und jetzt als freilebende Hofkatze bei dem Bauern Mäuse fängt.

Zu diesem Zeitpunkt machte sich auch Junior wieder auf Reviergang. Ich begleitete ihn natürlich und begrüßte Tiger mit heller Freude. Er sah gut aus, mein Freund, wuscheliger als früher, aber in seinem Benehmen ganz der Alte.

Tiger begutachtete Junior und stellte fest, dass er gut in Schuss war.

»Ift fuper bei Lufi. If glaube, die hat mif riftif gerne.«

»Und Anne?«

»Anne? O ja, fifer. Die kommt beftimmt bald wieder?«

Junior sah betreten drein. Über seine wachsende Zuneigung zu Luzi hatte er ganz vergessen, dass seine große Liebe Anne gehören sollte. Aber bevor er sich in neue Seelenqualen verstrickte, stupste Tiger ihn in die Seite.

»Anne ist meine Aufgabe. Komm, wir müssen Wichtiges besprechen.«

Sie trabten durch das tropfende Gras zum Waldrand und setzten sich am Versammlungsplatz auf den Baumstamm. Der Regen der letzten Tage hatte nachgelassen, und zwischen den wild ziehenden Wolken blitzte die Sonne hervor. Tiger meditierte eine Weile, während Junior versonnen auf die Wolkenschatten sah.

»Du bist jetzt über ein Jahr alt, Junior, und du hast mehr erlebt als manche andere Katze in ihrem ganzen Leben. Und du kannst die Fähigkeiten, die du gelernt hast, richtig einzusetzen. Damit sind viele Voraussetzungen geschaffen, eine Stufe höher zu gelangen.«

»Du meinft, if könnte anfangen, eine Wanderkatfe fu werden.«

»Ja, ich denke schon. Nina hat dich gut aufgezogen, dein Verhältnis zu Anne war sehr eng, du hast Jakob auf den Goldenen Steppen getroffen, und von mir hast du auch das eine oder andere mitbekommen. Ja, du bist so weit, dass …«

»Wow!«, unterbrach ihn Junior mit glänzenden Augen.

»Moment, eines gibt es noch zu tun, wenn du wirklich in dieses Stadium kommen willst.«

»Waf denn? Oh, if mach allef!«

»Die Bedingung lautet, dass du die Verantwortung für einen Menschen übernimmst. Und zwar richtig und für alle Zeit.«

»Ja natürlif. Aber wen? Darf if mir den auffuchen? Oder muf if einen nehmen, den du mir nennft?« Ängstlich sah der Graupelz zu Tiger hin. Aber der lächelte nur.

»Hast du deine Entscheidung nicht schon getroffen?«

»If würde fo gerne bei Lufi bleiben. Geht daf?«

»Sicher.«

»Wie fön, oh, wie fön!«

»Was ist schön?«

Henry, Hommi und Diti waren aufgetaucht, und Tiger erklärte ihnen Juniors neuen Status. Er bekam Nasenküsschen und Zungenbürste, dann grinste Henry: »Gut. Dann müssen wir jetzt nur noch deinen Sprachfehler regeln. Wie machen wir das?«

Hommi tuschelte was in das braune, gespitzte Ohr seiner Schwester. Die schüttelte ungläubig den Kopf, dann zuckte sie mit der rechten Pfote und meinte: »Hommi ßagt, eß gibt da einen ßßauberßpruch. Ich glaub'ß ßßwar nicht, aber er ßßwört drauf. Er hat'ß von Elißßa.«

»Versuchen kann man es ja mal. Wie heißt er denn?«

»Junior mußß ihn nachßprechen«, erklärte sie und zitierte dann: »Eß grünt ßo grün, wenn ßpanienß Blüten blühn.«

Junior sah sie an und schluckte. »Fon Quatf. Aber egal: Ef grünt fo grün, wenn Fpanienf Blüten blühn.«

»Nochmal, Junior. Du kannst es besser!«

»Ef grünt fo grün, wenn Spaniens Blüten blühn.«

»Ja, weiter so, nochmal!«

»Es grünt fo grün, wenn Spaniens Blüten blühn.

…?

Es grünt so grün, wenn Spaniens Blüten blühn!

…!«

»Ich glaub, jetzt hat er's!«

»Wahnßinn! ßag waß, Junge!«

»Ja, es geht wieder. Es stimmt. Ich kann wieder richtig sprechen. Toll, Hommi. Ssssuper! Ach, ist das schön mit euch!«

Junior hopste gleichzeitig mit allen vieren in die Luft wie ein kleiner Gummiball. Die anderen lächelten nachsichtig und freuten sich über seine Begeisterung.

In gehobener Stimmung machten sie sich dann auf den Weg zurück ins Dorf.

Noch tagelang konnte man Diti murmeln hören: »Eß grünt ßo grün...« Aber bei ihr wirkte der Zauber nicht.

... und ein Wiedersehen

Uuuuuahh! Jetzt bin ich hundemüde (das ist das gegebene Wort, oder waren Sie schon mal katzenmüde?). Es ist ja auch schon spät in der Nacht, alles schläft, und ich brauche eine Mütze Schlaf ... Sie entschuldigen mich.

Nein?

NEIN?

Sie wollen noch wissen, wie es ausging?

Ist ja schon gut, Tiger, du brauchst mir nicht die Nase zu lecken. Junior, wenn du so laut weiterschnurrst, versteht keiner ein Wort.

Das Auto rollte aus und hielt vor Annes Aufgang zur Wohnung.

»So, da sind wir wieder!«

Christian streckte sich in seinem Sitz, bevor er die Tür öffnete. Anne dehnte sich auch und drehte sich zu mir um. Ich stand am Straßenrand und war bis in die letzten Haarspitzen angespannt.

»Na, dann alles aussteigen!«, befahl Anne und schwang die

Beine nach draußen. Sie stand noch nicht ganz, als zwei Dinge auf einmal geschahen.

Luzi kam angelaufen, und Anne entdeckte den braunschwarz getigerten Körper im Rinnstein.

»Nein, nein, nein!«, schrie sie auf, und nach einer Schrecksekunde schüttelte sie die Erstarrung ab und rannte auf die Stelle zu, wo sie vor über einem Jahr den verunglückten Tiger gefunden hatte. Sie kniete neben dem Kater nieder und schob angstvoll und zitternd ihre Hand unter seinen Kopf.

Tiger schlug die Augen auf und sah sie an. Lange blickten sich die beiden in die Augen. Dann erhob er sich, und sie nahm ihn wie in Trance auf den Arm.

»Du bist Tiger. Ja. Du bist wieder zu mir zurückgekommen. Das hast du ja versprochen.«

Sie setzte sich an den Straßenrand, Tiger noch immer umschlungen, und er leckte liebevoll die Tränen von ihrem Gesicht.

Christian stand ratlos neben ihr und fuhr sie dann ungehalten an: »Sag mal, geht's dir noch gut? Du kannst doch nicht jede hergelaufene Katze auflesen. Was soll das denn?«

Anne gab ihm keine Antwort, was ich in Ordnung fand. Der Mann kann manchmal nervenaufreibend sein. Luzi, mit Junior im Gefolge, sprang ein.

»Die zwei sind vor einer Woche hier aufgetaucht. Das da ist der seit Monaten vermisste Junior, und der hier scheint sein Kumpel Tiger zu sein. Ich kann's euch ja auch nicht erklären, aber zumindest bei Junior war auch Doktor Wendel sicher.«

Stefan war inzwischen auch dazugekommen und bestätigte das.

»Christian, wenn ich das nicht mit eigenen Augen gesehen hätte, würde ich es nicht glauben. Aber als euer Wagen hier hielt, raste dieser Wuschelpelz los und ließ sich mit dramatischer Geste am Straßenrand fallen. Das ist doch die besagte Stelle, wo ihr damals Annes Katze gefunden habt?«

»So was gibt es nicht. Das ist Zufall. Wer weiß, wem die Katze gehört! Außerdem ist das ganz offensichtlich eine Rassekatze – mit dem Fell.«

»Christian, es ist mir völlig egal, was du denkst. Für mich ist es Tiger, so oder so. Irgendwann, wenn du in einer etwas aufgeschloseneren Stimmung bist, dann erzähle ich dir auch, warum. So, und jetzt zu dem jungen Ausreißer. Junior, zu mir!«

Junior kam gehorsam zu ihr und rieb seinen Kopf an ihrem Arm.

»Du siehst gut aus für einen Wanderer. Aber ein paar Narben hast doch behalten, was?«

Stolz riss der Kleine sein Mäulchen auf und präsentierte seinen rosa Gaumen.

»Oh, oh, ein Reißzahn fehlt. Mal auf Granit gebissen, was?«

»Er war ziemlich am Ende, als wir ihn bei dir auf der Terrasse gefunden haben«, erklärte Luzi. »Wir haben ihn zum Tierarzt gebracht, aber jetzt ist er wieder fit. Aber vielleicht möchtest du ihm ja einen Goldzahn machen lassen?«

»Das wäre wohl doch etwas schrill, was? Aber wer ist ›wir‹, Luzi?«

»Ähm, Stefan und ich«, antwortete sie. Ich dachte, dass mir diese rosigen Öhrchen doch gut gefallen und strich ihr um die Beine. »Außerdem ist Junior inzwischen zu mir gezogen, aber ich bringe seine Sachen gleich zu dir rüber.«

»Lass nur, vielleicht will er ja bei dir bleiben.«

Anne stand auf, setzte Tiger ab und zog den Schlüssel aus der Hosentasche. »So, jetzt schließe ich erst mal auf und trage die Koffer rein.«

Ich folgte der ganzen Menagerie und hörte nicht auf Christian, der mich bat, in seine Wohnung mitzukommen.

Ich schmollte mit ihm. Na ja, für eine kleine Weile.

Tja, und abends dann trafen wir uns alle unter der Weide. Diti und Hommi, Fleuri und Pinky, Henry und Randy, Tim und Tammy und Junior und Tiger. Es gab ja so viel zu erzählen. Von Helden und Wandel, von Kampf und Gewalt, von Ruhm und von Ehre und schmerzlichem Schicksal. Auch von Liebe und

Leiden bei Katze und Mensch, von Leidenschaft und Freundschaft und dem goldenen Traum.

Leider musste sich an dieser Stelle Hommi wieder produzieren und begann drohend mit den Worten:

»So sage ich mit Goethen,
dem größten der Poeten:

Seid verschlungen, Millionen,
alle Mäuse dieser Welt.
Brüder, unterm Sternenzelt
muss ein lieber Kater wohnen.«

»Bist du ßicher, Hommi? Da ßßillert doch noch waß andereß durch?«

»Man muss sich die Kunden des Aufbau-Verlages als glückliche Menschen vorstellen.«

S Ü D D E U T S C H E Z E I T U N G

Das Kundenmagazin des Aufbau Verlags erhalten Sie kostenlos in Ihrer Buchhandlung und als Download unter www.aufbau-verlag.de. Abonnieren Sie auch online unseren kostenlosen Newsletter.

Andrea Schacht
Auf Tigers Spuren
230 Seiten
ISBN 978-3-7466-2451-8

Die Liebe einer Katze

Eigentlich ist Anne mit einer Katze vollkommen beschäftigt, doch als die zarte Nina ihr einen kleinen herrenlosen Kater anschleppt, kann sie nicht widerstehen. Sie nimmt Junior auf – und damit beginnen die Turbulenzen, denn der kleine Kater jagt nicht nur Diebe und Sittenstrolche, sondern erweist sich auch als gewiefter Experte in Liebesdingen. Ein wunderbarer, amüsanter Katzenroman – mit viel Einfühlungsvermögen erzählt.

Mehr von Andrea Schacht (Auswahl):
Tigers Wanderung. Roman. AtV 2566-9
Der Tag mit Tiger. Roman. AtV 2352-8
Katzenweihnacht. Katzengeschichten. AtV 2499-0

Mehr Informationen erhalten Sie unter
www.aufbau-verlag.de oder in Ihrer Buchhandlung

aufbau taschenbuch ✛

Andrea Schacht
Die Katze mit den goldenen Augen
159 Seiten. Gebunden
ISBN 978-3-352-00747-7

Das Geschenkbuch für alle Katzenliebhaber

Eines weiß Helge, der Schriftsteller, ganz genau: Menschen und Katzen verstehen einander nicht. Doch dann, als wieder einmal Ebbe in seiner Kasse herrscht, soll ausgerechnet er ein Buch über Katzen schreiben. Notgedrungen nimmt er den Auftrag an – und gerät in das schönste Abenteuer seines Lebens. Nicht nur, dass er auf magische Weise Ronan, den Streuner, und Zinti, die Katze mit den goldenen Augen, kennen- und lieben lernt. Plötzlich scheint sich auch Lea, die schöne Nachbarin, für ihn zu interessieren. Ein Reigen poetischer, geheimnisvoller und amüsanter Katzengeschichten. Ein Katzenbuch für jede Jahreszeit.

Mehr von Andrea Schacht (Auswahl):
Auf Tigers Spuren. Roman. AtV 2451-8
Der Tag mit Tiger. Roman. AtV 2352-8
Die Katze und der Weihnachtsengel. ISBN 978-3-352-00725-5

Mehr Informationen erhalten Sie unter
www.aufbau-verlag.de oder in Ihrer Buchhandlung

rütten & loening

Michaela Schwarz
Meine Nacht mit Anna
Eine Hunde-Geschichte
115 Seiten. Gebunden
ISBN 978-3-352-00767-5

Mit den Augen eines Hundes

Jasper ist groß und stolz – und der stärkste Hund im Park,
so zumindest sieht er sich. Als seine Gefährtin Anna in einer
Nacht krank daniederliegt, beginnt er aus seinem Leben
zu erzählen. Von seiner Ankunft in der Familie, von seinen
Ängsten bei seinem ersten Ausflug in die Welt der Hunde,
von seiner ersten Liebe und wie er sich so verlief, dass er
glaubte, nie mehr zurückzufinden. Sein ganzes Hundeleben
offenbart er Anna. Bis am Ende der Nacht etwas passiert, mit
dem Jasper am aller wenigsten gerechnet hat.

Mehr Informationen erhalten Sie unter
www.aufbau-verlag.de oder in Ihrer Buchhandlung

rütten & loening